王秀琴 著

天地公心

团结出版社
UNITY PRESS

图书在版编目（CIP）数据

天地公心 / 王秀琴著. -- 北京 ：团结出版社，
2017.7

ISBN 978-7-5126-5292-7

Ⅰ. ①天⋯ Ⅱ. ①王⋯ Ⅲ. ①长篇小说－中国－当代
Ⅳ. ①I247.5

中国版本图书馆CIP数据核字(2017)第155219号

出　　版	团结出版社	
	（北京市东城区东皇城根南街84号　邮编：100006）	
电　　话	（010）65228880　65244790	
网　　址	http://www.tjpress.com	
E-mail	65244790@163.com	
经　　销	全国新华书店	
印　　刷	三河市京兰印务有限公司	
装帧设计	成都天恒仁文化传播有限责任公司	
开　　本	165mm×240mm　　1/16	
印　　张	22	
字　　数	291千字	
印　　数	3500册	
版　　次	2017年7月第1版	
印　　次	2020年1月第2次印刷	
书　　号	ISBN 978-7-5126-5292-7	
定　　价	75.00元	

《天地公心》序一

杜学文

认识王秀琴好多年了。知道她还要更早些。身在吕梁山深处，心却寄托在无际的文学世界里。就我认识的人言，像她这样对文学执着者不能算多。文学是她的希望所在、生命所在、价值所在。也许是发现了她对文学过于痴迷，很怕万一写不出东西来对她打击过大。曾很唐突地问，如果写不出东西来，会怎么样？她对这样的问题大概感到很突兀，但还是决绝地说：活下去！

这些年，王秀琴一直在写一部关于中国明时著名数学家王文素的传记。这一题材对任何写作者而言，都是一大挑战。首先是知识积累方面的。人们对数学的发展了解不多。如何把数学中的相关内容转化成为文学语言，是比较困难的。其次是王文素本人留下来的史料不多。他甚至长时间不为人知。如何把他的一生表现出来也就成了问题。更主要的是，此前王秀琴并没有撰写传记的经验，不知道她能否或者怎样才能合适地把握这样一个充满挑战的题材。也许，对于那些慎重的人言，回避是最好的办法。因为生活中可写的东西太多了。

不过，王秀琴似乎并不在意这些。也许她本来就没有考虑过。她知道的就是，王文素是一位伟大的数学家，是吕梁山孕育成长的一代才杰。尽管充满了意想不到的困难，她还是一去不回头地开始了艰难的创作。王秀琴曾经拜访了很多了解王文素的数学家、科学家，可以说在这方面做了大量工作。当然也查阅寻访了很多相关的史料。这自然也是非常不容易的。据她说，还竟然按照王文素的演算办法大量地演算数学习题。这使我感到十分惊讶。因为我们写一位数学家，并不是要自己也成为数学家。但是，有些鲁莽、憨蛮的王秀琴竟然这样做了。真不知她为写好王文素下了多大的功夫。也许我们这些局外人是难以体会理解的。更让人意外的是，王秀琴并不是写了一本书，而是写了三本书。其中一本是关于王文素的传记小说，一本是具有学术性质的通常意义上的传记，还有一本是散文。这确实令人惊而且讶，并敬佩她的执着与勤奋。一个人，不论其能力有大小，专注地、认真地、努力地做好一件事就应该得到鼓励与肯定。我想，王秀琴就是这样的人。

王文素，山西汾阳人。他出身于15世纪中期一个中小商人家庭。后随父亲来到当时的直隶真定府饶阳定居并经商。这期间，王文素结合自己经商的实践，苦心钻研算学数十年，大约在明嘉靖三年（1524），年近六旬的时候终于完成了50余万字的《新集通证古今算学宝鉴》，亦称《算学宝鉴》，成为我国数学领域具有开创意义的集大成者。其算法，承宋元先河，开明清古制，复杂程度远高于宋之杨辉、明之程大位，甚至直至清时也是独一无二的。其在数学领域的贡献，首先表现在改进了传统的算法，并创立了许多新的算法。在立体图形的插图法上率先采用了现代轴测图中常用的正等测图法等。其次，校正了过去一些算法的错误。同时，其数学理论深入浅出，通俗易学。特别是珠算的内容极为丰富，使其功能得到了巨大提升。

15世纪，正是世界将发生重大变化的历史时期。人类大航海时代的来临，不仅使东西方之间的交流更为便捷，也使西方社会能够更加方便有效地汲取东方世界的文化资源，进而引发了文艺复兴运动、启蒙运动及后来的工业革命。其中，中国文化对欧洲变革的贡献尤为重要。不仅我们熟知的马克思、培根等多有论述，其他学者如法国东方学者莱麦撒就详细介绍了从东方中国传入欧洲的六项科技发明。而英国历史学家威尔斯则在其《历史大纲》中介绍了中国造纸术、印刷术、火药与罗盘的传播。他们的研究充分证明在欧洲文艺复兴时期，中国的科学技术曾经产生了极为重要的影响，甚至是根本性影响。

而在王文素生活的时代，这一切已然成为现实。欧洲将从中世纪的蒙昧中出走，迎来思想的大解放、科技的大发展，以及经济文化的大繁荣。其中也包括对东方世界在人类文明史上的贡献的大遮蔽。其中一个非常重要的问题就是中国没有出现现代科技。不过如果我们认真研究王文素在数学领域的贡献，就会发现历史事实与一般的说法有比较大的出入。有论者指出，王文素解高次方程的方法较英国的霍纳、意大利的鲁非尼早200多年；解代数方程早牛顿、拉夫森140多年。并且王文素在16世纪时已经发现并使用了微积分创立时期出现的导数，当然比欧洲的17世纪要早。而他创立的"开方本源图"，不仅独具中国古代数学的传统特色，也早于法国数学家斯蒂非尔1544年所著之《整数算术》约20年。两相比较，王文素的理论更加完备。

在这里谈这些并不是为了炫耀，而是要思考一个问题，就是在近代以来中国的科学技术有没有重要成就。著名的科技史学家李约瑟曾经指出，在文艺复兴时期以及之前，中国的科技一直处于世界领先地位。在《中国古代科学》中，他写道："很久以来，西方世界丝毫不知道原来多少类似的技术革新创造都诞生于中国或亚洲其他国家，但就我们所知，西方发现这一事实后陷入一片窘迫的混乱局面。"他曾经与中国学者曾邦哲在20世纪晚期考察中国与欧洲，认为近现代西方科学、工业革命与现代艺术是建立在中国科技、文化、体制与思想成果基础之上的。但是，李约瑟也提出了一个著名的疑问，就是既然如此，为什么近代科学没有产生在中国，而是产生在17世纪的西方，特别是文艺复兴之后的欧洲？这一问题解读应该是多原因的。这里我们并不需要进行详细深入的探讨，但也可以发现一些基本的线索。实际上李约瑟在其《中国古代科学》中也有解读。他认为中国的科技发展是一种"按部就班"或"内部稳定"式的形态，一直坚持一种"缓慢的速度持续发展"。"故而西方文艺复兴时期近代科学诞生之后，其进步速度大大超越了中国"。也就是说，在欧洲汲取了中国科技的滋养后，呈现出来的是一种爆发式发展形态。而中国仍然在一定时期内坚持着"按部就班"式的发展形态。这使人们看起来就会感到中国的科技成就比较少，也没有引发科技的快速进步，以及工业革命等现象。

实际上除了李约瑟的这一观点外，原因还有很多。比如，一些科技成果是在中国很早之前已经完成的，因而人们并不认为这是近代成果。相反，由于在欧洲是近代以来才完成的，人们却认为这是所谓的近代成果。如李约瑟就指出，中国在公元659年已经有了钦定药典《新修本草》。而西方第一部钦定药典则是1618年的《伦敦药典》。二者时间上相差几近千年。但是，我们绝对不会说《新修本草》是近代科技成果。还有一个很重要的问题就是对中国16世纪以来科技成果的研究仍然不够。如王文素，长期不为人知，直到四百多年后的民国时期才被人偶然发现。他的研究中有大量的关于测田量地的计算方法。如梯田截积、梭田截面积、方圆台求积、立圆求积、三角田求面、六角田求面等均为几何内容。而按照李约瑟的观点，中国数学是"代数"思维，缺乏"几何"思维。或者也可以说，他认为中国数学对几何的贡献比较小。所谓"几何"，其原意即为土地测量，是研究形的科学。而王文素从实际运用的角度出发，已经对相关问题进行了比较丰富的研究。事实上并不仅仅是王文素对几何的研究有积极的贡献。在中国对几何的研究应该说同样历史悠久。如公元前5世纪，墨翟所著之《墨经》中已有关于几何图形的一些知识。在《九章算术》中已经记载了土地面积和物体面积的计算方法。至于勾股定理、圆周率的计算等更是影响至大。因而，对中国古代乃至近代以来的科技成就，还需要进行更为艰难深入的研究。

不过，作为一部文学作品，目的并不是要探讨中国古代科学技术的发展史，而是要写出活生生的人。王文素虽然出身商人家庭，其兴趣却在钻研数学。他一生可以说历尽艰辛，默默无闻，不求闻达，不图仕宦，淡薄荣华。在没有优裕的研究条件、财力支持、精神激励的情况下，王文素以研究为人生之至高追求、至大乐趣。这种纯粹的、无功利的精神品格令人肃然起敬、感佩由衷。他认为数学是"普天之下，公私之间，不可一日而阙者也"。因而王文素对数学的悉心研究首先是有非常浓郁的救世精神。同时，这也是他人生最大的快乐。所谓"陋室半间寻妙理，灵台一点悟玄机"，"料此一般清意味，世间能有几人知"。他虽然承受着常人难以承受的清贫、孤独，却在研究中感受到了人生的意义、价值。这种精神追求与人格操守不仅是中国传统文化中至为尊崇的，也是具有强烈的现实意义的。

从某种意义讲，王秀琴与王文素可为同乡，都是吕梁山的高天厚土养育的。王文素以研究数学为人生之追求。王秀琴则希望用自己的笔来描写更为丰富的人生。其中当然也包括像王文素这样的令人感叹钦佩的人生。她已有一部长篇小说《大清镖师》面世。近来又在很多报刊发表了不少新作。而她的三部关于王文素的作品也分别被不同的出版单位看中，也许在近期将会陆续与读者见面。她希望我能够为即将出版的王文素系列（长篇小说《天地公心》、长篇纪实《帝国的忧伤》、传记《算神王文素》）作序，使我心中忐忑。因为我并没有阅读她的新作，难以就她的作品谈出什么有价值的意见。而如果不谈，或者空口乱说，则是我所不愿的。但是，出版社的效率很高，出版已经箭在弦上。我既不能耽误书的出版，又不愿意拒绝，反而更愿意从道义上支持，只好在左右为难之中写一些文字。幸运的是王秀琴写的是王文素，这与我近年来对中华文化的关注有关，便就对作者的印象以及关于中国科技的一些不成熟的思考写出来就教于大家，并聊以为序。希望不会因为我的冒昧影响了书的出版，或者读者对王文素的了解。我们以有王文素这样的先贤而感到自豪。

2017年7月4日

（作者为山西省作协党组书记、主席，著名评论家。）

人生绝望处

（代序二）

吴　言

王文素者，何人也？若不是借助王秀琴的王文素系列作品，相信汾阳或数学界之外鲜有人知。这是一位不见经传、散落民间的布衣算学大师。他生活在明朝中叶，集毕生精力完成代表明代最高数学水平《新集通证古今算学宝鉴》巨著，生前却因财力寡薄未能出版印行。这样一部集大成数学专著，史籍一无记载，几近佚失，直至20世纪90年代才引起国内数学界注意并开始研究，其作者数学大家王文素在被尘封了五个世纪后，才得以重见天日。

王秀琴选择用三种不同体裁构写王文素，分别是长篇小说《天地公心》、长篇散文《帝国的忧伤》和传记《算神王文素》。三个文本从不同侧面全方位对王文素这一题材进行了挖掘，组成立体交叉、相互补益的系列作品。

人文VS算学

考察历史题材的价值，无非是能否增加我们对历史的整体认知，

6

以及对深层规律的把握。在我们史书中，自然科学占有很小比重。历史人物中文学家、书画家、政治家、史学家占去绝大部分，自然科学家寥寥无几，数学家尤其如此。这种历史渊源恐怕要追溯至汉代罢黜百家、独尊儒术开始，作为科技力量的墨家受到了贬抑，致使中华文明基因中科学因子就此衰弱，"重文轻理"成为主流和传统。科学、理性、量化的思维方式相对匮乏，形成了东方神秘主义独特的文化特色。

在中国历史上，数学属"六艺"之末，位列礼、乐、射、驭、书之后，作为自然科学基础的数学曾形成三次高峰并居世界前列，但在明代后开始落后于发生了文艺复兴的欧洲。中国数学多归为应用数学范畴，自生产实践中产生而来，注重实用性，侧重于算学，并未发展出完整的数学纯理论体系。算学又是伴随着商品经济的发展而演进，因为轻商的文化传统，算学始终在道统之外。民间才是算学丰厚的土壤，所以从古至今，民间孕育产生了一代代算学大师。王文素这样的布衣算学大师就是薪火相传中的一员。

从《帝国的忧伤》中，我们知道历史上有三次数学发展高峰，这些高峰的形成同重要数学家的出现紧密关联，也与其时社会发展状况紧密关联。学术思想百花齐放，必然促进数学发展；商品经济发达的朝代，算学必然会得到普及，算学工具也会迎来改革和突变。

第一次数学高峰出现在魏晋南北朝时期，重要数学家是刘徽和祖冲之。此前已经出现了我国首部数学专著《九章算术》，其作者已不可考，后人甚至认为是黄帝将数分作九章。《九章算术》的出现表明中国古代数学形成了完整的结构框架，此后历代数学家大都围绕《九章算术》开展自己的数学研究。《九章算术》已经失传，流传下来的正是刘徽所作《九章算术注》，也使刘徽成为史料记载的第一位重要数学家。祖冲之成为最广为人知的古代数学家，除了因为他对圆周率的精确计算外，同他的官方身份亦有一定关系。他是钦定司天官，天文学家，力推《大明历》，他对数学的研究同天文学是分不开的。他发明的割圆术能将圆分割为24756份，将圆周率精确到小数点后7位，代表着当时世界最高水平。

第二次高峰出现在宋元时期，密集出现贾宪、秦九韶、李冶、杨辉、朱世杰等数学大家，创造了古代中国与世界数学史的又一个辉煌。贾宪也是一位未能在正史中留下姓名的数学家，所幸其著作，九卷《黄帝九章算经细草》因被杨辉作为《详解九章算法》底本，尚存约三分之二，另外著作《算法古集》二卷已失传。由此可见数学家太容易被正史疏忽，历史湮灭，数学文明传承何其艰难。秦九韶生平有着较普遍代表性，他出身武官，科举中进士，像大多数古代知识分子一样，有着"兼济天下"的理想抱负，踏入仕途，不免在官途起落沉浮，一生大半精力围绕功名利禄兜转。所幸他数学和天文天分极高，在官场不得志的隐逸期，潜心学问，著有十八卷《数书九章》，奠定了自己作为数学家的地位。几乎与秦九韶同期的数学家李冶，也有着相似为官经历。不同的是，李冶后期从王朝更迭中退了出来，潜心钻研学问和讲学。其著作《测海圆镜》主要研究天元术，即今日的设未知数解方程。

杨辉曾与秦九韶同朝为官，但他也很快退出雾霾重重的宦海，专注于数学研究和教育，故成为著作最为丰厚的大数学家，先后完成数学著作五种二十一卷，主要代表作是《详解九章算法》。杨辉数学教育也很成功，影响力很大。另一位数学家朱世杰身居北方，在南方游学时同杨辉相遇，得到指点，回到北方后写出数学专著《算学启蒙》和《四元玉鉴》。

宋元结束，明代进入了数学发展平台期，没有大突破，但随着商业发展，珠算应用，进入大众化普及期，出现三位数学家，分别是吴敬、王文素、程大位。明中叶，正处于珠算代替筹算的历史节点处，珠算有中国"第五大发明"之称，代表着我国计算技术高峰，是应用、实用算学的最高产物。王文素用珠算通证明以前算学重要著作，成为算学史上珠算捷法通证集大成者。吴敬出身师爷，是幕僚中一员，其著作《九章算术比类大全》更为世故实用。程大位著《算法统宗》17卷，《算法纂要》4卷。这两位数学家都大量印行了自己著作。而王文素所著《新集通证古今算学宝鉴》连同其一起，承担了被埋没的命运。这是个人的悲剧，也是时代的悲剧，更是中华文明的悲剧。

大师VS布衣

书写历史题材的文学作品，既要对人物进行还原，也要对人物进行塑造。王秀琴通过纪实性传记和虚构性长篇小说刻画王文素这一历史人物，两种手法，两副笔墨，写作难度可想而知。

《算神王文素》从王文素故乡汾阳着笔。位于汾河畔的汾阳是历史重镇，文脉深厚，汾商作为晋商重要组成部分，多出儒商。商算结合紧密，王文素正是在这种环境下，埋下终身热爱算学的种子。商业流徙，加上逃灾避难，促成王文素在青年时随父举家迁往河北饶阳。明中叶经过宋元两朝物质积累，商品经济步入繁荣，带动算学在生产实践和商业流通中广泛应用，促成了珠算替代筹算，珠算这一中华文化中独特发明创造应运而生。但因轻商传统，商人地位仍处卑下。社会大环境决定了王文素个人处境，因不第不仕，无法进入主流社会，所以他"立志算学演终生"，将毕生精力投入六艺之末的数学中。

王文素始终认为数学是"类万物之情，通神明之德，究万物之秘"。他处在珠算与筹算交叉使用的时代，深刻认识到珠算特点及优点，在总结前代数学家经验基础上，独创盘中、掌中和悬空三种定位法，这三种定位法便捷、清楚、易记，为珠算普及和推广做了开拓性工作。在研究杨辉纵横图基础上，他深入探索，将纵横图扩展至20种。纵横图又称幻方，现代随着计算机科学发展，成为组合数学的基础，焕发出强大生命力，在图论、人工智能等方面被广泛应用。

王文素另一个独创性贡献是弧田系数。中华文明以农耕文明为主，在漫长的封建社会中，土地是立国之本。朝代更迭无不由土地政策发端，以土地掠夺占有而终。对土地的测量正是这一切的基础。王文素作为一名民间算学大师，更能体会百姓疾苦，精准测算土地面积是他为民争取公平、公正的使命。在《算学宝鉴》中，王文素辟出三本七卷来专门研究土地面积的测量与计算问题。王文素用圆周率七分之二十二，按弦长与矢长（拱高）之比，即"弧田系数"，得出一系列相对精确算法。当代有些数学家对王文素的计算公式做过验证，结果相当准确。

王文素对算学独创性贡献还有"王氏带从开方法"，"带从开方"即解一元高次方程，王文素首次用珠算解决开九次方，开历史先河，创历史最高纪录，其《算学宝鉴》被称为中国首部珠算书。他还将珠算应用到导数中，以求高次方程的近似解，对于级数问题，他则借用堆垛、算筹等实用问题加以研究，提出自己的"级数论"等。这些都说明王文素对前代数学成果既有继承借鉴，也有突破创新，是一位有着独立思考科学精神的数学家。

王文素《算学宝鉴》每一章前有定语"新集通证古今"，即他是在通证了古今流传各类算学著作基础上所著。中国数学依靠各种算经得以传承，王文素想必是"得之便读，读之便思，思之便证，证之再思，思之又证，证而又证"，可谓大胆质疑，小心求证，正如他集算诗中所写，"铁砚磨穿三两个，毛锥乏尽几千根"，前后历经30年完成，全书50余万字，体量上可算巨著。全书巡九章算学之制，结构工整严谨。先是序、自序、集算诗8首，图录20种，提要按"子"到"亥"顺序说明各本主题，所涉方面极广，可谓集大成者。

但，就是这样一部数学巨著，却"有意刊传财力寡，无人成就恨嗟多"，在王文素生前未能得以出版印行，埋没五百年，直至1936年，一个偶然机会，被国家图书馆一位工作人员在书肆中购回孤本。

绝境VS美梦

长篇小说这个类型，最能发挥文学想象力。作为算学家，王文素是个悲剧人物。青史无名，不能认祖归宗，无子嗣后裔，著作生前未能出版……凡此种种，无一不是悲剧要素。如何突显王文素这个历史真实人物的悲剧性，正是长篇小说所要承担的文学使命。

在王秀琴长篇小说《天地公心》中，像古代大部分士子一样，饱读诗书的王文素也曾参与科举，作者在描绘王文素三次科举经历时，前两次连考场都未能进入，很轻易与考试失之交臂，第三次才顺利进入考场，但却未及第。科考这样重大事情被偶然因素左右，戏剧效果有所增加，但对王文素悲剧有所消解。

至于情感际遇，王秀琴将王文素塑造成为数学主动放弃世俗婚姻。在明代，一个人有无这样的婚姻观与自觉性，值得怀疑，极有可能是王文素既无功名，又不擅生意经营，遭世人厌弃，无人提亲，或在情感上遇到重大挫折也未为可知。

如此多悲剧因素集中于王文素，作为一颖悟之人，他一定经历过深刻绝望。功名之路被堵死，为主流社会所抛弃，婚姻感情主动拒绝，与俗常生活保持了巨大距离，作为一个有情怀之人，出路何在？天地茫茫，何处有我立足之地？漫漫长夜，王文素一定发出过这样的天问！他如同站在悬崖边上，既望见命运深不见底的深渊，也仰头看到了寥廓星空。他有信仰，视算学创拓为精神寄托。在久久为功的探索中，他洞悉宇宙、自然与社会秘密，懂得了天地公心。

作家借助笔下人物命运的演化，实际也是在阐释自己对于人生的认识。而对于人生苦难与绝境认识，是经典文学和通俗文学的分水岭，也是两类作家的分野。同样写爱情，一流作家撕开其面容，揭露人生本质；而通俗作家是制造人生美梦，缓解甚至掩盖人生苦难或痛苦。张爱玲是被文学史重新定位的优秀小说家，但王安忆却这么说她：

"张爱玲是站在虚无深渊边上，稍一转眸，便可看见那无底黑洞，可她不敢看，她得回过头去。她有足够的情感能力去抵达深刻，可她却没有勇敢承受这能力所获得的结果。"

历史上陷入人生绝境而成就伟大作品的例子很多。司马迁被处以极刑，了断人之大欲，不得不将全部生命激情投入《史记》创作中，成就了"千古之绝唱，无韵之离骚"。曹雪芹从锦衣玉食到最终落魄，才得以体会"呼喇喇似大厦倾"，"白茫茫一片真干净"的人生绝境，创作出《红楼梦》。如《红楼梦》不是因为深刻的悲剧色彩，那它同其他明清小说不会有本质区别，也不会达到中国古典小说的巅峰！

而就作者王秀琴本人的人生经历，如果不是因职业变故，体会到社会变革给个人命运带来的动荡不安与安全感丧失，她不会对文学投注以如此大的激情。这样一种心境，我想与王文素是相通的。不乏有人以轻松、游戏心态视文学为一种消遣，但那些伟大作品的诞生，无不是作家投入血肉之躯、以命相搏才得以凝聚而成。

作为王文素同乡，王秀琴选择用文学方式再现这位大数学家的生平，并非出于耳提面命；作为一名自由撰稿人，是一种深层的惺惺相惜，以及出于乡谊使命感，促使王秀琴选择了王文素这一艰巨题材。不同于一般人文学科，算学是非常专业的、有着严密逻辑的理科学科，只是对典籍、史料阅读并不足以写好一位算学大师。王文素当年是对算学由古到今进行了通证，故有巨著《新集通证古今算学宝鉴》。王秀琴今日也是在对《算学宝鉴》一遍遍演算中，才得以走进王文素的精神世界。王秀琴耗费五年心血完成算学大师王文素系列，既是个人创作的突破，也是一个题材多种文体探索呈现的重大收获。

2017年3月31日

（作者为金融从业者、新锐评论家，获2013—2015年"赵树理文学奖之文学评论奖"。）

目录

第一章

1

　　阳光凶猛袭击，老城炙热如铜鏊。

　　蝎由墙缝慢慢爬出，一窝小蝎随之炸窝，生怕老祖宗只身出走，弃之于不顾，急惶惶跟上。老蝎回首，慢条斯理安顿道：少安毋躁，回去回去，仔细晒化，更小心叫歹人捉去泡老白清，俗话说，人心狠如蛇蝎，人这狗日，其心比蛇蝎尚毒，瞅瞅这天儿，旱的，遭报应了吧，还以酒当水，恐怕连尿亦喝不上。小蝎们嗷嗷狂叫，折身而回。老蝎探头，斜一眼太阳。太阳眼尖，一下瞄准，投炸弹样猛烈烤之。老蝎冲太阳喊道：喂喂，连蝎们亦不放过？太阳说，此谓以毒攻毒。老蝎说，无羞无臊个东西，成天胀着脸，欲烤死谁呀？有意思么？太阳说，既没意思亦无意义，可老子偏好这一口，你管得着！老蝎口干舌燥，懒得再跟太阳斗嘴，无奈何叹口气，亦是成心恶心太阳，反剪尾巴倒个立，努个细长屁，心说，笔架山影儿移过来尚需几个时辰。于是，老态龙钟钻回去，率子孙睡大觉去了。

　　庄稼看着看着就蔫了，叶子哗啦哗啦，却扇不着一丝风，唤不来一星雨，身子渐渐委顿下去，说，不行了我不行了。一副束手就擒状，冲太阳缴械，彻底放弃抵抗。柳树高大，沉默着，披头散发站在那里，像有一肚子心思。杨树昂着头颅，探着手臂，将天抠挠得咯吱咯吱儿响，说，我撕烂个你，好歹洒些尿水下来。天没撕破，倒扯住几片云，揪成一缕儿一缕儿，棉絮似的，随手撒于天上。太阳叫搔着私处，痒痒得乱颤，呵儿呵儿猛吸几口气，遂将汾河水吸干。淫威。杨树恼得直骂太阳。

汾河纯粹叫气蒙脑子，泥糊糊一汪一汪，晃晃荡荡，鱼鳖虾精早被人就酒下肚，泥鳅钻于泥糊糊，咕嘟，一会儿冒个泡，咕嘟，一会儿冒个泡，声音黏稠，一副糊脑怂拎不清样儿。没几天，泥糊糊变成泥巴巴，咯争咯争，泥巴巴皲裂开来，口子横七竖八，喘着粗气，像濒死的肺痨病人。

一农家小院，五间正房，半新不旧，各三间东西厢房。东正房外窗台上放着算盘，窗台右上角一格窗户，留一大孔，两扇木格门，打开一小门，只手可伸，两小门皆打开，二手便可伸出打算盘，谓之盲打。王文素盘膝坐于炕，两手伸出，噼里啪啦打算盘，眼睛看着立于内窗台上书之算术题，打好一道，将得数填于旁边草纸上。

院南墙下是王文素母亲玉兰所种一片月季。叭，算珠子每响一下，一朵老红月季花便绽放一瓣，其他月季花就合笼一瓣，每响一下，老红月季花便绽放一瓣，余者便合笼一瓣。

玉兰在东厢房蒸窝窝，呵儿呵儿的气突突上冒，咝咝直响。玉兰紧起身子，呼噜呼噜，将蒸汽吸于腹内。

王文素算盘停，铮儿，那朵老红月季花瓣全绽开，实怒怒的。其他月季花皆蔫儿。钟声悠扬，隐隐传来。王文素问他娘可听到钟声么？玉兰心不在焉，问其钟声何来。王文素说他明明听到。玉兰笑说，莫非锅要炸了？王文素说是窝窝要熟了。他娘嗔骂王文素，死小子，月季花皆叫尔催蔫了。王文素说，不对，娘，是正好开了。他娘便乍着两手跑出，虚了步子，至南墙根下，猫腰而视说，哟哟，这是这是——这朵老红月季果真开了。

挑帘出来，王文素问娘是不是要送窝窝？

啊啊，啊啊。玉兰心下疑惑，边回头看那朵全盛月季，边走往灶房，几绺头发散乱开来，玉兰两指伸至唇边，欲吐些唾沫抿头发，想想天旱如此，唾沫金贵，便作罢，掖至耳后。

一年三百六十日，王文素全家几无睡懒觉之时。年年如此，天天早起。父兄跑外做生意，即便留王文素与他娘，亦早早起来各司其职。今早，娘俩起得比往常还早。天旱水缺，两人各拿块布，蘸点水，润润眼角擦擦脸，将手心手背细擦一遍，算是洗漱。

洗漱之后，王文素先打算盘，后读四书五经。懂事起，父亲便告诉他此二事乃世上最严正最紧要之事。父亲之言，王文素所记甚牢。每日打算盘之前，王文素皆要净面手，正衣冠，给祖宗天地爷上香。父亲说，唯如此，算盘方能打得准精，书方能读到骨子里，一介读书人，方能对得起天地良心，才能叫自己真正立于天地间，沐日月之精华，秉天地之正气，遇再大之艰难险阻亦会挺起脊骨，树扎根，活成人，立成汉子。

母亲呢，要蒸不少窝窝。面早一日发好。如此大热天儿，想发一两盆面，唾手可得。母亲一块面一块面地碱，一锅一锅地蒸，至于为何准备如此多窝窝，母亲不语，王文素亦不问。

2

一出门，玉兰抬头看人家屋顶烟囱，似有淡烟冲起，先是直端端，尔后软得像河中水草，再后来就散了。玉兰知是自己看花了眼，心里一阵难受。

母子俩各提一细篮，笼布遮不住香气，一只小狗耸着耳朵跑来，说，饿了，饿了，给一个，给一个。一个声音，疲弱不堪，在喊，哟哟哟——总是谁家小孩屙下，老人叫狗来吃。小狗禁不住诱惑，停步，怔神听。一只大狗踏步跑来，舌头左甩右甩。小狗龇牙，满脸嘲笑，说，看，吃屎溜沟子货。大狗两眼凶凶，头一扬，朝它喊一声：汪——！拖音尖利有力。小狗赶紧闭嘴，夹尾回跑。又惦窝

窝篮子，回头，大狗就朝它又喊：汪——！小狗夹尾跑远。王文素
看着狗们，笑。玉兰催他走快些。

　　迎面巷口是王家祠堂，小而简陋，已然坍塌。王文素随娘进去
磕头礼拜。祠堂西边是王成家，吵闹声由屋里传出，忽高忽低。王
文素叫王成族叔。娘说，先去族奶奶家。

　　族奶奶乃王成亲祖母，王成乃族奶奶亲孙子。族奶奶于王氏一
族辈分最高。其男人曾是走村串巷一小货郎，闻言走西口能赚大钱，
便告别刚坐下月子的族奶奶，挑小小行李卷随人西走，未出村堰，
便遭狼叼。月明地里，族奶奶拾回两根血肉模糊的尸骨，举至尚未
满月的儿子面前，说，儿啊，此乃尔爹，天生吃糠皮命，尚未吃到
谷粒，唾沫便将他噎死。十八岁的族奶奶从此守寡，抱着王成父亲
一棵独苗，族里为其立贞节牌坊，几十年过去，她便成了族奶奶。

　　进得族奶奶院，三间正房，有些破败，静寂古旧，时光浓缩。
王文素随于母亲身后。玉兰立于帘外，声音柔和，问族奶奶可在家？
闻得里面说话声细细碎碎，稍一停顿，声音又活跃起来。族奶奶说，
哟，是王林家的吧，快进来，快进来。有声音附和道：哦，一听就
是林嫂。玉兰挑帘进来，盈盈瞅去，另外两个女人是她没出五服的
妯娌，一曰彩凤，一曰云霞，玉兰管彩凤叫嫂嫂，云霞管玉兰叫嫂嫂。

　　三个妯娌厮见过礼，寒暄两句，玉兰拉王文素至族奶奶面前，
说，快拜见族奶奶。王文素欲行大礼。族奶奶一把拉住，说不时不
节，免了！二小子吧？都长这么高了！两女人亦瞅着王文素，王文
素也要给其行大礼。她们拉住他，吃吃而笑，夸说，这孩子颇识礼。
彩凤上来，捏王文素脸颊，说细皮嫩肉，人中颇深。是呵，王文素
人中可盛粒麦。云霞说，个头倒不小，就是身子骨儿有些弱。族奶
奶拉王文素手，兀自在手里揉捏，说，皆未说到点子上，你们看这
孩子的手，又细又长，若生于官宦人家，定为抚琴弹弦之人，唉，
可惜生于咱此等小商人家，委屈啊，只能做个账房先生。彩凤抢先
说，账房先生亦比受苦强，比跑买卖强，省得风里来雨里去，半年
一载着不了家。族奶奶又问他娘这孩子算盘打得怎样，四书五经背
得如何。王文素垂着眼皮，不答话，也无他说话份儿。玉兰恭恭敬

敬垂手回道，算盘、一掌经都学了些，四书五经亦念过两遍。族奶奶慢慢点头，眼里光芒一闪一烁，穿透一院旧光阴，说，再过两日，老身便人生七十古来稀，王族人丁兴旺，出人头地者不多！女人们一时无言。玉兰端过细篮，说，一大早蒸的窝窝，给族奶奶送些过来，正好他大娘婶子都在，也尝尝。边说边从篮子里取窝窝。上面是褐白两色，下面皆褐色，褐色乃纯高粱面所做，褐白窝窝则是高粱面外头包层白面，因面暄，酸碱正好，石榴开花，故外白里褐，故称褐白两色。彩凤走过来，拿起一个，嗅，说，嗯，暄，软，面香十足。族奶奶满脸开花，皱纹像堆麻绳散开，嘴唇一张一翕，像婴儿屁眼，舌头又红又软，蛇芯子似的于唇间伸缩，说，此侄孙媳妇比俺那亲孙媳妇还要孝顺些。此侄媳妇自然是指玉兰。云霞脸上露出一丝讪笑，彩凤亦放下窝头，笑意僵于唇边。玉兰眼看酸风醋雨即来，提篮，欲拉儿子逃离，不想，彩凤一把扯住她，说，精能人自会做精能事，快炕上坐。云霞拉彩凤就走，说，嫂子，咱喝凉水去。就要出门。玉兰就往她两个怀里递窝窝，说，他大娘婶子，带些回去。两个女人步子停也不停，权当没听见，一摇一摆，走了。

泪蛋蛋在玉兰眼眶里转圈圈。族奶奶说，王林家的，族奶奶送你三句话，记着：天地自有公道；心眼儿比针尖小，不成块器；低头不值钱，说明什么？说明头低得还不够低，不够低！

3

日渐午时，太阳因强盛而骄傲。

转了一圈，抬眼便是王成家。路边两只鸡不知为争什么，掐架，浑身的毛耸乍，周围一地鸡毛。鸡们见他母子二人走来，紧步迎上，分明在说，给些吃的给些吃的。话赛如说与墙根听，嘴却啄着，寻寻觅觅，欲说还羞。

王成果然在和女人福满吵架。

王成说，眼看午时，你还不做饭？福满说，拿什么做？面缸没面，米缸没米，拿你骨殖做！？王成挠头说，不做就不做，那咱睡觉，睡着了，就不觉饥了。说着，蹬掉鞋片子，拉福满上炕。福满肉嘟嘟，不禁拽，一拽，肉疼。王成急吼吼说，上炕上炕，关门闭窗。福满知道他那一截花花肠子，说，都啥时候了，你还想着做那事儿，五黄六月，旱成这样，你还抖露肚里那点精水，不怕干死！王成说，就你那里还有些湿气气。福满又好气又好笑，说，老天爷要是你就好了，好歹能给人们尿几滴。王成说，老天要旱，娘要嫁人，谁能奈何之！福满悄声推他，说，两顿饭没吃，你有劲儿？王成说，力气是奴贼，使完了再来。人呀，得看叫他做甚，若干那事儿，啥会都有劲！说着又拉福满。福满坐着不动。王成说，你看你，德性！我做买卖成天价跑外，一年磨烂三年衣，三年用你一年逼，你说亏不亏？福满说，不亏，谁叫你受苦没力做财主没福。你若王爷财主，坐家里就能憩凉享福！王成说，婆你就为你那身肉和个名字，如今球没福，缸不满，白婆了。福满捶他。王成说，我倒想做财主哩，梦里想想吧。赶紧的，来，好不容易在家。没想到，福满一下跳起，指着王成鼻子，骂，好你个王成，就爱白日做梦！我福满咋瞎眼嫁了个你来！全族上下男人皆受死受活出去做买卖，求生活，谋日子，养活老婆娃娃，你看你，就知道睡老婆！像你如此男人，满村满街还能找出第二个！？王成死皮赖脸，说，连老婆都不会睡，那球就不成球，成鼻涕虫了！你说，我不睡你，睡谁去！再说，满世界就我一个王成，你要几个！福满气得用笤帚疙瘩打他，说，一说外出做买卖，你可倒好，今儿崴腿，明儿碰脚，推三阻四，我看你是懒驴上磨屎尿多！你根本就是没出息的种！王成没想到福满一下爆发，兴致早无，蔫头耷脑，说，不睡就不睡，发那么大火干么？一提火，福满火气更旺，声音更高，浑身肉上下颤，说，咱这一搭搭，三年两头旱，前年，旱不说，还闹黑圪节虫——王成截住她，说，这话，你该问老天爷去。福满说，粮食，我是说粮食，打下了？王成说，没。福满说，去年闹蝗虫，蝗虫满天满地，把庄稼吃个精光，收成有没？王成说，没么。福满一指一扳又说，看看今年，西葫芦都快旱破，尚不见一星半点雨，这日子能活？王成叹气说，谁有办法！福满说，咱两腿走路，那条不行，不是还有这条呢么，你出去给咱做些买卖，行不行？王成不耐烦，说，哎呀，你急什么，人越急财越不来，你越急财越跑得快。福满站起来踢他，王成打个滚，笤帚疙瘩就叫福满踢上半空。

正好王文素和他母亲进门，笤帚疙瘩落于脚下。

福满赶紧趿鞋下地，说，呀，是嫂子，不好意思。玉兰笑，说，这是干啥，练准儿哩？王成亦赶紧坐起，说，热天燥日，没事做，俺俩看谁能用笤帚疙瘩砸住门上那个铁钉钉，谁砸着就不用谁挑水去。王文素低头看，果有蝇头大小铁钉爬于门上。玉兰笑，揭起笼布，掏窝窝，说，谁家日子都不好过，一早蒸两锅窝窝，送你们几个，凑合着吃吧。福满捉住玉兰手，眼圈一红，说，嫂子，这日子没法儿过了。玉兰轻拍拍其手，说，慢慢熬吧。王成一看福满在人前给他丢脸，顿时来气，说，这死婆娘就是自己懒，见不得人歇，催命鬼似的催人赶紧出去挣钱，像我爷我爹那样走西口——福满亦不管谁在，话很冲，说，你是想要我学你娘，还是做你奶！一句话激怒王成，扑上来一把挽住福满领口。福满的脸刹时变白。

原来，王成爹亦做买卖，西口走得人影皆无，王成与族人借做生意到口外找过多少回，就是生不见人，死不见尸。王成娘哭得再哭不出泪蛋蛋，眼看小寡妇守着老寡妇，王成奶奶对王成娘说，守着吧，给你亦立块牌子。王成娘死活不干，狠狠对她婆婆说，我就是死亦不会像你，做你的贞洁烈妇去吧。月黑风高便跟人跑了，踪影皆无。彼时，王成四岁。忘三不忘四。爹死娘跑一事终成王成耻辱，心头伤疤。疤不管结多厚，一捅就流血。怎么说呢，为着福满那身肉，为着被窝里那点滋润，念着他走后福满独守空房的寂苦，也盼着福满能给他老王家续旺香火，王成总宠让娇惯着福满，她说他懒吧，他就是懒；她说他没出息吧，他就出息不大；她说他爹死于外头，那也是事实，说这些王成无气没羞，可王成最不能提的是他娘，提他娘吧，若单单他两口子，王成顶多赤急白脸不吭气，恼一回福满，可偏偏福满于人前说出来，这就不是脸不脸的问题，是关乎尊严与家族大事，王成就不能不动老火，就不能不狠狠修理福满了！

玉兰一看王成真生气，赶紧回身劝他。王成嘴唇哆嗦，脸亦扭曲得不成样子。福满真被吓坏，她从未见王成生如此大气，知道后悔也来不及，抖抖说嫂子不是外人，便哇一声大哭起来。王成说，我看你属柳木笤子，三天不打，上房揭瓦。玉兰扒王成拧福满的手。王成说，看嫂子金面，饶你此回。被松开的福满，像半扇子猪肉，瘫倒在地。玉兰扶福满，福满沉得很，叫王文素搭把手。王文素木然，只挪下身子，却不动手。

4

回家路上，娘问王文素为何不动手帮她扶福满。半天，王文素说了一句：没意思。玉兰一惊，问什么没意思。王文素冷冷而言：日子过成那样，没意思。他娘问他那过成啥样有意思。王文素再不开口，娘知道此儿秉性，从小木讷寡言，不论谁说话，他皆听着看着，两眼忽闪忽闪，像对方所言，皆深表怀疑；对方说话，他从不插嘴，从不辩解，更不会赤急白脸与人狡辩，那意思分明便是：你若对，便是你对；你若有误，事实如此，何须再言！你若跟他说话，半天难吐只字，像其言从不现成，才刚要从脑海中打捞，是否打捞得着，没准儿，若打捞不着，他就不回答你，若打捞得着，他才慢慢将湿淋淋的话沥干水，端出来，一脸平静，给你。他所言一旦出口，赛如铁板钉钉，入木三分，他之所言，叫人先不在意，有心人尔后琢磨几日才醒过神儿，或于以后日子不期然想起：噢，人这孩子所言确是那么回事！故，王文素不开口，娘亦不多问。二人行至巷口，那只大狗尚蹲于路边，见他们走来，不好意思低头，瞄篮子见空，便失望地拐进一条巷子。

王文素问他娘为何给族人送窝窝，有些人家日子未必不如他们。他娘说，你爹吩咐过，日子都难，有人饿肚子咱不能视而不见袖手旁观，既虑着族奶奶这些老弱残寡，就不能夹人夹义不顾那些平辈小辈。王文素问他娘，爹何时归来？娘看了白花花远处，说大概快了吧。

日子熬近中秋。老天爷可真心硬，愣是与人致气，未下滴雨。倒是王林与其族兄弟们，一搭十几个汉子，风尘满面，回来了。

男人属阳，他们一回来，村子里更加燥热，女人们拿腔拿调，稀稠温柔。但毕竟此时燥热与先前燥热大不一样。先前燥热是干烤着的燥，是空耗着的热，此时燥热是饿心饿肺渴望有着落之燥热，是干柴遇烈火能炊火能煮饭烟火气旺盛之燥热。

汉子们自然是先回家，享受长时间积蓄与贮存于女人体内之温爱，是先与女人们合计此次买卖利润厚薄，叙说旅途劳辛，先向女人们夸耀自己高超德能与不凡见闻，女人叫男人夸张神色，绘声言词，哄骗得一愣一愣，小鸟依人般直往男人怀里钻；眼饥肚渴的女人们于是先将男人温柔绑架几日，叫他们什么都不要做，哪儿都不能去，可着劲儿给他们做好吃喝，夜里一回回两回回，将暖身热肚贴过来，说不尽的情话蜜意，表达不尽的男欢女爱。这尚不够！女人的多情泪水总要洒于思念表达后，雨带梨花般的娇柔更叫男人怜爱，于是，潮水一浪又一浪扑向女人。一股又一股由门缝里流出，带着腥腥精子味。夜里是滋儿滋儿水浇旱地声，是算珠子撞珠子的流线声，是女人们哭了又笑，笑了又哭的呢喃声，是咚咚咚粉拳落于男人身上之又恨又爱声。你看吧，三五日过去后，男人们才陆陆续续出现在街头，游走在巷子里，晃荡在亲朋好友家。疲劳与红尘掩盖不住他们体内渐渐复苏的勃勃生机和唤醒的点点春意。女人们亦叽叽喳喳合了群，个个如刚被天上雨水浇灌过的月季花，脸上荡漾红润，发肤焕发光泽，她们彼此碰着，未来及打招呼，看了对方先捂嘴吃吃而笑，互相遮掩自己私生活被人瞧了个底朝天。

嗨，天塌大家死，不就是个旱灾么，日子该咋过就咋过。

以前又不是没旱过，咱不照样挺过来了！

老天爷总不能眼睁睁看着人们去死吧。

咱好歹还有跑买卖的两个活钱钱哩。

就这样，旱灾带来的惶恐久待于家的焦虑思念和苦痛皆轻轻悄悄暂时跳过去了；就这样，日子在男人与女人相互慰藉和滋润中继续铺展开来。

中秋晚上，王林将大伙召于他家，一个是彼此之间小瓜葛小沾惹该利索者利索，该说清者说清，送人情者当面说清，欠小钱者当面还清；一个是分析分析世道，理笼理笼行情，合计合计下回买卖如何做。还有一心愿，王林想与族人商量一下，看众人如何态度。跑买卖回来的十几个人说到就到。王成虽然此次缺场，可王林亦未落下他，派大小子王文溥叫了他来。

饭菜是早就张罗好的，四碗四碟。四碗是红烧扣肉，油炸葱卷，烧豆腐与炖土豆；四碟是油炸花生，萝卜丝拌黄豆，咸水毛豆与凉拌猪手。酒当然要，老白清，烈，敞开喝，猪肉拌大葱饺子，管够。

自打男人回来，别家女人只顾着家长里短和日思夜爱，可玉兰却早早替男人筹备中秋这顿待客饭。几天来，她忙里忙外，跑进跑出，和面剁馅，皆她一人。父子三人呢，各忙各的。王林先是细细检查王文素这段时间功课，他笑眯眯对玉兰说，布衣暖，菜根香，还是读书滋味长！言词间，对王文素强闻博记和精打算盘颇为满意。他拿出一本书，对王文素说，拿去。是册杨辉所著《详解九章算法》。王文素问：何处淘来？王林神秘一笑，说，喜欢就别问。知子莫如父，王林知道二小子对算学感兴趣，每次外出都会留意，前两次带回古老的《周髀算经》和秦九韶所著《九章数学》。

抱着三本算学书，王文素能不高兴！

一般人高兴大都哈哈呵呵而笑，或喜极而泣，但王文素高兴，外人几乎看不出来，唯其家人知晓。他抱着书，走到院中，抬头看会儿天，转悠几个圈子，然后再看看天，再转悠几个圈子，就算他高兴过了。他向父亲表露，最盼能带他出去。可父亲说他刚刚十五岁，外出经商尚小，若要做点什么，便是进商号做学徒。父亲说，学商不着急，眼下最紧要之事是打好算盘，学好算经，熟背古圣贤书，扎好底子，底子扎得踏实，不愁无机会！机会向来是给有准备之人而准备的。

检验完王文素功课，王林便与大儿子王文溥细细合计此笔生意的开销与利润。待其将此理论清楚，玉兰的待客饭也便安妥。

怎么说呢，一半农半商之家，有如此女人会安排善调度着过日子，有如此男人精打细算运筹帷幄着田里与生意之事本已成功一半，此王林，不仅地里活儿是把好手，生意上比他人更多谋善断，精明耐心，同样出去跑趟买卖，他总比别人费用所花少，利润所挣多，这不仅体现此人能力，更表明此人心机和智慧较常人更甚。加之王林二子皆很出色，大儿子王文溥已长大成人，媒婆踢塌门槛，王林夫妇只是不吐口而已。二儿子王文素年纪尚小，虽怪癖很多，却善良本分，才智过人。如此一来，王林在村子里，于族人面前，颇多威望，便自然不过。

来者皆大小爷们。一进门，他们便看见那朵老红月季娇艳艳挺着，是低眉顺眼之端庄，是不言自媚之娇羞，自然心意舒荡，不免好奇，凑过去看，皆将此花比作女主人，谓天仙下凡。那些蔫儿月季虽说枯败，姿态却依然优雅。孩子是自家的好，老婆永远都是别人家的好，觑眼瞧去，比照自家婆娘，不知玉兰身上那里就多出几份韵味，几份耐看。此感觉萦萦然，绕于心头，不好出口。于是乎，男人们皆笑说王林有艳福，娶个好女人。说过之后，心里不免泛起酸酸醋意，醋意过后就有些失落，失落过后就有些嫉恨，嫉恨怀心就说些日怪话，日怪话夹杂于酒间，日怪话亦就不日怪了。

酒过三巡，王林叫王文溥继续给诸位伯伯叔叔斟酒。王林开言，说，此次出去，大伙都有所见识，大商家是何种气派，驼队一雇就是几百峰甚至成千峰，而我们做小本生意，每人只雇五六峰，最多也就十几峰，同样由山东贩得米粮，运至陕西榆林边关，换得盐引，再到解州等地兑盐去卖，花同样时间，走同样脚程，利润却大大不同。王晟是彩凤男人，年长王林几岁，接口说，谁说不是，可我们毕竟本钱有限，若想扩大生意，何处去弄那么多本金呢？云霞男人王吉小王林几岁，他端起酒，一饮而尽，说，更要命者，以盐引换盐之时，瞧瞧那些大盐商，简直一个比一个势利，瞅咱本小势薄，明目张胆欺负人，放着好盐不给，独给那些大盐商。王晟接口说，那是自然，谁能断定那些大商人暗里孝敬盐商多少银子。表面是人际关系，其实则皆经济关系。王林叹气，说，我们是换得盐引了，可要真正取

天地
公心
TIAN
DI
GONG
XIN

到盐，还不知要等到猴年马月啊！其他汉子们亦拿不出更好主意，只能一边小口啜酒，随声附和。王成在一边嚼花生米，静静听着。买卖不好做，心情都不好，彼此皆无语，若有人冒高，其他人就心里不舒服，不患寡而患不均。王林已成这群人里冒高之人。他所挣利润比他们高好大一截。时间一久，嘶跟之族人既佩服他，亦眼气他。这种情绪窝在心里，引而不发，久而久之，太让人憋气。菜吃得差不多，酒亦喝得差不多了，饺子上了一盘又一盘，王林举起酒杯说，与众家兄弟说句实在话，咱此次出去，所见皆逃荒百姓——话未完，王吉是个急性子，说，咋，哥哥亦想移迁？众人皆盯着王林。王林说，晋，人多地瘠，灾荒连年，赋税盘剥太重，这日子哀则哀矣，实在是难以为继。王晟说，普天之下，概大同小异，去往何处！王林说，俗话说，树挪死，人挪活，朝天子脚下走，那块黄土不养人，哪块黄土不埋人！

大男人背井离乡，外出谋生，孩子老婆婆好好歹歹炕头热坐，那是根稳枝梢晃，若将整个大树连根拔起，移栽他处，是死是活，可非小事，不是男人家一人说了算。

一时间，众皆沉思不语。

5

月华如练。不舍得下雨，属老天之事，月亮姑娘可不曾亏待人间，她早早洗漱打扮一番，将清辉洒向这多灾多难的人间。

王林一家坐于院中，说是赏月，却不摆月饼果果馔；若说清坐，玉兰却点亮西屋供龛烛灯，一人伏地拜了几拜，双手合十，念念有词，皆保佑全家逢福呈祥之语。

王林泰然而坐。玉兰轻声问：逃荒移迁之事，真要成行？真要跟儿子们说？王林朗声说，自然，孩子们是啥？是父母年轻时的快乐支撑老来之依靠，是为人父母者一生最重要的伴儿，我们得尊重他们意见，《庄子》上说，凫胫虽短，续之则忧；鹤胫虽长，断之则悲。再者说，孩子们也已长大，听听他们想法是好事，若将我个人想法强加于他们，是为不妥。玉兰郑重点头。

　　二子立于王林身边。王林说，坐下吧。二子一左一右坐于父亲身边。王文溥年逾十九，生性乖巧通达，常随父外出，见过些世面，故，憨厚中稍带世俗谦恭，更招人喜爱。就说午时待客，他本亦随众同桌而饮，坐于下首替父招呼族客，他却只立于旁侧。一者因人多，桌子围挤甚满，二者尚要帮母亲打打下手，端盘送碟，端茶倒水，殷勤备至。王文素依然沉默寡言，他与兄长不同，不喜应酬，甚厌热闹，每每家里待客，他常独居屋内，苦思冥想。父母亦不强求，一味任其他行他素，做他自己喜欢做之事。

　　王林说，月亮底下，就咱一家，爹欲带尔等出去，如此一事，敞开心窝，都说说，各人如何想法，只要有道理，爹就听。玉兰说，他爹，文溥眼看成家在即，难不成在外娶妻生子？王林说，易风易水，有何不可！王文溥心里亦正嘀咕此事。弟弟还小，父亲带他出去历练，见世面，长见识，增阅历，自然是好事，可自己呢，此时出去，人生地不熟，房无一间，地无一垄，何以立足安身！何以成家立业！若论生意，哪里不是个做，干吗非要跑到外头去做！他心里想不通，可又不敢违逆父亲。听母亲一问，父亲一答，就知晓父亲迁移之意已决，胸间对诸事已有相当筹划。王林对王文素说，尚彬，你说说。王文素想半天，说，主要是大哥。王文溥于弟颇为感激。王林抬头望月，叹气说，树太密，固然可抱团取暖，可根节难免盘绕挤压，向上空间狭小，难以呼吸到新鲜空气；再说，久居一隅，人易委顿，惰心渐长，难免心胸偏促，目光浅陋，不知世界之大之奇世事之难之苦人心之险之冷，如若此时不迁移，文溥一旦娶妻生子，扎下根脚，便骨肉分离，再无远行之可能。再者，文溥，你我父子一路所见，皆迁徙移民，身处灾难，与其坐以待毙，不如铤而走险。兄弟二人注目父亲，像尊天神。王文溥移目望了远处，蒙蒙一片。玉兰目光忧郁，游移着男人的坚决：可我们将去往何处？王林哈哈大笑：父心子明，吾如此选择皆为尔等也！至于落脚何方，还是老话一句，天涯何处无芳草，遍地黄土能养人！看似我们在逃天灾，其实，我

天地
公心

TIAN
DI
GONG
XIN

们在逃人荒。孩他娘，明天蒸金黄窝头。玉兰惊问：当家的，此之何为？王林立起身，说，届时便知。

6

第二日，早早起来，王林叫女人将莲花大供、五果供品、香烛纸裱皆备齐于祠堂门口。他挨家挨户地叫，待族人来得差不多，便将族奶奶搀扶至祠堂正中央一把椅上坐下。族奶奶僵硬着满脸皱纹，紧缩着干瘪嘴唇，伺机而定。王林对着黑压压人头，抱拳作拱，朗声说道：

自明初洪武三年，咱王家祖先移居至此，至今已逾百年。蒙上天护佑，祖宗荫蔽，王族人丁昌旺，稼穑勤殖，生意兴隆，实乃吾族之幸吾辈之福也。《中庸》有曰：天子之尊，富有四海。宗庙飨之，子孙保之。故大德必得其位，必得其禄，必得其名，必得其寿。今，虽世道不靖，灾荒连年，谋生艰难，可我等族辈岂能委屈祖宗，让祠堂年久失修，肆意坍塌，令祖辈蒙羞后人耻笑！故当着族奶奶之面，当着老少爷们之面，对着皇天后土，我王林慨然而诺：择吉日重修祠堂，所花资物皆由我王林一人所出，人力劳工一应开支皆由我王林一家所担，不管男女老幼，只要你能搬得动一块砖，提得起一片瓦，王林就管饭保喝，就算您为王家祠堂之重修尽了心，出了力，就为王族后世子孙绵延圆了功德！

王林一番话，瞬间令王族百十号人炸开锅：
哪有此等好事？哪有如此装大头者？
好。
好好！
好好好！
老少爷们可着嗓子喊。有人诚心诚意觉得王林此举乃功德之举，比如王晟与王吉，他们全力赞成王林举动，对王林大包大揽重修祠堂之义举虽不能全然领会，却为其人格操守与气度胸襟所打动。他们已想好，定当竭尽全力配合王林。有人分明就是起哄，人前人后吐风凉话，比如王成，他说，就他耍大头，就他日能啊！那就让他一人支撑着来吧。天旱如此，便是这些日能人算计着，若这些日能人大出血，说不定还能感动老天爷下点雨星子呢。大多数属跟风者，他们冷漠，观望，人云亦云，既不深刻反对，更无鼎力支持，其心所想便是：公共之事，有人能全部出资，不用他自家掏一个子儿，还管吃管喝，如此大好事大便宜何故不沾！混吧，每日混便是，每日混吃混喝便是，反正过日子就是个混，反正混着打发日子，过一日算一日。看着众人交头接耳，神情各异，王林就知道他此举无疑投石问河，看众人麻木眼神，王林无限悲哀。此亦他要带妻儿远走他乡，离开此潭死水之全部原因。

族奶奶颤巍巍立起，说，哪位若不服，他日请做王林第二。

半晌，族人再无嘈杂。

王林请族奶奶祭祀上供，全族男女老幼齐刷刷跪拜：暂请祖宗安避他处，不日修妥祠堂，将重新恭迎祖宗归位。

王林请阴阳扶乩问吉日，动工动土之日就择于八月十八。

八月十八此日，王林请族奶奶与阴阳一道谢土，自己带一帮后生们动土开工。玉兰早早起来，忙了开来，福满与几个女人早两天便来帮忙，玉兰甚是感激。福满最卖力，她对玉兰不仅心存感激，更主要是对王成耍奸使懒深怀愧意。女人们高高挽着袖子，气呵呵蒸高粱卷子，一锅又一锅，层层码于筐箩里，用白白笼布苫着。狗们在路边巷口逡巡，却不敢轻举妄动，鸡们来来回回，寻寻觅觅，似乎比狗们多几份特权，叫狗们恨得直咬牙，却又无可奈何！

王晟早早起来，将自家院子里外打扫干净。他原以为彩凤明了其心，会使出十二份力帮玉兰干活，不仅做给人看，更主要是想挽留住些什么。可是，日头老高，见彩凤依然磨磨叨叨，根本无动身之意。王晟叫她赶紧帮玉兰去。彩凤在屋里说，急啥，吃现成的，急啥！王晟言不多却性直，一撂扫帚，气呼呼跑回屋，见彩凤正坐于镜前细细打扮自己，猛扯她一把，说，不知羞耻的东西！彩凤咬其所骂"东西"二字，忽地立起，说，谁是东西？王晟气冲冲说，婆娘！彩凤说，是王林两口子自己逞能，谁逼他们了？！王晟说，哎呀，看你这婆娘，真正头发长见识短，球亦不懂！彩凤又揪住男人说她头发长见识短，说，俺就头发长，是那些秃鹫歇顶的老男人能比得了的！原来，王晟早早歇顶，头发甚是稀疏。俗话说，秃不言秃。王晟更来气，强压着，不愿跟彩凤多磨牙，说，王林乃人尖子，他为啥修祠堂？人家留后咱，就要走哩。彩凤吃了一惊，嘴上却说，走的吧，谁离了谁活不了！王晟迭足叹道：王林脑子活络，人家一走，从今往后，做买卖连个主心骨都没。彩凤仍犟嘴说，他吃屎咱还跟他吃屎哩，他走咱还跟他亦走哩！王晟骂声糊脑怂，摔帘子出去，没走两步，又折回，一个指头抖抖指着彩凤说，你若明智，就赶紧叫上云霞和那几个猪脑子女人去帮玉兰。彩凤一看男人真动了气，想想自己亦真无道理，遂深一脚浅一脚跑出门。原来云霞等人受其挑唆，故意不帮玉兰做活，亦叫自家男人狠狠骂了一回。

王族祠堂不大，又因众人齐动手，头一日，该拆者拆，该挖者挖，该备料者备料，该打基者打基，准备了个七打八。土方石料砖头等数目之计算，皆责成王文素料理。王文素边给父亲计算，边研究查阅算书，发现有不少矛盾之处。矛盾处他提出自己看法，并试着采用。他写道：

六艺科中算数尊，三才万物总经纶。

乘除升降千般用，量度权衡五品分。

天下钱粮凭是掌，世间交易赖斯均。

若无先圣传流此，自古模糊直到今。

不到半月，主体工程完，至于里面之彩绘、描摹及牌位摆放，王晟、王吉主动承揽。他们又要主动出资。王林谢绝：大丈夫言而有信，日后维护指靠尔等。翻修祠堂本可叫大伙集资凑份子，但五个指头伸出来不一般齐，球长毛短，你推我阻，他牵我扯，口舌是非自然很多，恐会耽搁拖延此事。凡事总得有个出头鸟。王林就愿做此只出头鸟。

此言传至族奶奶耳里，漆黑深夜，她独自一人盘腿坐于炕上，自言自语说，低头所为是抬得更高。王林，我知道你心气儿高，抬吧，抬吧，若能将天戳个窟窿岂不更好。王林哪，你是给自己给后辈儿孙修后路吗？此条后路到底能修多长！

是，王林是欲给自己给后辈儿孙留条后路，可他何曾料到，王文素老归故土，竟无立锥之地。当然，此是后话。

7

修缮祠堂之事很快完结，王林边做零星活计，边叫妻儿整理收拾行装。

一次举家搬迁无疑就是告别，就是再生，就是脱胎换骨死去活来，并非三天两日寄人篱下，更非三月两月旅外做生意。依王林之意，此次搬迁，他们有可能就不再回来，要在外面生根发芽。除非送骨殖回祠堂。他说，路上所遇灾民，为何戚戚哀哀，为何一步三挪？是因其尚依恋故土，时刻欲回来，他们逃灾是被迫，其心里连一点点准备与方向皆无。表面看来，我们跟那些逃荒灾民并无二致，其实，本质不同。

难道不是吗？故土，他们是主动弃之离之，既如此，心里就不该有丝毫悲哀，亦别想着要回头，他带妻携儿举家迁移是要将其安顿至一个完全陌生之地，要其激活浑身神经，活出全新自己；或者说他要将其扔至一个深不可测之人海里，培植其在大海里游泳之本领。其实，从某种意义上来说，王林既是一个残忍者，又是一个仁慈者；既是一个割裂者，又是一个弥合者；既是一个求生者，更是一个救赎者。

二子各自收拾。王文素首带之物便是那副算盘。他将其置于一木匣里，用破旧衣物裹紧，免被磕碰。他离不得珠子碰撞声，如若

天地
公心
TIAN
DI
GONG
XIN

有一日，他听不到它，他会发疯的。尔后便是那几本算学书与四书五经先贤读本。听父亲说，至新地方，可报名参加科举考试，那些书里几乎承载其全部人生理想。王文溥所带者自是父亲外出经商之各种凭证，此皆由其掌管，父亲亦有意历练他。

玉兰整理收拾乃是全家的，她还得考虑万全，所能带者全部皆带，不能带者亦不舍得扔。好出门不如歹在家，再者说，重新落脚，什么都用得上，日常用品，锅碗瓢盆，衣物穿戴，行李铺盖，男人爱喝亦为待客首选之老白清断断不能落下。好在牛这种大牲畜，他们家已几年不养，若春耕秋收，便短期租用。因年景不好，王林不愿白养张活口。猪、羊、鸡等畜禽自前年起再无续养。最后，玉兰跑到院里，剪下那朵老红月季，小心翼翼包好，她要带上它，待重觅得落脚之地，还要再栽，让它再奇艳再妖娆绽放。

唯一带不走的是这个老院与全部情愫。此老院与王林同岁，虽破败不堪，却可为全家避风遮雨，是多少温暖与记忆所在。

为保证安全，王林拟人物分行，他们一家四口乔装为丐缓缓而行，雇佣一镖局；托其运送全部物货，令其随后而行。

夜，孕育着一切开始与希望，秋虫嘶哑着声音提前为其送行！王林安顿好车马家人，一人蹀出家门，漫无目的，走向夜色深处，他真想一人静静。到底要去往何处？就像此次远行，到底要落脚何处？其实，他何曾知晓。脚下枯枝败叶，秋虫惊惶跳窜。男儿有泪不轻弹。可王林流泪了。为何流泪为谁流泪，似乎知道，又似乎不知。反正他不舍得擦，一任其尽情而淌。他五脏六腑与全部意识早已清醒，只是神经的一头牵着故乡，一头不知会甩往何处。他越走得远，这根神经就越牵得紧，越牵得紧，其心就越疼，就像一溺水之人，越挣扎，吃水越深，吃水越深，越欲挣扎。可是，远方已在召唤，那是心之方向，他已无退路。王林听到自己在呜咽，像只荒原狼在低嗥，他于妻儿面前是何等洒脱，何等练达，可是，他内心深处所蕴藏之巨大痛苦，他们却未必知晓。他哭声越来越大，这种痛苦随其号啕大哭迅速将其淹没。他一次次问自己，于前方真有多大把握？他自信和洒脱是否欺骗了自己亦蒙蔽了家人？若结局大大出乎自己预料，那他又如何面对自己，面对家人，面对祖宗和所有乡亲？

月亮黯哑，挂于天上，狗吠由村庄方向传来，隐隐闻得妻儿在呼唤他。瞬时，王林转身，迅速擦把眼泪，迈开大步，脚下力量顿生，走了两步，他心里好生奇怪，来时之沉重与压抑皆由此一哭给赶跑了，他获得无比轻松。他知道，他脚下之路充满艰险与深不可测，可是，唯如此之路，才值得今生让人费思认真去走！

天地
公心
TIAN
DI
GONG
XIN

第二章

1

鸡叫头遍，天黢黑，尚辨不清人影，王林一家已然上路。镖局托运全部家当在前，他们不远不近紧随其后，这样，既防歹人袭击，又免强盗围攻，彼此之间有个照应。临出门，王林叫各人脸上涂满锅灰。王文溥问：爹，咱往哪走？王林说，咱一直往北走，朝太阳升起的地方走，朝天子脚下走。至于在何处停脚——王文素接口说，能闻得钟声之处。王林笑说，对，能听得到钟声之地，定为风水宝地，也是愿收留吾等之地。全家临出汾州地界时，皆停下，面对家乡，跪拜。

心情难平，毕竟故土难离。

晌午时，王成突然想起什么，跑往王林家，半路遇见王晟与王吉两人站一起小声嘀咕。王晟问他去哪。王成指指王林家，说要看王林。王吉指其一乍长铜锁疙瘩，说，吃锁疙瘩吧。王成摸那只铜锁，一时不知说什么好。一只大狗走来，冲他汪汪直叫，王成踢了一脚，狗未踢着，一只鞋片倒撂至半空。

黑时起身，天越走越明。栖身树上的麻雀往日叽叽喳喳，扑扑棱棱，嘴碎得不行，勤谨得不行，今日却悄无声息。王林一家穿文水，过交城，一路所遇难民灾民越来越多。至太原府，难民灾民几乎扎堆成群，皆衣衫褴褛，一脸茫然与悲戚，令人不忍目睹。离府衙不远之广场上设有一个个偌大粥棚，只要端个破碗破盆，伸手进去，便可被施予大半碗少半盆玉米糊糊或高粱粥。好吃与否倒在其次，关键是热热乎乎，叫人肠胃生暖，浑身驱寒。农历九月，寒露微生，潮潮的，凉意袭背，加之饥肠辘辘，未免寒战连连，一碗热粥，叫人心底平生些许勇气与希望。

一路上，王林一家混迹于群，亦靠赈灾热粥一路走来。呼噜呼噜喝粥，眯眼睛晒太阳，王林瞧二子神色，他们倒亦心平气和，识分从时。究其底，王林就是要让其识识人间愁滋味，尝尝颠沛流离之苦涩，回忆往昔生活之安逸不骄，打拼今后生活常念来之不易而不失为人之根本。

大群逃荒灾民难民，王林为何说其连一点点目标皆无，因其待于一地，非要等赈粥见底，当地官府拿棍棒驱赶他们，他们才起身赶往别处，否则，他们贪恋每日那半碗热粥，只要见今日粥棚依然冒出炊烟，是断断不会离开此地的。王林一家可并非如此，他们于太原府稍作停留，便毅然起身，出太原折东向娘子关而来。此路，王林较为熟悉，他们赴山东贩粮常走此路。出太原府时，王林对家人说，余路，要靠乞讨与智慧走下去。二子看着父亲，不明其意。王林说，乞讨，自然要放下身段；智慧，自然就是想办法饿不死自己喽！话未说完，玉兰最先迈步，走在最前。

2

好一段荒无人烟之路。一条细长小路绵延着伸向远方。两边皆荒芜土地，高大的树几乎没有，即便有，亦光秃秃，并非落叶早早归根，而是全被灾民吃光，树皮亦被扒得精光，裸着白惨惨树芯子，瑟瑟立于秋风中。

王林一家先与一大群难民混搭而行，一路挤挤挨挨，唉声叹气。每至一岔路口就分一些难民出去，可来来往往，灾民难民不断，分出一群就又挤进一群，蛆蛹一般，熙熙攘攘，俨然流动大军。有河南逃往山西者，有山东逃往山西者，有山西逃往河南者，有山西逃往山东者，反正觉得自己家乡乃天下最苦之处，像炒豆子，惟逃往别处，方能存活下来。至石家庄，王林一家又吃回赈灾粥，人们离离散散。到底去往何处？王林和玉兰亦没了主意，镖师着小伙计讨王林意下。

立于一十字路口，王林看看妻儿，看看身边只顾低头走路的灾民，脱下鞋来，掂在手里。玉兰惊问：他爹，此是何为？二子一边一只胳膊抱紧他，生恐他寻短见。王林笑说，无事，以为我会寻短见？一只破鞋死不了个人。他将鞋往空中一抛，鞋像一只损折翅之老麻雀，昂首向空中冲了一下，便折头向下，鞋帮子朝天落于地上，砸起一片尘土。王文溥问他爹：此是如何说法？王文素就要去拾鞋。王林说，慢着，容爹细说此讲究。遂将其随父外出做买卖不知走哪条路时，遂用此游戏来决定哪个路口的故事讲与妻儿。王文溥说，那事先得定好规则。王林说，自然，爹刚才默念过了，鞋帮朝上便朝此方向。他抬右手。又说，鞋底朝上就朝彼方向。他抬左手。玉兰扑哧一声，笑。王文素说，爹，你这叫个啥法儿？纯粹命由天定。王林说，唉唉，其实，命运之路上天皆已安排妥当，我们只要顺遂其意便可。玉兰说，那我们就朝天意方向走？王林点头。小伙计得令，转身便跑。全家人紧紧跟上。

他们所选是通往藁城晋州深州之路。这一段路，灾民很少，几乎就他一家四口，小村庄倒不少。饥肠辘辘时，他们就到村庄里讨饭吃。刚开始，他们还拉不下脸，放不下身段。玉兰说，箱里有文银，干吗非要让孩子受这份罪，吃这份苦。王林摇头，说，人，该低头就得低下头来，将眉脸上一张虚假面皮揭下来，踩在脚下，踏它个稀巴烂，自己踏了，总比别人踏好。这样，他们无论身处何等险境，都会活下来。玉兰明白男人良苦用心，他是有意历练二子，忍常人所不能忍，受常人所不能受，突破心理这一关，唯如此，才能于一陌生之地立稳脚跟，才会有足够勇气面对强大孤独，有所作为。

玉兰想，自己一女人家，要先学会弯腰，她带领男人与儿子向村人伸出破碗，以乞怜眼神，喃喃着说，求您行行好吧！大爷大娘叔叔婶婶大哥大姐，给口吃的吧！要不，俺四个就会饿死！

说无数次话。

伸无数次手。

弯无数次腰。

可就是不能轻易下跪！

王林说过：铮铮男儿，惟跪天跪地跪祖宗！

3

可是，这日，无论如何努力，皆无济于事。他们再也讨要不到一口食物。已饿几日，大脑逐渐迷糊，饥饿已占领并控制人体所有高地。王文素与其父母兄长，再也想不起自己到底从何而来，去往何处，究竟何为，作为人的意识开始点点消散。一言以蔽之，连饥饿的力量亦在点点消散。这是一种可怕症状，亦可谓是种死亡预演。此症状让人失去人之存在特征——主观感觉与精神指示。

生命要一直忍受下去，方能称之为生命。不厌其烦地忍受。但，再亦无法忍受。因为忍受至极点，至要爆发程度。此时，全部生命意义与生存目标就是将一点点食物添加到胃里，让其开始蠕动，消化食物，而非胃之自我吞噬。在未实现此目标之前，一切皆毫无意义。

蓝天愈加高远，白云更加闲散，风儿越加无聊，连路边渐渐衰枯之小草野花都摇头晃脑毫无章法……

这一切，于王文素，于其一家四口，有何意义？

因未实现目标，那么生命就是蜷缩的，委顿的，迷茫的，一切记忆皆斑驳陆离，无聊虚弱。

生命与意识的尽头竟然是既远在天边又近在咫尺。在那里，王

天地
公心
TIAN
DI
GONG
XIN

文素看到了活泼跳动、鲜艳光亮而又缤纷美丽之色彩。在这色彩背后是黑乎乎窝头，炸得焦黄脆香咬上一口即软乎乎的糜面油糕，是热腾腾之香汤面，清澈荡漾。一道道光，光芒，光束，光柱，光枪，由头上滑过，照亮并刺痛本就惆怅而忧伤之心。

——照亮内心亦就唤醒了味蕾。

叩齿。轻轻叩。重重咀嚼。哪怕所咀嚼的是饥饿！哪怕所咀嚼的是空气与虚无！

母亲如此提醒其儿子们。王林看着女人，意志似乎还相当清晰。玉兰率先开始轻微而缓慢的咀嚼！儿子们亦随后跟上！王林笑笑，亦随后跟上！

咀嚼！

原来，饥饿可以变作光芒！于齿间咀嚼，在胃里翻腾——充作食物。大口大口唾液由舌根生出。

吞咽下去！

将唾液吞咽下去！

咀嚼！先是缓慢的，细细碎碎的，零零星星的，无任何规模的；后来，就变作疾速的，大刀阔斧的，声势豪壮的，极大规模的咀嚼！先是小口小口吞咽口水，后来就成"咕咚咕咚"地砸胃声！胃里发出"咕咕呱呱"之声，像极其欢乐之声，是胃里所发之大笑声，是为其之喝彩声！

这是将饥饿驱逐出去之声，又是将更大饥饿招回之声！几乎所有人都不会想到，一个女人，一个妻子，引领其男人，一位母亲，带领其两个儿子，无力地靠在一个破败村庄的草垛下，完成了一次向饥饿发起冲击的大规模咀嚼！他们手无寸铁竟然打胜了饥饿这场战役！原来奄奄一息的他们由此次咀嚼帮其获得（他们本具备此能力，用恢复一词更恰当）再次讨要食物驱除饥饿之力量，倍增生活下去的勇气与信心！

他们再次上路！

王林说，生活就要如此简单，只有简单生活才能叫人在任何情况下皆能存活下去。

肚子稍稍填饱后，王文素信手捋起前额毡毛片似的黑头发，让其宽宽额头暴露在太阳下和微风里。他身上微微出了些汗，而风又将这种潮湿蒸干。裤腿破烂，细瘦小腿晾在外面，感受风之轻抚。蓝天白云依然，风不再无聊，使其感到从未有过的惬意与安舒。哥哥看他一眼，无语。母亲歪转脑袋，眼神无力，却充满慈爱，刚才一阵咀嚼和舔舐，使其嘴唇不再发白，显出年轻女人少有的滋润。王林似乎睡着了，发出轻微鼾声。

　　王文素看看母亲，母亲亦微微朝他一笑。母子之间便无多余声音。

　　在与饥饿之周旋与斗争中，其心和灵魂飞旋起来！荒野，沟岔，到处皆隐藏着人家，隐藏着一个个希冀漩涡与能量储蓄所。前面并非缺少食物，王文素他们并非缺乏力量，他们所需是坚韧，需要跨越一种可能性，即饥饿与死亡之鸿沟或天堑。谁随时都会遇到这种天然障碍。他们需要培养此种耐力。

　　死亡的本质是千篇一律，而形式却各具千秋。当死神向王文素他们迫近时，虽然他们只能后退，不可能否定掉它，但在后退之时间空隙里，他们果断采取措施，哪怕是虚幻设想，借以刺激神经系统，缓解饥饿压迫，以致产生空洞咀嚼与胃液之空乏蠕动，那亦便完成对死亡之宣战！

　　玉兰对王林说，当家的，收手吧，咱赢了。

4

　　一家简陋客栈，两盏破旧竹灯挂于檐前，随风微摇。王林与孙店主围炭盆而坐，炭盆里的火或明或暗，暗影滑过两人的脸。孙店主说，客官，知道你们一家睡多久了？王林看看隔壁，妻儿尚在熟睡。孙店主为王林续茶，说，不说他们，单说大哥你已睡一天一夜了。王林忙问饶川因何而来。老孙说，春秋战国时，赵襄子封长安君以饶，又因居饶河之阳，故名饶阳。饶地多川，故名饶川。王林说，倒与吾之故乡汾州府颇多相像。老孙甚为惊奇，因其为太谷人。半个老乡。

王林喜之不禁，返身回屋，轻手轻脚，欲取瓶老白清，闻得王文素叩齿说道：爹，娘，尚彬已闻得钟声，想必就是此处。兀自拍手抚掌。王林蹑手蹑脚过来，以为王文素睡醒，跟他说话，不想他翻个身，又沉沉睡去，原是梦中呓语。王林为他掖好被角，轻轻走出，不住思索王文素梦中之语。

老孙为人通达，多年开店，心性敏异，心下猜着王林必是取酒无疑，便乘机备下两菜，一干炒花生米，一老咸菜。老咸菜做得讲究，细切成丝，用油和辣椒炒了，洒些芝麻，于此荒灾年间，能将家常之物做成如此，王林不由慨叹店家女主人一颗玲珑心两只灵巧手。待王林取来酒，老孙已搬来温酒热汤，靠在炭盆旁，两个酒盅置于桌上，一边一个。

已农历十月十五，寒气渐趋逼人，两人皆往炭盆前靠靠，王林提起酒瓶，于老孙面前晃晃，说，家乡老白清。小哥为人古道热肠，侠义豪爽，于吾等危困之时，肯于收留，王林铭记五内，来，林为小哥满上。老孙连连摆手，说，举手之劳，不必挂怀。

原来，王林一家又饿又困，昏倒在老孙客店不远处，老孙出门置办东西，与返回来找王林一家的镖局师傅相遇，镖局师傅说明情况，老孙二话未说，将其一一背回客栈，糖水热粥，服侍其吃下，他们又昏昏沉沉而睡。

人若困极饿极，根本睡不着，若说睡着，便谓昏迷。王文素一家便是如此。待稍稍吃点东西，浑身稍有点热量，疼痛便如春之芽草般苏醒，先是脚板火烧火燎疼，发面样又暄又虚，像无限肿胀起来，尔后浑身又酸又疼又麻，整个人像漂浮于空中，无着无落，双腿似乎尚在挪动，可沉重僵硬，抬起半点都艰难。意识与神经被所有疼痛激活着，麻痹着，除了疼痛便只有疼痛。人睡在炕上像翻烙饼。慢慢的，疼痛感缓减平伏，困劲儿盖过一切，人便真正睡着了。

王林毕竟一家之主，责任在肩，第一个醒来，睁眼，捋捋思绪，看看简陋客店，便心下明白。他轻掩房门，走了出来，老孙早留心其动向，迎了出来，于是，有了二人这顿酒。

老孙一向赔着小心，见王林为其倒酒，赶紧起身，一脸殷勤，问：大哥意欲何往，落脚何处？王林说，正欲问小哥，此地民俗风情如何？老孙说，实不相瞒，小人并非本地人，十几年前，随父逃荒至此。论说，此地土著并不多，外来人多。怎么说呢，此地民风淳厚，欺生现象不多。原来亦就一小村庄，后人越聚越多，市面便繁华起来。王林点头。老孙说，此处地形平坦，气候温和，跟咱山西老家差不多。王林说，或许缘分，一至此地，便有种说不清道不明之滋味，我亦意欲落脚此处，不知妥否？老孙抚掌笑说，灾荒灾年，人皆四处走动，见何处亲切有活路就落在那儿，哪里管他妥不妥！不妥再说。王林笑说，倒亦是。

酒过三巡，王林困意乏劲又袭将上来，两只眼皮直打架，老孙敦厚憨笑影子在眼前晃来晃去，心下未免疑惑，不会黑店吧，初次相遇自己便如此下作，既掏心窝又喝酒，心里防意陡升。老孙心细如发，王林如此心思何逃其眼。他依然满脸堆笑，扶王林进屋休息。王林耐不住困乏，转念一想，汾州太谷半个老乡，加之镖局师徒亦非等闲之辈，心稍安定，再视店主，责怪自己未免太过小心，有负其刚才热情与坦言。老孙摆弄其上炕，喂回水，轻掩门而出。

第二日起来，王林见店主于门口逡巡，胸前抱个马鞭子，两手袖着，像在等人。王林走过去。老孙点头问好：大哥睡得可好？王林说好。问其等谁。老孙说，前些日子，有位贩马客官，将马鞭落于小店，物虽轻，却离不得。打这瞭瞭，视其是否再走此路。亦不知这话是否有心说与王林，反正王林一时不知该说什么，只为己昨晚念头有些愧疚。

5

毕竟是练家子，镖局师徒休整两日，体力精力俱已恢复。按先前所谈镖费，及两日店钱，各自结清，打发走镖局师徒。玉兰打理日常，王林想，住客店非长久之计，欲立脚先租房，请孙店主陪他父子三人出去转转。孙店主爽快答应。

头上罩过块乌云。一路上，王林问此地旱不旱，孙店主变了脸，说，咋没旱，地皆裂。王林看两个儿子，眼神颇为复杂。王文溥说，爹，在那待久了，都一样。王文素一言不发，只管左顾右盼。老客店在城外，离城内不远，直直走一段路，进入南熏门，便为饶川最繁华大街。

立于街口一瞭，大街不算太长，可人流熙然不断。王林问：此地为何商贸如此繁盛？老孙说，自神农氏炎帝起就召天下之民，聚天下之财，日中为市，日暮交易而退，各得其所。本地自设市造廛以来，商旅不断，商帮迭起，市贸丛生。王林不禁语道：与汾州府相比，有过之而无不及。老孙说，大哥有所不知，此商家多为座商，半农半商者居多，主要支营周边养马场。自去年以来，虫灾旱灾不断，人们田粮无入，求生心切，便竭力经商，自然浮华热闹些。

未走两步，有雨星砸头，落于地上，像红鏊子上落水滴，扑哧扑哧滋儿滋儿响，虚尘浮土像烟冒，地上灰乎乎一片。下吧下吧。人们惊喜欢呼之余，雨点又住。

天爷爷莫非戏耍人！

正说着，两辆马车辚辚驶来，在田记粮店门口停住。打首汉子，一脸络腮胡子，膀大腰圆，跳下车辕，将马鞭扔给另一车夫，吆喝一声，说，等着，待俺去叫老田。兀自进店。老孙店主告诉他们田记粮行买卖最好。

只见老田——一位四十岁左右男人，脸上刮得干干净净，身披薄衫，急迎而出，说，二位辛苦，请里面喝茶，待吩咐伙计卸货。络腮胡子显然性急，说，田老板，皆老主雇，废话少说，俺们给你将米袋卸于门口，你叫小伙计慢慢往进搬，如何？老田点头，正要挥手叫人搬米袋，络腮胡子要其算清足费。老田只说眼下资金周转紧张，要其宽限几日。络腮胡子说，你卖米，俺拉米，皆为糊嘴。你拖欠俺，让俺们一家大小喝西北风去？老田眼一瞪，说，不就几日，何至于此！赶车盗马，无好人！络腮胡子火了，使劲推他一把，说，糟蹋谁！赶车盗马如何！老田身子就往后栽，重重摔于门扇，门后是茶壶吊子，"咣——"吊子被撞，弹开老远，很快弹回，撞在门扇上，碎成几块，水洒火上，腾起一股白烟灰。

老田女人与女儿田螺从里屋跑出，大呼小叫，又哭又闹，叫车夫放手。络腮胡子说，要米就给钱，不算钱就拉米走。这时，一位高瘦男人走进，说，莫动手，莫动手，米亦要，钱亦付。王林问老孙此为何人。老孙说，他呀，老好人，常和稀泥，故人称单善人。女人止住哭喊。单善人问老田当真手头紧。老田点头。

不到一盏茶功夫，老田门口很快迭起个人围子。人皆看单善人。络腮胡子大步就往走，说，行，折米亦行，只要价格公道。老田如梦初醒，追出，说，你们那足费才几个跳蚤！别动我的米——

6

单善人跟出，对众人说，这样吧，两家，有话好好说，就物抽分，咋样？老田脖子伸得老长，生怕吃亏。单善人清清嗓子，说，事情可否如此？老田，此二位师傅给你拉了米面，你无钱付脚程给他们，但可将米按一定价格折给他们以抵足费！老田点头。单善人拾步站上台阶，一下鹤立鸡群，问哪位可帮其算个公道。人群中一阵骚动。单善人又说，忙不白帮，若算公道，老田自有米赏！老田心里直叫苦。

王文素说，爹，我去试试。王林使眼色阻止。今早临出门，王林再三嘱咐，初来乍到，不比在家，出个差错无人担待。走到那，既不能惹是生非，还得夹起尾巴做人，出门三辈小，见了狗亦得叫大嫂。当时，听父亲说完，王文素大笑，说，若是条公狗呢？王林白他一眼，说，犟骨头，专门顶牛！头天"踩盘子"，父亲岂能轻易容其"亮底盘"。王文素说，爹，盘子不踩不亮，该亮则亮。王林无语。

单善人居高临下，一眼瞅见王林父子嘀嘀咕咕，见王文素只是个半大小子，倒是他哥浓眉大眼身材颇为魁梧，就叫王文溥上来。王文素见老田女儿直冲他哥看，热辣辣，情殷殷，心中好笑，就推他哥，说，哥，你上去，我给你递条条。王文溥与田螺二人眼神相遇，俱怦然心动。

王文溥看着田螺，胆儿越来越肥，经不住单善人再次招摇，他看一眼父亲和弟弟，一步跨上台阶。众皆疑惑，不知何处来的青皮后生。单善人问：兄弟，说，你要知道哪些数字，方能算出二位车夫足费折米几何？老田该剩下多少米？王文溥说，自然要知道车上米有几石，现价几何，当时两家言定足费多少。单善人哈哈大笑，朗声说，来，各报各数。车夫说，两车有米一共十八石。老田说，糙米现价每石值钱三百七十文。车夫说，当时与老田言定脚费二十四文钱。王文溥问有无算盘。田螺岂敢怠慢，赶紧取算盘出来。王文溥抱算盘于怀，王文素已递纸条给他。单善人说，这是干吗！敢情你是替身！王文溥说，兄弟帮我记数。田螺直恨单善人打岔多事。王文溥打算盘，一阵噼里啪啦，说，车脚抽米一石八斗，剩下——

众皆惊讶，心说，何处来个神算手。

络腮胡子甚为疑惑，怕其胳膊肘朝里拐，合伙算计他二人。单善人说，再请高人验算之。老田双眼如鹰，于人群中搜寻。

忽想起牛二。牛二何在？

牛二上茅房去了，懒驴上磨屎尿多。人群中不知谁应一声。

若不信，你自己算好了。王文溥将算盘往老田怀里一戳，就要下去。

谁敢说算的不对？啊，谁敢说？单善人一把拉住他。

老人家，别如此说，倒像错的硬逼人说成对的。王文溥说。

单善人笑，说，那倒是。尚有两样未算进去，吾之牙钱与尔之算钱哪！

一听单善人要抽牙钱，还搭揽算钱，老田心里直恨单善人，骂他割别人的肉，自己不觉着疼！

王文溥说，算钱我不要，至于老先生之牙钱，便是您与那位掌柜之事了。快步回到父亲与弟弟身边。

几人跌入人海，田螺心魂被王文溥所牵。

第三章

1

　　眼看至饶川已近十天，一家人尚窝于旅店！冬渐近，天气越来越冷。王林原想乘冬闲将家人安顿下来，笼顺诸事，次年春天，或外出谋生或开荒耕种，一年之计在于春，不耽搁次年行事。看来，计划不赶变化。王林心急如焚，牙床肿胀，半边脸像发面样暄起。家人看着亦急，却无计可施。

　　这天，吃过早饭，王文素拨拉会儿算盘，一人悄悄出来。

　　一群人聚于茶神仙门口，十月暖阳赛小阳春，人们闲来无事，边晒太阳边闲谝胡侃。茶神仙手捉一圪抿壶，圪抿壶玲珑小巧，像只麻雀卧其掌心。茶神仙隔壁是药铺老王。老王闻得外头吵嚷，探头而视，戳眼窝便是单善人，老王便缩回头。单善人亦看见老王，不理会，只问茶神仙喝什么茶。茶神仙说秋冬自然喝红茶，加半钱白冰糖，养胃祛火，消食提神，饭后一壶茶，赛如活神仙哪！牛二立于旁，说，人家喝茶，咱喝白水，人神到底不同，今年旱的跟球似的，嘴里淡出鸟来，连茶是啥味都忘了，更别说冰糖红茶了。单

031

善人一听顿来精神，说，老牛，你能写会算，咱打一赌吧，你若能算出南熏门前石狮子有多重，我请你喝冰红茶，如何？茶神仙铺子离南熏门有点距离，牛二觑眼，瞅半天，说那玩意儿太重了，搬又搬不动，秤也秤不起，不好算。单善人说，要不，这样吧，只要你算出那石狮子重量，我再送你两袋红茶，还叫你走一路喝一路冰糖红茶。旁边偏有瞧热闹不嫌事儿大的，高叫：单善人赌资加重，有点意思。牛二心活，思谋半天，说，我渴的不行，你说走一路喝一路冰糖红茶，如何喝法？单善人说，从此处至南熏门，一壁走一壁喝，不能尿，你不是说今年旱得连尿亦喝不上，咱就一滴也不能尿，尔后，你再算出石狮子多重，两袋红茶归你，回家慢慢喝去。单善人转身从茶神仙铺里提两袋红茶出来。茶神仙一把掐其手腕，说，老单，您善人可得做善事，上回喝我茶钱还未结清，今日又赊！单善人掏出块碎银在他眼前晃晃，说，不急，一齐结清。旁边有人说，无事歇歇吧，老单，又打赌！单善人不理会，自管盯着牛二。牛二一早起来，早饭未吃，肚子饿得咕噜叫，别说冰糖红茶，就是白开水，他也能一气灌三碗。论说喝茶不是问题，关键是石狮到底有多重，若算不出，终将被人耻笑，耻笑他本人也就算了，关键是耻笑算学，耻笑其智商与算法，再怎么说，于饶川一带他是多少有点名气的算家。几多日子，牛二不是不想解决此难题，关键是他无善法呀！

人群云一样移向石狮子。

王文素看一眼石狮，样子很不规范，不可能直接量其体积，要将其单独秤出更不可能，莫非其重量永远是谜？

管它呢，先饱喝顿冰糖红茶，有枣无枣先敲一竿子再说。牛二是豁出去了。单善人忙着人烧火煮茶。一大桶冰糖红茶很快备好，足有二十几斤，红酽酽，冒着热气，盛到碗里，稍吹两口气，便可大口大口喝。牛二前面走，刀疤提桶，老洪拿碗，后面跟着。走几步，老洪盛满茶水递于牛二手上。牛二咕咕喝完，神气活现，将空碗递给老洪。围观者像一坨浮云。鸡、鸭、狗、猫，还有天上飞鸟皆跟着看热闹。它们都想喝冰糖红茶。因它们都未曾喝过冰糖红茶，更要命的是天爷爷三年两旱，滴雨难见。牛二喝得美滋滋，不提防打个喷嚏，水滴子溅出，鸡们扑过去，鸟们落下来，鸭狗猫根本插不上嘴，急得团团转。老洪脸上被喷几滴，趁单善人不注意将手指往桶里蘸一下，抹把脸，顺势吮。单善人看得紧，说牛二牛二，不能再喷，喷了不算。牛二张开嘴，举空碗至半空，茶水流成细细的线，汇成水滴滴到口里。牛二甩舌头舔嘴岔窝，使劲儿巴咂嘴，说好美！看热闹者皆咂嘴，吧唧吧唧直响。有人恨不能将头伸进桶里，咕嘟咕嘟喝他娘个死。

<h1 style="text-align:center">2</h1>

　　眼看半桶茶下去。街行一半。牛二喉咙腥腥甜甜，直往上翻，肚里先是咕噜咕噜响，随后，上面打嗝，下面放屁，还想尿尿。老洪说，牛二，今儿可是管饱喝，喝饱了就走风漏气。牛二说，那是，自我娘死后，肚子根本就没饱过。说完又叫盛茶。刀疤问：水亦能喝饱肚子？单善人白他俩一眼，说，废话，风亦能灌饱肚子。老洪说，喝风屙屁。单善人说，牛二小子，我问你，你想凭啥喂饱肚子？凭那些算学点子？！唉！妄想！赛如这水灌肚皮，一时湿，半时饱，当着老少爷儿们面，若说大话，我老单不姓单！刀疤说，那你姓啥？难不成姓双？老洪说，老光棍一条，不姓单姓啥！单善人踢二人，叫他们滚一边去。牛二沮丧摇头，对单善人说，不瞒您老人家说，我若不上算学这条贼船，媳妇早娶下，娃娃亦早能打酱油了，生计亦早早立定，岂会如此窝囊！

　　王文素跟在人群中，闻言，心下耻之，说是自己无能，与算学何干。

　　单善人叫老洪快给牛二盛茶。老洪伸碗往桶里舀。刀疤干脆提桶往碗里倒。单善人嘴里嘘嘘而言，叫他俩一滴都不能洒。牛二接过，又是满满一碗，茶面晃动，映得五官皆移位，三分狰狞，五分可怕。单善人喝道：喝呀！牛二将碗送至唇边，一气灌下，回看桶里的茶，差不多有少半，抬头看南熏门前石狮，还有几十步路程。尿意已上，心说，走快两步，出些汗，往出排排，是否好些。如此一想，脚下加快步子。不想，步子越快，肚里晃荡得越厉害，肚子晃荡得越厉害，仿佛下面坠个水袋子，越晃荡就越想尿，越想尿就越觉得肚子憋胀得厉害，肚子憋胀得厉害就越想尿。他收回两腿，轻轻夹裆，放缓步子，一步一挨，一挨一步，向前走。单善人又催老洪和刀疤，说给他舀上，凉了就不好喝了。老洪支碗，刀疤倒茶，满溜溜又是一碗。牛二接过，憋气就往肚里灌。他狠下心，说，一步之遥，说成甚亦得将两袋红茶给挣了，即使每日喝茶，亦比挨饿强。如此一想，精神上提，似乎胃囊还长一倍。牛二又喝下五六碗。此时，他一直紧紧缩裆，小心提气，身躯渐弓，两手抱腹，一步，两步，眼看快到石狮子跟前，牛二再不能往前走，撅着屁股，抱着肚子，哆嗦成虾。茶神仙指指善人，看看牛二，说，唉，这又何必呢！单善人又催，说还有两碗见底就赢了。牛二稳住下身不动，直起脖子，瞅桶里茶水，一阵恶心。老洪还要倒，他摆手阻止，刀疤递桶给他。牛二提桶在手，身子一点点靠在石狮上，举起桶，就往嘴里倒。他稍直身子，桶尚未对着嘴，茶冲面就泼下，同时，裆里像拧开热水闸，哗哗哗，先是裤裆洇开一片，尔后是裤腿湿了一片又一片，一股又一股热流顺着牛二两条大腿哗然流下。牛二嘘嘘呀呀，喔喔哇哇，嘴里配合着，身子前后摇晃，浑身抖得像筛糠。狗们一看有大行情，赶紧凑上就舔，直将地上舔出个大土坑。鸡们嗍嗍嗍而啄，满嘴是泥。鸭们嘴笨，未来得及，热流全渗土里，急得嘎嘎嘎直叫，却是怨天尤人，无人理会。单善人踢牛二一脚，骂道，狗日的老牛，不算不算。围观者嗷嗷欢叫。牛二从上到下，像被水洗过一回，半天吐出一句，说，再叫你旱！

　　王文素走上来，对牛二说，想赢两袋红茶？我助你，如何？牛二瞪大眼睛，出溜的身子慢慢立起，两腿罗圈，看着王文素。单善人走来，打量王文素，说，你这小孩儿，打哪来？给老田算就物抽分者就是你。王文素说，打哪来不重要，关键是算出石狮重量，还算学一个公道。单善人说，行，真本事能服众，你帮他赢，也算，看一条草绳能穿几只蚂蚱。牛二连打饱嗝，肚子往前一拱一拱，恶心得想吐，一手捂肚，一手捂嘴，说，凭你，算其重？不可能！王文素问他肚里还能否放出水来。牛二说，我能吐出水来。单善人转身，冲牛二喊：吐出来更不算。一说吐，牛二像龙王放水，吐了一地。王文素说，再提两桶水来。单善人说，干啥干啥，还让他喝？王文素不吭声。牛二慢慢蹲下来，两条胳膊抱住上身，下身冷得不行，他又抱两腿，湿透的裤子冰冷冰冷，牙齿咯吱咯吱打起架来。鸡们鸭们以为牛二要吃它们，吓得扑棱着翅膀，夺路而逃。

3

　　王文素要铁锹，单善人说现成就有，老洪转身回家提来。王文素亲自动手，铲一堆土，倒上水，和成一摊泥糊糊，稠稀正好。单善人转来转去，看。太阳一人高。人皆一脸好奇，看着王文素。牛二站起，提着裤子，抖，湿裤子差不多干了，身上亦不那么冷了。王文素叫老洪和刀疤往石狮身上抹泥糊糊。单善人哈哈大笑，说，石狮子穿泥皮皮，有意思。王文素挽袖，两手掬一大块泥，亦往石狮身上粘。众人看着好玩，如法炮制。小儿尤甚。

　　我说小子，你这是要将这只愣货装扮成啥模样？单善人抬抬下颌对王文素说。

　　立马见分晓。王文素只管叫人从野外挖土和泥。

　　三泡泥皆不够用，又和两大泡。

　　王文素叫人用泥满包石狮子，便再不要众人动手，亲拿小铁铲，细细将泥贴实，连一点很小缝隙都不放过，比如石狮子趾头处耳朵处嘴巴处等。泥粘扎实后，他又将泥塑成一长方体，棱角分明，表面抹得光光亮亮，平平实实，石狮完完全全被包里面。王文素用线比出长宽高，划于地上，以步测出具体尺寸，记下。他又将泥全部扒下，细细将泥摊于平坦之地，不松不紧不瓷不虚拍成长方体，用线比出长宽高，划在地上，以步测出具体尺寸，记下。

　　日头已高，茶神仙圪抿壶里的茶换了一泡又一泡。瞧王文素架

势，单善人有些气愤，他预感到两袋红茶定要输于牛二无疑，有些
想溜。

牛二问，前数减去后数？

王文素说，自然，乃石狮体积。其难之所在。

牛二一拍大腿，说，体积有了，石头密度有，二者相乘岂不就
是石狮重量！嗨，我咋未想出！他恍然大悟，喊：老单，两袋茶叶，
给我！无人应。回头寻单善人，早跑出两丈开外，边跑边喊：猪脑
子牛二，还喝球的茶——

4

老田后院有三间空房，说是空房却也不空，堆满柴草杂物，偶
作临时库房。一家人正围于桌边吃饭。闻得喜鹊叫，老田女人说，
喜鹊叫，喜事到，莫非咱家真要有喜事？田螺说，娘，我爹榆木疙
瘩脑筋不开窍，喜事亦叫他榆阻。她娘问为何。老田用筷敲碗沿，说，
我，榆木疙瘩？不开窍？能做得了买卖？能挣下如此大家业？田螺
白他一眼，说，人怕眼短，这点家业算个啥？老田问她为何发此言论。
田螺将碗一推，就写租房启事，贴于门外。说风便是雨，老田差点
气极。

正好王林路过，看到启事，要看他家房子。老田吭吭哧哧，说
过一两天再说。老田回来责问田螺。田螺振振有词，说，腾出咱后
院三间空房，租给他们，依我看咱不吃亏，你看那两个小子能写会
算。再说呢，还能叫他家大小子给咱跑店，岂非两全其美！老田一
惊，说，闺女，你比爹还精。田螺说，爹不是常叫女儿不做亏本生意，
我看这桩生意是大赚稳赚。老田心里开始活泛，起身往院里溜一遭，
立于空房前发好一阵呆，招手叫女人出来，说，那姑奶奶是什么个
意思？女人笑说，八成是看上那后生了。老田说，一个外来小户，
不知底细，无财无势。又说，反了你啦，毛丫头，我要你招上门女婿，
还得是本地人，外来小户岂能入眼！再者说，他赁房子，咱总得摆

摆架子，拿拿主人威风吧，这孩子，啥都不懂！

正想着，隔壁蔡氏走来，见老田一脸得意，遂笑盈盈问道：田叔，你家三间房要租赁？租钱几多啊？老田见是蔡氏，啊啊两声，口张着，一时不明其意，说不出话来。

这蔡氏身量不高，可谓娇小玲珑，长脸型，一双眼睛黑多白少，瞅哪哪发亮。右眼睑处有一黑痣，人称泪痣。破相。谁说不是！此女打小被拐，稍大被卖翠花楼，琴棋歌赋样样拿手，后被人赎出，倒了几手，被蔡家买作媳妇，尚未填门，蔡家儿子便一命呜呼。蔡氏守寡，与瞎眼婆婆开个小布庄讨生活。她婆婆一不高兴一想儿子就骂她丧门星。蔡氏百口难辩，惟蜷缩着熬日子。近来，她婆婆总说家里阴气太盛，有股狐骚味，得让阳气冲冲，闻得新来小户寻房赁住，又是两个后生，阳气上亢，正好逼逼家中邪气，便叫媳妇收拾两间出来。

蔡氏故作轻松，拍身上线头线脚，对老田说，我正找田螺说此事，新户若看不上你家柴房，可千万不要丢了此主，我家那两间房正愁无人住。老田说，你家亦出租房？蔡氏正色道：可不是，人是楦头屋是鞋，烟火气撑着，屋踏烂得慢。老田一听赶紧接口，说，啊，啊，田螺已跟人说妥。蔡氏问租金多少。老田说租金不租金，反正挺便宜，出门人，求生谋活不容易，就是张口要落脚我家，咱菩萨心肠如何能拒之门外，你说是不？蔡氏一听，心说，这精煞鬼老田何时变得如此大方？她踮脚朝后院瞅，老田忙掩门，说，刚养两只鸡，别让跑出来混丢了。

一从田家出来，蔡氏就往门口贴租房启示。正好王林走来，问她家租房为何不收租金，蔡氏说，人在屋檐下，本就要低头，再收租金，人更难活。我家就我和婆婆，只要帮我娘儿俩将提水捣碳扫院这些力气活儿做做就行。王林说那好办，岂非手到擒来。

老田闻得门口吵吵嚷嚷，慢悠悠踱出。眼见蔡氏与王林就要谈妥，老田急，田螺更急。

5

中午，王林一家四口每人手里捧个窝头。老孙女人端碗进来。王林本欲打问田蔡两家底细，可又怕孙家与其沾亲带故，黑天踩黑水，不但问不出个所以然，反倒让人暗中通气，将自家疑惧一辈子刻记在心，不好。

老孙女人瞧出王林心思，看一眼王文溥，说，都是人，吃的五谷，得的百病，哪有多少坏心眼，只不过各家有本难念的经。老田呢，独孤孤一闺女，家业倒不少，老田早就放话，要寻个倒插门女婿，依我看，八成是老田闺女田螺有意你家大小子。王文溥心中一惊，难言喜悲。老孙女人说，至于蔡氏，小男人前年冬天肺痨死了，守个瞎眼婆婆，一老一小两寡妇，屋敞人稀，火焰低，阴气重，常说害怕，半夜老鼠啃布，婆媳俩谁亦不敢起来，是真想找一邻家做伴儿呢，没准也看上你家大小子。王文溥扑哧而笑。王林心中释然。

晚上，老田早关铺子，女人做晚饭，田螺说她不想吃，将自己关于屋。女人给老田盛红薯南瓜粥，老田用筷子捅红薯，满是窟窿，叹气，说，女大不中留，留得结了仇。女人瞅田螺屋，见灯熄人静，说，瞎说，田螺自己有主意。老田说，她若没主意倒好了。女人说，她若提起一堆，放下一摊，咱俩岂不完蛋，老了指靠哪个去！

老田气呼呼，喝两碗粥，也不洗涮，回屋躺下。女人一阵忙碌，窸窸窣窣，挨老田躺来。老田伸出胳膊一下箍住女人屁股。女人下身紧贴，上身却往后掣。老田又扳女人肩，女人又将屁股撅出老远。老田粗声粗气，说，你那一亩二分莫非真是干旱地烂碱地？就不能再打把粮食，生个儿子？女人说，挣下的钱，悉数瞒我，想给哪个小娘儿留着？老田腾出手来，狠掐女人一把，说，肥水不流外人田。说着就往女人身上跨。女人推开他，说，去，让我跟银子打个招呼。老田迟疑，磨蹭下炕，打开柜盖，提出个布袋，穷身，抱在怀里，挨至炕边。女人掀起被窝，敞门欢迎。老田躺下，将布袋置于两人中间。女人双眼圆瞪，嗯，坐起，提在手里，掂掂，说，怪沉的。眼泪便下来，说，和你睡炕快二十年了，瞒我铁桶一般，攒恁多私房钱。老田说，跑不了，不是给你，就是给田螺。女人张大嘴巴，说，真的？老田说，那还有假！女人将布袋抱在怀里，又提嘴边，亲了亲，闻闻味道，说，一股子樟脑味，几年了？老田说，差不多有田螺大。咚，女人将布袋置于自己这边，伸手揪老田，老田趁势将她往怀里一拉，女人热热身子顺势就贴过来。老田说来就来，压得女人直嚷嚷，呀呀呀。老田喘着粗气，说，别老鸡呀鸭的，先给我生个儿子再说。

田螺出来打水洗脚，路过爹娘卧房，悉数闻得，牙齿咬得咯咯响，脚下踢着一铁盆，铁盆碰疼脚，她索性狠命一踢，铁盆滚出老远。

谁？老田问。

田螺屏住呼吸，不吭声。

猫。女人喘息甫定。

死鬼猫，要紧处来这么一下。老田声音渐蔫。

第二早上，女人正洗漱。老田前脚出门，后脚又折回，对女人说，快将银子布袋拿来，今日说好有车面要送来。一听有生意，女人踮脚将布袋递他。老田转身就走。女人恍然大悟，说，骗子！不敢高声，怕田螺听见。老田不语，只顾提了钱袋往外走。

田螺一眼瞅见，气无处撒，至猪圈边，猪抬头看她，抬头纹满脸，田螺骂，丑八怪，挨刀货！猪亦看她，说，你也好看不到哪里！田螺操起棍子打它。猪哼哼直叫。

她娘探头出来，说，打猪干吗，它招你了，还是惹你了！田螺气恨恨回屋。

6

三间陋室，牛二说腾就腾出两间。他包袱皮一点东西，撂于屋角。断胳膊桌子折腿椅，一地老弱残兵，溃不成军。王林借把钳子，一番敲锤钉补，一番拆合拼凑，迁就能用。牛二说，日子叫我过得缺胳膊短腿。王林说，你那屋亦收拾收拾。牛二说，收拾啥。要不，三间房，你们都住算了。王林笑说，你住哪？牛二说，天为被，地为褥，何处容不下我牛二。王文素正拿扫帚粘墙角蜘蛛网，说，知道这叫什么？这叫席子撵炕！牛二说，曹操打黄盖，愿打者愿打，愿挨者愿挨，两厢情愿，与旁人无干。

王林端满满一簸箕垃圾，倒完回来，问：牛二，你都三十出头，为何无妻无室？牛二看着空荡荡屋子，颇多感慨：祖上地薄家贫，自祖父起，喜欢算学。大哥早夭。我素喜筹算，遭父极力反对，提住耳朵，拽住心，说其不能成为谋生之术。可我不听，一意孤行，每日钻于筹算书堆，大钱挣不来，小钱看不起，四书五经日渐荒废，岁月蹉跎。母亲在世时，给我张罗娶过一逃荒来的寡妇，可她嫌我的日月比天上星星还稀，也未留下一男半女，便偷偷跟人跑了。尔后，母亲连病带气，一命呜呼。我孤身一人，日子越过越稀，就混成今天如此怂样。王林唏嘘不已，说，牛二，咱明人不做暗事，先小人后君子，先丑后好看，开个租赁价。牛二说，钱不钱吧，你们能住，我蓬荜生辉。王林再三坚持，牛二无法，最后定下每月五文大钱。

王林一家于孙家客店栖身一月有余，如今搬出，多少有些难言情分，人喜来不喜走，加上，王林一家勤谨，本分守己，诸事安妥。老孙夫妇甚是不舍。孙家女人不止一次对男人说，这户人家有风水，走到哪儿便将风水带到那儿。再三挽留，王林婉拒。

牛二房子虽说破旧，可王林认为妥当，一则牛二无家眷，相当于他家独院，自在舒服。二则赁钱手松，迟三五日无妨；三则，牛二简单，不像老田与蔡氏于租赁房子背后隐藏太多心事。人，越简单越好相处。三下五除二，王林就搬了家，安了居。

人出门在外，所遇皆是神神，不烧香亦得磕个头，不磕头亦得拱拱手。王林左思右寻，老田、蔡氏先后贴出租房启事，分明是冲他家而来，还相互叫阵，他最终花落牛二，无疑将两家抛闪于一边，不免有些拂其好意不给面情不识时务之嫌。人与人之间怕寡淡，怕冷漠，不怕擦抹，你擦我抹，那叫看得起，人捧人红，人抬人高，越渗透感情越深厚。想想自己尚要立脚此处，就不能结下暗梁，得想法补救。王林就和玉兰商量，田记粮行招聘伙计，不妨先让文溥过去帮忙，反正一时半会儿他也找不着合适事做，一来挣几分算几分，家里省一人嚼用，二来也顺下老田面子，以后见面，不至心生罅隙。蔡氏呢，做布庄生意，眼看年关已到，不妨给两个小子每人添件衣裳，都上她那儿去做，算照顾其生意，多少弥补一下，权作低头，承应人情。

　　玉兰明白男人细心与苦心，自然无话。和两个儿子一说，王文溥说，自打中秋回来，盐引之事，再无关照，理应出去催察催察。王林说，此事为父已想过，尚彬已大，欲带他出去一趟，见见世面，历练历练，你先到老田粮行做小工，等挨过今冬，咱父子三人再作计较。听父亲如此铺排，文溥欣然同意。王文素呢，一听要带他出去，兴奋之至。至于说做新衣，王文溥低头不语，算作默允。王文素死活不要。玉兰训斥道：说不定明年就要乡试，莫非你就穿这破烂衣裳去不成！王文素无奈，只好硬着头皮随母兄到蔡氏布庄量尺寸。

第四章

1

　　转眼冬至。

　　蔡氏去刀疤家割肉，准备包饺子。她摇摇曳曳走于街上，风喝醉似的于脚前脚后乱窜。

　　茶神仙故意端杯茶立于门口，茶沫由嘴吐出捻于手里，待蔡氏路过，故意弹她。钉马掌老丁出来倒脏水，远远见蔡氏过来，便住手，女人催他。他说人前不敢泼脏水。铁匠老洪撩着围裙于门口张望，嘴里说，昨晚取货顾客为何没来？眼却瞟向蔡氏。老古拿只玉镯在空中晃，茶神仙喊：老古，又日鬼假玉镯，阴天，晃啥晃！老古说，盘玉，看这水头如何……茶神仙说，盘一辈子玉，看一辈子水头，盘出啥？看出啥了？老古不再言语，玉镯圈里，蔡氏越走越大。刀疤捏块骨头，老早冲蔡氏喊：肉要瘦些……茶神仙见刀疤瞟蔡氏，喊：刀疤，有块肉，你吃不吃？刀疤故意说，吃。茶神仙说，你若吃了，你老婆受不了；若你老婆吃了，你受不了；若你俩皆吃，你家炕受不了。刀疤哈哈大笑。

蔡氏走得招摇，一路风情，却目不斜视，这些男人她正眼不瞧。

此时，一只母狗从巷里跑来，后面跟着五六只公狗，母狗夹着尾巴，边跑边回头看，公狗们不依不饶，紧追不放。刀疤扔块骨头给公狗，公狗们哇地全扑过去，疯抢起来。母狗也想去抢，看看，扭头走了。

至肉铺前，刀疤讨好似地冲她笑，割肉，过秤。老丁喊：刀疤，闻闻你面前的肉香不香？刀疤说，香，最亲不过姑舅，好吃不过猪肉，肉咋能不香呢！男人们皆看刀疤给蔡氏秤。只见刀疤左手提秤，小指压秤杆，右手将拴秤砣细绳往后拔了又拔，细绳油腻腻，滑的很，刀疤一拔，秤砣差点坠地。刀疤捏住晃荡的秤砣，说，二斤三两，高得挑鼻子。蔡氏不动声色，要他再秤。刀疤只好再秤。绵二斤。秤砣眼看往下掉。蔡氏跳到一边，说，砸你脚不要紧，可别砸了我脚。刀疤脸上红一道白一道，赛如案上五花肉。

蔡氏提肉回走，群狗不见。

传来茶神仙女人尖利的呵斥声：咋，喝茶不就风不行！茶神仙讪讪而回。老丁女人两手叉腰，骂男人：一盆脏水，没把你倒出去！见老古探头，又说，老古，别看了，仔细叫水头花了眼。老丁骂女人，多嘴骡子！女人抬脚踢他。老丁又骂：小心给你蹄子钉马掌。蔡氏走过，依然冷着脸。叮叮当当，老洪打铁声追来，枯燥又单调。

回到店里，玉兰母子三人已候她多时。蔡氏赶忙赔笑。刚才情境，玉兰全收眼底，见蔡氏面色坦然，颇为惊讶，心说此女年纪不大，混世却如此沉稳，是何来历？蔡氏见玉兰瞅已发呆，知其所想，亦不搭腔，只冲其笑。玉兰赶忙立起，说给他兄弟二人各缝身布褂。蔡氏笑眯眯看着二人，意即谁先来。文溥量完，有事先去。令王文素奇怪的是，此女眼神里似有一种粘丝般东西，能将人之魂魄从此粘捉了去。王文素侧身后站，做出看布料模样。蔡氏乍着右手，麻利地量肩抬、袖长、前襟、后襟、腰围、下摆，她并非量一下记一下，而是全部量完才将尺寸记于麻纸上。王文素踮脚欲瞧院子到底有多大，无奈窗纸严实，什么也看不到。等到蔡氏转到其面前，王文素闻得一股淡淡香风，先是扑面而来，尔后和着一阵仙气神气甚或鬼气浓浓裹挟了他，将他托于空中。

蔡氏问玉兰，选何种布料？

玉兰指指粗布大卷说，就它。

蔡氏摸绢卷，说，其实，此亦不贵。

玉兰摇头，不语。

蔡氏垂下眼皮，轻"哦"一声，她便明白，新落脚此户跟她一样，亦为商户。大明中期，商贾身份低贱，只配穿粗布。

2

王文溥入田记粮行，于老田而言，高兴不过。他绕着王文溥前后左右细看，又眯眼上下打量，像挑选一头牲口，又似相看上门女婿，偌大劳力，驴球一样，茁茁壮壮，阳刚十足，老田岂能不喜！完了，板起脸，问多大了？力气活儿，偷懒不得。文溥言语不多，一脸憨笑。老田更喜，当下叫女人带至后间，翻腾隔年糙米。

老田高兴，田螺就不高兴，专门跟她爹致气。她对王文溥一见钟情，嘴上不说，皆藏于心，怂恿老田提亲，老田不同意。如今，老田叫王文溥做小工，她不乐意，不乐意自己看中之人被呼来唤去，即便是她爹。故，王文溥一来，她爹娘一指派其干活，她比他们还叫得快，说这边活儿更多更重要。意思是唯有她才可指派他。可，她又是老板闺女，还需做出东家派头，脸板甚紧，不与王文溥多言多语。王文溥干完其指派之活，就跑去问田螺，小姐，还有何活？田螺说，无活儿了，歇着吧。王文溥初来乍到，吃不准田螺脾气，站亦不是，坐亦不是。老田女人见状，赶紧跑过来说，活儿这么多，怎么能歇着呢。来，将这些糙米细米皆过回筛子。在王文溥眼里，老田一家全是东家。他便依言拿筛子过细米糙米。田螺一看他那么忠厚老实听她爹娘的话，气更不打一处来，想方设法刁难，一桩接一桩。她娘叫：文溥，过来帮忙。田螺说，糙米还未过秤呢！她爹叫：小子，过来下车。田螺说，细米正过秤呢！她娘说，中午了，快让文溥回去吃饭。田螺说，就在咱家吃，吃完还有活儿干，俭省时间。她爹说，天都黑成这样了，快让小子回去吧。田螺说，急什么，这些米面尚未过秤装袋封口呢。老田夫妇明知闺女是跟他们致气，心说可苦王文溥了，亦不便多说，只好由着田螺性子将王文溥调遣来调遣去。

王文溥呢，临来，父亲就嘱咐他多干活，少说话，只要主家吩咐，不必问为何，照办即是。可他不知田家底细，更不知田螺心思，刚来没几日，老田全家像使唤牲口一样，把他吆来喝去，尤其是这个小姐，当初第一次见，挺和善，不想成天板个脸，像与谁怄气，而且活儿本不多，有的纯属没必要重复，有次，他说，小姐，此活刚完。田螺气呼呼凶巴巴，说，问恁多干嘛，让你做，你照做便是。王文溥怪己多嘴，耐住性子照办。老田女人怕王文溥受不住夹板气，一气之下辞职不来，便暗里抚慰，说只要干好，会给你加工钱。这话让田螺闻得，故意将半簸箕糙米跟半簸箕细米搅和在一起，吭哧吭哧往王文溥面前一端，说，喏，将糙米细米分开，收拾停妥，给你加工钱，做不好，工钱分文不给。王文溥一看，天哪，一簸箕米乱蓬蓬细碎碎搅和一起，头大，浑身发毛，说，小姐，这活，谁干得让谁干，我干不了。

正好老田夫妇进来，见那一簸箕米亦愁得头疼。老田问文溥，咋弄成这样？王文溥刚欲辩解。田螺就截其话头，说，不怨他，是我不小心弄的。老田无语。田螺说，王文溥，这米你端回去，搭黑夜帮我弄妥。王文溥为难。老田赶忙说，不怕，善劳多得。王文溥咬咬牙，把簸箕一端，走出田记粮行。看着王文溥背影，田螺心中窃笑，刚觉出口气，又怕王文溥不再来，心又提到嗓子眼。

老田心疼那一簸箕米，说，你，你如何让他端回去？田螺赌气说，不让他弄，你弄？老田问她可记下斤称，万一他偷舀一碗咋办。田螺一翻白眼，说，吃就吃呗！老田骂道：你个败家女子。回头指着她娘，说，看看你养的这个败家女子！女人欲辨，口却难开。田螺咯咯大笑，几乎岔气。

3

　　王文溥端米往家走。路上，行人不断，闲言碎语滚背而来：老田到底欲招上门婿，还没两天，就贴补上了。

　　气鼓鼓至家，见娘剁胡萝卜菜菜，爹收拾行装，弟弟和牛二聊算学正欢。众见其满脸怒气，端一簸箕回来，问缘由为何。王文溥细述事之原委。牛二笑说，田螺一准看上你了。王文溥摇头说，不可能，姑娘看上是温柔多情，何来如此刁难。牛二说，那得看是何脾气，姑娘心事，看来你不懂。王林夫妇亦有些明白，却吃不透田家底细，问牛二咋办。牛二说，我何尝晓得。问王文溥有何想法。王文溥说打死亦不再想去田记粮行了。牛二说，可由不得你。王文溥说，敢情这一簸箕破米就屙住个人？牛二笑。王文溥转而求王文素：想想法，将此米糙细分开。牛二瞪大眼，视之，说，如何分得？王文素问细米和糙米各多少。他大哥说，细米二斗二升，糙米三斗，每斗碾米六升。王文素想半天，说，有了。牛二忙问何计。王文素说，哥，明天，你按细米二斗八升六合，糙米二斗三升四合将钱送去，田家自然满意。牛二还要问，王文素说睡觉睡觉。

　　田螺心虚，摸黑找蔡氏问计。蔡氏于灯下盘云扣。婆婆已睡。二人同年合岁，亦吵亦闹，但无话不谈。田螺双眼红胀，本就嘴大眼小，因哭过，嘴裂得更大，眼浮肿，显得更小。蔡氏移灯问情因。田螺说叫谷壳迷眼。蔡氏不理她。田螺捉蔡氏手，说，姐姐帮我。蔡氏便问何事。田螺便将与父母致气，担忧王文溥不来田记粮行做工之事说与蔡氏。蔡氏说，尚未至上工时辰，你如何知道人家不来？是你心存疑惧吧？田螺点头。蔡氏说，放心吧，他一准来。田螺惊问：姐姐如何知道？蔡氏挤眼说，瞎子会算命。田螺瞅一眼里屋，悄声说，瞎不爱听瞎，担心她又打你。蔡氏吐舌头，故意打趣田螺：不过，亦难说，他兄弟二人才添新衣，莫非相亲？！不好说。闻蔡氏如此一说，田螺更急，央她说合说合去。

蔡氏长叹一声，说，我正心烦。田螺问其缘由。蔡氏说，你说老金，平时何等沉稳，此次竟然叫人失望。前儿我将九成色一副钏送与他重打，不想他将其与马百万女人一副七成色钗混搅一起。钏钗混色，能不叫人生气！田螺正色道：恁地不小心！蔡氏说，老金倒是自知理亏，说要赔我银子，可他到底深惧马百万，又如何能让自己吃亏，亏来亏去，岂非亏我。田螺说，找他理论。蔡氏说，可不是，昨儿找老金理论，不想马百万管家婆子亦在，她不让老金，倒咬一口，要老金全赔。老金女人沉不住气，要跳井。田螺说，一桩无头案，最后如何？蔡氏说，人命关天，我与老金赶紧拉住。老金欲请一明白人算算，他原来惧怕马百万，现怨恨管家婆，仗势欺人，倒要算个明白。田螺发愁，说，此账，谁能算得清！蔡氏说，去你家，你爹正怄气，说是粗米细米让新来伙计搅一块儿尚闹不清楚，哪有闲工夫管我这钏钗混色之事！田螺急得跺脚，说，何至于此！蔡氏说，怪我么。田螺扑哧一笑，说，不怪你怪谁，眼瞎找牙医，嘴疮找人医腚。蔡氏就挽袖子，作势要打她，说，看我不撕烂你这小蹄子贱嘴。田螺立身便跑。蔡氏说，跑什么跑，话尚未完。田螺说，敲鼓锣不响，倒把鼓棰敲折，谁有闲工夫听你那一摊烂事。蔡氏说，活该王文溥不来。当咣一声，关上大门。

4

冬至日。

玉兰包胡萝卜羊肉饺子，站满两篓箪。玉兰要王文溥剥蒜，他说，蒜味难闻，人前不恭，一会儿还要去粮行。玉兰叫他烧灶火。王文溥说他最发愁此事，灶眼里老是冒烟。玉兰用根粗枝架空柴火，火势挺旺，说，人要实心，火要空心。王文溥说，人实心了亦无好果子吃。转头看那一簸箕米。锅里的水开成实怒怒一朵花，像朵老月季。玉兰将硬米捞入锅，米金黄金黄，早起用温水泡一上午。米一入锅，四散开来，急火煮一阵，慢火煨一阵。玉兰用细柳笤笊篱捞出，用铲铲子扎扎实实拍光溜，搁于板柜上。

稍毕，王林王文素父子二人进门，饺子已下锅。玉兰说叫牛二吃饭。王文素出去找牛二。牛二立于街上，脸冻得通红，问他做什么，他说看天。原来，牛二明白今日冬至，家家户户吃饺子，自己孤家寡人，亦不会做，更懒得做，又怕王林一家收留他，推辞不好，不推辞亦不好，故躲在外面，看逡巡探食的狗，看白云绵羊似的在天上游走。王林笑他见外，拉其坐下喝酒。

玉兰将捞饭铲成一片一片，薄薄的，盛各人碗里。王文素告诉牛二，餐前捞饭，开胃，祛寒，亦叫开胃捞饭。牛二何曾见过如此吃饭阵势，犹豫着拾不起碗筷。王林说，一家人，吃，吃。玉兰说，饺子马上出锅。牛二唔唔点头，黄米入口，眼里有热泪游走。王文素探身看一眼饺子，说，一个个吉眉活眼，看着就好吃，一会儿咱俩比赛。牛二点头，偷偷抹眼。

一大盘饺子端上，四个男人围一圈，为活跃气氛，王文素故意不停往碗里夹，说是夹，实是占。玉兰笑说，别抢，多呢，他爹，你也是。王林故意往自己碗里拨拉，笑说，多年父子成兄弟，都兄弟还能让他们，牛二，来。一看这架势，牛二亦不拘束，放开肚来吃，心里满是感动，觉得这家人真好。玉兰嗔骂：皆饿死鬼转世。王文素接口：皆二百五吃货。牛二说，啥叫吃货？王文溥说，吃货就是人家吃两口饱，他是饱了还得再吃两口。王文素为让牛二放松，说，今天，我就当回吃货吧。肚子明明撑得不行，尚不罢口，不罢手，夹一饺子，说，此乃最后一个，保证再无下个。牛二看王文素，无拘无束，真幸福，自己真想放纵一回，想起喝茶事，终再怕人笑话。王文素吃了一个，又夹了一个，说，再吃一个，保证最后一个，再不吃了。如此保证来保证去，十来个饺子又下了肚。一个十五六岁半大小子，亦不知吃了多少饺子，大概最少有三四十几个吧。

确实撑得不行。最后，王文素去了茅房，又是小便又是大便，可刚吃下的东西如何便得出来。肚里窝得不行，似乎所有食物皆往上挤往上涌。王文素感觉其脖子是直的，目光亦被抻直，眼神耷拉着看路。可是，物极必反，吃得太多，受不了了，恶心阵阵涌上，羊肉膻味于喉间翻腾。他两手捂肚，嘴半张，喘着粗气，扶墙而站，像孕妇临产。王文素心说，万万不能呀，刚刚吃下去，不能吐出来。吐字刚一出现在脑子里，条件反射般，"哇——"全吐了出来，一地金黄。

不知谁家大黄狗一下子冲来，埋头就舔。身后跟着他爹娘他哥还有牛二，皆看着他，一脸可怜，仿佛王文素瞬间成为全世界最可怜之人。父母和哥扔下一句话，转身就走，说，二小子吃得太多了。牛二一把抱住他，说，兄弟，这个丑，你是替我丢的呀！王文素一脸惨笑，说，你尿回裤子，我吐回饺子，咱俩扯平。大黄狗看他，他看大黄狗，恼羞成怒，飞起一脚踢向大黄狗。大黄狗跳开两步。并不远走，歪着头，甩舌头，那意思是：你不让我吃，难道你还要再吃下去！

5

冬至刚过，王文素遂随父外出。临行前，玉兰悄语与王林：当家的，天数上九，手冻脚冻，真要走？王林说，夏出三伏，冬走三九，所练只为口气。玉兰只好给父子俩多带厚实衣物。此次出去，意欲旧历年底赶回，为行程快些，王林租赁好马两匹。饶川一带不缺好马，蒙古马，河曲马，大宛马，西凉马，朝廷为抵御外侮，蓄养好马，圈地养驯。马百万所为便是圈地驯马。据说，他管驯马匹几万，故人称"马百万"。其声名在外，但真正见过此人者，实无一人。他手下总管几十个，平日杂事皆由总管们料理。前几日，牛二托人谋份拌草料活计。王林托牛二关系，拜见冯总管，租两匹快马。这些总管欺上瞒下，互相包庇，逮着机会，外租马匹，暗收外快。租马押金高达马价两三倍之多，如有死伤，押金作赔。当然，驯马生马租金迥异，生人熟人价格有别。王林所租便是驯马。

有雪粒子飘下。

父子俩打马起程。一路上，王文素询问父亲往日做买卖路数。

王林说，一般皆由山东贩粮，赶往陕西边防，换得盐引，折往潞城。王文素说，此次出去，催要盐引，虽行程急，可既然辛苦一趟，又高价租马，岂能白跑一趟！我们何不绕道山东，看能否贩粮，至陕卖掉。一来多少挣些，二来探视此条买卖通道是否依然通畅，父亲以为如何？王林两脚一蹬，双腿一夹马肚，说，好，爹所要你便是如此，动脑子，出点子。

二人急驰。

饶阳离山东不远，父子二人涉衡水，过德州，至山东境内临邑、邹平一带。往常，王林与族人常来此处贩运粮食。

敲开老相与老常家门，老常认出王林，礼让进屋，热茶奉上。王林问老常最近粮价如何。老常叹口气，说，粮价疲软得厉害。王林忙问何故。老常说，最近几个月客商往来稀疏，听过路人讲，以往运粮边关，商家以粮换盐引，如今，手续简短，盐引可以银直接购得。王林惊问：那商家先前所持盐引还算不算数？老常续茶，说，论理，官凭应该算数，不过，时局风云变幻，谁能料得精准！王林心中着急，手中持握几千斤盐引，如若不能及时兑换成盐，一者，大量资金白白占用数月不说，二者，按当时市价，几千斤盐若全部卖掉，可得银几百两。此为他几年来跑买卖之全部收益。若官家不认此些盐引，岂不等于几千斤食盐几百两银子打了水漂，坑他几年奔波汗水与心血！

不能吧，官家岂能说不算数就不算数了？王文素小心翼翼劝道。

王林牵马，沉默着。

父子二人告别老常，一步一挨行于荒无人烟的小路上。王林一时还想不好去往何处。雪花于半空飞舞，这已是第三天，此时，地上薄薄一层。天空灰蒙蒙，密云不散，雪意正浓。自其起程，雪花便落。当第一朵雪花落入领口，父子俩激动而喊。王文素挥舞马鞭子，向旷野欢呼：下雪了，下雪了。旷野无声，回应他的是雪花无声飘落。王林勒住马头，仰头望天，苍茫一片，任风雪吹打在脸。他热泪双流，说，天爷爷啊，下吧，下吧，我父子宁愿被阻他乡，亦盼下场通透大雪。瑞雪兆丰年，人有盼头，家里人，家乡人，普天之下，皆有盼头！那些经历大旱久旱之人，见雪花恣意纷纭，该有多兴奋！

王文素问，爹，我们如何走？

王林一指，说，前走。

二人马不停蹄，过济南、聊城，至邯郸时，天已一团漆黑。惟雪光荧荧。父子二人找妥一家中等旅店，关照店家照料马匹，一人一大碗羊汤面下肚，连日来的疲劳像潮水般袭来，很快将二人拖埋于梦乡。

6

好一顿美睡！醒来红日高照。二人匆匆洗漱，吃过早饭，牵马上路。他们过黎城屯留翼城，出曲沃侯马闻喜，进运城。黄河滔滔奔流，秦、晋、豫三省交汇，遂成一金色三角地带，河东盐池便位于此。环池有禁墙围绕，所见茫茫一片，盐池一个接一个，王者埒富，猗顿犹在，真正是"平浦横拖一匹练"。王文素从未见过此情此景，心里不住感叹自然造物神奇，遂问父亲：兑换盐引莫非惟河东一地么？王林说，不，四川、贵州盐引最易兑换，但路远盐质差，晋人稀去。唯河东盐质好，路途近，秦商、晋商与大部分徽商皆垂涎此地，故即使其兑期长，兑率低，亦愿蜂拥河东。王文素问明父亲共持多少盐引，可兑换多少食盐。王林准备好盐引凭据，又叫其细细过目，方找盐主。

接王林盐引者乃吴姓盐家。就河东盐池而方，吴姓盐家属小型规模。吴老汉五十多岁，个头不高，衣衫褴褛，背部一坨一坨碱圈实套，一脸花白胡子，经年河风吹拂，满面沧桑，皱纹如錾，眉须皆长，显得脸颊窄小，因常居盐地，食盐较重，眼皮浮肿，发青发黑，但一双眼睛如鹰似隼，锐利无比。王林将盐引官凭递上，说，吴师傅，汾州王氏兄弟几个，尚记否？吴老汉唾口唾沫，两指捻开凭条，见是自家签章，点头，看王林，一时想不起。王林说，老哥，咱一块喝老白清，你忘了？吴老汉拍脑袋，说，看，喝人家老酒时何等爽快，一年不到，倒将酒主人给忘了，该死该死！拉王林进盐房。屋子不大，倒挺干净，一盘霸王火，拱于当地，屋里暖如春。吴老汉给二人倒水。王文素喝一口，咸味太重，又苦又涩。吴老汉指指王文素。王林赶忙说，二小子，带出来历练历练，见见世面。吴老汉笑笑，说，水太咸，是吧？嗨，这里不缺便是盐。王林问：老哥，怎么样，能否给个方便，您看这来回几百里，跑一趟不容易。吴老汉面有难色，说，唉，一行不知一行难。半年多来，几家盐商不知如何就将官凭盐引皆弄到手，这些大买主又皆腰缠万贯，他们趁势盘订一年的盐，只要一经采出，不管干湿，他们皆囤积居奇，你看这——吴老汉一指远处几个新建帐篷，说，他们花大价钱雇人成天价守在此地，不许盐家偷懒，数九寒天亦不能歇工一天，更不能走销别家。你说，这——吴老汉一脸难色。王林踌躇半天，说，照此看来，再等一年半载亦难轮上我们此等小盐商呀。吴老汉叹口气，说，谁说不是。别说尔等小盐商不济事，就是吾等盐家，亦被其掐住咽喉。王林一惊：噢，此是为何，这倒奇了，下家如何能掐住上家脖子！吴老汉抡圆胳膊一指茫茫盐池，说，也不知怎么回事，几个大盐商将河东盐池皆控制起来，要涨全涨，要压全压，俺们现在是货不由主呀。王林沉思半天，说，老哥哥，兄弟有句实话问您，吾该如何，方能摆脱如此困局？吴老汉拔刺拔刺炭火，说，唉，不瞒你说，像尔等小商家，眼下惟一条道可走。王林问啥道。吴老汉说，说是条道道，实则是人家撑开之口袋，就等尔等去钻！王林心下一沉，预感之事终于发生。王文素见父亲脸色十分难看，亦明白是怎么回事。他放下水杯，站起，踱至门口，看着茫茫盐池发起呆来。王林问吴老汉：那些大盐商半路收购盐引能给几成？吴老汉伸出五指于王林面前晃晃。王林高叫：简直是勒索！最低如何不给个八成，仅给五成！吴老汉看着王林，无奈摇头。

父子二人踱步盐井边，谁也不说话，沿盐池盲目而行。雪，依然飘落，皆指肚般大小，胡飞乱舞，远山，天际，近处，盐池，皆茫茫一片。此次出行，王林心中真成茫茫然一片了。

如何是好？

7

　　王文素说，爹，出手吧，做事即做势，小商人无资本无天成之机便无势可言，势不成，事难成。王林瞅着盐引，双手微微发抖，盐引亦在抖。手抖得越来越厉害。啪，一沓盐引掉在地上。王文素欲弯腰去拾，想不到王林一脚踏上，紧紧碾于脚底，随后拾起，攥在手里使劲揉搓。一时，那些盐引体无完肤。王文素抓住父亲两手，轻拉着他，像拉着个受尽委屈的大孩子，一步一步，走往大盐商帐篷。他们好说歹说，七七八八，不厌其烦，大盐商代理寸步不让。最后，王林忍痛割爱，将盐引统统以五折出手。遥想舜帝抚琴歌曰：南风之薰兮，可以解吾民之愠兮；南风之时兮，可以阜吾民之财兮。民之内涵何其迥异！

　　掂着落袋为安的银两，王林苦笑说差点血本无归。王文素说，于商家而言，血本无归亦非少见，好在我们尚归一半，归多少是多少吧，只是下步如何。王林抬头看茫茫远方，乱舞雪花遮望眼，说，是呵，下步如何布局？王文素说，天无绝人之路，定会再寻出路。天地之大德曰好生。王林说，可天地之不仁，以百姓为刍狗竟至如此！他还犹豫着要不要去陕西榆林那边看粮价行情，说，儿啊，做生意讲究驻中间，拴两头，你父尚算精明之人，如今，既不驻中间，亦拴不到两头啊！王文素说，于贩盐而言，我们远离盐源和售盐二区，自然拴不到两头，再说，我们驻不到中间，是因吾等舍本逐末。王林点头，说，既已出来，不妨西行一遭，索性逐末个透！说完，他又想起家乡王吉王晟诸人，牵念其是否知晓如此情形，如若知道，该当如何？是否一如他如此痛心决忍！

　　二人跨马，咬咬牙，折西而行，一直到陕西渭南。渭南不比河东，已然春色撩人，雨轻灵而飘，如烟似雾，颇有江南风韵。至西安，王林找家干净饭馆，要了两大碗羊肉泡馍。王林高喊店家，要二两小酒。青花瓷高脚酒杯盛来二两西凤酒。王林说，来，儿子，喝两口，人生须活于当下，将所有不愉快皆放下，重新再来。见父高兴，王文素端起酒杯，小抿一口，呛红小脸。美美睡上一觉，再折西北而行。

他们沿洛河缓步而行。

连日骑马，王文素大腿内侧叫马鞍子磨得红肿奇痒，若再骑，肉粘于裤布，更疼痛难忍，只好稍撅屁股，又开两腿，慢慢挪步，稍微好点。

越往西北，雪下得越大，一片接一片，鹅毛柳絮般，纷纷扬扬，地上积雪已没脚踝。立于榆林土长城上，望北而眺，乃茫茫无际之塞北荒漠，不远处是哨防边所，营地一座连一座，一抹淡墨山痕隐隐于雪地里涂抹奔跑。王林感慨而叹：听老辈人说，洪武年间，朱元璋为防蒙古势力，从东北到西北漫长边防线上，择其要地分封九王：连亘边陲，北平天险，为元故都，建燕国；陕西西安府为秦王；以大宁为中心建宁国；东渡榆关，跨辽东，西并海，被朝鲜，联开原，交市东北诸夷建辽国；谷王镇宣府；代王镇大同；晋王建晋国；以宁夏为中心建庆国；以甘肃为中心建肃国。此九王者，皆塞王也。虽说其控要害，佐宿将，肃清沙漠，垒帐相望，却争权夺利，内讧不断，挑起连连战火，给边塞及沿地百姓带来几多灾难。如今，城关犹在，战鼓犹鸣，九王何在？王文素道：只剩得戍防将士白骨累累埋地下，百姓生于沉疴之下苟延残喘。父子二人久久立于土长城墙上，望北而眺，直至雪花舞迷双眼。

在靠近榆林一个小镇，王林见茯砖茶品质不错，实在诱人，不禁购下两大包。王文素提醒说，路如此难走，宜少买为好。王林说，此茶为黑茶，隆冬时节，围炉泡之，去寒提神，即便商家不要，留于己用亦未为不可。他们久久踟蹰榆林城下，沿卧龙般静默于荒山旷野之古长城，徘徊四顾，静寂无声，惟雪花簌簌落地。万物藏伏，人迹罕至！

雪越下越大，老天爷像跟人致气似的，将憋窝一年之雨水疯倒倾洒。

至吴堡时，雪已没膝。

黄河冰凌兀峥，生机全无，马尚且能跑，但已难跑快，只能骑一阵走一阵。踏入家乡地界，思乡之情漫过心田，化作激涌泪水，扑棱棱掉下，砸在地上，成一个个雪窟窿。他们多想回去，看看老屋，族人，乡亲，但落魄至此，何有颜面回见家乡父老！更何况，如若作任何停留，年关就要过在路上了。抹一把泪水，想想来日方长，百感交集中，他们穿乡而过。

路，皆由自己选定。

脚下之路一步步走下去便为命运之轨！

进河北地界，雪堆没膝，无奈之下，人马同行，一步一个雪窟窿，为不至使鞋陷没于深深雪窠，王文素把一件衣服撕成条缕，将鞋与腿脚紧绑在一起，父子二人相视，目光坚定，说，就是爬亦要爬回去！

第五章

1

　　黄土高原，三年两旱。王林带全家赴饶川前，连旱三年。旱破西葫芦。这年，冬至一过，有零星雪粒飘落，时断时续。进腊月门，雪开始下大，纷纷扬扬，棉絮一般，不分昼夜，连下十几天，地上积雪已没膝。停两天，又下，雪片子更大更密，如浓密心思。到腊月二十三，地上积雪已没至成人大腿根。人们先是高兴，看晶莹之雪，想着连续几年的旱，那个解气，遥想来年年景定然不错。单善人忧心忡忡，说，锅盖别揭早，高兴别太早。人说，单善人，你何意？莫非旱灾连着雪灾。单善人说，由不得你，由不得我，全由老天爷，一切皆天意！至腊月二十七，老天爷尚无停歇抖落棉絮之意。人们高兴劲儿化作懊恼。雪快齐腰，莫非埋人！人们几乎对天祈祷：老天爷，你这是咋了，旱是旱的要死，雪又下个没完！存心与人作对么？单善人说，叫啥叫！有种的，旱时别叫旱，雪时别叫停！人们皆骂他嘴损。

　　老洪家土墙，叫雪摁住脑袋，嗡一声，委顿成堆土。茶神仙家屋顶咯吱吱响起。女人惊叫：屋快塌了。茶神仙呵斥：没风水嘴，赶紧踩梯上屋将雪扒拉下来。茶神仙不敢马虎，当屋顶根柱子。田家猪圈顶子轰隆就塌下，猪吓得夹了尾巴跑到一边，嗷嗷直叫。老田和女人便叫王文溥搭猪圈顶。田螺气呼呼说，都快年三十儿，还不将此挨刀子货宰了。老田说，雪下得一人深，肉能卖了？田螺抓起两把雪，朝猪砸去，说，谁吃猪肉，谁搭顶子。王文溥一时亦无主意。

家家院里堆起老大雪堆，雪堆上倒插几把扫帚，歪歪扭扭。蔡氏第一个操起脸盆在院里敲，叮叮当当，当当叮叮，随之，人家院里皆有声响起，敲锣的敲锣，敲盆的敲盆，老洪家铁器碰铁器，嘎嘎嘎，咣咣咣，赛如开了战，震得人耳朵嗡嗡直响。敲半天，无济于事。

莫非劲小，动静尚小？

蔡氏又第一个跑到街上敲脸盆。其实，街上雪太深，只能站在街门口敲。于是，各家皆门开，大人小孩，举扫帚者朝天举着扫帚，敲锣者敲锣，敲盆者敲盆，站在自家门前大喊大敲。不像喊雪停，倒像为大雪呐喊助威。有人踉踉跄跄跑至街上，腿插于雪窟窿，拔不出，好容易拔出，鞋尚在雪窠里，整个人爬倒，胳膊伸进雪窠子掏鞋，胳膊够不着，嘴都捂到雪里，尚够不着，急得直骂娘。

老田女人亦要敲盆。老田喝住，说，敲啥敲！看你敲塌屋顶！王文溥惦着父亲与弟弟，就要回家。田螺说，我还没放你假呢。王文溥说，你没放我假，我难道不能请假！卖给你家了，还是卖给你了？又无买卖，空耗人。田螺一听，扑哧而笑，说，实话告诉你吧，一进田家这个门，你就等于卖给我了，从年头至年尾。王文溥说，照你这样说，我啥都不要，就要回家。拉门就走。田螺急了，一把拉住他，说，你这人真没劲，逗你玩儿呢。返身转至柜台后边，拉开抽屉，取出几两银子，塞其手里，说，快装起，别让我爹娘看见，就当为你补贴家用，知道你家紧，你爹你弟此趟出去，能否算回银子，未为可知！王文溥想要又不敢要，一时，拿也不是，不拿亦不是，听田螺此番话，入情入理，害得他走也不是，不走亦不是。他想了想，对田螺说，就当预支工钱。田螺嗤鼻一笑，说，你以为你是大掌柜，两三个月能给你那么多工钱！王文溥说，那就从工钱里慢慢扣。田螺又笑，说，算算，你几年能挣多少工钱？王文溥问修猪圈顶，算工钱不？田螺说，算！王文溥便去修猪圈顶，边走边想，照此下去，跟田家这笔账算不清了。可又不舍得还田螺银子。田螺跟在后头，心说，王文溥，看你还能往哪儿跑！只要我田螺看上之人，他便无处可跑，我田螺非要搅浑此摊水，闹成一笔大大的糊涂账！

2

玉兰在家，等那个皆不见踪影，坐卧不宁，一边担忧远的，埋怨近的，一边扫院里的雪。

牛二亦不知跑到何处，自打王林父子走后，记不清哪天，他回来过一次，打点一包袱，临走时，将一纸包交给玉兰，要她转交尚彬。问他要出远门，他亦不说，反正一走了之，再未露面。偌大家里，就玉兰一人守着，她不断搜寻针线活，借以打发寂寥时光。小年一过，日子更难熬，她数着心跳挨大年三十儿，将苦思煎熬镶于擦抹打扫，做吃做喝，无论如何，谁能挡得住年月脚步！

腊月二十八晚上，王文溥回家。玉兰一肚子火，压着，不吭声，卷着袖子烧火蒸花馍。王文溥自知理亏，从怀里掏出银子，说是老田家预支给他的工钱。玉兰扫一眼，说，仔细你爹回来收拾你。王文溥说，我光明正大挣钱，收拾什么。又说，爹跟弟弟也不知走于何处？音讯皆无。玉兰揭开锅，馒头石榴开花，一派喜色，又放上一锅糜糕，说，耐心等吧，心正之人福气大。

腊月二十九，一大早，雪停。众人皆扫雪，人家房顶、院子、街门口的雪皆堆于大街。街上本就雪深，如此一来，更深更厚，小山似的。

蔡家没男人。屋顶积雪二尺多厚，若不清除，不说屋顶难承其重，若雪化成水，岂非更糟！谁能上房顶扫雪？她？还是婆婆？蔡氏问她婆婆，妈，你瞳仁里看见你儿子没？能上房顶扫雪不？婆婆不吭声，知道媳妇心里怄气。

蔡氏跑到街上，喊：扫屋顶雪，十文钱。茶神仙拄了扫帚看，女人抬头，说，咋，想挣十文钱？茶神仙说，扫咱屋顶雪，你给几文？女人笑骂，你每晚折腾我，给我几文？茶神仙不说话。蔡氏又喊：扫庭院雪，十文钱。茶神仙一听，拾起扫帚，转过屁股就下房顶，女人说，急啥！再等，她还要涨价！茶神仙瞪眼，说，涨啥涨，追太阳一高，雪消成水，人还用咱扫！女人说，二十文，你亦看得起？茶神仙说，挑到篮篮里皆是菜，攒了钱，咱盖新房。女人一听，顿来精神，弯腰拾起簸箕，说，走，咱一起扫，每年给她扫，挣扫雪钱！茶神仙本想只身去，抽空调情蔡氏，不想女人亦要去，顿时气泄半截，说，你盼每年有雪灾！女人自知失口，再不说话。

3

王文溥一大早将院里院外收拾妥当，对他娘说要出去一会儿。玉兰追出来问去哪里。王文溥说，田掌柜家还没利索呢。话一出口，脸上两坨突红云，一下铺至耳根窝。玉兰心里明白几分。

一大早，老田立于院中，瞅着屋顶，两腿发软。闻得蔡氏喊出扫雪行情，他就想瞧瞧谁来挣这二十文大钱。如果有人愿意干，他亦请人过来扫。屋顶最叫人发愁，一是雪太厚，二是高又滑，万一摔下来，咋办？甩甩自己老胳膊老腿，年岁不饶人；家中独女，闺女毕竟是闺女，做饭洗衣缝连补缀，行；爬高上梯体力活儿，不行，想雇人，却又心疼二十文大钱。看到茶神仙和女人提着扫帚簸箕给蔡氏来扫雪，一顿饭工夫，叮当嘎啦就将二十文钱挣到手。听着蔡氏数给他们钱的声音，老田心里就骂茶神仙财迷，见明明就钻！完全俗人一个，还神仙，呸！

二十文。蔡氏开了扫雪行情。

老田心说，二十文哪，一会儿就叫人家挣走了，还是自己扫吧，

天地
公心
TIAN
DI
GONG
XIN

省下的就是挣下的。叫田螺。田螺说她早起来了。老田说，你扫院雪，爹扫屋顶。田螺说，爹，你年纪大了，还是我上去吧。老田心里一热，说，还是自己骨肉，晓得心疼爹。他又担心闺女，怕万一有个闪失，摔个断胳膊折腿，他将来指靠谁！咬咬牙，心上拽起股狠劲，他不仅要省二十文，等来年，他还要给蔡氏扫雪，挣二十文大钱。自己笑一回自己财迷。又见田螺脸上搽着厚厚一层粉，骂她骒马上不得战场，抬腿就上梯子。闻得王文溥已将街门口的雪铲净，老田心里一下乐开花。

听见王文溥来，田螺一下由屋内冲出，近日，她总是细细梳妆打扮，今天，打扮得更加仔细。老田一看王文溥进了院，趁势捂肚，呲牙咧嘴叫。女人不明就里，连问他咋了。老田吭哧吭哧说可能肚寒受凉。王文溥扶他从梯上撤下。老田干脆来个懒驴下坡，将扫帚扔至一边，抱肚蹶在地上。田螺识破她爹把戏，捂嘴偷笑。女人赶紧扶老田进屋，连声问咋了，刚才还好好的。老田龇牙，说，着凉，别住气了。王文溥说，田掌柜，您回屋歇着，雪，我来扫吧。就上梯子。

圈里的猪听到人声，以为给它来送早餐，抬眼瞅。老田冲猪喊：卧回去，冷。猪艰难地掉转身子，有些失望地躺下。

田螺无法，只好帮她爹继续演戏，和她娘将老田搀回屋里，嘴上说，爹，你好好歇着。心里却骂他精熬鬼又演把戏。进了屋，老田偷瞄一眼奋力扫雪的王文溥，说，今天，一开门就挣二十文，还省我这老胳膊老腿劳动！田螺兴冲冲说，爹，要不，咱要他一辈子给咱劳动，如何？老田点头，又支吾一声：啥？女人嗔怪他说，人太精不好，这孩子多实诚！老田正脸色，想半天，说，哼，谁精哩！谁知道他是不是惦记我田记粮行这份家业呢！田螺蛮横骄羞而言：他敢！笑着出去，立于院，风寒中，只管以言语挑逗王文溥。一时间，王文溥在屋顶，田螺在地上，二人有说有笑，雪沫飞扬，甚是快活。

女人给老田倒杯开水，老田吹胡子瞪眼，唏唏溜溜喝几口。女人指着田螺身影，压低声说，是你闺女缠上了人家！老田气撅撅硬气半天，后来像泄气皮球，软下来，放出一个长长响屁。

4

单善人迈着方步，踱进田记粮行。老田见是单善人，堆一脸笑，说，大早儿，不嫌冷？单善人说，讨早茶点心，还能怕冷！老田说，真服你，一副肩膀抬张嘴，动动嘴皮子就有饭吃，还一人吃饱全家不饿。单善人知晓老田心尖，尚惦着他算牙费之事，说，世上靠甚吃饭者都有，有力者靠力，有钱者靠钱，有势者靠势，有智者靠智。老田说，你倒像个算命的，你瞧我靠甚吃饭？单善人不假思索说，靠小心眼儿吃饭。老田一听，脸沉下来，心说，快过年了，虽说不待见他，可还得给他笑脸，此人招惹不得，指不定冒出什么好话。大年初一可别让我再遇见他，要不，一年不顺。单善人知道老田心里想啥，起身就走，听得院里欢声笑语，夹着哧哧扫雪声，折回来，撩起门帘，看。

此时，王文溥已扫完屋顶上的雪，正和田螺清理院雪。两人有说有笑，一点不见累。单善人一见情景，顿时傻了眼。老田女人赶紧过来，说，饭好，善人在这里将就用些。单善人知道她是欲盖弥彰，故意干咳两声，说，老田，上门女婿何时招的？大清早，雪都扫上了，莫非生米已煮成熟饭？要不，新婚酒孩子满月酒一块请人吃吧！老田最恨单善人这张嘴，总说不过他，可每次又总叫他点到穴位，又痛又麻，又疼又胀。

在饶川，老田有三怕：

马百万的势。单善人的嘴。闺女要的泼。

从未见过马百万，可他总指派人照顾老田做买卖，有人照顾做买卖当然是好事；可总赊账，每回要账，总说下回，下回吧，又坑不了你。那些总管们仗马百万之势，胆儿越来越肥。老田说到底就一小本生意，赊账月月积年年累，越累积越多，欠债越多，老田越怕他。怕不是怕他吃人,是怕他倒,怕他拍拍屁股走人,要不回欠账。倒?有一回冯总管指着老田鼻子,恶狠狠说,你若再说倒就是杀头之罪,你是怕朝廷倒,还是盼朝廷倒?马百万做官,你是怕他倒,还是盼他倒?老田惊出一脑门子汗,赶紧说,都不是都不是。冯总管说,这二者,那样都能治你死罪!就为你一点破债,说如此大逆不道之话!老田如鸡啄米,僵着舌头说,是田记粮行要倒了,债务太重太深,眼看实在周转不动了。老冯见其亦是个实诚人,吓唬半天,甚觉过瘾,说,老田,你心眼太小,我劝你放宽些,莫非这辈子你就是个吃米的命!老田又点头又哈腰说是是是,又说不是不是。老冯大笑而去。故,老田一想到去养马场找总管收账就怵,吃几回磕碰,更怵,越怵心就越小,心越小就越怵。老田因此落下病根。旁人不敢说,可单善人偏偏就敢,且偏偏说老田的怵和心眼小。老田恨过之后就怕他,怕过之后更恨他。眼下听单善人说新婚酒满月酒一块儿吃,老田脸上就挂不住。他不恨闺女田螺,只恨王文溥,恨其给他生活添了些说不清道不明的麻烦,恨其让单善人揪住小辫子捉住老卵子。

正好王文溥挑两箩筐雪穿堂而过,他见有客人,亦未看清是单善人,只笑一下,以为老田会夸他几句,不想他黑着脸,当客人面,说,回去,谁让你挑!王文溥当下心寒,热扑扑一下比雪还凉。他走到门外扳倒箩筐倒尽雪,吭哧吭哧,一手一只箩筐提回院子里,咚地一扔,拍身上尘土,一副罢工模样。

王文溥那里一咳嗽,田螺这里就感冒。田螺正准备给他往箩筐里铲雪,见他这样,问,咋?不铲了?王文溥扭着头,看天,不说话。田螺知道定是她爹的功劳,扔下铁锹就找她爹算账。

单善人一看势色不对,转身就走,看似走的优雅,实则步子迈得挺大。老田女人不识势眼,冲他背影喊:热茶果子,不吃了?单善人头也不回,已至茶神仙铺前。老田看着单善人背影,说,闲人串门惹是非,狗串门子挨棒槌。女人问谁惹是非了。老田说,口锐者天必钝之。

田螺黑着脸,一头冲进来,对她爹说,咋了,这是,过河拆桥?

老田还骂单善人，热脸贴冷屁股。田螺问谁热脸贴冷屁股？老田说，3不是说你。田螺说，你不是说我，说谁呢！老田又想起单善人，说，煽阴风点鬼火。田螺猛的火了，问谁煽阴风点鬼火！老田一摆手，嘴上说，不是说你。手下却正好推一把田螺。田螺后退两步，正好碰扣她妈给单善人端出的热茶果子，泼洒一身。田螺呜呜哭开，转身，见什么摔什么，砸什么。置来的值钱养来的亲，家什皆老田置办，心疼，阻之，说，姑奶奶，都是爹不好，行不！就半盏茶功夫，田螺一张小脸，粉扑扑变成紫酱色，泪水如洪，冲垮浓妆，披头散发，坐在地上，谁拉都不起来。女人边拽田螺边骂老田，能不能过个消停年！老田最不吃女人说，他冲女人喊：闭尔臭嘴——见王文溥出来，赶忙噤口。田螺眼睁睁看着王文溥走出，哭声更大。老田第三怵就是怕女人泼，确切是怕闺女泼，根子就是打宝贝女儿田螺这儿起的。

5

　　单善人一步一摇走进茶神仙铺子。

　　两口儿给蔡氏扫完雪，正打油茶，女人抓干馍往油茶里泡。茶神仙问单善人吃饭了没。单善人一抹嘴，说，老田让的紧，在他那儿吃了碗疙瘩汤。茶神仙倒杯茶，说，那就不虚让，喝杯早茶。和女人吃得稀里哗啦。单善人肚子咕咕叫，真想扇自己两耳光，面上却姿态优雅，翘着兰花指，端起茶杯，呷一小口，说，夏喝绿茶，解暑；冬喝红茶好，暖肚。茶神仙一看给他所泡是绿茶，笑笑，说没留心红绿，有茶喝就不错了。单善人说，心钻钱眼眼里了？茶神仙叹口气，说，唉，养家糊口难，不像你，一人吃饱全家不饿。单善人说，昨晚，我家白猫抓只黑鼠。茶神仙说，管它黑猫白猫，白鼠黑鼠，只要猫抓鼠就好。单善人抬起下颌指着街上厚厚积雪，说，咋不挑村外去？茶神仙女人问有人出钱？单善人说，往年，为肥草，马百万总叫人将全饶川雪皆挑到养马场。茶神仙说，今年，那儿不

天地
公心

TIAN
DI
GONG
XIN

是几尺厚，人家不稀罕！单善人说，若养马场要，你挑不挑？茶神仙将碗一墩，胸脯一挺，说挑么。女人亦三扒两口将饭扒到嘴里，呼啦呼啦洗碗，仿佛立马就去挑雪。茶神仙说女人，他日哄咱，你还当真！单善人说，谁哄你，哄你是狗。

门外传来狗叫。

单善人话里有话，说，这得有人去养马场游说。茶神仙说，何人能敌你舌头软和！何人能敌住你嘴，能将死人说活！单善人一听，立起，说，你这是骂我，还是夸我哩。茶神仙笑说，关系近了，所夸之话闻之似骂，所骂之话闻之似夸，像臭豆腐，闻之臭，吃之香。你说咱俩关系是近是远？单善人一阵内急，拾步就走。茶神仙说，呀，真说去呀？若说成，不劳你动手，批一成给你。单善人摆手，说，你就挑些小菜菜吧，你的小篮篮盛不下大菜菜。茶神仙知道，这顿早茶没请他喝舒服，再说什么亦白搭。就见他溜墙根急走，偏偏雪窟窿深，拔不出腿，嘴里鼻里呼三道白气，像三条白龙，好不容易背过茶铺，掏出物件就尿，嘘嘘唏唏，一股热气缭绕，雪地上一个黄窟窿，很深。单善人边尿边咒，淹塌你个茶神仙。抖抖塞回物件，扭头看，茶神仙正伸着脖子瞅他，单善人笑，说，茶好！肥水不流外人田。侧身拐进老王药铺。

老王给病人开方子。女人正忙着抓药。单善人进来，说，快过年了，还有病人？老王眼皮亦不抬，说，病还说你过年不过年！老王见单善人盯着他看，有些不舒服，问他哪儿不舒服？单善人说我那儿都不舒服。只是不吃你所开之药，那玩意儿不能吃。老王拉下脸。

原来，二人之间有些过节。有一次，老王给老单女人看病，两副药吃过，没几天，死了。单善人找他算账：知道快死还给她吃药，岂不白吃！谁能证明你的药有没毒！老王气胀脸，只字未吐，关门歇业好多天。后为谋生，药铺又开。老王一开药铺，单善人寻上门损他，说，你这手艺，是祖上所传还是受御医训诫？老王一听，不是故意找茬是啥！脸上不恼，心却记恨。从此，他就躲着单善人，单善人老损他。有时，单善人亦到他铺子里，不是要感冒药，就是要胃肠药，可老王从来不与其多言。单善人甚觉对不住老王，想说两句好话，缓缓关系，可话一出口，就拐了弯，不是刺他就是损他，刺了他甚觉过瘾，损了他又觉高兴，高兴了又后悔，后悔了又惧怕，惧怕自己再吃药，被老王毒死。可吃过几回，居然没死。单善人就对老王心存感激，说到底是医者父母心！

老王夫妇忙着照护病人，单善人自觉无趣，抬脚往外走，打头碰上蔡氏要抓药。单善人问给谁抓药。蔡氏轻声叹气。单善人亦跟着叹气，说你家婆婆过年亦不消停。乘机走开。

6

像初来饶川，王林父子再次看到老孙客店，竟涕泪交加。

立于南熏门楼下，王文素说，终于到家了。

王林呵呵而笑，说，何谓家？汾州不亦有咱老房子么？可女人孩子不在那。儿啊，男儿虽有志走四方，可女人孩子在哪，其心便在那，家就在那。

王文素不置可否，岔开话头，说，看这雪厚的。

各扫门前雪，各管瓦上霜。雪皆堆街心。父子俩牵马绕行。田记粮行静悄悄，亦不知王文溥在不在。王文素真想进去看看，若兄在，邀其一起回家。王林说，都大年三十了，还能不放假！接下来是茶神仙铺子，老洪铁篷子，蔡氏布庄，老金银店，老古玉器店，钉马掌老丁，药铺老王，茶神仙铺子，皆老熟人一般，似乎已等候他们多年。王文素说，奇怪，感觉确如回家。王林说，似曾相识必有缘，说明吾等已接纳饶川，饶川亦已接纳了吾等，走，家去。

街门不远处，单善人正撅屁股伸二指挑雪，王林叫声单善人。单善人将所挑之雪正往嘴里送，说，我看看此雪是甜是咸。咋，此天气还出去做买卖？王林说，买卖没做成，差点被阻外头。单善人说，风雪不挡路。王林说，雪太厚亦挡路。单善人说，你说老天爷憋几年，会不会憋坏？刚才我就憋了一会儿，差点憋成尿穿经。王文素觉单善人甚可爱，扑哧一声笑了。王林遂邀单善人回家喝茶。

一进街门，院子干干净净，单善人说，唉，牛二懒人，把院子住得蒿草一人高，都快埋人，你们给他拾掇成如此！王林说，院得有人收拾，屋得有人住，人是檩头，人气撑屋，不收拾不住人便倒塌得快。单善人点头。

马拴于南墙一架破旧梯子上。

父子二人抬茶包进屋。玉兰早闻得人声，扒门缝见是男人和儿子，心头嗡地暖起来。

进屋。单善人打量玉兰，又扫视屋子。家徒四壁，抬头墙上贴一关羽像，几件旧家具皆被擦抹得干干净净，板柜上供尊财神像，锅碗瓢盆一字儿排开，像欢迎他们。几乎皆盛熟食，红烧肉，丸子，炸豆腐，白腾腾馍馍，黄腊腊油糕。单善人惊讶，说，牛二有福气，找你们这么一家有风水住户。

王林扶他炕上坐。单善人说风就是雨，气喘就咳嗽，瞌睡要枕头，王林一扶，单善人腿脚就真有点颤颤巍巍。嗞嗞嗞，炉上，茶壶冒白气，好像在说倒我倒我。玉兰已倒杯热茶奉上。王林笑说，贱内。单善人接过茶杯，眯眼看玉兰，暗自点头，玉兰垂头，福了福。王林父子二人洗涮风尘。单善人说，家虽破旧，五行定位却好。五行定位好，日子就能过好，女主水，水润万物，无声无争，王掌柜，你有福啊！王林边擦脸边笑。单善人又说，五行相生相克，虽说立住新地，只要父主火位，母主水位，长子主木位，次子主金位，各各就位，这风水自会慢慢好起来。王林笑说，单善人您真会说话，亦谢您吉言。王文素一心惦着牛二，想问娘，可见她忙于准备饭菜，根本腾不出功夫。

白菜炖丸子烧肉油炸豆腐，一锅烩菜很快齐备。王林取瓶酒，请单善人上坐。王林抱歉笑笑，说，窄房浅舍，又是赁人家的，将就将就。单善人将屁股往炕里送，说无妨无妨。玉兰将酒倒于锡壶，置于炉上茶壶，稍涮温一下，取两酒盅。单善人闻得自己肚子咕咕叫，骂肚子好没出息，正好王林给他倒酒，他又抚慰肚子，说不急，不急。王林端起酒盅，说，来，咱提前过年。单善人说，对，新年新气象。两人碰过，一仰脖子，酒在喉咙里燃烧起来。待玉兰端一盘油糕上来，王文素已草草吃完，拉母亲至屋外，问牛二去向。

7

牛二去向？玉兰拉王文素至牛二房间。看来母亲有话要说，或牛二早有交待。

因无人住，没挂絮帘子。两扇门像并排摊开之掌，极力抗拒一切风雨，门穗搭着，使两扇门顿有生死相依之感。

玉兰解开门搭穗，门开，屋里空空如也。牛二终将日子掏空，空日子亦终将牛二流放。窗台上放个布包。玉兰拿起，吹吹土，说，此乃牛二留给你的。王文素说，给我？玉兰说，娘原封没动。王文素轻轻打开，是三册书，一本是北宋贾宪所撰《黄帝九章算经细草》，一本是金元李冶所撰《测圆海镜》，一本是元张伯奇所撰《详明算法》，尚有半册，只能说是半册，无头无尾，但尚有"张伯奇所著"字样。久久视之，王文素一阵高兴，继而为牛二悲哀。问她娘，牛二去往何处。玉兰摇头。王文素翻书，书里掉出两页纸，飘至地上。玉兰拾起，递给王文素。王文素细看，是牛二写给他的信。

好一手二王蝇头小楷：

尚彬小弟：

吾三十有五，夹于尔与尔父之间，本有叔辈之分，可见尔语寡聪慧，理明智深，实属难得，故与尔称兄道弟，视作欣然。

吾自小受祖父熏陶，深爱算学，不喜四书五经，更厌恶深研八股，故入仕无门无望，立身无形无计，遂浪迹荒野，又深为生活所迫，渐趋困顿。爱算学，本欲以算学立生立命，又不肯晨坐昏定，演习推算，细细考研，恍恍然徒游瞎混。

噫！世人皆鄙视算学，算学清白，却屡遭嘲讽践踏，士子皆以念八股读八股苦心钻营为荣为耀，何以瞧得上算学乃六艺之尊，万物之经纶！连每每日日笔笔交易斯赖均之商家亦甚以其微，不以其尊，反以为鄙。实令吾痛于自己更痛于世风世人耶！

遥想祖父当年，为人做术算手，亦立起不小家业，无奈父亲坐吃山空，英年早亡，母亲改嫁，留得牛二一人。牛二心寒，无心日子，又马瘦毛长，人穷志短，无聊寂寞之时，遂不免自损自贬，实属破罐破摔耳！昔日街头褴褛，蒙遇小弟，正义出手，替兄挽回算学颜面，实令兄感激涕零。无以为报，今有家传算学三册，留于小弟，一作聊表心意，二作或可于尔等有志于算学者微添薪火。此书，吾亦曾苦读于它，得其一麟半爪，恍惚间以为有些圣贤流传亦甚为模糊，叹息愧憾，不知何者贤才能暮朝参玩、量度权衡，于滞处疏通，于繁处剪裁，于乱处整理，于阙处添加，将算理阐明，留于后人！

呜呼哀哉，今日临别之时，方深悟：此生爱什么即为其所害，君爱名，名即伤你；君爱财，财必伤你；君重情，情必伤你。吾今生爱算学惜算才却悔不能有所成就，反痛恨自己误上算学贼船，沦落至此，年过半生，百无一用，悔之弃之唾之！早年甚慕塞外风光，遂四处探问，先是混进养马场喂马，后随贩马团去塞外贩马，了却心头夙愿。说是放浪游骸，实则无处可逃，避之远方。有生之年，不知牛二还有无颜面再见尔父及尔全家！再见之时，又不知光阴碾处，你吾为何模样！

吾世无挂碍，身无名文，只惦念此二书与一座空院子交于何人便可物有所值。今日有幸遇尔全家，深感尔全家皆与吾有缘，此二物皆遇托付之人。书赠送于你，亦可算作楚璧遇卞和，于你或可有一用；至于小院，如若吾再回去，吾与尔父签定之租赁协议尚算有效，如若吾再不回去，小院即送尔全家，此书即为有效赠约。

牛二手笔

辛巳冬十月初三

阅之，文素久久无语。

他娘问牛二所言为何。王文素知他娘略通文墨，遂将信递于她。玉兰满腹疑虑，从头至尾，看完，急了，说，此之谓何？明白人知是牛二有心于我们，不明白人还以为是我们鸠占鹊巢图屋撵人……

玉兰甚为愤激。她说，此事应告知尔父。拉起王文素就走，又说，正好单善人亦在，顺边做个人证。玉兰遂拉王文素至这边，将信递于单善人。

　　单善人左翻右看，说，确系牛二亲笔。又骂牛二败家子。败家子三字一出，单善人甚觉尴尬。王林夫妇面露愧色。单善人安慰王林，说，莫多心，吾本无他意，请二位不必介怀。又唠唠叨叨说这牛二是只癞蛤蟆，癞蛤蟆就癞蛤蟆，偏偏想吃天鹅肉，是只想吃天鹅肉的癞蛤蟆。玉兰问谁是天鹅肉。单善人说，自古多情空余恨。王林端起酒敬他，问此话从何说起？又叫玉兰将新置茯砖茶打开，为单善人沏上，让其尝尝味道如何。单善人将信交与王林，要他将此信收起，或许将来有个对证。王林问单善人此事会不会在邻人间有闲话。单善人说，自古闲人说闲话。唉，世间事，是先有一还后有一报，还是先有一报后有一还？不好说。王林心中甚为迷疑，再问之。单善人索性不提牛二，更不提他人，只说茶香，入口微苦，耐品。

第六章

1

　　王文溥将田记粮行里里外外打扫得干干净净，米囤子该围者围，该苫者苫，该打捆者打捆，活计皆过目过手。老田女人悄悄语与田螺，说，明儿大年初一，该叫人家回家了。田螺说急什么，在哪过年不一样。老田说，学徒跟掌柜学艺，几年都不能回去。本欲讨女儿好，可田螺根本不买其账，抬起眼问她爹谁是学徒？！老田自知说错，便不再言语。

　　正好蔡氏走来，要借砂锅熬药。老田女人问，大过年，谁吃药？蔡氏说，还能有谁！快过年了，上下不通。田螺故意问她给婆婆吃甚好吃的，竟然吃到上下阻塞。蔡氏说她婆婆，老不规矩，嘴馋赛猫，昨儿我包油糕，素的，未炸，人说我来尝尝，第一个下去，愣说未吃出啥馅；第二个下去，又问是否放枣，如何吃不出枣味，一尝，五六个素糕下肚。老田女人提药锅进来，说，老嫂子亦真是。田螺拉其手，说，真难为你，若换作我，一天皆活不下去。蔡氏眼圈发红，声音哽咽，说，很小进蔡家门，先前孽债皆忘，吾是以德报怨。

老田夫妇点头。

田螺过来伏于蔡氏肩头，说，好媳妇，好嫂子。蔡氏立眼，说，叫姐姐，再不许你叫嫂子。一眼瞥见王文溥尚于院中忙乎，说，好狠心的地主婆，大年三十儿，亦不放人回家。田螺甚为得意，说，放不放他假，我说了算，他若不听我话，就炒他。蔡氏一听，转头自上而下看田螺，说，哟，不就打个杂活，以为请人做掌柜？你前脚炒他，我立马后脚两倍工钱雇他，不出三年，饶川又出一好裁缝，信不信？田螺说，你那是蜘蛛精盘丝洞，谁敢去！真正是有去无回。蔡氏笑着打她，说，正好进回一卷蚕丝，莫不做身衣裳？老田女人接口说，今年不再添新衣，等来年置嫁妆，少不了照顾你买卖。蔡氏说，若妹妹动了婚姻，做姐姐的理应送块好料子。田螺笑着打她。蔡氏乘机告辞。

送走蔡氏，田螺盘算着老田该付王文溥多少工钱。老田掐指一算，说两月多点，一个小工，能给多少。田螺说，人家不仅活儿干得好，还搭猪圈顶子，帮你扫雪，这算不算工钱呀。老田说，那得看他明年来不来。田螺说，咋，你明年不计划用他？老田说，我没说不用他，是怕他明年不来。若明年还来，这两月就当试工期。试工期无工资。田螺说，人家那么个大工，还要试工期？老田说田螺，你这孩子，胳膊肘儿咋老往外拐！说着，排几文钱在桌子。田螺不屑，说，就你几个鬼舔钱，能留住个人！老田说，工钱又不是给你，你急什么。田螺不高兴，说，反正你得给我留住他。老田女人说，看你俩吵的，赛乌眼鸡，叫后生进来。

王文溥立于老田面前。老田问，小子，两月，给你工钱几何？王文溥看田螺，田螺坐于一边，歪着头，不吭气，他一时捉摸不透老田如何想法，心说，给人工钱还与人商量？若要少，岂不受你嘲笑！若要多，岂不与虎谋皮！遂不吭声。老田说，给多吧，咱小本生意；给少吧，又怕亏待你。如此说吧，你明年有何打算？王文溥说，父亲与弟弟未回，不知外面情况如何。老田沉吟半晌，拿出二十文大钱，说，要不这样吧，这些钱，你先拿着，回去好交待父母，等大年初五一过，咱再回话，如何？田螺急了，用胳膊肘捅她娘。王文溥说，要不，这样吧，叔，我先跟父母商量一下，明年有何打算。至于工钱，您先扣着。老田急了，怕王文溥嫌少，明年不来，便硬往其身上塞，说，大过年，岂有不了结工钱之理！王文溥死活不要，就往出走。老田攥钱，追出来，说，你看你看，还是嫌少么！

王文溥已经走远，田螺起身，"啪"，手里纳的一只鞋垫摔于桌上。老田赶紧解释说，给他，他不要么，又不是爹舍不得给！田螺不阴不阳，说，你再给他多些！老田舒开手掌，满手铜钱，说，小工一个，想挣多少！田螺唰唰唰就往自己屋走。女人说，当家的，回头你给人送家去，一者交待其父母，二者摸摸人家意思。老田慢慢合拢手掌，说，依我看，咱家这小姑奶奶，非请条白眼狼回来不可！

2

踏进家门，王文溥见两匹马拴于梯上。母亲提个笸箩，心惊胆战似在喂之。王文溥跑上去，说，娘，马是所有牲畜中最贴人心意者，不会伤人，我来。提过笸箩，将料置于马前，一边摸摩马脖，一边翻拌草料。又问他爹和王文素如何。玉兰说吃过饭，喝了点酒，睡着了。王文溥便要去还马。玉兰备少许茯砖茶，要王文溥送给冯总管，算作答谢。

王文溥一走，老田父女开始治气。田螺要他爹将王文溥的工钱给送过去。老田说，能否留得住他，不在钱，在人。女人说，最终在钱。老田说，最终在看不见之地，这是一场斗争。

正说着，茶神仙进来。一进门，茶神仙打哈哈说，哟，大年三十儿，还要跟谁斗跟谁争啊？老田白他一眼，说跟你斗！狗嘴里吐不出象牙来。茶神仙说，斗不如算，算就是斗。老田说，世上数你算得精，诸事算得一米二宽。茶神仙说，再精哪有你精！老田没好气问他有何事。茶神仙颇为神秘，凑上来说，闻得外来小户——老田急眼，问他谁是外来小户，既不允有人玷污王林一家，又怕有人给王文溥提亲，坏田螺好事，心里有些七上八下。茶神仙忙改口，说，闻得王林掌柜走外刚回，进得好茶，想去看看，咱俩搭个伴儿。老田一听茶神仙所言是此等毛事，心下大舒，做出恍然大悟样，说，噢，我明白了，敢情你是让我陪你去喝喝茶，聊聊茶，看能否有无机会低价批些儿？茶神仙面露尴尬，说，唉，人说老田老田，玛瑙脑子玻璃心，敲敲头顶脚底响，一点都未说错啊！老田闻之，很受用，却故意拿起架子，说不去。茶神仙不知是计，许诺道：若得好茶，分你一半。老田转怒为喜，说，君子说话算数。老田盘算此去一举两得，既叫茶神仙高兴，又顺遂田螺之意，瞅机会将工钱付给王文溥，又正好与其父母过过招。

二十文是绝对拿不出手了。那就翻个倍。老田心眼多，临出门，八十文大钱装左边口袋，四十文大钱装右边口袋，心想，探其虚实，见机行事吧，若明年尚来，对田螺有好感，就赏其八十文大钱；否则，沙锅捣蒜，一锤子买卖。继而想，若王文溥真喜欢田螺，依女儿秉性，到嘴肥鸭岂能让他溜走，届时，岂不连家业皆要拱手让他，何止这俩小钱！老田一时捂着口袋，生怕钱脱袋而飞，心中隐隐作痛，犹被人剜去一块肉，浑身颤抖，恍如被人抽去根筋。他不止一回人前人后说过，一年到头，他最高兴之事便是将钱数来数去，最后看着钱躺在柜子里舒舒服服睡大觉生儿子，钱舒服比他舒服都让他高兴。

此会王林，老田打其主意，茶神仙打其主意，二人相随，各揣心思，一路说笑，逶迤而来。

3

王文溥牵马慢慢走向养马场。

养马场位于饶川西南，本就偏远，如今雪地路滑，绕道而行，显得更远。

费约两个时辰，王文溥好不容易找着冯总管。

冯总管五十多岁，身材矮小，一双眼睛熬得通红。王文溥掏出对牌。冯例行公事，一查档案与签约，果真逾期半月，再细验看马，伤瘦皆无。冯总管说，马既无伤无瘦，余事好说。王文溥心下高兴，小心翼翼，又问其罚金多少。

各位看官，养马场虽大，却属朝廷，诸位总管权限虽大，却实为奴才，奴才背过主子行事，自然不敢张扬，否则一旦生事，杀头之罪，株连九族，事关重大，决非几两文银便可了断，是故为免生滋事，再者和气生财，老冯想想，伸三指朝王文溥晃晃。王文溥问三十？冯总管笑眯眯，说，唉，租赁马者若皆像你如此机灵，诸事便妥。

王文溥准备给他掏钱，冯总管说可从押金处扣。王文溥感激不尽，奉上茯砖茶。老冯欣然笑纳之余长叹一声。

王文溥问其有何烦心事。

老冯拉王文溥进屋，坐于炉边，说，唉，你们父子，一看就是实诚人，今儿大年三十儿，我一人当值，闷得慌，咱俩说说话，这么的吧，小伙子，你若能解我心头烦忧，我将免你三十文罚金，押金如数奉还，如何？

王文溥忙问何事。

老冯叹口气，说，一件国事，一件家事。

王文溥心说，天下之事，难逃世情二字，再难，凭我才智，如何哄不得你开心，挣回三十文大钱！如若算学，弟弟无所不通，手到擒来，便催老冯快快讲来。

老冯便滔滔开言，原来京都营造，合用石灰四万四千二百八十四斤，着保定、真定、顺德三府，各照地里远近输运，三府各运多少？饶阳属真定府，亦受摊派，运多了，咱没钱，运少了，又吃罪不起。此事摊派至我身上，你说这不是要人命么！

王文溥问难道不是衙门经管此事？

老冯说，谁说不是！可输运督办之事，我们大总管早与衙门打好招呼，肥水不流外人田，揽过来就得着人去办，我此人，靠实，岂不就摊上了么——

王文溥一听，得，又是算学。算学无处不在。

老冯说，可不就是算学，所难就是这个算学。

王文溥问保定真定顺德各至京多远。老冯告诉他，保定至京三百三十里，真定六百二十里，顺德九百五十里。经老冯如此一说，王文溥才明白这三十文钱省得太不轻松。若将此事给弟弟揽回去，不知他能否拿下。无奈之余，王文溥只好暗暗记下诸数。又问其家事。原来老冯膝下无子，三个女儿，三女又同日出嫁，长女三日一归，次女四日一归，小女五日一归，通计总归二百八十二次。三女皆嫌他呼儿盼儿，重男轻女，不将她姐妹放于眼里，嫁期选于同日，为图省事省钱，故，非要出如此难题，要其算出自己各归家几次，姐妹三个又同会几遭。老冯摊开两手，说，你说这三个败家女子，岂非成心往死里气我么！

王文溥劝他说，大过年，说些吉利话。想想，又说，冯总管，要不这样吧，容晚辈想一晚上，明天一早回您话，保您满意，不误您事。

老冯一听他接茬，高兴地说，甭说想一晚，就是想三晚也行啊！王文溥又将数字暗暗记一遍，告辞出来。

4

老田和茶神仙一前一后踏入王林家。王林已醒，恭迎二位，口内谦辞不断：外来小户，文溥又承蒙田家照顾，店中收留，林欲明日一一拜访。老田摆手，问文溥何在。玉兰说养马场还马，未回。茶神仙笑说，皆街坊邻居，谈何关照。王林说，社民屯民岂可同日而语。

原来，明中叶，有地有户者为社民，无地无户者为屯民。

茶神仙说，老田乃饶川正儿八经之社民，我只不过早尔十几年居此。老田说，啥社民屯民，一样，皆为求生活，闹日子。茶神仙点头。老田虚着气，这里看，那里瞅。王林说，租房赁舍，令二位见笑。老田说，初来乍到，不睡露天，尚可炊饮，已是幸事。

玉兰上茶。

老田举盏便饮。茶神仙则只看不饮，问王林茶名。王林说，于茶您是行家，不然何谓茶神仙。不瞒二位，此茶名茯砖茶，才刚由陕西榆林进回。茶神仙端起茶盏，观色，嗅味，细吐慢纳，反复品咂，只觉初味浓烈，入口尚苦，香味耐品。老田呲嘴，说茶神仙不愧是个茶尖子。茶神仙说，若论米粮，自然比不得你，要说这茶，尚说得一二。王林说，行行出状元。

三人喝茶。

老田问王林出去走一遭，如何？外面生意尚可做的？王林摇头，说，世事难料，生意艰难。遂将大盐商如何控制盐引，盘剥小盐商，边关以银代粮换盐引之事说与二人。二人皆摇头叹息。茶神仙说，早年，我亦曾随商帮外出贩茶，对外面行情尚知一二，如今多蜗于家，盘小资接点茶货，皆小本生意，闭目塞闻至此。老田说，比起二位，我算吃苦头最少，从来皆坐等来货，即使接货亦于近处，跋涉颠簸之苦自然便少，更属蛙坐井底。王林为二人续茶，说，行商万不得已才东奔西跑，若为座商，岂非上沐天恩，下承祖业，谁愿风餐露宿，受这个苦，吃那般罪。老田说，所言极是。那你父子——茶神仙抢言道，闻老兄贩回茯砖茶，莫非欲插足茶行？王林察其满眼疑惑与焦虑。知晓此小小饶川茶社米粮店铺已有几家，虽说牛羊各吃一方水草，可毕竟地小手稠，生意难免挤压。这些人日里夜里皆竖耳朵睁双眼，闻得谁家又开张生意，总要肚里生气眼里冒火手上搉打心里咒骂几日吃不好睡不香。此时，王林方始了悟老田与茶神仙此番心思，说，二位放心，无故不扰。茶神仙说，是要长谋远虑才好。

老田闻王林口气，知晓其生意尚无准谱，此时，倒心闲神定起来。他揣摸布袋，心说，那份钱皆不必急着给王文溥留，女儿心思更不能透露丝毫，王林一家如此状况，谅他逃脱不了我之掌控！王林猜想老田此行，断与文溥有关，遂说，田掌柜，犬子于贵店有何欠妥之处，望多指点。茶神仙早闻得老田父女如何指派王文溥干活，可他不能言语，看老田如何演戏给王林看。只见老田不动神色，说，令郎是个好小伙，聪明能干，仁仁义义，好好，足见家教甚严。王林心下一惊，说小子浅鄙，没见过世面，若有错处，田掌柜定当诲之不倦，年轻人，多磕碰，没坏处。老田点头。茶神仙见风使舵，说老田乃饶川数一数二经营能手，定能带出好徒。

闻二人曲里拐弯奉迎，必有所图，却云山雾罩，不明其真。王林投石问路，问茶神仙，此茶如何？茶神仙端盅，呷一口，一脸正色，说，此茶味道醇厚，入口微苦，宜解酒消荤，不错。老田问他铺里可曾卖过。茶神仙故作一惊，说，此谓名茶，一直流传于山陕内蒙古一带，咸有商家带来。王林说，临走之时，我去你铺里看过，见茶种甚是不少，唯独不见此茶，故虽路远价高，亦作捎脚回来。茶神仙暗暗佩服王林的眼光与心计，便低头吃茶，沉吟不语。茶神仙之意，王林已知，说，我驮些回来，不为转卖，只招待亲友，若兄不弃，不妨拿些去卖。茶神仙迟疑着问价钱如何。王林赶紧接口说，价钱不价钱吧，若卖得好，你再来拿，咱再说价钱，若所卖不好，你退我便是。茶神仙甚为惊讶王林器度如此宏阔。王林说，乡里乡亲，坦诚相待之日久矣，何必计较。遂叫玉兰吩咐王文素取茶给茶神仙。老田不说自己，单见茶神仙满心小九九，甚为鄙之。

王文素送茶过来。茶神仙搭讪两句，只管抱茶就走。老田细看王文素，见其脑大身小，智足异禀，非常人可比，刚来饶川，便传闻甚多，想来此人定非等闲之辈。一家人皆有大用。此时，老田心里想的是，如何拴根细线线，笼住此只老家雀，缚住两只小家雀。

5

老田与茶神仙一走，王文素问他爹给茶神仙茶之价格可否谈妥。王林遮掩说，茶尚未卖，如何算价？王文素说，你卖于他，他卖掉与否与咱何干！王林说，乡里乡亲，如何立马逼算！王文素苦口婆心道，爹，茶归茶，人情归人情。一包茶多钱就是多钱，这跟乡里乡亲有什么关系！咱从那么老远驮回，不加足费，按原价给他，这本身已含有人情。爹还不跟他说茶钱，将茶与人情搅和在一块，现在算不清，他日如何算的清？玉兰说，他爹，孩子说的对。王林叹口气说，对则对矣。爹以前做生意比谁都精明！可眼下情况有变，咱外来小户，初来乍到，说话做事得让人三分，你现在跟人家逼算如此清楚，若遇事，人家与你会逼算得更清楚！人家无碍，你却受不住。王文素说，爹，咱是出门人。不假，凡事让人家三分，亦不假，可你不能让得没了自己。不信，您瞧，照您如此让法，不仅折本赔钱，人不但不感激，反而会怨恨你。他爹问为何。王文素说，人心皆贪，人心皆私，你让他一分，他想你让他三分，慢慢的，他会要你让更大的步，让更大的利，你若不让，他便怨你，恼你，怒你，仇你，恨你！

　　正说着，王文溥回来，一听，感觉二人所言皆有理，王林问其意，王文溥不置可否。王林其田家工钱可否结清。王文溥支支吾吾，将银掏出，算是预支。王林大惊，说，才做几天，岂会给你这么多！给你之时，田掌柜如何说？王文溥吭哧半天，不愿将他与田螺之约说出。王林不住催逼。王文溥只好和盘托出。王林一听，大骂王文溥，说他如此会闹成一笔糊涂账。王文溥心有不服，小声嘀咕说，爹跟茶神仙不亦一样没算清楚吗？王林陡然提高声音，说，两事能相提并论吗？我之所以如此是以退为进，是为着尔等将来，为着你兄弟二人于此长住久安！他突然明白老田为何犹犹豫豫，原来暗藏一段心事在此。又听王文溥说，田螺给我钱，老田他们一点都不知道。王林一拍炕沿说，哎呀，症结便在此。

　　王文素明白父亲一片苦心，深谋远虑，听半天，说，本来很清楚之账，结果一搅和人情账，便成糊涂账，最后无法算得清楚。叹口气，起身要走。他哥一把拉住，说，好弟弟，别走，帮哥算两道题。王文素问什么题，是否人情题。他哥说，什么人情题，别瞎说，是算学题。掏出麻纸，遂将老冯给他的两道题让王文素看，但他并未说是老冯所托。王文素看一眼，说，题倒不难，就是你得说清楚给谁算。王文溥本不想说他与老冯之约定，更不想说三十文钱所归，可事到如今，不说不行，只好原本说出。

　　依王林之意，忙，可以帮，与人方便与己方便。但那三十文钱不能省，须还给老冯。

王文溥不同意，说，岂能让弟弟白算么？转头问王文素，白算，给算不？王文素说，若白算，那得看我高兴不高兴，有无心情给你算！王文溥问，若给你三十文钱，让你算这两题，你又如何？王文素说，同样算两题，若不给钱，那要看算家心情，主动权和自由权皆掌握在算家手里；若受人之钱，便成交易，必须算之，那是责任。人情与交易，两个概念。王文溥乘机说，爹，你看，不能一概论人情，是吧？王林无语。王文素抬脚要走。王文溥阻之，央求说，好弟弟，看哥面子，给算一下吧。

王文素仰天长叹，说，又是人情！吾最讨厌人情，这个庸俗不堪的东西！人与人之间，本来清清白白，利利索索，简简单单，明明了了，却大半因人情，世情，变得复杂，多变，诡秘，模糊不清。人情账如何算？无法算。

王文溥急眼了，说，将三十文钱给你，你给算算？

王文素说，那亦不想算。

王文溥问王文素，你说咱俩还是兄弟不？

王文素说，是呀，如何不是？

王文溥说，还是兄弟，就得给哥算。

王文素说，哥，你又搅和，兄弟归兄弟，算题是算题。两码事。

王文溥说，一码事。你要不算就不是我兄弟。

王文素说，我不给你算还是你兄弟。

王文溥又急眼说，是兄弟就不能见死不救。不就会算两道题么，看牛的你！我如何知道你高兴不高兴，乐意不乐意！

王林夫妇看着兄弟二人，不置可否。

王文素最后歪了头，看着他哥，说，哥，这么着吧，算呢，我给你算。但我算，跟你是我哥跟那三十文钱一点点关系皆无，就像那茶叶，茶叶是多少钱就是多少钱，跟给谁人拿去是卖是喝是霉了扔掉皆无任何关系。哥，明白么？说完，噼里啪啦打算盘，很快算出，将麻纸一扔，转身就走，留下父母兄长目瞪口呆。

次日，王文溥交待老冯，老冯自然很满意，连夸王文溥好脑子。王文溥也不多言，轻轻松松，只管将三十文大钱装入自己腰包。

6

　　老田与茶神仙一前一后出来。老田一派长者口吻教训茶神仙：
将茶钱给人结清，挣多挣少是自己的。茶神仙反唇相讥：自己屁股
底下屎一堆，尚责他人，你为何不将工钱给王文溥结清，挣多挣少
是人家的！老田自知理亏，便无语，眼睁睁看着茶神仙抱着茶砖大
摇大摆走进家门。

　　老田走到一截墙根下，将自己掩藏于更大黑暗处，仔细辨认，
是老洪新修院墙，抖抖掏出裆里家伙，对着院墙，唏唏索索，开闸
放泡热尿，自言自语说，都说肥水不流外人田，老洪呀，可好活你
家新院墙。衣物抖动，布袋里的大钱叮叮当当作响。老田伸手进去，
摸起一个，放下，摸起一个，放下，像抚慰一个个受惊吓的小孩子。
他心想，眼看进家，如何交待女儿？说自己舍不得给他工钱，还是
摸不准王文溥那小子明年还来不来？不管说出那种情况，那母老虎
闺女还不得吃了他，这个大年初一还想不想过！

　　怎么办？

　　老田揪着布袋，心想，干脆一不做二不休，给这些省下的大钱
找个最安心之地睡大觉算了。他重新解开裤带，一个，一个，将钱
溜进裤裆，钱滑过小腹，一阵冰凉，滑一个，老田哆嗦一下，滑一个，
老田哆嗦一下。等到八十个大钱皆溜进裤裆里，变成硬硬冰冰的一
坨，老田心说，咋如此快就摸完了？若摸一个是一个，像天上星星，
摸不完，该多好！抬头看天，一大片黑，才想起今日乃大年三十，
自己笑笑，捏捏裤裆，自己对自己说，慢慢捂着吧，一会儿便热。
他系好裤带，又开两腿，走了两步，底下像吊一秤砣。

　　好不容易挪回家。女人问他为何如此走相。老田叹口气，说，嗨，
人老不中用，尿裤裆了。女人捂嘴便笑。田螺急吼吼问他事情办妥没。
老田说换裤子要紧，急急进内屋，开箱掘柜，取出私房钱袋，从裆
里掏出八十文大钱，轻轻放进，心说，小流汇大海，小钱终找着娘，

放心睡大觉去吧。

　　田螺在外面喊，爹，换裤子还是做裤子？咋拖这么长时间！老田喜眉笑脸出来，说，闺女，性急吃不得热豆腐，是你的总跑不了，不是你的拽都拽不回，咱得耐着性子，耗他，泡他，磨他，看他往哪跑。田螺咬唇点头，一副深谋远虑绝不罢休模样。老田心下一阵窃喜，知道此次已瞒天过海。

　　半天，田螺抬头，颤颤叫声爹。老田的心又哆嗦起来，说这是咋了？田螺看着他，满眼是泪。女人声柔气细劝田螺有话就对你爹说。田螺说，爹，你不老早就想要个上门女婿么？女儿打头眼见王文溥就喜欢上了他，你若不将其招进门，我亦就不想活了。老田两脚一跺，说，这都那儿跟那儿呀，刮风就是雨，阴脸就是泪，闺女啊，好事儿你得慢慢来，得从长计议，咱得看其人景，是何来头，有何家底，两眼抹黑，就招个人进家，顺意便罢，若不顺意呢，岂不葬送你一生幸福。田螺鼻子一抽，哽咽着说，好亦是他，赖亦是他。老田耐着性子说，咱是招女婿，可不是扯块布，那么容易成事。田螺抬起泪眼，说，蔡姐姐可亦盯着王文溥呢。老田心说，得，这个后生可真成香饽饽了，嘴上却说，闺女别急，爹自有办法。

7

　　玉兰端上年夜汤饺，王林招呼妻儿围坐一起，一壶烧酒，一家人，落脚饶川，说说来年打算。

　　王文溥心事重重，几欲张口，皆犹豫不定，最后，他鼓足勇气，说，爹，娘，儿若被田家招为女婿，你们意下如何？王林夫妇甚为惊讶，不知王文溥何出此言。王文素听着，一言不发。玉兰问王文溥，莫非田家有此意？田姑娘咋样？王林也说，儿子，关键在你。王文溥捉起酒壶，猛灌。玉兰抢过来，要他说事，干吗如此糟践自己。王林说，让他喝。咕咚咕咚，王文溥一把抢过母亲手中酒壶，又猛喝两口，酒呛喉咙，咳嗽，脸红，似聚积勇气，半晌才说，爹，田螺不算漂亮，但待我不错，田家乃本地人，田掌柜兼任甲首，若能攀附，咱于此地好落脚。再者，田螺独女，恁大家业，留于何人！日后必为一方势力，他日若尚彬高中，岂非官势互为犄角，也好为王家光耀门楣。

王林心平气和说，我儿所言倒是有理，谋略也不错，但爹问你一句，你果真如此想？王文溥点头。玉兰接口说，他爹，不行，上门女婿如遭后娘，田家权势再大，家财再厚，我不同意这桩婚事。王文溥说，娘，若我放弃这桩婚事，不仅伤害田螺，两家还会因此结下梁子，咱如何再待此地。弟弟即使高中，亦孤掌难鸣！王林沉吟着说，余者先勿虑，关键是你和那田家姑娘能否合得来，过得去，往后日子能否幸福，莫要因为一些不着边际因素耽搁你此生幸福！王文溥叹口气，显然已是经过深思熟虑，说，爹，娘，儿子愿意，无人强逼，无人勉强，既合情亦合理，至少田螺至诚。至于我跟她能否合得来，往后日子能否幸福，一半在命，一半在己，在如何过，人过日子，日子何尝不亦过人，事在人为么。田家属小商，除死抠重利外，亦无其他可挑剔之大毛病。王林说，你已长大成人，做人做事分寸主张自己拿，话既如此，爹娘辄尊重尔意，随之如何？王文溥说，爹，咱家眼下生计如何，你们不说，我兄弟二人皆知。外面生意，爹嘴上不说，儿子虽未随行，可亦知晓此路已断，需重谋他途。我已问妥，本地娶亲嫁女风俗与汾州差别不大，若娶，自然男方聘礼，三媒六证；若招婿，儿一人过去即可。咱刚刚落脚，房无一间，地无一垄，是断然拿不出像样彩礼迎娶田家姑娘。田家既上赶得紧，那就弗如儿子自赘田家，婚事全由其操办，否则，我就不答应这桩婚事。

闻之，王文素忽然附掌大笑，说，哥，媳妇白娶，拥有家财，依世人眼光，此买卖稳赚不赔！好事一桩！王林呵斥他道，别瞎说！玉兰说，世上哪有那么多好事等你遇，哪有那么大便宜让你沾，恐怕我儿掉进那个旋涡就再出不得囹圄气！王文溥说，田螺若被我降拿，囹圄气照样便出，若让她骑于我脖上，那此生恐难抬头。王文素接口说，反正不是东风压倒西风，就是西风压倒东风，哥，就看你驭女之术如何了。王文溥说，不论如何，眼下局势，惟依仗老田先立稳脚跟，余者再行筹划。玉兰总是担忧不止。王文溥说，娘，何必多虑若此，田螺娶儿子，儿子上他家过日子，儿子娶田螺，亦去他家过日子，这有何区别！王林正色道，差之远矣，寻上门，门上寻，个儿全倒！王文溥说，可眼下，此路最捷径，亦最保险。唉，弟，你不是会算么，给哥算算，将来到底如何！

令全家人没想到的是，小小年纪的王文素竟然沧桑满怀，长叹一声，说，小算，算分算亩算厘算毫，算吃算喝算名算利，大算不算，算不过命，算不过运，算不过数，算不过天。命运路数各人自有。我看爹娘就顺遂大哥之愿吧。王文溥说，听听，这岂非算命打卦！王林疑惑而言，小小年纪，何出此沧桑之言！将来命运必艰涩难当。玉兰宽慰王林说，小孩子，日每钻研算学，成天算算算，信口而言，不必当真。只听王文素又一声长叹，人说看透红尘，我却算透尘世。王林呵斥其打住，说小小年纪切不可发如此颓废之言，说如此没落之语。王文溥说，来，吃饺子，落脚饶川第一顿饺子，人若浮蓬，明年不定在谁家吃饺子呢！话音未落，玉兰眼圈发红。王林问王文溥下一步如何？王文溥给每人挟饺子，说，爹，你拭目以待，儿自有办法！王林无语，只管点头，偷眼觑王文素。王文溥心下一阵慨然，拉起王文素来到院中放辞旧炮仗。只听得嗵叭两声，震耳欲聋。王林对玉兰说，你该高兴，俩儿皆非孬种。玉兰背过身，眼泪猛地汹涌。

第七章

1

大年初一，鸡叫头遍。

王林呼俩儿早起，修葺一辆破旧推车，两把锈迹斑斑铁锹。

王文溥双眼惺忪，本欲美睡一天，赖于被窝，摸自己暖热胸膛，听其咚咚狂跳，感受与田螺相处细节，他知道已有一人钻了进去。别看田螺对他立眉瞪眼，其实，不露神色皆藏情意，其一颦一笑一举手一投足，已然深铭于心。谁让他们正处于情窦初开的年龄！无奈父亲催促早起，只好快快而起，问他爹要干什么。王林说一会儿便知，推车便走。玉兰要三人点完旺火再走。大年初一，谁家不点旺火！

只见院当中，三块砖头摆成个简易灶巢，为旺火集结处。一人一束高粱秸穰，由屋内点燃，夫在前，子随后，她扫尾，依次而出，置于院中灶巢。火焰四合为一，瞬时巨大许多，亦旺盛许多。玉兰将大把柏叶置入，哗哗叭叭，火星四溅，火光更加明亮。玉兰笑眯眼，看着父子三人。父子三人皆说旺。火光真的更加旺起来。玉兰双手合十，念念有词，为全家祈福：天爷爷，地奶奶，诸神神，众灵灵，保佑全家，平安顺畅。

父子三人推车扛锹来到街心。

王文溥傻眼，问他爹，这满街积雪，仅凭我父子三人如何能铲干净？王林说，古有愚公移山，今有王公铲雪，不就一街雪么，如何就铲不干净！一日不行，两日，两日不行，三日，算得了什么。王文溥遂不言语。王文素问是由南熏门铲起，还是从自家街门口铲起？王林问他有何主意。王文素说，当由南熏门铲起为宜。王文溥说，各人自扫门前雪，哪管他人瓦上霜，咱们难道不是多此一举！王林说，新择之地，自当先扫他人门前雪，广施恩泽于众，多示好于邻舍，走，去南熏门下，但这趟不白走，捎两车雪，将自家门前铲净再说。父子三人铲雪满满两车，推往南熏门。王文素问他爹雪倒往何处。

是啊，如此多的雪真该倒往何处？

最后，王林咬咬牙说，雪乃雨之精魂，自然甘露田地，化墒雨润庄稼，皆倒于庄稼地里吧。王文溥说，雪如此广厚，若倒于地里，融化为水，久湿难干，恐人嫌弃。王林叹一声说，黄土高原，三年两旱，眼光宏阔之人必囤积雨水，土活水丰，来年定兆。王文素说，咱何不找块荒地，尽情倾倒，说不定，老天有眼，此荒地会分作咱家作庄稼地，亦未为可知。说到分地，王林一下喜形于色，说，对，地遇人，人遇地，皆缘分也。

正是三九四九，冻死哈巴细狗，朔风劲吹，荒焦野外，一片萧瑟。不远处，孙家客店静卧于雪地里，像矮墩墩汉子，披了滚白皮袄蹲蹴那里。野外寂静无声，是展眼展眼的白。西眺家乡，沉沉拽人心锤，扎人肺腑。东方天地交合处，光晕隐隐，嚯嚯如火焰般燃烧，有如万千人挥舞点燃旺火，迎接一元起始。亮光照在雪上，刺眼得很。

一时间，父子三人皆看得入迷。王林深深叹息道，既落脚此处，就唱此处欢歌，凡事矮人三分，处处施人恩泽，倘咱有马高鞍低，才会换人宽宥恕意，不至落井下石恶意取笑。王文素有些不以为然，说，人与人之间，其实特别简单，真正本质非世情，而是经济。王林叹曰，你还小，不知世情猛如虎，人心深如海，你们尚且不懂，听爹的，既来之，则安之，既欲安之，必先低姿，就像一棵树，根扎得越深，枝叶才会长得越茂。

2

雪，从南熏门下铲起，一车，一车，倒于远处荒地。东方亮色一点点伸展、铺陈，人家街门次第打开。迎新爆竹，零星传来。

老田开门，见王林父子在南熏门下铲雪。疑惑间，心说，肉分五花三层，人分三六九等，想不到王林有如此胸襟。眨眨眼，轻重利弊所得所失早于心上掂过，一时感觉异样，有如利器狠狠划过，转身，忙喊村人，操铁锹，推板车，铲雪，扫雪。不一会儿，老井老丁茶神仙老洪老古皆操着家伙，摇摇晃晃走出来，深一下，浅一下，铲自家门前雪。

单善人背手，脚步蹒跚，由南熏门下踱来。他家在另条街上。单善人扯起嗓子喊：老少爷们，心要向上向善向前，眼光不能老瞅着自家门口巴掌大的地儿，别自顾扫自家门前雪，车推出来，锹挥起来，膀子甩起来，就像王林父子，率领儿子，哗着垄子，铲，拉，扫，不怕，谁家门口皆落不下，都会处理干净的。

此言一出，茶神仙和老洪扔下铁锹回去推车，各自找搭档，自行搭伙儿。老金出得迟，挥锹就铲。老田瞅空隙，此车过来，铲几下，彼车过来，铲几下，似乎很忙，顾头又顾腚。寒风一吹，单善人咳嗽起来，弯腰弓背，显得更加削瘦苍老。

一山不容二虎。老田过来假意为老单捶背，低声问他，甲首是你，还是我？单善人哼哼哈哈，吐口浓痰，说，当然是你么。老田捶单善人，先三松两紧，后三紧两松，犹如鼓点。单善人咳嗽尤甚。老田说，既然知我是甲首，那你该咋样？单善人说，家去睡大觉。老田手下用劲，再捶单善人两下，单善人咳嗽猛紧，老田顿时松手。单善人慢慢走开。

街上人手渐多。王林心甚喜，语与二子，说，公心自现。王文溥王文素顿悟父亲苦心。

单善人至王文素面前，问满街雪量化多少水量能否算将出来？王文素沉吟半晌说，单位雪量化水自然易算，可测不出满街雪量，自然无法测水量。单善人点头，下意识回望老田，老田睥睨怒目而视之。单善人突然嗓门陡高，喊，乡亲们，老少爷们，咱饶川三年两旱，今年差点旱死人，若往年，人皆稀雨罕雪，拾雨铲雪送往自家田里。眼下雪灾，养马场用不着，自家田里亦盛不下，人皆愁之，雪如此多，堆在一起，化水成河，泛滥成灾。还是王林思虑周全，送于偏僻荒野，用心良苦呀！说完就走。

让单善人回吧，风大，咳嗽。老田妒心不减，下劲铲雪，扔往车里，雪球四滚。

老田忽想起刀疤未见，上前打门。刀疤正蒙头大睡，做着好梦。女人推醒他。刀疤裹了棉衣出来，见满街积雪几被清除，心头一暖。

蔡氏出来，端锅倒药渣。狗们过来闻嗅，狗鼻子凑一起厮挤，以为是好吃的，不想一股子药味儿呛鼻，呲嘴走开。蔡氏一眼瞥见王文素，欢喜顿生，见其冻得两腮通红，一阵心疼。

3

单善人摇摇摆摆，并未回家，蔡氏返身回屋，他便跟进来。蔡家五间正屋，婆东媳西，药味弥漫。单善人说，大过年，药吊子居然不断？蔡氏说，可不是，一年有大半年不离药吊子。单善人说，药渣倒于街心车辙，人来车往，可碾尽邪气。蔡氏点头。

单善人进东屋，见蔡氏婆婆坐于炕，伸脖打嗝，叨叨说，人家吃扁食，我老婆子药都灌至脖颈根儿了。两手又皱又枯，解开衣襟往怀里摸，摸一下，往地上一扔，摸一下，往地上扔一下。单善人问她摸什么扔什么。蔡氏婆婆说，虱子么，唉，好歹跟我一辈子，逃生去吧。瞧我这把老骨头，说不定哪天就吸不出血，饿死不说，再带到棺材里，岂不是条命么！单善人听了，哈哈大笑，说，老姐姐，您可细心，又善心大发，连虱子生路都虑之如此周全，想必媳妇生路业已虑及。蔡氏婆婆遂不言语，只管又摸出一个虱子，往地上扔。单善人躲往一边。蔡氏婆婆说，砸不死你。单善人说，砸不死我，只要老姐姐好好活着就好。蔡氏婆婆说，活与活不同，有些活是享福，有些活是受罪。单善人劝道，好死不若赖活着。蔡氏婆婆说，赖活不如早死。蔡氏赶忙劝阻。

蔡氏婆婆絮絮叨叨说起往事。

原来，老田家院形不好看，东宽西窄，像刀把，依阴阳五行而言，冲吉，犯煞。蔡氏婆婆男人早亡，孤儿寡母，其时，蔡氏尚未进门。老田年轻气盛，硬是抢占蔡家后檐滴水二尺地基。两家就闹。闹就闹吧，关键是蔡氏婆婆骂老田断子绝孙，老田一气之下舀桶茅粪冲蔡氏婆婆头上直灌而下，趁势将她拖开。老田新屋盖起，两家坐下仇根。蔡氏婆婆要强人吃了亏，心气难平，日日坐老田后墙根下哭咽，哭老田抢占她二尺地基，哭老田欺负她孤儿寡母，哭男人早亡无人与她做主，哭老田一男人家能做出茅粪泼人此等龌龊事，哭天爷爷不长眼睛让人看其笑话，蔡氏婆婆越哭越伤心，越伤心越哭，越哭越气人，越气人越哭，今儿哭，明儿续，生生哭瞎双眼。说来亦怪，老田买卖从此不再起色，想来与蔡氏婆婆这丧门星有关。于是便请人出面调解。请谁？老好人单善人。单善人不辱使命，蔡田两家来回跑，老田不断让步，愿赔蔡家银两，可蔡氏婆婆硬顶拒绝。单善人调解失败，两家冤仇更深。蔡氏进门，掌家，甚念远亲不如近邻，又与田螺对缘，故，瞒着婆婆跟田家礼尚往来。蔡氏婆婆心知肚明，推托眼瞎，想想自己蹬脚闭眼，撇下蔡氏一人，自然难活百倍，少不了左邻右舍帮衬，也便随了蔡氏。

事隔多年，蔡氏婆婆依然咽不下这口气，她说，我吊着这口气，偏咽不下，为何？专为报复田家，田家迟早嫁女，他嫁女我咽气。蔡氏闻言，色变，要捂其嘴，说，娘，大年初一，此话不可混说。再说，田螺无辜，她一姑娘家，没招你惹你，咒她为何！蔡氏婆婆说，前世现报，父负孽债，其女偿还。单善人叹口气，说，嫂子，想开点儿吧，气大伤身！蔡氏婆婆一撇嘴，说，怒目金刚不如菩萨低眉，这我知道，可这口气，就是咽不下，阳间等不住他老田个三六九，至阴间亦得跟他结此账。单善人一迭连声，说，嗨，真晦气，大年初一，听这泡牢骚话，怕来年不顺畅哩。拔脚就走。

蔡氏追出。

单善人压低声说，十几年，难为你，侍候这么个疯魔婆子，多亏了你。蔡氏眼圈发红，轻吐一字：命。央其千万莫走漏其疯话，将死之人两眼一闭，走了，活人再待久处。单善人点头。

4

雪铲两天，终净。

爱一个人到痴迷，成朝思暮想，成一日不见如隔三秋。初一到初五，田螺给王文溥放假，她自己却受不了，日思夜想，嘴上不说，却一个劲叫她娘催促老田早点提亲，好名正言顺。老田骂她沉不住气。骂归骂，私下却寻单善人到王林家提亲。

单善人思谋着王林家好茶饭，少不得多跑几趟。好说歹说，王林死活不准王文溥入赘田家。亲事由此搁浅。此情此势差点将田螺急死。一见蔡氏去王家，她更急，简直发疯。

这天，蔡氏安顿好婆婆，板柜下抽个麻纸本本，怀里一掖，朝王林家走来。

时已六九，春打六九头，春天瞭见影儿，轻轻俏俏，于心头击鼓般，在人心上撩春，春色便掩藏不住。大街上几乎无人，人们都叫积储了一年之美食和热炕封住了嘴绊住了脚撂倒了身子，七九河开，八九雁来，再过些时日，土地解冻，人得上地，一年劳作又要开始。

人生苦短，该享受就好好享受。

一群鸡和几只狗在街上闲遛，东瞅西嗅谁家有好吃的，脑袋聚一起，密谋一阵，又分开，一副聚众造反打架劫舍模样。

蔡氏远远瞅见王林家柴门虚掩。说是院墙，其实就是一溜篱笆。牛二在时，篱笆墙东倒西歪，七零八落，像被他糟践过的日子。自打王林一家搬来，铺顶修墙，里外拾掇，屋里未知，反正篱笆墙挺胸拔背，奔日子的精神头抻得直直，气象暗藏。蔡氏暗暗叹息，心说屋子看谁住，日子看谁过。

论说这院子她没少来过。

牛二在时，一到年头岁尾，她就亲自请牛二，要他过去清货点数。说是清货点数，牛二并不费力。蔡氏只要将进货、用货单子往他面前一放，不到半盏茶功夫，牛二就将存货、销量算得清清楚楚。为报答牛二这份情义，蔡氏不是给他裁件新衣就是好酒好肉端至家里。说来亦怪，牛二不要新衣，不要好酒好菜，只要蔡氏一顿家常便饭足矣。牛二用意，蔡氏明白。薄薄窗户纸，牛二不敢点破。蔡氏依旧好酒好茶待他，绝不松口留牛二在家吃饭。慢慢的，牛二懂了，他入得其眼却入不得其心。窗纸薄如蝉翼，牛二干脆自己挑破，哪怕血溅自己，跟蔡氏做了表白。

真正是落花有意，流水无情。

其实，蔡氏亦并非那么讨厌牛二，跟他在一起能说笑能快意，可就是不能过长久日子，因在蔡氏眼里，牛二压根就不是那种稳稳妥妥将心交给日子的男人，牛二的心是飘着的，是散乱的，是扑棱扑棱四处横飞八方乱撞的，牛二自己都不知道他要干什么他会干什么他会娶老婆生孩子会将他们领到哪条道儿上。牛二表白，蔡氏没有断然拒绝，却无丝毫回应。这种不愠不火的态度比断然拒绝更伤人心，它就像拧绢布里的水，点点上劲，直至将水拧干；又像旁观甩到河岸上的一条鱼，眼睁睁看着由活蹦乱跳到点点窒息而亡。牛二情愫将涸，万念俱灰，将要窒息，他所见所感是个深不可测毫无希望的黑洞。他明明知道自己已经奋不顾身跳进去，却无力爬将上来，更无任何人来帮，更何况此事何人能帮！再加上蔡氏婆婆极力反对，理由是大相不合，蔡氏属猴，牛二是大一轮猪，年龄相差太多不说，关键是猪猴不到头，猪猴不到头呀。蔡氏婆婆怎么能瞅着他俩一猪一猴从她心头踏过，从她死去的儿坟头踏过，更不要说到不到头。

头都开不了，更别想到头。从此，牛二便一天天消沉，破罐子破摔，他逢人就诉，遇酒必喝，一喝必醉，一醉必睡，一睡必懒，一懒必惰，一惰便万事休。他已无药可救。他跟人死犟，逢赌必打，逢赌必输，输多心气便再难扶，以致人们故意捉弄嘲笑他。他对蔡氏一片痴情，尽人皆知，可怜他自己将日子过得无形无具，扶不起立不住，谁能奈何之！

直到有一天，牛二碰上王文素及其一家。王文素与其一样，皆痴迷算学。可冷眼瞅去，王文素比他严谨，认真，不似他放浪形骸任性自纵不食人间烟火一副丧家犬德性，遂将一切托付于他，自己一走了之，流浪他方，远离饶州这个伤心之地。

牛二准备离开那几天，正是蔡氏一年当中最忙碌时日，她根本无暇顾及此事。直至紧忙过去，她才闻得牛二悄悄失踪远遁，心里咯噔一下，失落感如空旷处的寂寥，层层泛起，暗暗涌动，失落感中隐着无名愧疚，愧疚似小锤，时时击打心房。

是她对不住牛二。

牛二的离开使蔡氏顿时清醒。若他还在她眼皮底下晃来荡去，她依然会视而不见，依然会仰起高傲头颅，做出一副高不可攀之样。其实有何高不可攀！她从小失怙，被卖几次，后流落风尘，被蔡家赎回。牛二不嫌弃，对其一往情深，实属难得，可她拒不就范，外热内冷，深伤牛二。牛二非其所想所要，她不能接纳牛二。她曾试图说服自己，可发现自己越这样做，心里越痛苦，她对他根本爱不起来，无强烈欲望把自己给他，跟他厮守一辈子，与其说她无法在牛二面前释放自己的一切心绪欲望，不如说他不能激活她埋藏压抑近二十年之情感。她总不能违心将牛二留在身边吧。如若比她小两岁的丈夫还在，那她就认命，蔡家收养她十几年，她知恩图报，规规矩矩死心塌地跟小丈夫过一辈子，可不知上天是佑她，还是惩她，小丈夫居然死了，死于成婚前夕。名义上的男人死了，她有些悲伤，但并不撕心裂肺痛彻心扉，见婆婆几次哭昏，自己反倒似有星星点点雀跃，她更多视其为弟，痛苦如星辰，始终游离于五层天。出乎意料的是，小丈夫人一死，蔡氏感觉天地一下变宽变阔。

宽阔之后是寂寞。

定要找个自己喜欢之人，打心里喜欢之人。她时刻瞭望，随时召唤，守在蔡家，苦苦等待，所为便是等待自己喜欢的人的到来。田螺隐隐吃醋防范，怕与其争身材魁梧外表英俊的王文溥。田螺错了。真正吸引蔡氏者，是其貌不扬，一见便震心颤肺的王文素。到底是什么吸引了她？蔡氏自己也说不清。或许是其一双眼睛，深潭般的眼睛，她为这双眼睛，夜不能寐，人比黄花瘦。声声追问，可否宫羽同声相追？

立于王林家柴门前，蔡氏坚定地告诉自己：还顾之兮破人情，心怛绝兮死复生。去见自己喜欢的人，我没错！

蔡氏这个女人，从来都是一个内心果断坚决之人！

5

蔡氏进屋，玉兰正与王文溥说话，何时才能分得一亩三分地。见蔡氏打帘进来，二人赶忙让座。蔡氏有些受宠若惊，仿佛心思被人瞧透。值此，老田打发人来叫王文溥。其实王文溥早坐卧不宁，遂告辞出来。蔡氏躬身而送。

送走王文溥，蔡氏再次落座。玉兰为其冲茶，二人重新坐定。蔡氏问林叔不在？玉兰说他闲不住，四处逛走，问蔡氏何事。蔡氏说，倒亦无事，只是随口一问。又吭吭哧哧问王文素人在何处。不等玉兰应答，蔡氏从怀里掏出麻纸本，说，欲请王文素帮她清理账目。玉兰笑，说，他一孩子家，何曾理过账目。蔡氏端起茶盅，轻呷一口，说，二公子帮老田算米折运费，助牛二测石狮重量，帮老金厘算簪钗混色，出人头地，街人皆知。玉兰说，皆他年少猛浪，小儿胡诌，信不得。蔡氏无语，她对王文素一切皆感兴趣，可又不便多问，以防自露马脚。玉兰一眼看透蔡氏心思，却不便挑破，说，此儿从小敏异心多，淡泊世事，不爱应酬，做事遂心顺情，我们做父母者亦从不勉强。蔡氏暗自点头，再次问玉兰他人呢？玉兰说，真不巧，出去打探牛二行踪，看起来他倒与牛二对脾气。

又是牛二！

真正是：不是冤家不聚头！

蔡氏哑然失笑，起身欲走。玉兰说，蔡掌柜不妨留下这个麻纸本本，待他回来，我说与他便是。蔡氏摇头，说，麻纸本本上胡写乱画，难以看清，需我当面细细指明才知。玉兰十分挽留。蔡氏推托婆婆有病，告辞出来。

再说王文溥心急火燎赶往田记粮行，原以为老田大正月要开门经营，不想是田螺瞄见蔡氏走去，心里像揣只猫，抓挠得难受，遂假传父旨，将其召来。王文溥一听无事可做，满面戚容，遂将母亲心思说与田螺。田螺说，伯母所忧，不就愁家无垄地。此好办，我要爹报块荒地分给你家，再摊派些公田活儿，入户造册，岂不是就能立稳脚跟！王文溥一听，颇为惊喜，说，真的？田螺一脸自信，满心得意，说，那还有假，本姑娘说话做事向来是嘎巴儿脆，不过，得看给谁办事。王文溥点头，面露钦佩，连说是是。田螺问其今年有何打算。王文溥故作糊涂。田螺未免失望。王文溥揣其心事，说，我爹让去西，你爹偏要往东，我爹要我娶你，却没钱；你爹要你嫁我，却不肯出钱。如何是好？田螺想了半晌，说，若我爹将此铺子给你，你敢不敢娶我？王文溥假装吓得抱头就跑。田螺一把拉住他，说，一个大男人，跑什么跑，为何不敢为爱担当！咱干脆就来个一不做二不休，谁亦不用娶谁，今晚，你就别走，生米煮成熟饭，看哪个着急！闻之，王文溥心甚高兴，心说，我就试试你能否放下大小姐身段，真与我好；若你亦于我面前摆架子，我还就真不敢和你好。嘴上却说，那如何成！不是你叫你爹打死，就是你将你爹活活气死！不是我被我爹活活打死，就是我将他老人家活活气死！田螺呵呵大笑，说，放心吧，你亦气不死你爹，我亦气不死我爹，他们亦打不死咱们。田螺又说，我爹从不做亏本买卖。王文溥心下一惊，说，莫非我还真蚀了本儿？转念一想，谁赢谁赔，还两说呢。

当晚就没回去，战战兢兢，喜喜滋滋，就田螺之范，遂田螺之意，二人做成了夫妻。

6

一大早，老田正思谋田螺之事，心想，王林非要言娶，有何不可？
他一迭连声叫女人去叫单善人，叫刀疤杀猪。女人问他同意此桩婚
事了？老田说，我从来不做赔本生意。一抬头，见田螺出来泼洗脸
水，东张西望，神色诡异。老田欲拉她进屋，说，来，爹跟你有话说。
田螺猛得挡在老田面前，说，爹，有事咱在此说，何必进屋。

猪在圈里哼哼，既操心伙食是否得到改善，又担心它何时被宰。

老田说，你看，闺女到底大了，连爹亦避上了。田螺低下头，
酥胸剧烈起伏。忽然，老田闻得屋里"扑通"一声，伴有男子咳嗽声。
老田问，屋里什么声音？什么人在屋里？说着又要进屋。田螺急，
死挡住门，说，能有何声音？猫，该死的猫。老田说，你不是最讨
厌猫么？如何藏猫于屋。田螺说，我最讨厌蛇，还有那挨刀子货。
指猪。猪抬头，一脸无辜。

屋里又一声咳嗽。

老田说不对，下劲拨开闺女，挑起帘子，探头屋内。不想王文
溥立于门头，说，叔，是我。老田未设防，愣住，半天无语，指田
螺，又指王文溥，瞬间，脸不是脸，鼻子不是鼻子，差点背过气去，
说，这……这……这到底是怎么回事？说！田螺看王文溥。王文溥
挺身而出，说，叔，田螺喜欢我，我亦喜欢田螺。我没钱娶她，可
是我能让她幸福。老田咬牙切齿骂，可又不知骂谁，扭身操家伙，
寻来寻去，无称手家什，劈手要打田螺，手举半空，又移向王文溥，
最后扇在自己脸上，拉起王文溥就走，王文溥既不挣扎，亦不辩解，
任他扯着，随其跟跄而行，一副无所谓奉陪到底之意。老田边走边骂，
有人养没人教的东西！骂声压得很低，生怕街坊邻居听见。

一路上，有人对面走来，劝老田，说徒弟犯个小错，无非小偷
小摸，何至于大动肝火！老田气呼呼，不吭声，等人走远，他却冲
人背影高喊：你晓得个鬼，他偷的是人！

至王林家，老田一脚踹开柴门，喊：王林王林你出来。王林夫妇出门而迎。老田扯着王文溥立于院中。王林一头雾水，说有事屋里说。老田指指天指指地，说，头顶天，足踏地，咱这事不能藏着掖着，就在院里说，就当着大伙面说。好多人已经涌进院，看热闹。王林问文溥到底做错何事，要老田当众指错。老田却鼓着腮帮子，只字吐不出。

田螺和她娘一前一后跑来。老田气矮，脸臊，终开不得口，一手扯文溥，一手扯王林，说，咱进屋说去。此时，王林倒拿住老田，他知道大儿子一夜未归，看一眼田螺，田螺将头勾得很低，冲着人群，大声说，俗话说，大丈夫当面教子，背后教妻，田掌柜，当大伙面，文溥犯何过错，您就直陈，让其改，他还小，以后要走之路还很长很长。莫以善小而不为，莫以恶小而为之，切勿遮掩丝毫，说不定于咱大人是小事，于他可是一辈子大事。

院里，人越围越多。老田被王林声势所震，哑口无言，脸色越来越难看。

7

大正月，人们吃了睡，睡了吃，大不过喝喝茶，溜溜嘴，反正闲着没事儿干，真盼谁家能出个事儿，好闹闹红火，看看热闹，解解烦闷。一时间，王林家院里的人越聚越多。明眼人一看老田架势，不言自明，皆揣着明白装糊涂，故意起哄。

老田越来越觉得脸无搁处，真后悔抖搂此事，也后悔不给王林面子，死犟着要当众人面说此事。开始，他明明感到自己上风，王林居下风，可如今一闹，他倒败落下风，矮王林大半截，有心收场，可不知如何收场，偷眼瞄王林，王林亦偷眼瞄他。王林亦后悔刚才将他一军，此算两家家丑，家丑岂可外扬。如今，两家已被绑缚一处，一遮皆遮，一丑俱丑，自家鼓儿何用外人敲。

只见田螺一扭身子，脱开她娘，挤至老田身边，将王文溥从老田身边拉开，冲着人群，大声说，爹，您老人家可真抠门，伙计不就混了三斤细米五斤糙米嘛，何至于如此较真。老田一听，气得眼珠子都快跳出，说，你……王林笑，心说还是田姑娘反应敏捷，于关键处确有主见。田螺又说，各位叔叔伯伯婶子大娘，皆一条街上住多少年打多少交道的老邻居了，你们亦皆知道田螺我性情爽快，赛假小子，我爹常说我投错胎，直人不说弯话，明人不做暗事，明白人跟前不装糊涂，今儿，田螺就请大伙给做个证：我田螺喜欢他，一指王文溥，又指自己，说，他亦喜欢我，我爹不让我嫁给他，想要他嫁我；他爹不让他嫁给我，让我嫁给他。他们这些大人哪，都想着他们自己，都麻烦不省事，其实，我早就是他之人，他早就是我之人了——

话刚落，人群中就炸开了锅，人们议论纷纷。

老田一直扯着王文溥，似乎怕其逃跑，此时，将手一松，转身欲拉女儿。田螺躲闪。玉兰着急，不知如何是好。田螺见他爹扯她，急得跳脚，说，反正，我是非他不嫁，他是非我不娶，如今是他亦嫁了我，我亦嫁了他，爹，王叔，你们看着办。推一把王文溥，王文溥低头，显然无计可施。田螺凛然对王文溥说，抬起头，你是正大光明被我请进屋之人，你情我愿，怕什么。王文溥一听田螺声言，果真慢慢抬起头，直视众人。众人反倒被二人气焰所压，窃窃之语低了下去。

此时，王林说，老少爷们，都怪王林治家苛严，将儿子逼得走投无路，既然两个年轻人真心相爱，那谁嫁谁，谁娶谁，皆无所谓。我这就给儿子儿媳办喜事，请诸位喝好酒喝好茶。

隔壁屋里的王文素正细阅北宋贾宪《详解九章算法》，看到紧要处，盛赞《详解九章算法》真不愧为宋元数学巅峰之作，正悉心演算，田螺所言入耳，甚佩服之，心里认定了这个嫂子！

此时，老田女人对老田悄声耳语一番，老田顿时捶胸顿足，放声大号，干脆捅死我好了。身子直戳戳栽下去。田螺一下扑倒在老田身上，放声大哭。

8

原来，女人依老田吩咐，叫来刀疤，将猪赶往他家，此时，想来差不多已杀。老田闻之，悔之不迭，一时气蒙。王林等扶其进屋。老田渐缓，问身在何处。被告知是王林家。老田猛然蹦起，说，田家炕没塌，咱快回家去。跳起就走。田螺伤心。王林乘机说，亲家，喝盅酒再走不迟。老田看着王林，一副可怜巴巴模样，说，喝酒不污嘴，可吃猪肉污嘴哪。王林知晓他丢了脸面，依然温言安抚。老田拉起田螺，说，好闺女，带上吾之颜面，咱回家。老田哭。田螺亦哭，说，女儿愧对父亲。老田一壁哭一壁走，说，唉，我这老脸从此得揣裤裆里了。老田走一步，脚底跺一下，走一步，跺一下，心里狠骂王林，触着块石头，下死劲踢出老远，心里又骂王文溥。转念一想，此事亦非王林之错，王文溥立马又做上门姑爷，骂他等于骂闺女，便不舍得咒骂，不骂归不骂，但毕竟死要脸面，自己活受罪。

王文素向来不喜热闹，外面再吵翻天，他都一直静坐于房，该演算演算，该背典背典。有时，他感觉世人最爱演戏，甚是滑稽。

众皆走，茶神仙依然磨磨蹭蹭，嬉皮笑脸，等着拿茶叶。原来，茯砖茶出乎意料，所卖甚好。王林叫王文素支应。偏偏茶神仙最惧王文素。一见王文素，茶神仙心底发虚，跟王文素瞎搭讪。王文素理都不待理他，要其将上次茶钱结清，再续拿茶。茶神仙耍赖，只说下次定然结清，王文素冷眼觑之。

正僵持着，窗外有人问：请问尚彬兄台在家么？

茶神仙像燎毛兔子，谄媚帮来人打帘子，递凳子，差点踩着来人脚。原来是一齐齐整整年轻公子。茶神仙倒退一步，打量来人，问说，莫非是杂货店老井家公子？公子点头。茶神仙心说，老井么，三脚踢不出个屁，倒生养个好儿子。

年轻公子自报家门，说，鄙人井陉，今年十八岁，早闻兄台大名，今及拜访，果真名不虚传。王文素浅笑，问他有何事。井陉说，国之大丧，科举暂停，三年后才恢复。王文素问其何以知此。井陉含笑不语，只说友人告知。王文素便不再追问。井陉说，其实，我早已等不及，烦闷之至，便出来寻兄。他年乡试，咱结伴去教谕处报名，如何？然后一同前去应试。王文素脸上集中薄薄笑意，悉堆眼角，说，甚好甚好，我亦正想找个伴儿呢。王文素与井陉又说些温习内容，故意冷淡着茶神仙。

茶神仙明知王文素厌烦他，却又不便说什么，脸上白一阵，红一阵，红一阵，又白一阵，思谋半天，讪讪而去。

第八章

1

从王林家出来，田螺赌气先走。老田像斗败公鸡，垂头丧气，一路走一路仰天长叹：人说生儿子是生个仇人，娶媳妇是再娶个敌家，可我想要仇人敌家，老天偏偏不予；人说女儿是贴心小棉袄，瞧我此位哪是呀！简直就是上吊绳绳，埋人沟沟！女人劝他：罢吧，皆怨你常冷言冷语，骄纵她，伤其心，逼闺女跟你唱对台戏。到头来，你能唱得过她！老田一路干号，见着人还要挤出些笑容。那笑，比哭都难看。至家，刚躺炕上，哼哼唧唧，突想起刀疤杀猪之事，趿鞋下地，就往刀疤家跑。

刚进街门，就听得猪吱吱吱哀号：大正月，干吗杀我。刀疤一边架柴烧水，一边磨刀，猪闻嚯嚯磨刀声，叫得更尖利，简直就是声嘶力竭。老田一听猪叫，心说猪还在，忙高叫：刀疤，刀下留猪。闻得喊声，刀疤立起，一手持杀猪刀一手试锋刃，手指往锋刃上一碰，嗡嗡嗡，发出声响。老田吓得急刹脚步，心生恐怖。刀疤一脸得意，踢踢猪，说，怎么样，开始吧？猪听出自家主人来，头不停向后掣，一身屎尿，两只小眼终于看到老田，巴巴儿瞅，想要获得一份赦免，不想，老田情断义绝，挥泪杀它。猪竟然流出两道泪来。

太阳出来，光线晃在杀猪刀上，甚刺眼。老田看着灶火，一堆柴禾，腾腾冒热气的大锅，杀猪案子，杀猪石，又看看猪，有些悲哀。刀疤问老田嫁姑娘为何不高兴？老田点头又摇头。刀疤说，嗨，生儿子就高兴两天，出生和娶媳妇那天，余剩日子皆怄气；生女儿只不高兴两天，出生和出嫁那天，余剩日子皆高兴。田哥，你生女儿还赚半个儿子，岂不高兴两辈子！

还高兴两辈子，高兴此生即可！老田看着刀疤，有些吃惊，不想一杀猪粗人能说出此等言语安慰他。

猪见主人无动于衷，彻底心灰意冷，连哼都不哼一声，直挺挺躺于地上等刀子。

老田问刀疤，你说这肉好卖不？刀疤依然充满激情，帮老田分析说，去冬大雪封门，人皆困于家中，见不着荤腥子，素米素面过年者居多，往常过年谁家不割几吊肉，这嘴都馋着呢，正月里定会找补，此肉定能卖个好价钱。

一句话提醒老田。

算盘又打错了。

肥正月，瘦二月，饿死饿活三四月。此是往常年景。今年不同。看来，得重新谋划谋划。老田边走边想，刀疤所言，根本没听清。

2

蔡氏煎药，按时约分打发婆婆服下。老孙女人走来，提包点心，欲给蔡氏提亲，见她婆婆光景，欲言又止。

正说着，老金女人端半碗酥油茶进来。碗是白瓷碗，油茶上漂几粒芝麻，香味通鼻。世上最难还者便是人情债。钏钗一事，老金总觉欠蔡氏，打发女人隔三岔五过来，送些小意儿，投桃报李。再加上老金女人手拙，针线活计常烦蔡氏，由不得脚勤嘴甜。老金女人进门，见老孙女人在，打两句哈哈。老孙女人自知说不过老金女人，借口告辞。

老金女人将油茶殷勤递于蔡氏婆婆之手，又东一句西一语天一句地一语跟她拉呱，见蔡氏出落得齐齐整整，故意大声说，老嫂子真会调理人，把这丫头调理得花儿一般，唉，可是，不能眼瞅着花儿没开就蔫了吧，给这丫头说门亲事，如何？蔡氏婆婆虎了脸，将刚喝到嘴里一口油茶顺势吐到碗里。瞬间，唾液、点心末子皆混于茶里，拉成一条丝线，丝线太长，断了，又弹回其唇边。老金女人背过身，捂嘴干呕，撤腿下炕。蔡氏一时手忙脚乱，既料理婆婆，又照护老金女人。蔡氏婆婆硬气，干笑两声，说，只要我老婆子一天不断气，看有谁敢给她说亲。老金女人哪里再能言语，赶紧起身跑到院里，干呕半天，泪眼婆娑，皱眉说，可苦了你，人说，鬼怕恶人，你婆婆真乃恶人也；人又说，恶人活千年，怪不得成了那样还把你紧紧捏在手心里……又闻得蔡氏婆婆高声说，我就等老田嫁闺女哩，田家闺女咋还不嫁哩！老金女人轻拍胸脯抹着泪花，像无端端吃亏受了委屈，就往外走。蔡氏忽然想起她端来的碗，老金女人连连摆手，说，罢罢罢，不要了，与她使罢。

蔡氏送走老金女人，她婆婆叫她，说，将此碗摔于当街，越碎越好。蔡氏不解，说好端端的碗，为何要摔碎于当街？岂不可惜！她婆婆说，咱家皆木碗，摔不烂，何况摔自家的碗不吉利，别多问，你只管将此白瓷碗打的碎碎，一块块嵌于大街泥土，泥土会被人踏实踩实，块块白瓷露出，届时就有热闹好瞧。蔡氏莫名其妙，迟疑再三。她婆婆催促她照做便是，莫要多问，然后月亮地里瞅，要谁好看便有谁好看。蔡氏只好依言而行。

车辙道，坑坑洼洼，雪最后才化，街面又湿又软，碎瓷片被踩嵌泥里。蔡氏月夜瞅过几回，除几声狗吠，零星几位路人匆匆而过，委婉埋怨婆婆。她婆婆说，只要闻得老田月明地里出门，你便可看他好儿，瞧他热闹了。

一日，蔡氏闻得老田街门响，跑出偷看。开关街门者倒常是老田，却并无婆婆所言好事可瞧。她婆婆说，耐心些，狐狸总要露出尾巴。

天地
公心
TIAN
DI
GONG
XIN

101

蔡氏好奇心渐落，以为乃婆婆丧心病狂，自己心里又牵念王文素，惦记让其清理账目一事，每晚尚要侍候婆婆，自然没逮着何人月明底下如何狼狈，她倒心疼那只白瓷碗，倒亦不是心疼那只白瓷碗，是总觉得欠老金女人一份情，亦不是欠老金女人一份情，是老金钏钗混色一事，从此便再不能开口。

3

　　井陉与王文素你来我往，感情渐深。井陉衣着简单，透着贫寒，个头与王文素相差无几，却满脸喜兴，一说话便带出笑意，这就叫人无端端爱看其眉眼。其眉眼本亦普通，可因这一笑，神气满脸，光彩照人，整个人轻活许多，使与其说话之人亦甚觉轻快。王文素却不同，他一点都不爱笑，静中含冷，冷中藏淡，淡中蕴智，淡是距离，是远，深藏拒绝；智是理智，是真，容不得假与装。论说王文素眉眼并不难看，可因其不爱笑，显得脸上风景皆无，人与其说话，几无表情，无表情倒亦无妨，关键是人看不出他心里到底在想什么，犹如一口巨大黑洞深藏于心，这难免叫人扫兴，使人惧怕。其实人与人相处亦好，说话亦罢，皆是在跟自己相处，跟自己说话，期待回应，渴望温暖，回应之间消解寂寞，温暖背后隐含私图。世人皆言井陉讨人喜欢，王文素不近人情，故喜井陉者多，喜尚彬者少。井陉隐隐感觉王文素非常人，乃天赋异禀之人，天才为世俗不容，故遭诟病，亦为常事。井陉知晓若非真正走近王文素，不会了解这个人，不会理解他于人于事心腑无私，一片公心，一腔诚心。井陉窃喜。所窃喜者不知是为自己了解王文素，还是因王文素不为世人所喜，盖二者兼而有之。

　　王文素初见井陉，根本没意识到此，只是莫名喜欢井陉，似乎井陉是另外一个自己，是自己对自己的一点期待与弥补，想想自己又做不到，便欢喜井陉不离不弃留于身边。他来饶川，喜欢上饶川，最初是闻得钟声，甚为悠扬，来自心底，来自冥冥之中。碰到牛二，他喜欢上牛二，因志趣相投，很能谈得来，可牛二不声不响走了，再无音讯。正孤单失落之际，井陉来到身边。

其实，井陉并非像王文素喜欢他一样，而是需要王文素，王文素所言所论常别出心裁，见解独到高远，思维开阔，非常人所思所想，且逻辑缜密，推理严谨，自愧弗如。看着王文素，井陉想，口锐者天必钝之，言迟语罕者实藏大气象，自己初来乍到时，曾像父辈一样人前皆欲示好，虽讨人喜欢，却无疑自暴浅薄无知，自轻自贱，谄媚世势，而王文素却并非如此。故井陉嘴上不说，心却敬服王文素，温习功课时需要向其学习，便主动靠近，曲意奉迎。于是，王文素与井陉日夜相处，年岁渐长，感情日深。一日，王文素拉着井陉之手，说，人之于世，一生何为？不外乎有二：做自己所喜之事，遇自己所喜之人。言语甚为动情。井陉只管点头。

王林见井陉言语温和，恭俭礼让，举止得当，与王文素对缘投机，常聚一处温习功课，喜之不尽，遂极力撮合，常留井陉吃饭，井陉每日很晚才回，却从不留宿，王林又一门心思操持王文溥婚事，无暇顾及二人。单善人明白此亲事已坐实无疑，宁拆庙一座，不破婚一桩，遂不辞辛劳，两头回跑，媒人压住亲家公，说婚期宜早不宜迟，宜快不宜拖，快刀斩乱麻，最后敲定，正月初八为王文溥与田螺办喜事。

得知婚期，王林尚转不过弯来，问如何办。玉兰拉其至一边，说自己男人咋亦榆木脑袋不开窍成糊脑怂了？老田之意，无非你我操办酒席，连请带嫁，又请又嫁，说是招婿又是嫁女，说是嫁女又似招婿，婚事办完，儿媳皆搬田家去住。问善人，老田是否此意？单善人环顾左右而言他，说，与聪明人共事，就是痛快。

4

办事宴就得采置东西，首为猪肉。猪肉若有，半壁江山定下。割肉就得找刀疤。

刀疤有求于老田，打发女人探问邻家随礼之事，自己围上围裙，搭好案子，放下吊钩将猪吊上案。说来刀疤真乃能人，二三百斤的猪由地面上案，丝毫不耗劲费力。以前，他总叫几个后生来抬，可情形往往如此，那些后生搭手相帮后，磨磨蹭蹭，蹴于墙根下喝茶，闲话半天，已然茶淡如水，尚且不走；闲话扯来扯去，就那么几句，连屁皆不如，亦不走。为嘛？就是耗着刀疤杀完猪，将猪腰猪肚猪肝爆炒一盘，喝盅酒。一来二去，刀疤甚觉不合算。不合算就得自己动脑筋。

一日，干旱，刀疤到田里浇地，所用是架杆子吊桶舀河水。两丈高的吊杆，一上一下，一桶一桶的水吊上来，刀疤深得启示，跑回家便埋柱子，架杆子，吊钩子，搭案子。弄好后，刀疤叫女人缚己两手两脚，像猪一样，躺于吊钩下。刀疤指挥女人下死劲压木杆。女人见其满身泥土，一副死猪不怕开水烫模样，咯咯咯直笑，笑得几乎岔气。刀疤骂道：蠢女人，笑球甚！靠天靠地靠他人皆不如靠自家。女人止笑，开始压吊杆。刀疤被吊半空，眼看快落于案，女人一笑，气泄，力软，杆松，刀疤就扎扎实实掉在地上，哎呀哎呀，叫唤。女人一看，玩笑开大，这才像慌脚鸡，赶紧跑过来，问摔疼没。刀疤努努气，又吸吸气，直嚷尾巴骨有些疼。女人又止不住笑，说猪有尾巴，你还真有尾巴骨了。要解绳子。刀疤说别解别解，尚未晓试成功。女人只好再吊，直到将其吊于案上。刀疤对自己的发明心满意足。女人这才解绳。刀疤忘疼，立起，拍土，颇得意，说如何，好使吧！莫说是头猪，就是个人也能吊上来。女人说反了，莫说是个人，就是头猪也能吊上来，刀疤点点头。女人自愧将男人摔一下，好在高度不高，嘴上说，好使好使，如你那玩意儿。一句话逗笑刀疤。心下却担心男人摔坏身子，黑夜里炕上不能用，赔着小心问了几回，当晚试一下，命根子果然无妨，心下安然。深夜间闻得刀疤喊疼，暖身热肚，起身倒水热敷，尽心侍候；白日里好吃好喝，力气活儿丝毫不许碰，逼其躺于炕上大睡几天，亦便大安。

此时，猪再不厉叫，只连声哼哼，或许已认命绝望。

刀疤操起秃咯嘟笤帚，细细致致，将猪浑身打扫一遍。猪又哼将起来，从未受过如此待遇，仿佛朦胧希望又生。刀疤一边扫一边说，不管是猪是人，只要顺毛捋之，皆舒服！又说，生于米粮行主家，却无膘无肉，丢人败兴，也不知是你给主家丢了人，败了兴，还是主家给你丢了人，败了兴。猪停止哼哼，盼着赦免，挣撅蹄子。刀疤放下笤帚疙瘩，操起明晃晃刀子。

此时，猪才真正感到大祸临头。刚才，一阵舒服，它被此刽子手所麻痹，现在又幡然醒悟，使劲挣扎。刀疤夹刀于左腋，两手抠挠猪脖，说，尔乃黑财神，我们全家财神爷爷，按说动爷爷实乃大不敬，我双手沾满猪血，欠命无数条，可谋生无奈生活所逼呀，全家老小皆靠尔哪！我知道，你亦是条命，等你命归黄泉，我刀疤亦会为你烧高香，供献你，或许你是最后一个我刀下之鬼，或许不是，反正我刀疤下辈子金盆洗手，再不操杀猪刀，再不干这刽子手之事了！刀疤边念叨边擦泪，猪却一句亦听不进去，哼吱哼吱，哭天哀地。猪越听不进去，刀疤越念叨得厉害。

此乃单善人所教。

有次，单善人来看刀疤。刀疤小气，未请单善人喝酒，单善人当时忍住，过几天，刀疤正卖猪毛，单善人瞅此空隙，问刀疤是否想下辈子舒舒服服做太爷。刀疤不明就里，出口便说想啊。单善人看四周，颇神秘，叫刀疤附耳上来，如此这般说一通。刀疤顿时毛骨悚然，惊问：果真如此？此时，单善人两眼发光，紧盯刀疤，说，若下辈子想做挨刀货，就别听我言。刀疤赶紧往单善人手里塞猪毛钱，连说信信，岂能不信。单善人又抓其一只手，铺展开，视其掌纹，观半天，撇嘴，摇头，再看，欲言又止。刀疤急，叫单善人有话直说。单善人一脸正经，问刀疤当真说？刀疤挺腰，说，只管当真说。单善人正欲开口，一只鸡走来，刀疤抬腿便踢一脚，说，走开走开，说正事儿哪，凑什么红火热闹。鸡扑棱翅膀，吓得直跑。单善人一甩其手，满脸失望，摇头说，不说也罢，朽木不可雕也，竖子不可教也。就要走。刀疤扯住，说你看你此人，狗肉上不得正席！刀疤平时嬉皮笑脸，尚且和气，没想到一动怒，满脸横纹，赛如刀。单善人吓一跳，心下颇悔自己小气为一顿酒跟刀疤费如此口舌绕如此

天地公心
TIAN DI GONG XIN

大弯。刀疤见其不说话，知道他有些道行，遂挤出一脸媚笑，说，您老所言，哪个不听，这点碎钱，让您喝顿小酒。远处的鸡惊魂未定，回头而望，颤了冠子像诅咒他。单善人擒着钱，心说，虽说要若白要，却不要白不要。遂捉钱扬长而去。刀疤冲其背影啐道，呸，鬼才信你。

随后杀猪，不仅刀子挑破手，还挑破苦胆，害得两扇猪肉差点无人要，贱卖许多。刀疤寻思，莫非皆因未曾好好听单善人所言。惊恐之余，每次杀猪前，总要对猪念叨几句，先是记着单善人所教，后，自己发挥，简直成长篇大论。

5

王林来寻刀疤，刀疤杀猪仪式刚完，半桶猪血置于一边，后蹄处割一小口，指头粗的铁棍伸进，又捅又抻，往里猛吹气，用绳捆紧小口，猪皮略略鼓起，操偌大铜瓢，舀滚烫开水往猪身上浇，猪皮膨得像面鼓，正操刨刀去猪毛，就见王林进来。

王林看着猪，问，刀疤兄弟，今年猪肉金贵吧？刀疤眨眨眼，说，金贵得多，咋，要办事宴？王林点头，知道是老田家的猪，特意来照顾他，既然已成亲家，肥水不流外人田。若他另寻别处猪肉，老田该是何等心情。王林要刀疤无论如何给他留半扇。

等王林一走，刀疤三步两步跑至老田家。老田正气咻咻躺于炕。女人在炉边煎药。刀疤兴冲冲告老田说有人要买半扇猪肉。老田问何人。刀疤说你亲家。老田狠狠说，那他就得比旁人多出些血。刀疤心中大惊，嘴上请示老田价要几何。老田气不打一处来，伸出二指在刀疤眼前晃晃，说，最少比市价高两成。女人急，说，长短要将猪肉留半，否则女儿归宁，如何待客？老田嗡得翻身而起，气呼呼端起灶上药锅，连锅带药扔至街心，大骂，归屁宁！叫我颜面扫地的东西，还值得待客！女人就去拾锅，锅是砂锅，已成几块，褐色药水，流淌一地。刀疤见势色不妙，转身就走。老田叫他依计而行。刀疤嘴上诺诺，心却骂老田又黑又狠，完了又怪自己嘴贱。

从老井杂货铺置办东西回来，王林再返刀疤家，刀疤正剔骨头，手下已是白花花一团肉，冒着热气，摊于案上，一咕涌一咕涌，形势颇为诱人。刀疤用刀拍拍猪膘，说，五花肉，前腿肉，后腿肉，夹红夹白，肥瘦正好，做席面再好不过。王林问价。刀疤说，适才请主家示下，说整猪三十五两银，半扇肉二十两银。王林二话没说，付银取肉。刀疤心甚佩服王林气度。

刀疤女人欲借机靠近老古老金女人，打半天门，二人皆不在。怏怏行至蔡氏门前，推门，探头，满院寂静，蹑手蹑脚，行至屋前，撩帘一看，但闻哧啦哧啦声不断，像有人拉风箱。刀疤女人预感不妙，踏入两步，就见蔡氏婆婆歪倒在炕，双眼迷离，脸如锡金，呼噜呼噜往外倒气。刀疤女人大惊，赶紧扶她，大叫婶子，此是为何？蔡氏婆婆剩得一口幽幽气，断断续续说，快……叫媳妇。刀疤女人问在哪儿。蔡氏婆婆指指院中，瞬时倒在刀疤女人怀中。

6

原来，老金女人与老古女人已议妥，田螺出嫁，每家下块绢布，算作厚礼。二人与蔡氏说明来意，蔡氏说料倒是有，不过在布房。两个女人见蔡氏婆婆病病歪歪，又恶其一张刀子嘴，便随蔡氏入布房，借机挑拣。

屋里剩蔡氏婆婆一人，左思右想与田家旧仇，心内纠结不已，闻田螺无羞无臊，如何将男人圈于家中，蔡氏婆婆得意非常，呵呵大笑，笑声尖利，满脸狰狞，一字一顿，说，老田，瞧你养的冤家女儿，丢尽你那张老脸。冤家，一辈子有一个便足矣，何尝用得着我这个老冤家再惩罚你！罢罢，再思之，田螺一辈子就嫁一回，自己活了六十多岁，何必糟践一未出阁姑娘，无辜何必伤无辜！一时间，蔡氏婆婆翻肠倒肚，麻烦缠绕，作茧自缚，弱者不忍伤，恶者惹不起，一口气旋于胸腑间，越来越凝，越来越小，越来越远，死活逮不上，张嘴却无声。正好刀疤女人进来，叫她去叫蔡氏。

话说老金老古两个女人入布房，如鱼归大海，摸摸这匹，瞅瞅那匹，挑来拣去，没完没了。蔡氏心内着急，却亦无法。猛闻得有人哭喊叫她，扔下布料，跑出一看，是刀疤女人。刀疤女人见其露面，指手画脚却语无伦次。蔡氏磕磕绊绊跑进屋。

娘呀——

蔡氏撕心裂肺叫。

刀疤女人顾不及多想，挑帘进屋。

老古女人与老金女人不明就里，稀里糊涂亦跟进屋。

只见蔡氏婆婆躺于蔡氏怀里，两颧发红，颇似回光返照，断断续续说，答……应我一件……事？蔡氏止住哽咽，点头。她婆婆说，守住……蔡家。人之将死，其言亦善，其目亦慈，其情亦真。

蔡氏泪水汹涌，心如五海翻滚，世上最难者乃生离死别，不知生，焉知死。于蔡家生活十多载，婆婆看着她由一黄毛丫头长成大姑娘，反哺感恩之心人人皆有。蔡氏泪流满面，不住叫娘——娘——

三个女人立于当地，先是呆若木鸡，后拉蔡氏婆婆手，欲将其从弥留之际拽回，可惜回天无力，见蔡氏眼泪鼻涕横竖流，亦噎呜流泪。蔡氏婆婆松乏一笑，说，不要……和老田……计较。便撒手人寰。临死，一切放下。蔡氏先是一愣，待反应过来，尖利一声，继而号啕。

蔡氏瞬间觉得婆婆身体沉重无比，像座大山挤压过来，两腿发麻，似有无数针尖刺骨。老金女人不及多想，抹把泪，拉起老古女人便跑，叫蔡氏等着，给她去请单善人——

刀疤女人毕竟心软，不忍留蔡氏一人，咬牙留下，她扶住蔡氏婆婆，让蔡氏抽身出来，再加年长，又经历过些事，对六神无主只知道抹泪的蔡氏说，乘身温热，装裹衣物吧。一句话提醒蔡氏，开箱翻柜，取出早备好的老衣，和刀疤女人烧水擦洗，由里到外，一一穿好。两人费老大劲将死者挪移至门板上，算作停灵。刀疤女人提醒蔡氏，别净顾哭，还得送孝待客起灵出殡，一摊子事儿等着你，你一个女人家如何应酬，得赶紧请单善人过来，料理诸事。

蔡氏看刀疤女人一眼，满是感激。

108

第九章

1

单善人欲请老田过来一块料理她婆婆丧事，蔡氏犹豫。没想到，开口一说，老田甚为痛快，说愿以谦卑尽责之心弥补往日过错。蔡氏感激，为办丧事，买走老田半扇猪肉。

棺木拉回，蔡氏跳进棺木，众人不解。蔡氏说，我就是想替娘看看躺在里面舒服与否。说着，将己装进，躺下，众皆围探，唏嘘一片。蔡氏躺棺里，摸摸棺壁，试试身底，最后坐起，说，不错，舒服的很，由此对得起我娘十几年恩养。

出殡之日，王文素亦被叫来帮忙。蔡氏先是扶灵而坐，抚地自哭，后叫来老金女人、老古女人和刀疤女人三个。三人齐齐到位，然蔡氏并不用此三人做粗笨活计，只管排坐于灵前。众人不解。

蔡氏问三个女人：我婆婆临死之时，三位皆在当场，对否？

三人点头。

蔡氏说，我婆婆临死所言第一句话是不再与老田计较，是否？

三人说没错。

老古女人转头就喊：老田，你可听清楚，人一死，冤仇解。

老田正与单善人商量找填食钵子，见灵堂前围一遭人，正要过问，闻得老金女人喊话，心下明白，知道蔡氏用心良苦，是要将其婆婆临终遗言跟活口当众对证，以证心志。老田何等聪明，趁势喊一嗓子：老田愧对老嫂子！此言一出，老田顿觉心头爽快。原来，放下小私念，方得大觉明。

蔡氏又问三个女人：我婆婆还要我守着蔡家，是否？

三个女人皆言：走一处不如守一处，女人嘛，守着吧，既慰藉亡魂，又标榜世人。再者言，好歹是个家。

围观者皆附和点头。

只听蔡氏长长嚎了一嗓子，边哭边说：

娘啊，奴家从小叫爹娘丢弃，数度被卖，流落红尘，承蒙您收留，作儿媳养。吃过的苦，受过的制，哭过几回，想死都不止一次。今天，一切苦怨皆忘，所记皆您所养之恩，所教之德，十几岁养到二十岁，手把手教裁缝，共洒扫于帷幄，夏夜一起数星星，寒夜一起熬日月……所非骨肉，却为至亲，化为他人，永长辞兮。惨怆愁悲，梦想魂归，见所思兮。惊寤号啕，心不自聊，泣涟 兮。恩德总不忘。可——您要我一辈子守着蔡家，守着这个空穴，我做不到。众位爷爷奶奶伯伯大娘叔叔婶婶兄弟姐妹们，我亦是人，更是女人，一腔情爱无处诉，才下眉头，却上心头。谁懂得，梧桐更兼细雨，到黄昏，点点滴滴，这次第，怎一个，愁字了得！从今往后，我就是我，再不姓蔡，我有大名，和玉珠，姓和，名玉珠。我还年轻，虽风花日将老，佳期犹渺渺，但不愿空结同心草，但愿结个同心人。

这个蔡氏！

想不到她竟然这样决绝！众皆哗然。

田螺情至所致，立于玉珠身边，说，是呵，这个婆婆真不讲理，为何让玉珠姐姐守着蔡家，守着这些破家什过一辈子！她自己守一辈子，难道让玉珠姐姐亦守一辈子！寂寞空屋，无同心人，无疑坟墓，无疑死去！尚不如死痛快彻底！

　　若遇众诋毁，玉珠决计坚决到底。不想众皆噤声，加之田螺横逆世俗，挺身声援，玉珠没想到田螺如此同情她，理解她，与其并肩而立，再想此前情谊，禁不住涕泪交流。此时此刻，她满院搜寻那个人，那个双眼充满智慧与光亮的年轻男子，真想软软靠于其肩，歇息片刻。

　　而此时此刻，王文素正立于门口，手中提笔，满含激情看着她。他见玉珠哀哀欲绝，想起前些日子她曾找过他，要他帮其清理账目，可自己每天瞎忙，竟一点都没置于心上。愧疚！今天，闻其声，见其神，睹其骨，不禁心头颤然，心下对这位女子另眼相看。好吧，我会帮你的。王文素心里对和玉珠说。他眼神里闪烁着鼓励，铺陈着温暖。这样的眼神唯有她懂。和玉珠终于在人群中找到了那双眼睛，久久而视，满面热泪，却笑得灿若桃花，她似乎从未如此开心过。

　　饶川人们毕竟善良，宽厚，他们以沉默包涵一切。

　　此时的田螺看着玉珠和王文素，明白了一切，想着自己和王文溥，一时感同身受。她本欲与玉珠多待会儿，不想父亲大喝要其回去。田螺本想再任性而为，忤逆父亲，可转念一想，自己已给父亲增添不少麻烦，便忍痛家去。

　　此时的和玉珠先是泪流满面，尔后呵呵大笑，她高声吟道：长叹不能奋飞，双发歌我衮衣，华观冶容为谁？宫羽同声相追。

　　人皆以为玉珠过于愤激，神志受损，遂上来，劝她回屋歇息。玉珠一时痛哭流涕，放声大恸。单善人站出来，说，叫她放放毒气吧，人憋久了，难受。只见玉珠忍痛含悲，神色决然站起来，怔怔神，对着棺椁，正衣冠，三叩九拜，说，娘，你能放玉珠，让玉珠重新嫁人，嫁自己喜欢之人，好好儿活，这便是对我最大的好。

　　和玉珠这番话一半说与众人，一半说与自己，二十年了，她实在将自己憋坏了。今天，对着婆婆尚未走远的魂魄，对着街坊邻居，对着为其睁眼开脸的苍天厚土，对着自己柔弱了二十年的心，她絮絮叨叨，时而高亢，时而低沉，时而愤激，时而温切；高亢时泪流满面，低沉时痛心疾首，愤激时怔怔而望，温切时轻呵而笑。

就这样，和玉珠对着一切敞开了心扉。可是，一切又会如己所愿吗？一时间，她从彼岔口找回自己，又迷失于此岔口，只觉头重脚轻，天旋地转，身子一软，倒在地上。

2

日子终究是过给活人的。

由坟地回来，和玉珠觉得累极，倒头便睡，亦不知睡了多久，朦胧睁眼，只觉阳光奢侈照于身上，仿佛几世几劫过去，坐起来醒醒神，想起婆婆已去，自己放浪形骸一回，连日劳累，疲惫至极，见炕边有一碗小米粥，知晓邻人来过，挣扎着爬起，浑身一阵酸痛，明晓尚有诸事未了，梳洗打扮，收拾停妥，趁热锅热灶，挨家挨户谢客，最后只剩王林一家，因自己阴气重，火焰低，身上冷，心里怕，便叫来田螺陪她。

月色朦胧。

一路上，玉珠一手提点心包裹，与田螺相扶相搀，说些贴心话。玉珠问田螺王文溥如何，田螺一副兴奋激动胜券在握模样，低头吃吃而笑。玉珠明白田螺已找着意中人，心里自然为她高兴。田螺问玉珠可有中意人。玉珠摇头却又点头。田螺明白她的心思，告诉她别急，好事慢慢来，抬头看天，天空深邃神秘，说，世上之事真正是阴阳婆娑正反含混厮拆厮配，别看王文溥浓眉大眼膀大腰宽，却是个空心瓢子，凡事皆言差不离就行，若论心计，一点都比不得其弟，其弟王文素却真正心多智足，我看倒与你和玉珠相配。此言一出，玉珠羞极，脸红如烧，好在夜色遮掩，不然，又吃田螺打趣。

说话间，二人已至王林家，正屋墙根下围一大块篷布，透出昏晕灯光。玉珠不提防，田螺猛一抬臂，说，看，牛二来了。玉珠被唬一跳，知是哄逗，笑着捶她。玉珠如法炮制，逗她说，看，王文溥来了。田螺虽说早有防备，可还是紧张得四处张望。拔开栅门，玉珠拉田螺，田螺推玉珠，二人你推我搡，心里各揣只小兔，心房嘭嘭作响，神色欲说还羞。再加如此相互一挑逗，皆脑热心急，竟忘记所来为何，倒像是田螺陪玉珠来寻王文素，玉珠陪田螺来看王文溥。

噔噔噔……噔噔噔……刀与案板有节奏的撞击声由篷内传出，自然是剁肉剁菜声。玉珠凝神一听，捅捅田螺说，正给你俩张罗婚事呢。田螺偷偷一笑，心头粲然。

果不其然。王林为备事宴，搭篷布，打灶火，三眼霸王灶旺旺腾腾。玉兰剁肉馅，王林炸丸子，其他两个灶火上座着锅，嗞嗞嗞，咕咚咕咚，唱着歌儿，冒着热气。夫妇二人边做活，边说话。丸子于锅里游走，渐游渐上色，王林右手持笊篱，左手拿筷子，笊篱时不时在锅里漂旋一下，好让丸子吃油均匀，正夹起一颗丸子查看火候，抬头见二人羞头粉面而又神神秘秘进来，甚是惊异，"啪"，丸子复掉油锅，溅几滴热油于墙，发出轻微的噗噗声。二人问王林好，王林不知所措，自嘲说，汾州一带饭食口味，这是红烧肉小苏肉喇嘛肉油炸丸子……竟然答非所问，语无伦次。一旁的玉兰赶紧放下刀，撩起围裙擦抹两手，抱歉一笑，请二人坐。说是坐，其实根本无地可坐，遂又往屋里让。

这一让，窘的倒是田螺和玉珠了，哪里肯进屋，一个心里揣着王文溥，一个心里念着王文素，打量一下眼前情形，蒸炸煮炖分明就是为儿子办事宴架势，皆情不自禁飞红小脸，低下头，笼住一片橘色心思。玉珠想，若是为我办该多好，我心里早盼着想着有这一天了，更何况是和他。但毕竟玉珠是虚拟臆想，田螺的幸福就在眼前，虚拟者回旋余地大，倒易大方；实在者几乎无回旋余地，倒显局促。玉兰以为田螺找王文溥有事，赶紧解释说他出去借锅碗瓢盆盘碟匙筷去了，一会儿便回。不等玉兰说完，田螺脚下像装有弹簧，转身疾走。她是既高兴又惆怅，既兴奋又紧张，既渴望又害怕，心情无以名状，益发手足无措，脚不点地，快步跑出。玉珠赶紧跟出，一探头，见王文素一豆孤灯陪着他埋首打算盘，灯影摇曳，人如剪影，却一切安好，心下一阵喜悦，答谢王林父子帮忙之事竟抛忘于脑后。王林夫妇见两位姑娘莫名其妙来，又莫名其妙跑走，不知如何安顿，

天地
公心
TIAN
DI
GONG
XIN

113

只好张着手，追出，问说有事，二人皆说无事，可无事皆像有事，有事却又说不出什么事。刀枪虚晃言语搭讪之间，玉珠与田螺已走出老远。玉珠猛然想起手上提着的点心包裹，跑回来，塞玉兰手上，丢下一声，谢王叔的，转身来追田螺。

田螺低头走在暗处，心思纷然，听单善人说过，她有两个利月，正月和十月，看来，所有人皆等不及，急促为其办婚事，想想此生有靠，一时两腮红晕迭起。月光如泻，一只温暖小手伸过来，与之十指相扣，玉珠拥着田螺徐徐往回走。

3

半路上，田螺想起她爹，不免长叹一声。玉珠劝慰田螺，你一向是个心胸开阔肚量宏大女子，不输男儿，为何良景将至反倒叹息起来，作今日此般态势？田螺长叹一声，说，唉，我那个抠门老爹呀。

正说着，前面不远处，一个黑影，笼着淡淡影子，弯腰蹲下，弓身寻找，在地上摸索抠掐一会儿，站起来，走两步，又蹲下，摸索抠掐一下，似乎丢失什么，又似乎在寻找什么。月色朦胧，影子游移，时而迷离，时而虚幻。

谁？

田螺和玉珠二位姑娘家刹时惊出一身冷汗，不禁止步，立于暗处，大气儿不敢出，怔惧看着那人。玉珠猛然想起婆婆临终前叫她打碎白瓷碗又将碗片扔洒于街头看老田热闹之嘱，她赫然断定此人定是老田无疑。他定以碎白瓷片为银锞子，弯腰摸索，捡拾，果然不出亡人所料，财迷至此！玉珠心里一阵好笑，继而一阵憎恶，看来婆婆所言没错，忆其唠唠叨叨与田家那些纠葛，心里明白婆婆当真是吃亏于田家，一股愤愤不平涌上心头，故意轻声问田螺，你说，那人有可能是谁？他在干吗？

田螺不知玉珠内心早打下一番盘算，心里左祝祷右祝祷说，可千万别是自己财迷心老爹呀。若是他，自己多难为情，脸搁何处，若邻人知晓，成一辈子笑柄。田螺心里默祈，眼睛却不离那黑影，细细观察，辨认，只见其一路捡拾，抠掐，磨研，其神态举止，无疑是她爹。一时间，田螺痛苦闭眼，心说，爹呀，爹——呀！

田螺的绝望痛苦，早被身边的玉珠察觉。瞬刻之间，玉珠为刚刚死去的婆婆为自己亦为田螺更为老田悲哀起来。她婆婆强硬心窄，一辈子念念不忘要报复老田，看老田出彩，等老田嫁闺女她才咽气，一辈子活在仇恨当中，丝毫不得松懈，不得宽恕自己与他人，最后落得眼瞎，瘫痪在炕，怅然糟践自己。自己呢，说是跟田螺近如好友，亲如姐妹，到头来，却看其笑话，明知她爹出丑于眼面，却佯装不知，一味怂恿其探个究竟，居心何在！算得上什么好朋友好姐妹！田螺呢，以为自己父亲是天底下最亲最能的爹，她所见是其光彩耀人一面，却未见其卑鄙龌龊一面，如若她早知她爹能在她眼皮子底下做此等事，她又作如何想！老田呢，太阳底下是个人，吆五喝六，俨然街头一霸，可背地里，竟然委琐如此！这些能拿出来示人么，能拿出来禁得住太阳照耀吗？禁不住太阳照耀者当然还有雪，可那是何等晶莹剔透，何等心魂坦荡，何等纯洁无瑕！玉珠一时想，人，不能光看其人前所为，还要瞧其人后所为；不能只看其光天化日之下所为，还要看其月明黑地里所为，月明地里的一切所为皆隐于人背后，藏于黑暗里，黑暗遮蔽其身上一切恶和黑暗，隐藏其本来面目。玉珠刹时憎恶起眼前这蒙蒙黑纱，很想扯它下来，撕得粉碎。不料一转眼，田螺已泪流满面，轻轻呼唤着：爹，爹，爹——你何苦要这样。

一时间，玉珠怜惜田螺，田螺怜惜起她爹来。

老田大名叫田顾成，幼时丧母，父再续弦，又常在外，家里炊断，继母只顾其小儿子，对顾成这个前家子视作眼中钉肉中刺，恨不能活活饿死他。长到十几岁，父亲病故，继母再容不得他。田顾成身揣其父临终前所留一铜板，于街上游荡，四处觅剩茶残饭。经月，此铜板于手心沁出汗，他都不舍得买块饮饼吃，不舍得花掉。他知道，有此一铜板在，他依然是天底下富有之人，若连此铜板都没了，他真就成穷光蛋了。就是揣着这一个铜板，少年田顾成找着一活儿，给一地主家放羊，混得口饭吃。从此田顾成如履薄冰战战兢兢走在人生路上，他机巧多变，娶了地主女儿，亦即田螺娘，得些陪嫁财礼，从此经营米粮发家，日子一天比一天好起来。老田虽有钱，却从不舍得花。他不是不舍得花，是一花钱就肉疼心疼，就像有人剜其肉戳其心，也不是剜其肉戳其心，他就是感到恐惧，恐惧无钱可花，他没钱花不要紧，关键是他有妻女，他还梦想着女人有一天能再给他生个儿子，有了儿子岂能让儿子再受穷，所以有了钱就得给攒着，要攒钱，就得挣，就得省，要挣要省就得眼观六路，耳听八方。从此，老田就成了精煞鬼老田，饶川最抠门之老田。老田再精再抠，如今家业再大，依然保存着那一枚铜板，夜深人静时拿出来把玩一阵，唏嘘一阵，怅惘一阵，然后发狠一阵。可以这样说，那一枚铜板成了老田最隐秘的心事。直到临死，他都手捏那一枚铜板，当然，此是后话。

玉珠哪里想到田螺心里会想如此多，以为是自己为朋为姐之心不够诚，被其窥出端倪，惹恼了她，为她所憎，愧疚加自责，眼泪不由得下来。田螺心疼玉珠无爹无娘，孤寂一人。一时间，两姑娘既疼对方又怜自己，于月地里哭成泪人儿。

4

老田前脚进门，田螺后脚跟进，手里揣块小银锞子，正欲打趣她爹，只见刀疤两口子一前一后进来，女人臂上挎个篮子，里面是已经烫过的猪头猪手；刀疤端口大锅，里面曲里拐弯柔柔软软委委婉婉可怜见躺着猪的大肠小肠肚子腰子心肝二肺，大锅确实很沉，刀疤几乎就是弯着腰一步步挪过来的。老田知道刀疤心里想着那块荒地，故将活儿做得确实诱人，件件闪着明亮净洁的光芒，以此讨得老田欢心。

放下锅，刀疤艰难地直起腰，抬起头，额头上一片汗津津，指着锅里的东西对老田说，田掌柜，您看这——

老田伸出两个指头，挑起肠肠，拨拨肚子，捏捏猪头，微微点头，说，行，我知道，你先回吧。刀疤摸不清老田虚实，只好抹把汗，拉上女人，点头哈腰，赶紧撤退。老田也不远送，只站在街门口看着刀疤捶着腰一步步走远。

刚才，老田去看老古、老金，本想提醒他二人过年亦不过来打个招呼，踩个脚踪，眼里心里还有他老田没有！不想碰个软钉子，两家竟然都是铁将军把门。老田愤懑沮丧而回，一路上，低头思索，老古、老金此二人是成心所为还是巧意天成？就见地上三五步一个亮亮的东西在暗夜里直往他心里眼里钻，不，是这些亮东西一下一下击中了他，莫非是小锞碎银？老田一阵欣喜，一阵激动，于是将老古老田之事扔到一边，蹴下身，左摸掐右研磨，一路走，一路蹴，一路掐磨，摸一个，是碎瓷碗片，凉凉的，有些失望，看到下一个，又不甘心，于是再来摸掐。老田哪里想到自己此举被两个姑娘瞧了个一清二楚，引得她们柔肠百结，热泪涟涟。结果一道街走完，老田也没拾到半钱银子，失望之意凉透心底，莫名之火直顶脑门。此时，刀疤夫妇送来漂亮的猪下水，多多少少安慰了老田失落的心。送走刀疤，正好老孙进来，说亲戚家孩子过满月，死活要副猪下水，闻得老田为嫁女办事宴而杀猪，便搜寻上门，碰碰运气。不想，老田瞒过母女，将一副齐齐整整猪下水二十两银卖于老孙。

趁父亲与老孙闲谈之隙，田螺回屋重新拾掇拾掇自己，出来一看，一锅猪下水已被老孙打发人抬走，拉过老田，问明事由。老田满面悦色，说一来救老孙之急，二来将一头猪变卖到最大利润，实乃自己高明。看着父亲笑眯眯眼神，先前所辱与当下之气在田螺胸腔里翻涌，冲撞，想与之大闹，可又找不着合适词句，欲说他丢尽田家脸，想想不妥，自己也曾当众败兴；欲说他财迷精，毕竟是父亲，财迷精在心里转悠半天，田螺说出的是：你咋如此爱财！不想老田一听，更加笑眯眯看着她，说，闺女，你看，爹爱财不假，但财亦爱我呀，它自己就找上门来了，王林、玉珠各半扇猪肉，老孙一副下水，我逼他们非买不行了吗？田螺说，一头猪，你卖六十两银子，一个女儿，你又要卖多少？

老田正待再说，就见王文溥进来，一手提个袋子，一手托个铁盆，脸上晶晶发亮，立于地上。老田没好气问他来做什么。田螺走来，立于其身边，顿时形成统一防线。王文溥一时底气十足，说，爹让送来。一股股油炸肉香径直冲老田包抄弥漫过来。老田心里一阵高兴，脸却如沉水，说，谁稀罕！端回去。田螺本来甚为高兴，颇是得意，没想到被她爹吓一跳。老田问王文溥，你爹妈在干什么？王文溥规规矩矩说，正商议如何待客，定何菜谱，置办食材。

灯光昏暗，照在老田脸上，像照在一块铁板上，极其生硬。王文溥心里寒意顿生。田螺亦被镇住。只见老田背手踱两步，背对王文溥，站定，说，你们一家初来乍到，能待得动哪些客！房子是赁的，即使有些热闹是自己的么？王文溥眨巴着眼，一头雾水，不明其意。老田稍稍侧转身子，灯光可怜巴巴闪过一些，照在王文溥身上，恩典显得极其单薄。田螺一时亦不能明其意，无可奈何瞅着王文溥。最后，老田说，记住吾之所言，回去转告你父母，去吧，把这些皆端回去。王文溥慢腾腾挪动脚步，端起肉盆，提起袋子，转身便走。灯光忽闪着，跳跃着，追两步，便刹住脚，倒像是将其赶出屋子。田螺看着王文溥缓缓走远，使劲一跺脚，冲她爹叫一声，爹——老田一字一板，说，你悄悄的，没你事，不然，这辈子别想嫁他。田螺先是傻呆呆看着他，后来，哭着跑回自己屋子，吭当，关紧门窗。她娘赶出来，一时无计可施。

5

走在街上，王文溥想不出老田布阵的子丑卯寅，回到家，见父母与弟弟正埋头合计，只好将刚才在田家所遇及老田所言一五一十说与父母。王林闻之，久久不语，最后，王林对王文素说，明一早，你过去与老田重新合计客人数，然后再定食材食量。

第二日，王文素带上昨夜合计过的草算本前往田家，说明来意，老田心里咯噔一下，他所设之局，王林到底还是参破。王文素递上草算单请老田过目斟酌。老田接过，久久凝视，表情淡然，心却如滚雷，对王林父子的缜密心思甚是满意，何止满意，简直是佩服，心说，这才配做亲家，何谓门当户对？钱财地位皆虚表，棋逢对手心智相当才谓其真内涵。

老田心里的曲折回合，若换作他人未必能感知到，但眼前站着的王文素思维触角丰富细腻到老田所未思及程度，他心里的一切风雨雷电都没有逃过王文素的眼睛与感知。可是王文素并不言语，只静静地站在他面前，静静地等待着他的下文。

正好单善人进来。老田说，老单你来得正好，我正要着人去叫你。单善人见王文素在，便明了老田定存别一番心事。单善人笑笑，坐下，接过老田女人递上的茶，慢慢啜饮。老田抖抖草纸，问王文素：此为你所写？王文素点头。单善人说，好一手王氏小楷。老田又问，这些菜是你爹所拟？王文素又点头。老田又问，菜品所用材量为你所算？单善人接口道，可不就是人家娃娃所算。老田眉心皱成块疙瘩，问，何凭何据由何而算？王文素说，其实，我不懂做菜，听我爹说，生熟四六开，做个估算而已。

噢——老田长嘘口气，又问王文素，你爹打算于何处待客？单善人哈哈大笑，说，儿子娶媳妇自然于自家家里待客，老田，你看你这问的，岂非滑天下之大稽。老田说，你们看，天明说到天黑，还是他王林家娶媳妇，不是我老田家娶女婿么。单善人忍无可忍，按住怒火，揭其老底，说，一头猪卖六十两银，你拿啥娶女婿？冷锅冷灶，这……老田的脸由白变红，由红转紫，由紫变青，摊开双手，说，依你之意，我啥都没有，就娶不进个女婿来！单善人故意跟他抬杠，说，你能，天下之事没你老田不能的。

如果说王文溥与田螺这场婚事中，所有人都站在王林这一边，组成一方，老田站成独一方，几个回合中，田螺与王文溥联手为首战，打了个老田措手不及，可以这说一回合，老田是完完全全败下阵来；刚才王文溥与老田交手，自然是王文溥败下阵来，可以说是狼狈而逃；王林派出王文素与老田交涉，看似随低就屈，其实王文素与老田棋逢对手，老田明显感到王文素比他哥难对付多了。如今再加上单善人出面，在一旁主持公道，老田更要英勇奋战，负隅到底。

天地
公心
TIAN
DI
GONG
XIN

在老田与单善人斗嘴交战过程中，王文素不动声色看着二人，他对诸人诸事不了解多少，自然要多看，多听，多体察。老田与单善人都没想到王文素小小年纪会如此理性，有城府，他们以为他年纪小，会沉不住气，会跟老田大吵大闹，不想王文素不紧不慢说，我爹说了，一切尽管依着田叔之意来办，此菜品暂且不变，材量亦只是个草算，请田叔重新拟定客人名单，依据客人增减，所置食材量自然要随之变化。老田释然一笑，说，还是亲家所虑周到。单善人在一旁为王林着急，知道王林斗不过老田。老田不睬单善人，心下一思量，早将客人数写于草纸上，又告诉王文素叫他哥将所借桌椅板凳打发人搬至他这边。王文素立起身，朝老田鞠一躬，一脸平静，说，田叔尽管放心，我爹说了，一切依田叔心思办。

送走王文素，单善人猛一拍脑门，捶胸顿足，叫道，老田，你杀了我吧。老田笑拍其肩，说，杀你何用，浑身不足二两肉，做排骨皆有些对不住我所请那些客人。单善人几乎要哭，说，世上还有你如此勒揭人！老田为单善人续茶，说，你看我这亲家，是天底下再好的亲家。单善人说，是你这个亲家天底下只一家，王林遇上你如此亲家，是最幸运不过。老田顺之说，此话顺耳，闻之受用。单善人说，那一家大小莫非皆傻子不成？任你老田骑在头上，屙屎尿尿！就刚才，王文素该与你老田动怒发火拍案而起，可，人家依然和颜悦色，气闲神定！老田呀老田，你太过分了！老田肃然说，你以为我真骑于人家头上欺负人家！告诉你吧，我是试验他，不服都不行，人家是居下者贵，明明以便宜为诱饵让我去咬，明明撑开袋口让我去钻！单善人瞪大双眼，说，敢情你是让王林抬举你，你亲家两个斗心机唱双簧！？

6

老田想高人一头，是真想高，王林是居下者低，是真想低，这一真对一真，是错开了的真，一高一低，一阳一阴，你来我去，倒容易将事情办熨帖。

　　一回家，王文素遂将老田所列客单递与王林。王林叫他只管算食材，余事别问。玉兰担忧养患为大，王林为其开解。据老田所开单子，亦并无增加什么，只是多添几个客人，宴席开在他家而已。王文素很快算完，他爹又分派事，不想井陉来找他。二人遂钻进屋内，温习功课而去。王林夫妇只想将婚事办得体面热闹，一应随老田之意，叫人将家什皆搬至田家，经一番折腾，婚宴主战场便由王家转移至田家。

　　看着街坊邻居出来进去人人皆忙，看着王林夫妇亲自掌厨掌勺做吃做喝，看着所请客人陆续有了回应，老田终于露出一生少见之笑脸。

　　自古礼尚往来。同样是田螺与王文溥婚事，王林发帖和老田发帖，于街坊邻居眼里却差异甚大。有本分实诚者，不管谁请，皆实心诚意随礼相贺，祝福这对小新人执子之手，与之偕老；有偷巧耍滑者，若王林请，则随便应酬敷衍了事，如今换作老田出面，自然就得一番准备，像模像样，此谓看人下菜；有趋炎附势者，若王林请，一外来小户，无权无势，分量自然欠缺，如今换作老田请，随礼权当送礼，自然要讨老田欢心，为自己以后办事留下后路以达流利通畅；有畏惧权势者，便借机谄媚表忠，好请老田日后高抬贵手，少压少碾，栽培扶植。养马场几位总管，王林断断邀请不至，而老田却可趁势稳固关系，增加买卖。反正，无论如何，老田此手做得漂亮，不仅釜底加薪且借火烹油。看着于灶前忙碌的王林夫妇，老田心说，不管你们现在明白与否，反正此事于孩子们大有好处，对你们也是利多弊少，既可狐假虎威，又可借威造势。心多敏思之人常常觉得他人也是如此，其实，往往多是自缚手脚，自作多情。王林夫妇并未如老田所谋所想，他们只是心疼儿子，想让儿子以后在田家过得舒展些，故一切顺应老田，专注于此次婚宴，醉心于四碗四碟。

　　总管礼房依然请单善人坐阵，可谓老田一等一的得力助手兼搭档。人们进进出出，一派欢庆之气。鸡们狗们亦附贺随喜，看着老田脸色或躺或卧，等着荣赏。老田立于当院，对王林夫妇满意，对

121

邻人满意，对一切满意。人们看着老田满意，亦皆满意。

眼瞅春耕春种就要展开，谁家没个事求着老田这位甲首！为讨老田欢心，不知谁率先带头，依田螺身材尺寸，扯得上乘面料，或绫或罗，或绸或缎，邻人之间，你看我，我看你，你比我，我比你，谁亦不愿落单，一时间，玉珠上好布料统统告罄。人们私下说，嫁田螺，肥玉珠。有家境不好者，心里轻轻重重偷偷骂挑头者，却亦无奈，肉还得割，礼还得随。养马场总管们皆清一色二两银子，这在当时确算是高礼厚遇。

凡老田办事，茶神仙一向积极，此次不仅落后而且落单。原委尚需从玉珠婆婆丧事说起。当时，他提包茯砖茶过来，偏偏玉珠将此小笔开支忘得一干二净，其原因是单善人未将此茶上账。玉珠忘。他们忘了不等于茶神仙亦忘，他一直记于心上，左等右等不见玉珠给他了结茶钱。起初，他不好意思开口问玉珠要，走投无路之际，田螺婚事来了，心想，正是个机会，扯块布，顶茶钱，多退少补。结果，茶神仙扯了布，不付钱，玉珠要，茶神仙就提点她茶钱。玉珠恍然大悟，说，茶神仙，你早说岂不早完，看费这顿口舌，欺我记性不好，是不？知我者日每裁衣缝布，诸事繁杂；不知者说我赖你一包茶钱。你说，一包茶值钱几何？茶神仙拍拍布料，问你这布值钱几何？玉珠说，哦，敢情你是等我布之尺寸算你之茶钱呀！既然如此，那咱两清。不想茶神仙说，我那茶是上等好茶，若细论之，你还需倒找我五枚铜钱，不过，咱谁跟谁呀，你照顾我扫雪，我照顾你扯布，我看就免了吧。玉珠闻之，掩嘴笑之，再无言出。

7

依王文素计算，王林夫妇合计，其所置肉菜料足够用。菜谱是早早定好了的，凉菜四碟，热菜四碗。

凉菜者：一是椒盐花生，王林玉兰早早将花生米泡开，咸盐葱蒜八角大料煮熟浸于料汤中，充分使其入味，只等上席时捞进碟里便可；二是凉拌豆腐，饶川村西一付姓人家所磨豆腐又嫩又鲜，闻名八乡，黄绿黄绿的细碎葱叶一拌，佐以盐香料，细细打碎，入席前滴几滴香油，可惜时令尚早，若再拌点香椿芽便再好不过；三是凉拌土豆丝，土豆细细切丝，开水微焯，凉水里拔过，辣椒、盐、葱、醋、姜等以滚热红油泼之，擀碎的芝麻早已被玉兰细心拌匀，生怕人多手杂所忘；四是蒜泥拌白菜芯子。一棵白菜，老梆或剁饺子馅，或经醋熘过入衬小苏肉碗底，菜心被玉兰细细切碎，亦用开水微焯，控干水，浇上醋，用红油熥过，拌上蒜泥，是利口爽气之醒酒菜开胃菜。

王林呢，早将半扇猪肉剁馅的剁馅，红烧的红烧，过油的过油。别家娶儿嫁妇忌做之，因为丸与完谐音，可王林却反其意而行之，非做不可，丸子象征完完美美，和和美美，何等吉祥喜气。他将肉姜细细剁碎，揉五六个馒头到肉泥里，如此所炸丸子又香又酥，入口即化，余香绕唇。炸好的丸子入碗，烧土豆块或烧豆腐作衬底，肉丸子便好；半扇猪肉并不肥实，肥膘虽二指厚，王林细细剥下精肉，将肥膘入开水锅温火慢炖，耗尽猪油，捞出控干，猪皮尽抹蜂蜜，一块一块入油锅炸色，膘肉块在油锅里嘭嘭作响，滚腾翻跃，发出闷雷般响声，追火色刚好，用叉子一块块扎起，趴于盆内，黑崴崴红津津亮闪闪鲜嫩嫩的肉块子，切成又薄又韧的红烧肉片码于碗里，衬以油炸土豆块、烧豆腐和两片白菜叶子作底，单等上蒸笼；红白相间的小块猪肉裹上粉面鸡蛋，入油炸至七八成，捞出控油，入碗待蒸，便为小苏肉。王林夫妇商议，大伙皆庄稼人，庄稼人过日子实诚，第四个热菜麻烦是麻烦了点儿，可吃起来新鲜实惠，是要将鸡蛋细细打碎，和少量面粉，摊成煎饼纸，薄如蝉翼，以馅填塞，馅甚为讲究，是将白菜芯子细细切碎拌在猪肉馅里，佐以盐、香料、葱等，煎饼纸像卷席筒似的裹紧馅儿，然后切成三寸左右小段，红油炸过，捞出，控净油，入碗，衬底只要烧豆腐一种，入锅蒸，叫肉馅葱卷。此葱卷外焦里嫩，入口即化，香而不腻。

四样热菜皆像模像样排排场场入碗，一碗一碗，一样一样，排于利便处，单等上蒸笼。王林嘱咐拉风箱添柴的小伙，要他定要加大火力，前半个时辰的火力要做到又猛又急，方能保证蒸笼里的气打得又圆又足，热力十足；后半个时辰的火力要做到又温又慢，方能保证蒸笼里气回旋反复，绵延久长，这样蒸出的碗儿才出味。

席面已准备得七七八八，主食是猪肉粉条烩菜就馒头。烩菜炖一大锅，馒头一笼一笼，又暄又香，码在洗净的黑瓮里，笼布罩着，瓮口由箅子盖住。

街坊邻居帮忙之人大多打打杂活，席面主活根本插不上手，王林夫妇琴瑟和鸣，夫唱妇随，一会儿是玉兰给王林打下手，一会儿王林给玉兰打下手，不说这顿席面做得叫人眼馋，就说这两口子过日子做活儿的默契就叫人好生羡慕。

香气在大街小巷游走，招引了大大小小的狗，或蹲或卧或呆立或逡巡，视人脸色或进或退。鸡们也来凑热闹，赖着身体小，脑子机敏，于人前摆后手旁足底招摇，摆摆冠子摇摇头，扇扇翅膀啄啄毛，像是故意做作给狗们看，狗们是干气干急却奈何不得。

席面将近尾声，单善人打发人来叫王林夫妇赶紧回家，有事相商。二人一前一后踏进家门，见王文溥与田螺两个新人已打扮得齐齐整整浑身簇新比肩而立于正屋地上，只等给他二人行大礼。

此是为何？王林夫妇看着儿子儿媳、单善人，一时无语。

先在王家行大礼，权当王家娶媳妇，随后，新人过田家，再于田家行大礼，权当田家娶女婿。两头皆圆圆满满。如何？单善人笑着给二人解释。王林与玉兰明白单善人苦心，一时心头热流翻涌。就在单善人高唱两位新人一拜天地二拜高堂时，玉兰泪流满面，五脏俱散，六腑顿悬，瞬时感到天旋地转，有如身子慢慢飘浮起来，王林急忙扶住，玉兰软软倒在王林怀里。

8

话说玉兰昏倒在王林怀里，王文溥着慌，扑在玉兰身上大叫娘。田螺亦不忍。王林给玉兰掐人中，搓胸脯，揉手足。半晌，玉兰哼一声，幽幽醒来。她刚一张眼，就看着田螺。王文溥心内戚戚，不知说什么好。玉兰挣扎着就要起身，眼瞅着田螺说，田姑娘，文溥从此就托付于你了。要行大礼。田螺赶忙扶住。一句话令她与这个女人之间顿生婆媳相通之感，田螺第一次感到自己长大，一下从那个单纯血缘关系的家庭里脱离出来，和另外一个家庭及其背后的整个家族联成一体，成为其中一分子。田螺何等冰雪聪明女子，她伸出手，紧紧抓住玉兰一只手，说，爹，娘，你们二老放心，文溥到田家不会受委屈，因我爱他。他若受委屈，就等于吾心受委屈。王林夫妇皆感到田螺之真诚，甚为感动，喉间哽咽。他们一直退忍，所为便是得人予之宽厚。单善人催吉时勿误。王文溥和田螺又对王林夫妇再行大礼，随后相提相携，走出家门。八抬大轿彩妆一新早候于门口，新郎座骑是白马，专门从养马场所租。王文溥将新娘抱入花轿，自己骑上白马，绕街而行。王文溥仪表堂堂，自然收获邻人不少艳羡目光与赞语。田螺甚是得意。玉兰勉强挣扎起来，由王林搀扶，追送二人出门，看着田螺上轿，文溥上马，随婚队徐徐远去，王林夫妇皆滚下热泪。

心中尚记挂母亲，王文溥一路晕晕乎乎，如在云端，身如幻中，似悬如浮，待至田家，闻鞭炮炸起，单善人高唱：新娘新郎下轿歇马。被人扶下马。田螺不等他抱，早跑进家门。王文溥迷迷糊糊，被人掇弄至新房，只见大红石榴团圆花和角云贴得喜眉笑眼，簇新被褥整整齐齐叠码于炕里，板柜上一对美人弧胆瓶亦贴着小小红喜字，梳妆台上的大铜镜，被一块红布罩着。一切熟悉又陌生。盖头下的田螺瞅见王文溥怔怔站着，轻扯其坐下，见他迷迷糊糊魂分魄散模样，手摸其肘弯处，狠掐一下。哎呀，王文溥疼得叫出声，才清醒些。敢情是喜事迷蒙心窍。随之，他与田螺又被人簇拥至院中给老田夫妇行大礼，随之，事宴开席。

再说玉兰看着儿子大婚，心里明明高兴，眼里却不住淌泪，由王林扶进屋，问她感觉如何，她只是摇头叹息。王林一面叫老王过来诊治，一面着人去找王文素。一番望闻问切，老王知道玉兰病得不轻。面对王林切切追问，老王只说无妨，斟酌着下针，开药两剂，嘱其好生将养。

王林正给玉兰煎药，王文素进门。原来，人多混杂，他被井陉拉至另一同年好友家。该同年叫刘士豪，因酷爱养促织，人皆称其刘促织。此刘促织家底殷实，又因三代单传，父母宠爱异常，对其所好不但不管反助纣为虐，帮其捉，助其养，家里所挂皆促织笼子，促织们成天价"蛐蛐蛐"叫，此起彼伏，长短不一，父母不以为耻，反以为乐，一天不闻其叫，反而睡不着觉，吃不香饭。这刘促织倒生得玲珑可爱，身形轻巧，说话声亦十分刻意模仿促织，喉咙里舌头下像塞个篾儿，一挤一个腔调，一放一种声儿。

王文素和井陉一看便知此刘促织乃不学无术之人，但既是同年，又同去乡试，不免寒暄两句。王文素无话可说，此处看看，彼处瞅瞅，俟有人叫他，说家里有事，他撒腿便跑。至家，方知哥已做新郎，随嫂至田家，母病于床，愧疚上心头。玉珠因热孝在身，不得见新人，闻玉兰昏厥，便主动过来照应。王文素见诸事妥帖，遂钻于屋内，忙着演算。

第十章

1

　　展眼王林一家居饶川已三年有余，科考屡屡推后，急坏士子争取功名之心。王文素日每除钻研算学外，一有功夫便与井陉、刘促织等温习功课，积极备考。

　　玉珠守孝三年，期满，心头满是轻松，甚是羡慕田螺早有归宿，止不住一而再，再而三探王文素口风。王文素答得牛头不对马嘴，说，一日之捶，日取其半，万世不竭。玉珠又问其心里如何想。王文素说，人有不为，而后可以有为。又说，爱，劫也。玉珠听后，惆怅不已，却念念不忘，终想必有回响，抽空闲时间给王文素缝一新衣，做双新鞋，千挑百纳，十分精心，单等其入场考试时穿戴。

　　世道不靖，天时旱时涝。

　　此年，天出奇冷，已进二月门，雨夹雪下个不住。田记粮行存粮不多，人亦无力购买，生意渐次衰落，老田率全家勉强维持。王文溥别无他想，老老实实跟田螺过日月。老金店铺濒临倒闭，好歹打发闺女出阁。女婿家住定州，家道尚可，却其貌不扬，老金甚为羡慕老田出手快下手狠招王文溥如此一枚品貌俱佳的上门快婿。老古私下里笑话老金，说，物不哄抬价不高，人不厮捧心不躁，那王林家小子有何好，犯得着你眼气老田！死了王七尚有王八。老金闻言，又臭老古，说，不用说王七，你连颗王八蛋皆未下过。原来，老古膝下无儿无女。老田老金老古三人暗里掐架。街坊邻居皆不理会。后来，老金和老古连遭夜劫，生意自此完全倒闭，两人关张闭户，跟别家一样，靠天吃饭，搂搂搜搜续起种田。茶神仙小本经营，自然经不得风吹雨打。天灾人祸，糊口要紧，饶川一带裁缝布匹生意皆门可罗雀。老井生意亦颇萧条。人皆尽力缩减开支。老丁给养马场钉马掌，老洪供应老丁马掌，二人倒显比别家滋润，真正风水轮转，时来运转。

此年乡试隆重，奋催人心。

眼看日期已到，心切自然入梦。晚上，王文素恍惚间浑身光鲜随众多学子步入考场，守门护卫竟朝他鞠躬，王文素伸手扶住，那人满面憨笑，说，饱读诗书之人自然敬得。闻此，王文素心内大畅。入场后提笔答题，做至得意处竟摇头晃脑出声高念，考官收卷。井陉跑来告诉他已魁中，王文素拉其手问他如何。井陉哭丧着脸，说，井陉落第。王文素一时不知如何安慰，他一片诚心待井陉，且因志趣相投同年合岁相处时长之故，井陉更加亲密。看着井陉眼圈发红，王文素哽咽难忍……

正纠结间，鸡叫二遍，王文素闻得父母已起，不知忙些什么。他那里顾得穿新衣，慌忙起床，匆匆拨拉两口饭，就要出门，去会井陉。玉兰好说歹说将两个火烧塞其手里，问他为何不带一包裹，装两本书，抽空亦能翻翻？王文素拍拍胸脯，说，娘，放心吧，学问全装于此，儿子定给爹娘考个状元回来。王林要陪他去。王文素坚决要他在家照顾娘。王林笑说，也是，看我儿是真名士自风流。

正说着，井陉于南熏门口招手叫他。王林得知老井陪伴两个孩子前往，心里更加踏实，见老井背个鼓鼓囊囊包袱，心下疑惑，却未贸然相问，看王文素轻装上阵，啥都没带。老井看出王林心思，拍拍包袱，说，井陉从未出过远门，宠惯得毛病又多，遂带些干粮饮水，放心，尚彬我亦会照护好的。一句话，令王林反倒愧疚，一迭连声将王文素全托付于老井。

2

拂晓，送考人越聚越多。王文素与老井父子迈上科考之路。闻得乡试后可直接殿考，王文素与井陉劲头更足。

三人走过一条大街，为抄近路，穿越一片荒野之地。时值早春二月，连续多日雨雪交加，放晴几日，雪水融入泥土，泥土变得又松又软又湿又稀，简直就是稀泥，走一脚，鞋被拔一下，走一脚，鞋被拔一下，三人走得异常艰难。王文素一双破鞋，粘陷泥地拔不出来。他庆幸并未穿新衣新鞋，否则岂不糟蹋。老井父子过来帮忙，拔出这只，又陷那只，好不容易拔出两鞋，王文素再不敢穿，提在手里，干脆赤脚走路。虽穿袜袢，隔年秸秆折埋于地，尖厉如刀子，扎得脚疼。井陉用布条将鞋绑于脚上，以免遭此洋罪。

走了五六里地，天大亮。荒野的风，吹得很是硬气，三人连打寒战。彼此打量，才发现皆滚一身泥水，王文素更甚，浑身像打了泥滚，冷得直哆嗦。老井鼓气，说，咱咬牙再挺挺，前面有处客家，进去吃两碗馄饨便好。两个小后生上下牙齿不住打架，冲老井点头。王文素问老井府衙还有多远。老井说，尚要二三十里地，因养马场太大了，吾等需绕道而行，时间就此耽搁。

又是养马场。

王文素心里默默记住这个名字。

前面不远处，果真有家客店，门却关着。王文素摸摸身上五两银子，是昨晚田螺硬塞给他的，他并未如何推辞便收受，因他想出手大方些，将所有开支自己全出，回报井陉一片诚心。既然此店不开，那三人只好又冷又饿继续前行。

再走两步，老井问两个小后生，你们饿不饿？井陉说，饿又如何，满手皆泥，莫非啃泥饼子！话说得很冲很急，又夹杂恼怒与埋怨，老井顿感噎气。王文素赶紧解围，说，天降大任于斯人也，必先苦其心志，劳其筋骨，饿其体肤，走，我们再走，坚持下去定能找到。待太阳一竿子高时，三人终于远远瞭见府衙。

望着简陋的宫墙城阙，王文素心里一阵激动，仿佛自己的梦想就在前面不远处向他招手，想起赴饶川时，曾空泛咀嚼战胜饥饿，那时，首次体悟死亡之感。如今，每迈一步，他就离自己人生理想靠近一步。想想自己一会儿将与众多学子一起，捉笔一抒胸臆，实现自己梦寐以求之梦想，借以光耀门楣，何等畅快！

来来，先吃点东西。老井招呼他。

府衙毕竟是府衙，自然比饶川繁华物阜，整个一道街附近皆小吃摊，红红火火，招揽生意。井陉要吃羊肉泡馍，他爹便陪其坐了过去。王文素想起家乡族奶奶经常念叨，记心火烧，魁星高照。摸摸兜里娘塞的两个火烧，安安静静躺着，便要一碗馄饨两个火烧，三拔两口吃完，赶至井陉身边，抢着替他父子付银子。老井哪里肯，伸手挡住，自己付两碗羊肉泡馍。

肚子填饱，身上热量得到恢复与补充，三人皆不似先前冷得哆嗦。一群学子已聚集于府衙门口，令王文素惊讶的是，他们皆衣着光鲜，束戴整齐，再低头看自己，两只泥鞋提在手，裤腿高挽，褂襟斜撩，浑身泥渍尚未风干脱落，赤脚立于道边，简直狼狈不堪，斯文扫地。正踌躇间，井陉早换身绢绸袍子出来，簇新方巾，器宇昂扬，满面笑容，朝他走来。老井不好意思冲他笑笑。王文素忽然觉得自己被闪了一下，心间锥心一痛，眼前井陉瞬时陌生许多。

如何能怪人家呢，还是自己思虑不周。

在一刹那间，王文素冷静下来，他弹弹身上的泥土，放下裤腿和褂袍，穿上鞋，硬着头皮排队进府衙。挨到井陉时顺利而入。轮到他时，他被两个护卫拦下。一个护卫呵斥道，站住，干什么的？一双尖厉眼，不住上下打量他。王文素挺挺胸脯，尽量理直气壮说，我乃赶考学子。另一个护卫显然蛮横无理得多，他说，外地人，是不？赶考学子有如你样！亦不撒泡尿照照。此言一出，周围人都回过头来盯着王文素看。王文素顿时感到很窘。两个护卫再次将王文素一番冷嘲热讽，脸上已现出凶神恶煞，推推搡搡赶他至旁侧，说，何处花子，冒充学子，瞧瞧你那副身冠，还学子，简直泥猴一个。走走，别在此丢人现眼，挡人路子。后面的考生也很快拥挤过来，他们急切想进入考场，遂将王文素挤到更远处。王文素百口莫辩。站在远处的老井小跑过去，想为王文素解释什么，咣当一声，厚重衙门早被关上。

3

立于府衙门口，王文素说不上沮丧，亦论不来懊恼，更多是懵懂模糊与麻木。他简直尚在梦中，这一身泥巴跟他进场提笔答题之间到底有多大关系？他一时想不明白，人心之间的距离到底有多远？他一时更想不明白。周围叫卖声依然不断，但气势渐次撤退。老井不知避于何处，王文素竟未在意。他索性坐下来，一点一点抠揉裤褂上的泥巴。

此时，阳光明媚，一大片阳光毫不吝啬地泼洒到他身上。

抠揉半天，王文素猛然觉得眼下所为无丁点意义，他站起，决定回家。

凭着记忆，王文素踏上来时之路。初春的北方虽然萧条，但很阔大。荒野一望无际，坑凹处一绺儿一绺儿残雪，反射出些微银光，是大地上镶嵌的一道儿一道儿白边儿。阳光威力渐次壮大，残雪越来越消瘦，无声无息委顿下去，泥土嗞儿嗞儿吸水，无限丰腴起来。王文素深吸口气，叹道：此次休矣！他真想放声大哭，可又哭不出来。走了一程，远远的，一道细细棕痕时隐时现。待走近了些，才看清是栅栏，竹截子围成的栅栏。

栅栏所围是养马场。

养马场很大。老井所言一下窜到王文素心里。

此养马场到底何为？谁的养马场？到底有多大？若以步丈量是否就可测算其他面积大小？

王文素立于栅栏边，展眼望去，不见一匹马。太阳不算高，说明时辰尚早。他四下寻找，欲找一明显的起点记号。一块巨石。他使出吃奶力气翻一块巨大的石头滚至栅栏边，折十截竹竿围住石头。强烈的好奇心促使其绕着栅栏数起步子来。为便于记忆，他折一小段竹竿作百步计，十根百步竹竿攒够就换作千步竹竿，千步竹竿自然比百步竹竿略长，十根千步竹竿攒够便换作万步竹竿，万步竹竿自然比千步竹竿略长，以此类推，走了十个百步，手里攒十根百步竹竿，换千步竹竿时，王文素将十根百步竹竿留一根，余者弃之……

他就如此走，如此计，日头已偏西，手中万步竹竿已有三根，王文素粗略算出里长。无奈饥肠辘辘，想起布包里娘所塞两个记心烧饼，摸半天，浑身皆无，想是只顾折竿记步，弄丢了。想想，人活一辈子难走回头路，沧然泛起，又一想前面不知还有多少可能性在等着自己，希望总令人激动，就像此次乡试，兴兴头头而来，却以满身泥巴被拒之门外而终。幸亏步测养马场令其抛掷所有不快，完全投入到行走与记数当中，专注而投入做己所喜之事确系世上最快乐之事，最幸福之事。王文素呵呵大笑。他感到有些疲劳，干脆对着栅栏一屁股坐于泥地里。竹竿缝隙处点点残雪于夕阳下露出娇羞，是极净的雨之精华。王文素又渴又饥，他用手里竹竿挑起些许残雪放于口中，丝丝儿冰凉浸润，瞬间由口入心，想想井陉正挥毫答题，或许金榜题名就在不远处。一时间，王文素甚为其高兴，不免自己亦锦心绣口起来。遂高吟一首苏轼《水调歌头》：

明月几时有，把酒问青天。不知天上宫阙。
今夕是何年，我欲乘风归去。
又恐高楼玉宇，高处不胜寒。
起舞弄清影，何似在人间。
转朱阁，低绮户，照无眠。
不应有恨，何事长向别时圆。
人有悲欢离合，此事古难全。
但愿人长久，千里共婵娟。

虚幻兴奋驱赶疲劳，王文素立起，继续行走步测。他的精神与灵魂于荒野间高蹈。去时，甚觉脚步沉重，此时却越走越轻。脚上两个巨大泥坨子，将鞋深埋进去。他用竹竿将泥坨子刮下，回头看自己所踏踩之泥窠，歪歪扭扭，深深浅浅，心里反倒更加愉悦起来。接下来的计数里程，王文素走得飞快。待万步竹竿攒到六支半时，他终于回到起点，回到那块被十支竹竿所围的大石边。装烧饼布包好好儿的，躺在泥地上，如久别好友。满头大汗的王文素饿极了，不顾满手泥巴，抓起来，打开布包，拿起就吃，泥巴粘在饼子上吃到嘴里，他甩开腮帮子，大嚼着，大嚼着，泥土芬芳与饼子香甜于唇齿间萦绕不散，他从未像此时此刻吃得这样舒畅！

4

闻玉兰生病，有真心喜欢玉兰者，有畏惧老田威势者，有求于老田之权者，有只为不落单过来应个卯者，有趁乱听个消息者，还有暗暗藏了倒了油瓶不扶只为看个热闹笑话者，老田女人一时之呼倒有百应之势，一道街女人们皆过来探视玉兰，有用手帕包两个鸡蛋，有用小盅盛半瓯蜂蜜，有用笼布裹几张煎饼。

老井女人亦过来探听消息，死活想不出拿什么好，顺手操把笤帚，众目睽睽之下，一进门就从玉兰头上扫至脚上，边扫边念叨：消祸免灾，福禄通顺。众女人皆感滑稽，握嘴而笑。玉兰为其解围，说，你家井陉有出息，将来总能题名金榜。老井女人红了脸，将头低下。

此时，王文素进门，简直就是只泥猴！看着这只泥猴，众人皆惊得嘴巴大张！此哪里是赶考，简直是混玩！玉兰故作镇静挣扎下地，拉住问他原委。王文素委实未想到屋里如此多人，不是他吓坏众人，是众人吓坏了他。他不由自主往后退，不说话，只是摇头。老井女人一下扑上来，不顾泥水，紧紧抓住王文素问：井陉如何？可亦回来？王文素定睛细瞅是井陉他娘，好半天才开口，说井陉进

133

去了。老井女人一时更加着慌，她拉着王文素两手，使劲摇晃，问井陉进何处了？那你为何没有进去？王文素见其模样，先是一怔，尔后呵呵大笑，有如晴天霹雳，猛地炸响，屋顶微微震颤，王文素笑得酣畅淋漓。玉兰以为其着魔，当着众人面亦不好多问，一时心乱如麻，痛苦无言。老田女人亦心下疑惑，说，平时看着伶伶俐俐一小子，今天为何喜怒无常！老金女人赶紧解围，说，想必哥儿是文山墨海滚了一回！一句话逗乐大家。王文素并不理会这些干巴巴苦涩涩笑声，他直盯着老井女人，向前走两步，老井女人被他逼得心头发虚，不禁后退两步。如此僵持一会儿，王文素眼里的光渐渐黯淡，踉跄着后退两步，身子却止不住摇晃起来，眼神迷离，疲劳像潮水般涌来，浪头般将其吞没，他感到无边无际的黑暗与虚无擒住他，像死亡再次袭来，他无力挣扎，咕咚一声栽于地上。

待他醒来，油灯咝咝而响，将两人影子晃得虚幻庞大。玉兰轻声告诉他，玉珠来看你了。

哦，敢情这个人是玉珠啊！王文素想起玉珠晕倒时，她亦正好看到了他，那是在她婆婆灵前；玉珠无法忘记在她孤独无援悲痛绝望时，是王文素一步步走近她，给予她这个世界最后留恋，自然在王文素遭遇如此打击之时，玉珠也不忘过来陪伴他。见他醒转，两个女人喜极而泣。

玉珠给你做了件绢袍，很好看。玉兰轻轻抚摸儿子光洁的额头。

王文素看到玉珠似笑非笑看着他，眼睛里似有泪光点点。

明年吧。王文素自己鼓励自己，努力绽出一个微笑，给她们，也给自己。

5

王文溥过来，见弟弟一脸憔悴，母亲病体恹恹，父亲满脸焦虑，家中一切既熟悉又陌生，恍若隔世，禁不住滚下泪来。自打他与田螺成亲，风言风语很多，大都说王林一家抱老田粗腿，屎盆尿盆皆

134

往他父子头上扣。王林想，老鼠既已掉进面缸，面，就摆在眼前，没吃亦是吃来，吃了亦是吃来，百口难辩，辨也无人信，不如干脆吃两口，过过嘴瘾，肥肥肚子，立立身子，稳稳脚跟……遂对大儿子说，文溥，干脆跟你老丈人求个情，将那块荒地划给咱，咱买卖做不成，好歹有块地，人勤地不懒，打些粮食，全家好歹饿不死，如今，你弟弟又成如此模样。王文溥说，盯那块荒地者很多，刀疤背地里下了不少功夫。王林说，好歹是亲戚，老田总不能胳膊肘儿往外拐吧！王文溥沉吟着说，那倒也是，无论如何还有田螺呢，只是——

只是什么呢？

王文溥自打进田家，才发现事情并非如其所想，自然并非如其所愿，母亲所虑极是，想一小媳妇嫁至婆家何其难活，他比那种难活难活千万倍，皆因他是男人！男人得挺起脊梁骨，顶天立地，不能像面团样被人揉来揉去。如何于夹缝处生存？如何周旋于老田父女间，既能保全自己又能照顾父兄？王文溥不是没想过。人到无求品自高。他无求于老田，老田自然不敢小瞧他。可眼下，家里状况如此，如何能无求于老田！而是诸事皆要有求于老田。本指望弟弟能高中魁首，给他撑撑腰，壮壮胆，长长势……如今，还指望什么？听父亲所言，少不得违心埋首低三下四求老田了。

王文素醒是醒了，却浑身酸痛，一点力气也没有。想想自家根基浅，虽说兄长落户田家，却势单力薄，少不了看人眼色，自作微卑方可存身，心中不免伤感。王文溥也无多少心绪，只撂下两句安慰，起身便走。待兄长一走，王文素便起身温读功课，不想，情境大变，像一个新的自己脱胎而出，那个旧皮囊不知丢于何处。

且说王文溥回到田家，见刀疤正投老田所好，说田螺二人来年添个大胖小子之类言语，老田自然高兴，他却厌烦透顶，便推说身体欠安，回自己屋里。前脚刚进门，田螺后脚就跟来。在二人世界，王文溥故意放开手脚闹将起来，一会儿捂肚打滚，一会儿抱头叫疼，急得田螺为其揉肚按穴，顾头不顾腔，顾上顾不了下，倒开水，暖肚兜，团团转，手脚乱，说请老王过来瞧瞧，王文溥又死活不让。

田螺几乎快要急哭，铺褥展被，掖被角，试体温，呵护备至，王文溥见其情真意切，心内着实感动，便不再继续作难她。至半夜，二人皆青春年少，又新婚不长，禁果屡尝，偷乐不止，夫妻情爱上，田螺较王文溥更主动些。遂打发其喝水，探问形势。王文溥睡眼迷离，含糊点头。田螺睡下。月色晦暗。田螺一手摸进，轻触其手，文溥不动；田螺一脚伸进，轻搭于其身，文溥还不动。田螺那点小心思，文溥自然明白，只是不动神色。田螺到底沉不住气，整个身体温温热热进来，蜷伏于文溥身边，随后又紧紧抱住他。文溥依然按兵不动。田螺上上下下挑逗，文溥任其恣意所为，依然不为其所动。田螺先尚耐着性子，以为王文溥仍为睡意笼罩，遂轻弹慢拢，两只手于其身上时紧时慢游走，时轻时重捏摸，时长时短摩挲，意欲逗弄其主动起来。眼看剑拔弩张，只欠东风，田螺春意满怀，不想，王文溥一手慢慢捂于肚脐处，又呻吟起来。田螺急切住手，春意顿消，爬将起来，倒水擦汗，直折腾至天明。

次日，小两口起床迟。老田女人几次欲喊饭，老田阻之。原来，田螺三年风平浪静，老田抱孙心切，自然偏袒。

白日里，田螺又十分察言观色，诸事品对王文溥，重活不让干，尽量让他歇着，王文溥也佯装无精打采。至晚间，王文溥不再喊肚疼头痛，只是唉声叹气。田螺挨其并肩躺下，说，你我夫妻，心向一处，有何心事，尽管吐露，方不负我心。王文溥见时机已到，前将父母心事所担所忧一一诉于田螺。田螺唿然而坐，拍着胸脯，说，此事交与为妻来办。此王文溥亦颇有心计，吃透田螺性子，依然不动神色，话语温存，却于床第间冷淡着田螺。田螺性子急，脾气暴，欲火旺，岂能禁得住！次日便背过王文溥催逼父亲。老田见女儿心急火燎毛手毛脚，又亲口提出此事，疑虑顿生，倒见王文溥表面冷淡，一副隔岸观火样，便猜出小两口内里情景，估摸王文溥于田螺身上安装心思与机关，便对王文溥多层提防，心说，好小子，有事你不和我老田直接交火，倒有手段用我女儿身上，看我不收拾你！若不让你明白我老田利害，你就不知马王爷长几只眼。

老田参透文溥心思，一面嘴上答应田螺，一面又暗暗调兵遣将，那块荒地亦不是不给王林，其目的只有一个，就是要让王林，尤其是文溥，于他老田名下俯首帖耳永远称臣。

6

多日过去，老田按兵不动。王文溥一时猜不透老田心思，甚觉其越来越隐奥难测，像潭泓水，深不见底，老姜甚辣。刀疤有时自己来，有时派女人来，借东借西，家长里短，实则探听消息。老田对之甚为冷淡，不轻许诺。王文溥隐藏一点齿寒与怨愤于心，这点齿寒与怨愤缘于老田，发于田螺，他便对田螺冷淡，大有静观其变不见兔子不撒鹰之意。王文溥越冷淡田螺，田螺越没抓没挠，越沉不住气，越催逼老田，老田便越对王文溥不满，越燥烦于他；老田越厌烦王文溥，田螺就越对老田不满。此场连环计中，谁先让步谁先输，谁先心软谁先倒。而先输先倒者必是老田。他倒非为此事着急，而是心疼女儿，老田一心疼女儿，王文溥便暗暗得胜，因他已号准其脉。

其实，老田看似风平浪静，实则左右为难。前两天，养马场分总管老冯叫他，一副颓废神色，说，老田啊，你我共事多年，如今，我老冯告老还乡便如行将就木，不中用了，人之将死，其言也善。你擦眼视之，新一轮土地兼并又要开始，隔几年来一次，隔几年来一次，简直像麻风瘟疫，借扩充养马场为名，以荒地换农民之熟地，还要在亩数上克扣百姓。你说，此灭祖宗坑良心欺世盗名活儿，咱狼狈为奸，不是没干过，也干的不少，可如今，我就要解脱了，就要金盆洗手退出江湖，白天能香香甜甜吃一日三餐，晚上能安安心心睡个好觉了，而你呢，还得干下去，还得将这断子绝孙的活儿干下去。老田听什么都行，最不能听断子绝孙，他本想发作，可一想，老冯亦无儿，也算自嘲，也不单单是诅咒他，看着老冯一双浊眼，满脸褶子，老态龙钟，便按捺住自己，再不言语。毕竟老冯所言皆是事实。

到底老田要干些什么呢？

老田自己明白，别人未必明白，可话又说回来，若别人皆明了，哪里还用得着老田去干。可老田有时亦不明白。不明白时老田就问老冯。老冯就劝他，啥都不想便是明了，是彻彻底底的明了。每逢老冯如此开导老田，老田便对其充满敬意。今天，老田目睹其衰老如此，犹如一匹不中用老马，不是被卖就是被杀，反正是一点点用处皆无，被主子尽快除之而后快。老田心里一阵悲哀，一阵凄凉。廉颇老矣，尚能饭否？自己呢，老境如何？鬼才知道！

由不得安慰老冯两句。自己一个人慢慢往回走。走到南熏门下，老田闻嘡嘡几声炮响，人声喧闹，动静挺大，见老井家门口叠起一人围子，恍然大悟，是老井家儿子高中。老田努力想让自己高兴起来，却不想老泪纵横，遂避开众人，绕道而行。

王文素感觉身体恢复许多，便挣扎起来，一如往日，温习功课，将钻研算学之心暂搁一边。可令其苦恼的是，他越想好好温习那些四书五经，头就越疼，心思也总好像游离不定，心烦意乱的样子，他不敢诉知父母，独生闷气，赌气将经书扔至旁侧，随手拿起算学专著来演算，奇怪的是，在这些算学书中，他找到了安静，且如此安静……

果真榜上有名的井陉来看他，喜得王林夫妇拉着井陉的手，说，真是个稳妥孩子！井陉见王文素埋头演算算学题，四书五经被冷落一边，心下一阵惊怵，问王文素有何打算。王文素说演算只为静静心，还要挑灯夜战，发奋图功名，来年再战。井陉点点头，扯过算学书，轻轻摩挲它们，像告慰失落灵魂，颇有预言性地说了句话：或许你压根就不是做官的命！根子里宿的是算学命！

7

清明将至，又是春耕春种，日子像碾，人推着，碾自己，碾日月，将一切碾得七零八落。可日子依然往前走。

三年守孝期满，玉珠之心一下飞至宽展处。王文素满腹文才却错失大考，人皆惋惜，她却暗暗高兴。心神离得近，人反而离得远。所谓神近色远，便如是。一抬眼，王文素走在前面，自己像被一根细细的线牵着，线头攥捏于王文素手里，身不由己随之前走。眼看他就要进家门，玉珠心里一阵着急，难道就不能说句话，如此眼巴巴看着他回去！？正好一只狗跑过，玉珠急中生智，大叫：狗狗狗，狗——狗——狗——狗冷不丁被她惊叫吓坏，夹了尾巴紧跑。王文素果然回头，见是玉珠，便折身回来，问她怎么了。玉珠做出一副惊魂不定的模样。那只狗跑两步，站住，夹了尾巴回头，盯着玉珠看，好像质问其为何虚张声势吓唬它。

　　玉珠顾不得一切，只寻觅理由能留住王文素，她颤声说，无人盘点账目，心内焦急。王文素说，如此小事，何必焦虑。就为此事，你叫我？玉珠心下温存，嘴却不饶人，说她叫的是狗，没叫他。王文素说，狗能给你盘点账目？玉珠佯装满脸愠色，说可不是，此狗脑瓜子特好。王文素平时不苟言笑，却被玉珠一脸顽皮神色逗乐。看着王文素忍俊不禁，玉珠的眼泪却滚落下来。王文素上前两步，安慰她，说刚才还好好儿的，为何又落泪？心惶拘谨的玉珠，一下感到阳光泼面，浑身轻松，脸上挂着泪珠，却破涕为笑。看着玉珠绽颜，王文素顿觉轻快，连日沮丧疲惫瞬间消失。两颗真诚的心撞在一起，虚伪应酬少，轻松快活多。

　　于是，两人一前一后走进玉珠家。

　　这个日渐破败的小院，王文素是第二次踏进来，第一次是玉珠婆婆办丧事。刚刚坐定，茶奉至面前，玉珠一双红酥小手捧着，眼神如那一盏酽酽茶水，流转微微，热气腾腾，被双垂的眼皮笼着。王文素脸腾地红了，一下红至耳根处，耳朵红胀如两只小麻雀，只待主人一放话，腾儿一声便会振翅冲飞而去。王文素欲接茶盅，被烫一下，缩回手。玉珠笑笑，问是茶烫，还是人烫？王文素一迭连声道是喝茶人无能。玉珠扶膝万福，说，玉珠多谢小哥帮扶。说话间，自己已葳葳蕤蕤袅袅娜娜立于王文素面前，本欲大胆表白，不想，声音细若游丝，像抽去筋骨之面条，软弱无力，低得连自己都听不见。此时的王文素已青春勃发，英气逼人，适逢玉珠如此情多景致，心嘭嘭嘭直跳，不敢多看玉珠一眼。他对玉珠颇多好感，第一次做衣服时，他就感觉此女身上似有股魔力，只要一接近她，这种魔力就会绵绵不绝源源不断辐射过来，令其脸红心跳，不知所措。尔今，皆大男大女，人事皆懂，玉珠大王文素四岁，自然更解风情，她见王文素腼腆如此，反而更加泼辣大胆起来。面对玉珠的泼辣大胆，王文素躲无处躲，藏无处藏，只说先说正事，理账要紧。玉珠如梦初醒，转身从板柜下抽出张麻纸，递给他。王文素铺展开来，只瞄一眼，说这好办。话未说完，三下五除二已理出，递于其手上。玉珠心里十分愉悦，脸上却故布疑惑，问王文素真如此简单？王文素说，当然就如此简单。玉珠问他就如此利索？王文素说，当然就如此利索。此时，王文素面朝窗户，一指春光泄于其身，脸上唇边细密茸毛在阳光下清晰可辨，映照出它们正蓬勃生长。玉珠禁不住更加心潮蓬勃，问王文素可否帮他料理一下布匹？王文素欣然答应，问布匹何在？玉珠也不言语，只管将他拉至布库。

说是布库，其实亦就一间房子那么大，窗户用纸糊得严严实实，一免大风吹土进沙，二免阳光烈照猛射，叫布匹走色。玉珠点了灯，瘦小灯光在两人之间跳跃。

王文素正要问她如何理。不想，玉珠却摸着一匹布，半天不吭声，肩膀止不住耸动，发出轻轻抽泣声。王文素问，好端端的，如何又哭起来了？玉珠哽咽着说，布脏可下水洗净，名声若脏，如何洗得！王文素沉思良久，说，人，活给自己，与他人何干。玉珠又说，往后日子就若此布卷，不知裁予谁做衣裳！王文素明白其意，哗哗哗，抖开一匹布，说，以前所裁者皆已过去，过去就让它过去，眼下所裁者便是最好，所剩者谁知道要去往何处，何必虑及许多！玉珠抬起头，眼里闪着一豆惊喜，说，就拿这布匹，给你裁身衣服，你穿不穿？王文素断然答道，穿，为何不穿！

第十一章

1

阳春三月，阳光妩媚得叫人有些感动，有些兴奋，气温渐升，冰雪消融，地温蒸腾，新鲜泥土气息，清新古朴，扑面而来，能活活醉死个人。一年之计在于春，节令不等人，地里农活更需从长计议。农人们早早将锄、锹、犁铧、耧足，擦得明咯铮铮，这些坚硬铁器闪烁着蠢蠢欲动跃跃欲试摩拳擦掌锋利无比之光芒，那意味着农人、农具、种子与土地这个人类命根子之间将进行一场怎样的古老对话！

恰恰此时，王林病倒，且病得不轻，躺于炕上懒怠致至。他知道，有王文素失榜之心火上攻，有王文溥成亲时窝于心间之余愤犹遗，有对玉兰身体连续发病之苦闷焦虑，有对全家人眼下及未来生活之无奈担忧，有去岁寒冬之侵袭贮存，有来年春季万物勃发之阳气上亢，所有这些郁气闷火交织凝结裹挟成一股又一股病毒于其体内盘旋奔腾，像扭疯之旋风，这儿冲涌一阵，那儿掀顶一顿，先是牙疼，尔后头疼，两肋疼，最后浑身疼胀，乏软无力，感冒流涕，眼皮像吊着两个大铁锤，疲惫得懒待睁眼。

是生活重压和人生困境将一位朴实憨厚的汉子击倒了。

玉兰赶紧请来老王，先开两剂感冒药，不想，两副药下肚，症状倒有增无减。玉兰赶紧又去请老王，老王慢条斯理说，没错，这叫引蛇出洞。重予王林号脉，开五副中药，将药交至玉兰手中，说，身沉体重之人一旦阳气上亢，脾胃失调，必用猛药，吃了它，保管好。玉兰千恩万谢，给王林悉心调理不提。

王文素知父之病由十有八九与己有关，愧疚满怀，温习功课形同嚼蜡，迷糊厌倦；推演算学，则又精神十足，思路清晰，智聪目明。他知道父母兄长尚等他衣锦还乡，等他争取功名光宗耀祖，他强撑着，硬着头皮读经诵典。上覆四书五经，下盖算学书，有人来或母亲送水，他便将四书五经置于其上，做个样子，他们一走，又演算开来。不知不觉，在他面前，两路岔开，一条算学，一条科举。前者歪门左道，属不入流之学，后者前途光明，属仕途正学；前者令他心智大开，后者令他昏聩不堪；学前者仅为愉心悦己，学后者为家人为家族为他者；读经诵典时，算学之路像有股神秘力量拽他拉他召唤他，推演算学，虽智慧如欣欣欢涌然心内却愧疚不已。王文素越这样，他心里越难受，二者将其心碾磨得鲜血直淋。他不敢正视父母饱含期待之眼神，不能面对兄长轻拍其肩尔后一声叹气之神色，他知道他们在他身上皆有深深托付。可如此托付何其沉重，压得他几乎喘不过气来。他甚至开始躲避他们，可他越躲避他们，他们催问得越勤，问寒嘘暖，关怀备至，王文素觉得，与其他是躲避亲人，倒不如说他在逃避自己，躲来躲去，逃来逃去，最后，他自己都觉得无处可躲，无处可逃。

再说王文溥，自进田家，性情大变，言短语罕，难得一笑，看人只盯一眼，便低下头，他像一块石子，自己将自己投入湖心，谁都别怪，谁都别怨，何尝不是自己宿命呢！他本欲旋手腕拿捏田螺，欲通过田螺对付老田，想替父母将那块荒地要过来，原本满心把握，结果却功败垂成，表面看是一块荒地给与否之事，其实是他与老田之头一个回合，结局是他败下阵来。作为一个男人，出人头地念想始终得不到舒展的压迫感，老田鄙视暗压之屈辱感，将王文溥的心顶得一拱一拱，愤懑不甘扭结成气在他胸腔里上蹿下跳左冲右突。夜深人静，皓月当空，王文溥就感觉到自己肚子里有仇恨的种子在生根发芽，锋利的牙齿在心田上一点点一排排生长，想吃谁？想咬谁？他亦不知，可能冲老田多些。尤其与田螺怄气后，屡被她弹压强占上风时，这种感觉尤甚。可是，他又反过来思之，若老田真有个三长两短，谁又能替代他成为庇护他之大树呢？田螺再强势再泼辣，不过一介女流，他王文溥作为一七尺男儿岂能依靠于她？！还不得靠老田！看着老田在他面前神气十足，甚至有些颐指气使，王文溥心里肚里那口气虽然翻滚，却找不到实处发泄，只能自己告诫自己，一切将假以时日。人心总有温暖处。有时，田螺或田螺娘主动让他给父母带些新鲜吃食过去，见这两个女人一脸善良，王文溥又甚觉自己太过狠毒，不像一个屋檐下过活一口锅里搅饭吃的一家人，倒像前世仇人相聚首，遂愧悔一阵，自己咒骂自己一回，那股气亦就随着父亲病情好转慢慢有所消泄。

玉兰见王林一天天好转，心情亦一日日轻松起来，偶见二子愁眉不展，不免宽慰两句，展以慈颜。她找出月季种子，亲翻巴掌大一块地，洒上种子，以篱笆围之，看着苗儿一点点出土，一点点苗壮，花儿渐渐葳蕤，她说每年都要种月季花。王林听了，嗤儿一声，大不以为然，说栽恁多月季花有何用！还不如种些菜菜蔬蔬，对光景亦是一种零敲碎补呢。玉兰不听，依然我行我素，王林也就不好再说什么。

2

清明时节至，一场倒春寒将酝酿一冬好不容易阑珊而起的春意袭击得七零八落。清明时节雨纷纷，愁容惨淡万里云，零星小雨，更增添一层凉意与悲戚。此时，怀乡念祖的惆怅于王林心底涌动。他接过玉兰递过来的小竹篮，一块白白洗碗布下苫的是大小一律律儿马蹄蹄、蛇盘盘、雨燕燕等面食祭品，两炷香三张黄裱置于其上。王林一脸肃然，将碟子与锡酒壶塞给王文素，父子二人走出家门。

路上往来皆祭祖男子，行色匆匆，面容哀戚。父子二人拐过南熏门，东西皆大道，不远处是他们曾倒雪的荒地，——本思谋着在这块荒地上能勤耕亲耘，不想，没成，如此便是无立锥之地，无地可种以果腹。王林遥望家乡方向，至路边，跪下，王文素随之亦跪，将碟儿一字排开，摆上面祭，王林用根树枝于地上划个很大圈圈，写上祖父、父亲姓名，点燃黄裱，倒酒三盅，黄裱虚火燃起，瞬间便尽，酒洒于灰烬上，吱吱响了两声，微光又明明灭灭闪了两闪，最后成为灰烬。地上一小片酒渍。王林跪伏于地上，嘴里念念有词：

先人在上，不孝子孙王林王文素愧对列祖列宗，流离失所，功业全无，诸事不遂，尚望先祖勿怪毋责，待来日德盛子荫，定倍加缩献。不肖子弟王林携子恭请享用。

王林拜叩三头，王文素也拜叩三头。王林站起，王文素依然跪着，说，王家子孙不孝无能，请先祖既责且怪，勿怜毋荫。王林说，你岂不是更不孝了。王文素说，先祖面前须说实话，不必欺瞒。

还欲说，王林抬眼见王文溥提个篮子迎面走来。父子四目相望，王林以为王文溥会过来，不想他脚步略一犹豫，将头一低，拐过南熏门，一闪不见。王林气极。他哪里知晓，王文溥此刻心如刀绞，往年清明上坟，他跟父亲弟弟于路口遥祭先祖，田家这边皆由老田亲去。可今年，老田笑眯眯说，我老田家有后了，文溥，你去上坟，饶川这边有规矩，一人不能上两坟，不能祭二祖。还说，这是我老田家瞧得起你，给你这份无上的尊荣啊！田螺亦一边怂恿，推他，说，去吧，我若非女流之辈，跟你同去。就这样，稀里糊涂，王文溥担当给田家祭祖重任。临出门，老田再次嘱咐：一份祭供品只能祭奠一家先人，一个孝子贤孙只能祭奠一家先祖。话外之意，王文溥自然明白。他默念，但愿父亲与弟弟重换个路口，千万不要碰面。

心里有鬼他就真敲门，担心之事果真发生。

眼看就要回家，在十字路口还是碰上父与弟。王文溥心里一阵悲哀，自己浑然已成王家不孝子孙，尚有何颜面祭拜先人，尚无颜面祭拜先人，又如何面对父亲！即使面对又作何解释！即便解释，父亲又如何能信！与其两头不是人，还不如狠心舍弃一头，留得青山在，不怕没柴烧。王文溥知晓父亲一定对他恼怒失望之极，可犹一女不侍二夫，他又能奈何之！

3

容不得细想，王文溥三步两步进家门，田家厅堂有几人围炉而坐，老田坐于上首，挨个儿倒茶，一脸笑意，再看几位，分明皆熟面孔，老金老古茶神仙和老井。众见王文溥挎着篮子进门，知晓他上坟刚回，偷瞟老田一眼，老田满脸美气。老田的美气很有底气。老金眯着眼说，迎女婿倒招个儿子，值！老古咳嗽一声，说半个女婿囫囵儿，何处去找！茶神仙说，王掌柜分明就是为老田生养一个儿。老井嘿嘿而笑。老田无偿享受几人抬举，受用得很，对老井说，三十年河东，看父敬子；三十年河西，看子敬父。父以子贵，你儿子高中，将你由河东驮至河西了。众皆羡看老井。老井平时很少出头露面，有人讥讽他是狗肉上不得正席。如今，他儿子中举，为他长脸，老井这块狗肉不上正席亦得上，不想露头亦得露，若再不与人走动，那真就不是不识抬举，而是别有用心，是老谋深算，就真成孤家寡人。其实，老井盼等二十年，等的就是这一天，扬眉吐气这一天。

众人言语，王文溥悉闻，他二话没说，默然走掉。

王林与王文素正好路过田家门口，被眼尖嘴贱的茶神仙瞧见，三说两说死拖活拽便将他掇笼至老田家。王林抹不开脸面，只好进来。

因茯砖茶，茶神仙曾跟王文素交过手，知道自己不是其对手，看见他心里不免发怵，讨好似地搭讪，说，要不，你也进去瞧瞧你哥哥嫂嫂？王文素摇头，只管扬长回家。

说实话，王林踏老田家门，甚不是滋味，一是王文溥做田家上门女婿，心里受多大制，如何委屈，王林心里最清楚；二是王文素精心准备多年，本来对科考蛮有把握，不想，稀里糊涂与久盼功名擦肩而过，与老井春风得意相比，脸上颇挂不住，心里又颇多失落；三是曲里拐弯想弄块地，想必王文溥亦费很大工夫，依然无着落，生意上一时又施展不开手脚，一家嚼用全凭积蓄，坐吃必会山空。此情此景岂能不令他焦虑。作为一个男人，一位舵手，王林似乎将全家人引入歧途，人之前路本就扑朔迷离，照眼下情形，真似绝路一条！

真的是绝路吗？可不是常有绝地逢生一说？如何才能逢生？王林像只受伤狮子，只想静静观望，悄悄运筹，甚至默默疗伤，在未找到方向自信与逢生之路以前，这位自尊敏感的汉子谁都不想见，他不要同情，无需怜悯，不愿以巨大伤口和无限心事示人，也不愿意让老田和街坊邻居窥出心思，若此点微妙心思被众人瞧破，难免为仇者恨，富者笑，穷者讥，让他何等尴尬！日子，好过亦是自己过，歹过亦是自己过，何必自家鼓儿为外人敲。无奈茶神仙借茶献佛，死拉硬拽，他若再不进去，老田颜面何在？岂不给王文溥脸上作难，授人口舌？想到这里，王林只好跟茶神仙进来。

茶神仙拉王林进田家厅堂，众皆起身让座，说亲家公上门，五谷丰登。正说着，单善人巍巍扶门进来，后面跟着老丁与刀疤。老金咳一声，说，得，谁下的帖子，来得如此齐全！众皆为单善人让座。单善人止不住咳嗽，显出些风烛残年下世光景。王林坐其侧，为其轻拍后背。单善人颤颤摆手阻止。老古打趣说，单善人多日不见，到何处修身养性去了？单善人好不容易止了咳，逮着一口气，摆摆手说，还说修身养性，病了几日，鬼都没打个照面。茶神仙说，鬼打照面就完蛋，后面跟着阎罗。老田讪笑，说，今儿清明，不吉利话不说。单善人说，咱积德积善，无量寿来自无量福，无量福蕴积无量寿。

为给单善人腾地儿，捶后背，王林闪出这个人圈子，既不远离，亦不太近，这种位置相当符合其寂寥心境。老田露出一丝笑意，笑意里暗藏自我舒泰之得意，稍带居高临下之宽谅。这一切皆被刀疤看在眼里，他本为试探那块荒地之去向虚实，照老田与王林对峙情形来看，老田并未划给王林，他们可是亲家哪！他为老田鞍前马后杀头猪办事比起此种姻亲关系算得了什么！他心里一下子找到了平衡！

4

远远地，王文素见玉珠走在前面，臂上挎个篮子，脚下飞快，多日来，她风闻王文素许多闲言碎语，有人说他傻子一个，经常不是闷在家苦读，就是独自于野外咕咕囔囔神神叨叨走走停停，他说些什么呢？说给谁听呢？鬼才知道。有人说，此人与牛二有何差别！坐官无福相，受苦无力气，只会拨弄算盘，不务正业，不经正事，谁若嫁给他，那可真要倒八辈儿霉。也有人说，瞧他不通人三不懂礼四，呆丢丢，傻木木，像缺一窍之木头人，说不定真有病！

玉珠与那些飞短流长者理论辩解，说他们狗眼看人低，无非见其名落孙山，落井下石而已。你们不喜欢，偏偏有人喜欢得不行！你问是谁？告诉你，那就是姑奶奶。谁说王文素不通人三礼四？那是人家远离世俗，志向高远。人，无癖不可交，以其无深情也。人，无疵不可交，以其无真气也。你们看他皆缺点，我看他皆优点亮点，晃得我眩晕，皆是优点，怎么看怎么舒服。你们爱咋咋。告诉你们吧，真正是情人眼里出西施！

愈为王文素辩解，玉珠将她自己亦裹挟进来，便遭他人一起嘲讽：瞧瞧你是嘛东西？幼丧父母，沦入红尘，克夫杀婆，狠毒着哩，扫帚星一个！你婆婆已死三年，偌大年纪为何守着空房屡屡不嫁？莫非要等王文素高中娶你作诰命夫人？

面对滚滚流言蜚语，若是诽谤王文素的，玉珠自然挺身而出；若是戳向自己的刀枪，她却无可奈何，哑口无言，终有两只手，挡不住千人口，气得直哭。她将此事告知王文素。本以为王文素会安

天地
公心
TIAN
DI
GONG
XIN

慰她两句，然后回骂那些口舌是非者，不想王文素淡然一笑，说，闲人必说闲话。闲言碎语，何必理它。等我高中，一切嘲骂者必成巴结讨好者。走，我带你去个地方。

二人来到养马场。

三月，万物勃发，马儿们亦不例外。

荒原在马群悠闲生活中变幻着色彩，草已远远瞭见绿意。马们一冬健壮不少。公马们阅历已迅速增加，仿佛一夜之间便领悟了上帝赋予其之种种神秘安排，它们来不及赞叹和感恩此番旨意，便迫不及待去赴那神秘诱人的爱情盛宴。多愁善感的天空下，它们引颈高歌，一抒缠绵而激烈之心意。母马们的嗅觉忽地百倍敏锐，它们身上散发出一种强烈气味，这种气味令其多情伤感，忧郁不止。它们一遍遍唱着情歌，一次次激情满怀，期待公马们来到其身边，拜倒其脚下。那些公马们分明早已心有所属，但往日之威仪总令其纠纠不步伏首。母马们无时无刻不在注意着公马们的动静，见其渐趋壮怀激烈，自然暗自窃喜，但见其稍有惰态，便又及时准确施展自己魅力，或忘乎所以昂首漫步，或低促沉吟喃喃倾诉。公马们本就心猿意马，更被善于调情的母马们激发得欲罢不能。此时的母马们显然成为调情高手，不断卖弄风骚，它们要公马之欲火烧得更旺盛更猛烈些，它们希望荒原长空下多出几位豪情壮怀之英雄，希望它们真正成为激情燃烧的情人，成为不朽的丈夫和品种优良性情强悍的父亲，让这放眼不及边际的荒原因其爱情而不再寂寞……

面对这一切，玉珠简直看呆了。她不知王文素如何发现这里有如此美妙风景——

瞬间，母马们展蹄驰奔。

它们要跑往何处？

王文素说，它们要很快找到一片开阔地，在那儿结束这场长达数月的爱情长跑，缔造其爱情结晶，迎接其雄风神奕的意中人……

一下子受到启发，得到感染，玉珠想想，人为何不如马儿们活色生香……她的目光搜寻着王文素，王文素亦搜寻着她。她跑出去，又跑回来，拉起他狂奔，像马儿一样，像母马一样，寻找一开阔地带，重新开始这场长达数月的爱情长跑，彼此成为意中人……

在一块巨大的岩石后，玉珠躺在王文素臂弯里，轻声问，莫非你真不嫌弃我？王文素看天空，看太阳升起与落下之地，说，人皆渺小，人皆伟大，渺小与伟大只隔于公私之间，有些命运无法主宰，我为何要嫌弃于你！说完又深叹一声，真想变作一匹马！马儿性情温驯，只知繁衍生息，奔驰疆场，而不会叨人是非，拢人心房，多好！

玉珠看着王文素，这个男人，这个与众不同的男人，他只不过罕言寡语，不爱搅至闲事中去，但他对谁都坦坦荡荡，不隐瞒，不自私，不张扬，不霸气，不自卑，不骄横，这样的男人难道不是自己日里梦里想要追求的！如今，情有所倚，岂非上天怜悯与恩赐！想到这里，玉珠更加紧紧地抱住了他。王文素告诉她，但凡有天地公心者，一定有它能亘古长存之道理，这个亘古不变的道理就是无私，公正，而无私与公正不论历经何朝何代，都会绵延不绝，生生不息。玉珠偎在他身边，说，其实，令你执着、热烈和燃烧者并非什么科举考试，而是算学！哦，对了，就是算学。王文素陡然一惊，想不到玉珠真这么了解他，懂他，平素感觉她是个知己，照今日看来，果真是知己。人生苦短，红尘太累，得一知己，足矣！想到这里，他也往怀里搂了搂玉珠。一时间，二人皆有惺惺相惜之感。玉珠热泪渐涌，她几乎变作喃喃自语，说你想变作一匹马，我只想变作一副算盘。王文素问其为何。玉珠说，那样，就能日日与你在一起，看着你，照顾你，守着你，既不怕风言流语，亦不用你承担任何家庭重负……王文素心里一阵痛楚。泪水爬满玉珠一脸。王文素欲为其擦拭。玉珠阻挡其手，说，别擦，让它慢慢浸润我心。

爱之路艰险，她早已料到。

5

水，续了一壶又一壶，田家厅堂里的气氛越来越浓烈，像坛陈年老酒。每每看到人们坐于自家厅堂谈天论地，胡诌乱侃，老田心里总有说不出的高兴，说到底，这既是一种地位与荣耀，又可隐于黑暗中窥测旁人，自己何等安全。

老井叹口气，说，这几年天灾人祸不断，官田租重，民田税轻。日月过得黑踏害糊，晦气得很，每逢上元灯节，先前还闹些红火，而如今……老金说，贫民佃农种不起官田，屯民所耕民田越来越少。朝廷屡屡说养政在于养民，养民在于宽赋。可每隔几年，朝廷派大员前往各地核实田亩，定其赋税，责令其不准妄自增损，曲徇私情，以害农民。若征敛失中，百姓必然生怨。可是，富户与朝廷为争夺人口与土地，逃避赋役，往往隐真瞒报，将自己的田产诡寄于亲邻、佃仆之有，谓之"铁脚诡寄"，此情景自古便有，本朝自洪武之年起，更甚，结果是官田越来越多，民田越来越少，平民百姓赋役负担越来越重，富者愈富，贫者益贫，这世道还让不让人活了。这种情形哪里是在养民，哪里是在宽赋。单善人说，去岁大旱，不是免夏税秋粮么……老古说，朝廷恩泽看似雨露均沾，实则天高地不厚。早在洪武年，地多不治，鼓励垦荒，且永不起科。而如今呢，土地政策开始改变，原定永不起科的一些垦荒田地，以及低洼、盐碱地而无出粮者，一概量出作数，列入赋额。是以，原额地少，清丈之地反多，大大超过旧额。地方政府恐怕亩数增多，引起朝廷不满，以大亩当小亩，以至有数亩当一亩者。每次编制册籍，往往采取双重标准：以大亩上报朝廷，以小亩向小民派粮。地方政府可随意伸缩地亩，为弄虚作假者开了绿灯，终于使鱼鳞册渐成一纸空文，此番情形怎不令民众担忧……

闻众人一番话，老田甚为吃惊，每次核准土地时所做的手脚，他们以为瞒报得天衣无缝，人鬼不知，不想皆被民众看在眼里，怨在心上。北方地阔，譬如饶川，河流众多，土地肥沃，人烟辐辏，民风淳朴，可非要将人与田分出个三六九等来，里社制下，社民屯民等阶分明，原来居住者为社民，新入迁者为屯民。社民为大亩，屯民为小亩。大亩小亩之分又十分明显，两者步尺完全不同，地方势力以大亩，小亩之制在赋税上大做手脚，欺骗上司，哄骗百姓，凡田以近城为上地，远者为中地，下地。计亩的方法，以五尺为一步，以二百四十步为一亩，百亩为一顷。税粮与田亩渐趋分离，有田者无粮，有粮者无田，田产已去而税粮犹存，无田者纳无穷之税怪现象涌现。核田亩，定赋税，于民众，不过一句空话而已。农民就得种地，无地何谓农民。哪怕小生意做得再好，土地还是其命根子。眼看养马场要扩面积，自然要占四周私田，私田皆为熟地，熟地被占，补偿一块荒地给你。百姓吃亏，良田受损，这天下之理说往何处？想到此处，他问刀疤，那块荒地，你还谋之？刀疤不语，起身便走。王林站起来说，我要。众人一时不解，都看着王林。

6

其时，明代中叶，农民有一份属于自己的私田，所打粮食，除交赋纳税外，皆可留作自用。除此之外，在当地还有不少官田。这些官田以朝廷名义大都归王公贵族、皇亲国戚等所有，所打粮食或栽种经济作物收入皆归其所有。无地农民缴租耕种。可，官田谁来营作？主人自然会派出管家料理，劳力来源主要是战争俘虏，失地农民，另外每家每户每个月每个劳力均要腾匀出五至七天来做义工，算作役。如今，养马场要扩充。扩充自然要占民众熟地。土地是百姓命根子，动命根子自然就疼，就以命相挣。几年前，便有过一次，人称圈地运动。养马场面积一扩，饶川地面百姓的役自然会增几成。至于几成，眼下还不好说。反正是人人皆被卷入旋涡，焦虑，惶惶不安，或许是心甘情愿自己下水的，或许是稀里糊涂被别人拉下去的，或许是不明不白跟着别人跳进去的，说到底是自己将自己抛下去的。

此事曲曲折折关节颇多。一石激起千层浪。嚷嚷一段时间，浪在回落，连波纹亦在渐渐消失。既没见养马场增扩，亦未将人们之熟地换成荒地。百姓啥都不盼，就盼个太平。人心又跌回肚里，继续平静生活，劳动。闲话之余，不免谈起，始作俑者究竟何为？

谁都说不清，也无从查起。

天地
公心

TIAN
DI
GONG
XIN

田里活儿，先公后私。大伙儿被老田组织着去公田里干活。说是组织，莫如说驱赶。众人为凑热闹，好混日子，将时间皆调一起。调到一起不是无好处，可滥竽充数，可偷奸耍滑，可吊儿郎当，可消极殆工，反正皆视七日为煎熬受刑日。用女人话说，就当月事来临，到公田里歇精神去了。等歇好了，再回自家地上正儿八经受。

可今年有些异样。

二月清明不见清，三月清明清见清。清明前后，种瓜点豆。今年春寒，直到谷雨前后，人们才爬伏于地里。做公活，再不能三刀两斧完事。下种，锄苗，老田皆立于地头强调，说，以往，公活可顶，可雇，今年不行，各家每户皆得上工。否则，两种惩罚由你选，一是延长公活时间，二是增加私田赋税。大伙皆急眼，前虎窝后狼坑，明白着往死里勒人嘛！老田说，目的只有一个，要大家好好干活，公田私田一个样，大河有水小河满，朝廷国库盈实了，打起仗来才能得劲。说起打仗，百姓费解。于是有人悄悄说，小河都干涸了，大河如何满。有人说，不能老打仗吧。有人说，什么大河，没准皆肥私囊。

牢骚归牢骚，活儿得干，还得干好。

王林一家既无户籍又无地亩，作冷眼静观。看着风阵阵吹过，沙尘层层剥卷，风过处，禾草自然弯腰，风过后，禾草又直起身子，虽然满面惊悚。王文素私语父亲，说，从众心理自然有，但风与谣言不能比，自己掌不住自己舵，自己把持不住自己，是真。王林沉思良久，默然点头。父子二人自然要下地劳动，玉兰身子实在不做主，若非王林左劝右劝，她也要下地。列位看官，老古老金老丁老洪老井刀疤茶神仙，家家生意关张，锁门闭户，妻儿老小皆下地，全饶川进入农忙时节。

公田呈阡陌状，阵子不长，但地块集中。约一个时辰，老古老金两个将锄放倒，一屁股坐于垄上歇息。老丁老洪老井三个见状，也说歇歇，缓口气。老田过来催促。他们皆嬉皮笑脸。老田无奈。茶神仙见王林带两个儿子、田螺和玉珠，只管埋头拉锄，不好意思歇。王林心里窝着股子气，专门做个姿态给人家看。好在儿子们皆

152

能领会其心意，还算争气。老田冲垄上歇着的一溜人，说，瞅瞅人家，公心自在；瞅瞅你们，落窝草鸡。老金老古几个嘀咕着骂王林，骂他是羊圈里跳出骆驼来，还低声说穷极了的底层人不能共事，凡事穷顶，能顶死人。

其实，王林如此埋头苦干，不是做给谁看，而是欲将内心愁苦皆一点点化解到禾苗上，渗浸于地里去。处境不如意。外来户，房无一间，地无一垄。他无任何资本与人相提并论。出路何在？他一时尚无想明。或许，他要谋之出路就埋藏于此种种想不明白里，那个谋指不定在哪个瞬间便会蹦出。想到此处，他停下手中大锄，回头一看，见两个儿子儿媳田螺皆跟于身后，玉珠姑娘亦于不远处埋头锄地，见其回望，抬头冲他微笑。王林一时感动不已。人活于世，人才是最大资本。

7

田要吃肥正如人要吃饭。人畜粪便蓄于地头池子，早在下种时作了底肥，秸秆灰得要家家户户从灶炉里掏。灶炉里就那么一点点秸秆灰，一口奶水给自家娃儿攒着，公田也饿得要命，分不过来，该当如何？

三月里所刮是平地风，呼呼呼。老古和老金是死党，穿共裆裤，尿同一把夜壶。他俩各挑一副箩筐，箩筐底浅口敞，笼罩般大小，掏尽自家灶炉里秸秆灰，装满，以纸蒙严，由家出来，急步往自家田里跑。女人追出，尖声喊，说这风吹的，小心迷眼。男人回骂，糊脑怂，快闭上尔等臭嘴，看你家男人自有道理。

一路无语，只有风掠过耳际，窃问其干吗去干吗去。至自家地头，两人放下担子，轻揭箩筐所蒙之纸，复挑担往地里转圈，灰被风扬起，皆撒于自家田里，比手撒还匀。再看箩筐，灶灰只剩薄薄一层，连筐底皆苫不住。老古老金相视而笑，人不为己，天诛地灭，先喂饱自家田再说。二人正挑担走往公田，见老丁老洪刀疤，后面跟着老井与茶神仙，皆挑担飞奔，脚下如踩风火轮，忙忙赶往自家田里，如法炮制。

众皆心知肚明。闲话无需多言。急步奔往公田，若不再走快些，箩筐灶灰瞬间就要见底。众一回头，就见老田指指划划于前头引路，后面跟着王文溥，挑着担子，风撩襟衣，露出灰青衬裤。众皆明白老田所为，也不说透，只管脚不点地，直奔公田。

老田见众人走远，指挥王文溥在自家田里挑担遛圈。灰，一泛一泛，一涌一涌，皆撒于地。箩筐里只剩薄薄一层。老田右拇指向下，指着脚下土地，说，人不为己，天诛地灭。记住，往后就如此，先喂饱私田再说公田。王文溥怔怔点头。老田又说，做好己事，莫管他人。王文溥暗暗记下，随了老田，一前一后走往公田。

王文溥边走边想，甚觉愧对父亲，因无地，自然吃大亏。想自己无能，未能将那块荒地借老田之手划给父亲，心下不是滋味。想起老田，心里既怕又敬，既爱又恨，却又无可奈何。正胡思乱想着，公田已至，见父亲弟弟已在田头忙碌。

原来，王林和王文素来公田最早，父子二人出门时，见老古老金箩筐皆满，疾步如飞，拐往他处，来时灶灰却苫不住筐底，心下甚是诧异，不知底细如何。后见茶神仙等皆是，乃至王文溥挑担至地头，愧讪满脸，放下担子，背过身子，将薄薄一层灰撒到公田地里。王林心下便愈加明白事情原委。才要将王文溥叫至身边训斥，就见老田公事公办模样走来，说，谁家亦皆小锅小灶，就是可劲烧上一冬，亦攒不下多少灰，是吧，不过，大家可劲儿攒，攒啊！若公田打不下粮食，朝廷拿什么打仗？噢——众人齐着嗓子吼了一声，茶神仙戏腔戏调说了一句：要是私田里长不出粮食，大家皆饿坏肚皮，如何去给朝廷打仗！人皆哄笑。老田亦跟着笑。

8

公田活儿好不容易做完。众人拖着疲惫身子往回走，路过老洪家门口，闻得里面哭喊声嚷叫声嘈杂声闹将起来。原来是小儿不知事，至铁炉边玩耍，烫伤了，燎泡满满串串一脚，被他娘脱裤子扯掉一大块皮，疼得直哭，婆婆埋怨媳妇，媳妇辩解，老洪大骂。请医生老王，老王无法，抖了两手直叫苦。王林拨开人群，叫人掏柴灰，可灶膛里一把柴灰皆无，便叫王文素从家中取来半罐子獾油，鸡毛一蘸，獾油明晃晃稀亮亮，涂于小儿脚面。一时间，小儿再不哭闹，迷迷糊糊睡在女人怀里。老洪一家千恩万谢。

至家，王文素吃完饭，至院中看他娘掘地种花。王林叮嘱他说，听爹的，用点功，争取考中，咱家出个举人秀才，光宗耀祖，改换门庭，有一日你兄弟二人送我和你娘骨殖回老家，面对列祖列宗，族人亲朋，好有颜面。王文素一笑。玉兰亦催他快去用功。王文素便转身回自己房间。

单善人进来，见王文素挑帘回屋，问王林，尚彬已长大成人，整日迷迷盹盹，操的什么心？王林摆手，说，他呀，不是过日子的人，脑里不虑及世俗事务。单善人说，难道不是凡人？不食人间烟火？王林说，也不是，他乃一根筋，说起算学，他比谁都通，说起其他，他一窍不通，过日子更指不上。取出酒，二人正欲喝，忽闻外面咕咚一声。原来是玉兰昏倒。王林心中大惊，叫苦不迭，急唤王文素出来，父子两个手忙脚乱，背玉兰回屋。请老王来，下针，开药，王林熬药，精心侍候。玉兰沉沉睡去。见母亲无大碍，王林又叫王文素回屋温习功课，切莫耽误。王文素只好遵命。单善人也在一旁照料，却插不上手。眼看炕上躺着病人，自然再无心思喝酒，王林长叹一声，单善人眼睛一亮，说，你呀，要想闹活相，还得从这酒上走。王林说，酒？单善人平静而言：酒！然后冲王林点点头。王林说，实不相瞒，我曾想到酒上。老家汾州专烧老白清，远近闻名，甘绵纯厚，好喝得很。单善人说，我今要说另一种酒，叫羊羔酒。羊羔酒？单善人说，对，就是羊羔酒。此酒也为尔等乡人所传，好像叫孝义。孝义与汾州紧邻，王林自然知晓。单善人说，过去，有人专在此做羊羔酒，买卖好得不得了。王林心下思谋。单善人干脆打开话匣子，说此羊羔酒源于汉魏，唐宋兴盛，元时畅销海外，它色泽白莹，入口绵甘，如羊羔之味甘色美，故名羊羔酒。王林急切问如何做法？单善人说，少安毋燥，具体做法，我亦略懂一些。若你有心去做，便倾心相告。王林不解，问单善人，难道此酒甚于老白清？如此能喝开市场？单善人微笑，说，自己想想。王林沉吟半晌，说，适量饮酒，可健脾暖胃，舒筋活血，羊肉者，大补元气，健胃益肾，羔肉味鲜纯美，自属上乘。单善人说，所言不假，但你有所不知，饶川天干物燥，汉们久于野外劳作，大都脾胃虚浮，脾气暴躁，时间一长，人向两极发展，一是心火虚旺，一是邪郁内集，但二者皆表现为食欲不振，腰膝酸软，佝偻早衰。而羊羔酒性中温，气醇厚，香芬芳，恰恰给本地老少爷们平平性子，温温脾胃，壮壮腰胆，即便女人们，一天喝这么一盅半盅，也是活血养气，美活得很。王林不再言语，端起一盅酒，细细把玩。单善人拉王林，说，走，我带你去一地方。王林看看玉兰呼吸均匀，确无大碍，于是随着单善人，两人蹑手蹑脚出来。

第十二章

1

　　夏至将至，天热得叫人难受。太阳几乎轰炸整个世界，到处一片焦灼灼，到处一片白哗哗，到处一片热熬熬，活物皆不知该躲到何处才对，才舒服一些。头上，白云无精打采；地上，绿意敷衍了事；人身上根本不出汗，眼前似有白雾蒸腾，烤焦煳味弥漫。远处之人走着走着就变薄变小变轻，摇摇晃晃迷惑起来，大脑一片空白。

　　莫非又是大旱？！

　　看了会儿书，王文素只觉心烦气躁，字字如妖魔，于眼前浮跳，本想再演算些算学题，以定心神。可父亲明明再三叮嘱，要他好好研读四书集注，争取来年像井陉一样中进士。如此一想，他岂敢拖延时间分散心力！可八股破题、承题、起讲、入手、起股、中股、后股、束股，皆将文字排偶，字数限定，阐发经义，犹如将思维将人束缚于一条狭窄通道，须臾动弹不得，真正难受之至。他真不能想象井陉是如何完成那些试题。若视此作朝为田舍郎暮登天子堂之唯一通途，那吃不得苦中苦，如何为人上人！

　　胡思乱想间，王文素踱步至老井家。杂货铺永远整理得井井有条，老井待人永远谦恭彬彬，分寸得当。井陉从小到大所受便是四平八稳不越雷池半步之教育，难怪做什么皆稳稳重重，思虑周全。相较之下，他父亲对其倒显得无拘无形，放任有加。

　　家教。二字跳入王文素脑海。

　　王文素问：井陉可在家？

　　闻得人声，老井赶忙出来，一看是王文素，老井的脸半沉下来，嘴角闪出些笑意，说，正复习呢，眼下学校储才，以应科举，井陉才得个预考进士，若想做个真正进士，尚差之远矣。听说了么，非进士不入翰林，非翰林不入内阁，井陉志向颇大呢。

　　站在老井面前，王文素一下感到羞愧难当，恨不能有个地缝钻进去，自然无言可对，只能点点头。见王文素面露尴尬，老井一时又感到自己所言有些过头，便又以安慰口气说，你亦回去用功吧。自古华山一条路，咱平民百姓要想有个出路，犹登蜀道之难！又问他是不是素喜算学。王文素点头。老井像个老学究，摇摇头，说，这不好，这不好。算学虽列六艺，却登不得堂入不得室更上不得殿！卑贱不说，入流更不说，关键是它不经济致世。远者不说，你看牛二，唉，正好你家赁其房子，莫非你真要步其后尘！我看你还是改邪归正了吧！吾家井陉可不能跟你搅混于一起。如若搅和在一起，我井家甚感丢人！

　　平日谦恭有加今日却如此愤激的老井终于激怒了王文素。简直就是欺人太甚，简直叫人愤怒。可转念一想，有何可愤怒的？毕竟自己不争气，没考上，若下次考上，看他还有何言！王文素心里一时像打翻了五味瓶，什么滋味都有。

　　懵懵懂懂，如何从井陉家出来的，王文素一点都不记得，只觉得浑身虚无如碎片，哗哗啦啦倒塌下来。

2

天渐阴沉，头上乌云凝成疙瘩，莫非兜头有雨？雷神于天上打滚，却始终不见个雨星子，想来雷神只是喊嚷一阵，空忙一场。俟人失望透顶之时，一场雨兜头便来了。

人心皆喜。好不容易盼来一场通透雨及时雨。

从井陉家出来，行至半路的王文素被浇得淋漓酣畅，一个激灵于后背嗖嗖滚至脖颈，随之冷战连连。他大叫一声不好，四处寻躲藏之处，慌不择路之时，见玉珠街门大开，惶然跑进。

此时雨声正轰鸣，天地间一片混沌，一片茫然。

近来，接二连三的提亲说媒令玉珠心猿意马，心神烦乱，自己一片钟情于王文素，可也不知其意为何，终得不到个妥妥准话，加上天气燥热异常，自己心内也久盼甘霖，正好一场大雨说来就来，玉珠正立于屋檐下看满院积水，冲撞，打旋，回转，四处寻找出口。不想王文素雨帘迷蒙中跑入。起先，玉珠未看清来人是谁，待透过雨雾，看清是寒战连连抱肩哆嗦的王文素，心中又惊又喜，惊的是不知他为何冒雨而来，喜的是念念不忘，果有回响，心中所念之人一下就来到自己面前。来不及说什么，玉珠拉王文素进屋，王文素只说自己为雨所阻，虽冷意连连，却执意立于屋檐下。玉珠知其秉性执拗，只好返身进屋取件旧衣为其披上，又煮姜汤为其祛湿祛寒。一碗热热的姜汤下肚，王文素感到浑身轻松很多，也感到清醒很多，他来不及再回想刚才老井所言，只是怔怔地看着院中积水越来越深，旋着漂儿，四处寻找出口。

出口。

久久屈憋于玉珠心里的情愫也正如这满院积水四处寻找出口。她先是柔情蜜意，耐心十足。面对玉珠主动而温柔的进攻，王文素显得既胆怯又麻木，既倔强又迟钝，故只好躲之避之，在玉珠眼里，此时的王文素与在养马场一块大石头背后激烈有力的那个男人判若两人。玉珠以为他装傻充愣，有些愤怒，但又紧紧挟制住愤怒情绪，再耐下心来，问他心里如何想的。王文素若有所思而又怅然若失，依然一言不发。玉珠不禁动怒，久积焦虑一下子爆发出来，说，你难道真正无动于衷！难道真不知我一片痴心为谁！别人不知尚可，难道你亦真不知！真枉费我几年情真。王文素依旧一言不发，转身欲走。玉珠急步走到他面前，伸出双臂挡住其路，两眼紧紧地盯着他，问，为何一到关键时刻，你不是一走了之，就是一言不发，是何道理？问之再三，王文素依然保持缄默。玉珠眼眶发红，再问他，那你我情意何在？莫非你心有他属？王文素点头，又摇头。玉珠急了，抓住他的两只胳膊，摇晃他说，莫非你成哑巴不成！王文素终于开了口，说，人生促短，民生多艰，男女情事，微而又微，小而又小，夫复何言！玉珠没想到他竟然说出这种不着天地的话来，说，你以一人之愿何以挽回民众之艰，你以一己之公正何以对抗世人之贪婪，算学无涯，此生有涯，想要成事，岂不谓蝼蚁撼树，自不量力。你我皆百姓草民，如何管得了天下之事，不着边际之事，虚无缥缈之事，你也知道人生苦短，你我何不顺应天时，随遇而安，安稳成家，日落而息，日出而作，静过日子，有何不好？王文素闻言，惊之，想不到玉珠利言如此！三分世事叫她看得如此之透彻，五分心事被她窥测得如此之精准。王文素猛然清醒，他瞬间想起了老井所言，内心变得坚定起来，遂平静而言，问她要怎样？王文素不言语，玉珠嫌他沉默，可一句"你要怎样"出口，玉珠又一时语塞。

自己到底要他怎么样呢？立马娶她？言语承诺？一纸婚姻？时刻粘她？玉珠朦胧所想，却禁不起自己追问。朦胧所想催逼着自己往热烈处寻，往希望处走，可一经自己追问自己，那些所思所想却又变得七零八落，像将自己剥得体无完肤一般。玉珠无法安慰自己，知道自己心中燃烧的是一盆熊熊恋爱之火，这盆火需要两人一起架柴添薪，方能生米煮成熟饭，方能薪火相传。可是，玉珠分明体会到的是王文素沉默背后的犹豫高傲和冰冷，禁不住痛惜起自己那一颗燃烧的心火，既不能拨旺它，又不忍扑灭它，失落之间涕泪双流，说，天哪，你说我何以命苦如此，前后所遇皆为无情怪异之男人，牛二如此，想不到你亦如此！天，莫非你真亡我不成！王文素见玉珠痛不欲生，反倒扑哧一声笑了，说，那谁知道！天高自不语，你得问命去。玉珠本以为他会来两句安慰，不想竟然如此，气得干瞪眼。王文素转身疾走而去，走了几步，发现身上披着她的一件旧衣，返身回来，塞在她手里，再不回头而去。玉珠冲其背影使劲跺脚，水花四溅，犹泪水飞迸。

掌灯时分，又有孙家娘子与刀疤女人前后来给玉珠说亲，好像这些人不将她打发嫁掉绝不甘心。玉珠无奈，一一打发而去，面对一豆孤灯，心乱如麻。

3

单善人将王林带至饶川北关社稷坛三官楼。此楼修于洪武年间，历经百年，虽残垣断壁，却肃穆犹在，只见天官地官水官三官并立，平和地注视人间。此三位分管天、地、水，三者为民，风调雨顺，五谷丰登，百姓奉之，寄托着人心对自然的崇拜。三官并立，却各司其职，天官赐福，地官赦罪，水官解厄。单善人不吐一字，只管撩衣袍，对着三官倒地便拜，口中念念有词。王林不是不信，而是他片瓦垄地皆无，他冲三官拜了三拜，说，三官大人在上，保佑小人一家老小平安康健，保佑小人能分得一块地，如能遂愿，必再虔拜。单善人一把拉起他，说，走吧，你那点小心意儿，官神皆知。

二人步出三官楼，至旁一处院落，此院落斑驳老旧，房屋坍塌，窗烂牖折，蓬蒿满地，但石碾子、石碓窝、石磙子、天锅、地甑、石磨、酒孜、曲坯盒、酒缸、酒坛、酒瓮、碓窝、篾扇尚好。王林嘘唏不止。单善人指着它们说，此尽可搬，此尽可用。又指着灶炉、酒窖、晾堂、水槽、曲坯房、窖池、用石板砌就的水池子，说，这些搬不走。单善人提起秤砣，说，买进粮食要称，每酿一甑酒亦要称，皆用"头等三百六十斤"之秤砣，此即公平与良心。王林问此家主人今何在。单善人长叹一声，说此主姓马，品性口碑传遍十里八乡，五世酿酒，

天地公心 TIAN DI GONG XIN

所酿之酒清香纯绵，世人称之谓大拇指酒。大拇指酒远销蒙古一带，亦进贡皇室，后不知如何犯事得罪官府，大小几十口，被砍头的砍头，被流放的流放，百年基业一时作树倒猢狲散，再不见堂前燕衔泥梁。倒可惜了这个摊子，历经几劫，朝改代换，官府亦不再管它，任其风剥雨蚀，烂于此处。尔若有心，便拾掇而起，重涉酒林，也为未不可。王林慨然说，既如此，何必我要搬它走，就于此处酿酒岂不更好！既沾仙气，又续酒气。单善人抚掌笑曰，是了是了，省却几多麻烦。你若能再续大拇指酒业，再出清香纯绵之白酒，于饶川十里八乡真谓功德无量啊。想想此地方圆千里百姓岂能离得了酒？祭祀祖宗，日常饮用，过年过节增添节日气氛，加之每年来此地贩马客商流量很多，大多来自蒙古边境，他们这些人一日不饮酒便浑身难受，一日不饮酒这太阳便下不了山，你说，所酿之酒如何愁卖？你这生意何愁不火？再说，不远处有一条茶马古道，往来差人不断，茶神仙就是靠此条古道做茶生意发家，可惜他格局不大，目光短浅，人穷志短，马瘦毛长，未能将茶生意做大，亦谓憾事一桩。

听单善人一席肺腑之言，王林若有所思。正说着，大雨酣畅而至。单善人说，几年大旱，将人都旱蔫了。看看这场大雨，如期而至，岂非好兆头！

4

白天忙乎地里，抽吃饭和晚上时间，王林鼓捣酿酒设施，该修的修，该补的补，该添的添。王文溥风闻父亲欲行其事，却不知其详。到公田干活，总见父亲与弟弟两眼熬得通红，大庭广众之下，亦不便多问。

公田里，七天熬够，活儿可远远未完。老田急得团团转，此等局面，如何交待上面！于是他恩威并用，死活不让人们回，又搭两个晚上，糊迷日鬼总算将地锄了出来。老田身心俱疲，看着众人一窝蜂回家，自己坐于田垄，心说这狗日的里正可不是人当的，鬼舔的公家粮可不是人吃的！

次日，王文溥早早收拾好自己，对田螺说要看看父母。田螺一张小脸儿绷得紧紧，说，我与你之间有道公案，先了再说。王文溥一听，反倒有些好笑，问是何公案，娘子讲来，小生洗耳恭听。田螺挑起帘子，伸出头，见院里无人，便将门关上。王文溥急了，说，青天白日，你意欲何为！田螺亦不答话，转身靠于门上，说，你一大老爷们，真卑鄙，要挟我到我爹那儿去给你爹办事，就拿炕上那点子事说事儿。是不是？王文溥眨巴双眼，一时弄不清田螺所说何事，待其翻腾清楚了，见田螺小脸胀红，蛾眉倒竖，粉头低垂。王文溥明知故问，炕上哪点子事？田螺更胀红脸，说，你知道，我爹娘欲早些抱个孙子，是不是？你知道，我田家子孙香火不旺，是不是？你知道，我爹就怕线线由细处断，是不是？你知道，我田螺打心眼儿里稀罕你，是不是？你知道你能掐住我脖子说事儿，是不是？你明明就知道我稀罕炕上那点子事你就拿此事拿捏我，是不是？田螺的几个是不是将王文溥问得目瞪口呆，像一连几发炮弹猛然间炸得他晕头转向，找不着北。

按说，田螺手段厉害，王文溥早有领教：别人说不出口之言，她一定能拐弯抹角说得出口；别人叨腾不住理，于她嘴里，所占皆是理，所攻皆是要害。若在成亲以前，自己确乃一毛头小子，初来乍到，无根无系，无权无势，田螺耍小性子，耍小聪明，他是看在眼里，窝在嘴上，凡事忍她，让她，纵她；自打成了亲，尤其是就他二人之时，王文溥可一点亦不惯她，反而步步不让，招招试逼，他要拿起一点做男人之样，不能让田螺将他捏成软蛋。实言之，他在这个家无根无基无依无靠，田螺是他唯一筹码，若他连这个唯一筹码都拿捏不好，那他如何于此安身立命！老田那里就更不消说。他原来指望弟弟能一举得中，不想他初考失利，反招致不少唾沫星子。看来，靠谁皆不如靠己。江湖盘子是自己踢出来的。

思及此处，王文溥猛然起身，紧紧盯着田螺，一步一步逼过来，说，好，看来你欲将父母之账要搁摊于咱俩之间算一算？好，那咱就算一算。若要算，算得清，还得请你爹过来，咱三朝对面算，如何?遂往开拨田螺。田螺拉住门闩死活不挪身子。王文溥颇得意,说,不敢了吧,你那抠门儿的爹,精明之极的爹,将你这宝贝闺女,嫁不算嫁,娶不算娶,即便成亲那天待客席面皆不舍得花一个子儿。为啥?你好好想想!根本不容田螺有喘息之际,王文溥顿顿,接着以更滔滔不绝之气势,说,你以为你爹亲你这个小宝贝亲疙瘩小棉袄?他老人家是伺机娶小妾,给他生大胖小子呢!田家所有一切皆会留给那个未来之大胖小子,那才真正是田家后代,田家之香火!我干吗要急着生儿子!我若生儿子,你们田家能亲吗?你爹会真稀罕吗?指不定人前笑歪嘴,人后戳着孩子之脑门子说这孩子乃王家狗日的呢!你爹一肚子曲曲弯弯,我要你求他办点事怎么了?我父母那边过得舒展点,难道于你田螺有何不好!难道你就愿意眼睁睁看着他们地无一垄,房无一间,埋汰苟活于饶川人面前?还是等有朝一日到咱家来打秋风?然后,你掐住我的脖子,让我背个不孝不顺你也背个不仁不义之名声!这些道理你明白吗?你根本不明白!不明白!

王文溥越说越气,唾沫星子简直喷至田螺脸上,话语像一个又一个炸弹射向田螺。他说老田早有心娶小生子,此点不假,亦实实在在在激怒田螺。未等田螺做出反应,王文溥又一炮弹袭来,将他俩彻底炸于同一壕沟。

5

老田送走一买米者,早起不见王文溥,遂骂道:此竖子,不惦稼穑之苦,不念粒米之难,青天白日,竟嬉戏如此!女人神秘兮兮说,公活早完,生意清淡,年轻人么,贪恋一时亦是有的。再说,你不是早欲抱孙子!待我一探。拿起一件小衣便走。

至门口,闻得屋里嗡嗡有声,像吵架,像厮骂,侧耳谛听,屋内又安静下来。女人心说,莫非两人真吵架?若果真如此,女婿可真是吃里扒外,胳膊肘儿真往外拐,吃的纠王水土,又说纠王无道!

田螺呢，坐着之佛真怕他立着之金刚？借他个胆儿！岂非物听主裁！转念一想，又心说勺子哪有不碰锅沿的，小两口吵架，炕头吵架炕尾和，似乎也不是个什么大事儿。伸手敲门。

王文溥与田螺二人闻之，皆噤声。田螺问是谁。她娘故意长声长调要他们开门，她有话要说。田螺以目示王文溥，王文溥怒气未消，故意拒之，歪倒在炕。田螺开门，她娘进来，田螺哂笑，推王文溥。文溥假寐。女人心说果真是咬人狗儿不露齿，嘴上却说，田里多日劳作，想来疲乏，让文溥多歇会儿。其本虚心顺情之话，却令文溥闻之心头发热。他悔不该与田螺生恁大气，动恁大怒，揭老田恁多短，他之所言若让老田知晓，伤了和气，撕了脸面，尚如何存活于田家！要知道，田家乃其一生之依托也！想至此处，文溥悔之不迭，心里思谋如何挽救之，弥补之。田螺何等冰雪聪明，作怒状，使劲掐其一把，半嗔半怒说，好你个王文溥，日亦折腾，晚亦折腾，真个累坏了？起来起来，娘来了。文溥趁势坐起，揉双眼，打哈欠，作眯糊状，歉意满脸，问娘有什么事，累坏了，眯盹会儿。老田女人赶紧说，无事无事，无妨无妨。闲话几句，搭讪而去。

至厅堂，老田正于太师椅上眯眼思谋事情。见女人进来，问那两个小冤家做什么。女人笑堆满面，说睡觉。老田惊起，说青天白日，真睡！女人说，人道人不如人，你不亦打年轻走过，折腾一宿，白日里还不尽想睡觉！老田少不得嗔骂女人，说我看你那张老嘴越来越无风水了，我尽折腾你一宿，咋没折腾个儿子来！一句话顶得女人气汩汩翻涌，言语不得。老田怒气未消，说人勤地不懒，没出息！此话分明是说王文溥到底不是亲生。女人心里一时悲哀。

身为丈母娘，老田女人跟老田不同。她呢，女人家，心软，加之，俗语所言，丈母娘看女婿越看越欢喜，无形之中将其视作儿子，多少弥补自己此生大憾。可有一条，她不能允许王文溥呵斥田螺。田螺乃心头肉，呵斥田螺无异于呵斥她，心疼。如此，远近分明，内外有别。老田则不同，只要有活，不管内外，不管有人在不在场，都牛马似吆喝文溥，他若无活打闲时，老田就心里来气，不能忍其白吃白喝，于他心里，文溥始终是个外人，更多视之为一介仆役，心愈气愈看其不顺眼，愈看其不顺眼心愈来气，就愈厌恨他，就愈指派他更多活儿。让人奇怪的是，当文溥于田螺面前拿出男人与丈夫神色时，他倒隐隐畅快，若遇街坊邻居当面夸，说老田，你那姑爷待你，何止半个儿，与亲生无异。他心里又自鸣得意，犹抿二两小酒。于子女，女人十月怀胎，多半皮肉之亲，若叫男人心里接受一非自己亲生骨血之人，真不是件容易事儿！

女人不免私下埋怨老田心狠。老田闻之，淡然一笑，自有一番道理说，男人者，死抠，乃爱财立身；心狠，乃谋事之决；手毒，乃成事之术。女人好仁，乃天性也。但你有所不知，人皆贱种，我若不将其父子掐至只留一口口一丝丝气，再一点点一点点松开，让其慢慢慢慢缓过这口气来，他们是不会知道我老田手段的厉害，是不会对我感恩戴德不会将我放在眼里的。人，你若老示其好，他记不住；你打他两个耳光，他记得贼清，一辈子怵你。老田半得意半狞笑着说，我这叫煞鹰，也叫熬鹰。女人说她不懂，只说人太心狠不得好死。老田嗖地立起，立了眉，说，死老婆子，你敢咒我！？

二人正抬死杠，闻街上人声喧闹，遂立于门口张望。

6

原来，烈日炎炎，众人收工回来，肩荷锄锹，步履疲惫，难免边走边卖几句嘴。正走着，茶神仙见街心一堆牛屎，黄绿黄绿，摊于地上早被晒干，像一煎饼摊摊。他眼疾手快，撂下锄头，蹲下，两手抠住牛屎摊边边，小心翼翼，点点揭起牛屎皮。人们你一言我两语打趣他。不过，话来语去，都说茶神仙是个财迷心。

老丁早盼着养马场一桩大生意，心里早盼着一匹匹马被牵来，搬起一只只蹄子，操锋利铲刀，切掉马蹄下积一冬之蹄垢，丁哩喀啦钉上马掌，马尾拂其脸，不说赚几个小钱，关键是马浑身上下那个味道，他太熟悉了，每年此时，若嗅不到此味，就心里发慌，几乎发疯。老丁走上来，抓住茶神仙手，说，让我看看，让我看看，不是马粪吧！众皆知晓老丁心里想钉马掌生意，哄然而笑。老古老金直撇嘴，转头语与茶神仙女人，说晚上可不能让其摸身啊，你看他手抓牛屎——众又笑。茶神仙本欲两手捧了牛屎摊子，不想，裂成几块，遂撩起裤子，兜了就跑。

一泡牛屎，宝贝似的，你兜往何处？刀疤大声问。

肥屎不留众人街。茶神仙边跑边喊，风将他的话吹得零零乱乱。

老丁说，此公所好，由来已久。有一年雨水涝，地头积肥池子屎尿带水满满溢溢，茶神仙摸黑做田活，一不小心掉进积肥池子。众人拉其出来，浑身为屎尿滚满，衣襟口袋所掖所装皆是五谷废物。不远处便是饶河，他不去洗，反撒脚丫子跑往他家私田，说是肥水不流外人田，从此，肥水不流外人田便成茶神仙之口头禅。

大伙皆点头称是，看着他的背影，哄笑说，至于嘛，一泡牛屎。

正说着，刀疤亦跑起来，跑两步，复又站住，拽他女人。女人龇牙裂嘴，低低告诉他，说她正内急哩。刀疤窃喜，对他女人说，甚好甚好。拽起女人便往他家地里跑。众人不解，都莫名其妙看着刀疤夫妇。老金问，刀疤，眼看至家，拽女人上哪？钻高粱地去？刀疤亦步亦趋，变眉色眼，双手捂小腹，说，俺和女人正憋着一泡屎哩！撒亦要撒于俺家田里，这叫肥尿不流外人田。

众皆大笑。

当街此景，老田看在眼里，忧于心上，思半月前众人于公田干活情形，心说，老天哪，人不为己，天诛地灭。人皆怀揣一己之私心，公田如何能种好！可，细思量，公田究竟为何人而种？其主人到底为谁？口口声声说为朝廷，谁知道是哪个王八乌龟的，谁见是哪个吃红肉拉白屎的！众皆出无头力，当无头鬼，吊儿郎当，消极怠工，何怪之有！

7

眼看已到饭时，饭菜香气于街上游走，众人与老田闲话两句，皆摇晃着身子回家。老丁女人来叫老丁，说养马场有活。老丁自然不敢怠慢，赶紧往回走。

家家有私田，独王林家无，他最怕歇，最怕无事可干，经单善人一提明，他就立马动手，白天黑夜思谋掇弄酒糟坊。玉兰见王林有了正事，心气上来，精神亦好许多，精心侍弄她的月季。

王林两口儿正忙，玉珠进来，目光温和而又羞涩，觑眼搜索王文素。原来，自打雨天屋檐下，玉珠探王文素口风，王文素所言令其伤心失落，多日不见，明明是自己心里放不下人家，故跑来探问动向。玉兰会意，朝王文素屋努嘴儿，说在里面呢。玉珠又摆手，显然并不要进去，说，只要他一切安妥，便好。

正说着，茶神仙女人急急乍乍跑来，急拉玉珠，说，玉珠姑娘，你在此，让人好找，快——

玉珠和玉兰忙问何事。茶神仙女人喘着粗气，说，快，白布——，老丁他——玉兰递上茶，茶神仙女人好不容易将话说囫囵了。

原来，老丁去给养马场钉马掌，平时，皆由驯养员吆喝抚慰着马卧倒在地，老丁先是抚摸，由脖到身到腿蹄到尾，马呢，亦乖巧温顺任老丁抚摸，三心二意听其唠叨，老丁一边跟马说话一边坐下来搬只马蹄放于膝上，开始掌刀切蹄垢，钉马掌。

老丁对马说，又像对自己说，马者，驰骋千里，驰骋千里就得去蹄垢。蹄垢乃死肉，死肉若厚则难受，难受就得切除，切后便可穿新鞋，穿上新鞋脚才舒服，脚舒服了才能跑得更快更利索，跑得更快更利索了，主人才会喜欢，主人喜欢才会给更多草料。完了老丁总不忘加上一句，人为财死，鸟为食亡，马为草料跑。一席话说完，一副马掌亦便钉妥。老丁平时与人话少，与马却何时何地都能滔滔不绝，简直激情满怀，所言内容也绝少重复，与其说马需要老丁，莫不如说老丁根本离不得马，视马为知己。

偏偏一匹叫火烈驹者，驯马员叫它卧，它不卧，叫它站，它却想跑，好容易直纠纠站着，却又对着远方昂首长嘶，踢腿刨蹄，丝毫安静不得。老丁纵马容马爱马胜过儿女，能自己吃苦受累亦不能委屈马，看到火烈驹一副桀骜不驯的样子，老丁便对驯马员说，由

168

它吧，它想站着就让它站着，你笼住马头便是。时间长了，养马场驯马员们都跟老丁厮熟得很，半开玩笑半认真，说，小心它尥蹶子。老丁笑说，不会，这火烈驹，内热外冷，我给它钉马掌可不是一次两次，数它蹄垢最厚，数它最淘气，可也数它最聪明，最有出息，我虽不是伯乐，却看马一辈子，错不了眼。老丁拍拍马蹄，搬起一只置于腿上，施刀切蹄垢，很顺利，一副马掌钉妥。不一会儿，另外两副亦钉妥，只剩最后一副。为迁就火烈驹，老丁半站半蹿，之前又做很多活儿，额上汗珠亮晶晶挣出。还好，只剩最后一副马掌，活儿已经瞭到头了。老丁将最后一只马蹄又搬至自己微屈着的双腿上，或许是火烈驹性子过烈，失去耐心，或许是老丁的切刀稍稍靠里，弄疼了它，更要命的是火烈驹正一眼瞥见几匹发情公马打着喷鼻围着骒马不停转圈子，骒马不停躲藏，却分明在挑逗，在骚情，发出爱的呼唤，骒马越扑朔迷离，公马越激情万丈。加之不远处有驯马员纵马驰骋，那呼呼生风的奔跑声，那呦呦吆喝的欢愉声，所有这一切都对火烈驹构成巨大诱惑，只见它纵身一跃，向后猛飞一蹄，正对着老丁心窝。老丁哼都没来得及哼，仰面躺倒，那一瞬间，他所用大半生切刀尚握在手上，他从没想要松开它，天空一朵白云悠悠走过，然后在老丁的眼里无限幻大，幻大。

8

　　活生生一个男人眼看马掌似地钉于地上，家里顶梁柱顷刻倒塌。别看老丁一见马就能滔滔不绝，平日里可是个闷嘴葫芦，女人却爱叽叽呱呱，虽所言大都言不由衷不及要害，此次，其言更盛，只是找不着一个听众。

　　老丁女人这一次可不是叽叽呱呱，她满脸严肃悲愤，满腹戚楚忧伤，所言都是老丁死得太冤太冤了。她三番五次到养马场讨公道。令人啼笑皆非的是，她竟不知该找谁去诉说她的这份冤屈。一个妇道人家，披麻戴孝，孤零零立于万马奔腾之养马场，所见皆是驯马

天地
公心
TIAN
DI
GONG
XIN

169

员驯马，吆吆吆，哟哟哟，或骑或抚或遛或立，骑者打马狂奔，抚者梳马长鬃，遛者与马长谈，立者与马相依相偎。起初，老丁女人哀哀不绝，满面泪痕，后来时间久了，看得入神，因为她从没见这样豪阔壮观的场面，迷迷糊糊，愣愣怔怔，竟然忘了自己来这里到底是干什么来了。等到有人问起，她才恍然作答。

找谁？

最大的总管。

马百万？！

你找他？你是谁，找他？！

这辈子你都找不着他！

那就找小一号的总管。

我们这儿小一号的总管很多，你到底找哪个总管？

老丁女人自己都说不清楚，也问不明白自己到底要找哪个总管。

总管找不着，那就找叫老丁过来钉马掌的那个驯马员。顺藤摸瓜。谁叫老丁过来干活谁就得为老丁的死负责。老丁女人也不傻，能想到这一层。可是，驯马员太多，她一个都不识。思来想去，突然记起老丁生前称其老马，老马老马，那他一定姓马。四处打听，姓马者太多，有十几个，再者说，那个叫老丁来的驯马员听说马踢死老丁，早逃之夭夭。老丁女人哪里能寻得他一个影子！

多少日子过去，老丁女人找不着半个头主，撇留两个孩子在家，独自一人每天在养马场转悠，找那个叫老马的驯马员。她本想找着这位马总管，先里里外外诉说一顿冤屈，然后死缠烂打多讨几个银子，好去埋葬尚躺于养马场的老丁。结果，甭说马姓驯马员找不着，就是问哪位是总管那位就摇头。即使是总管，谁敢应承！人命关天。如此一来，老丁女人老早准备好的一肚说词没地方用，无奈之下，她就坐在老丁身边号啕大哭，边哭边诉，老丁如何敬业如何爱马如何钉马掌如何被马踢死如何委屈，自己如何为老丁诉冤屈，如何诉不着，于是冤屈更冤，死者活者更屈。老丁女人越哭越伤心，越伤心越哭得稀里哗啦，越哭得稀里哗啦，心里就越伤心，仿佛全世界都惹着了她。

起先，街坊邻居都来作势，痛惜老丁之死，为养马场无人责管愤愤不平。好歹是条人命不是。其实，所来者，看热闹者居多，正儿八经为其壮势壮胆者少，替她跑公道者一个都没有。老丁女人起先愤怒，后来也不敢奢望更多，她希望邻居们日每能来为其撑势。可情势明了，来了也于事无补，连个吵闹对手都找不着，田里活儿又催逼得紧，慢慢无人再来，最后只剩她一人。

　　无奈之下，老丁女人去找老田。

　　老丁女人挺着头，昂首走进老田厅堂，还没开口，就先哭诉一番，老田坐于太师椅上，两手交叠，耐心听完，不急不缓问老丁女人：你家老丁去养马场干活有几年了，是吧？老丁女人点头。老田一字一顿，又说，你家老丁每次去养马场做生意是到我这儿登个记来，还是挣了银子分一丁半点给我来？老丁女人张张嘴，却吐不出半个字。老田又说，你家男人活着时挣钱记不得我，死了咋告我来呢！老田说到这一句，来了话，说老田你好歹是甲首，甲首大小是顶乌纱是个官。老丁女人一句话挑起老田无名火，说，呸！甲首是个乌纱？乌纱在何处？是个官？官俸在哪里？你可抬举我了！老丁女人又怯怯说，平日里老丁跟你相处不错，这总算个情分吧。老田顿顿说，是，相处不错，我跟谁都不错，都是街坊邻居，此情分我尽，如若你埋不了老丁，我召集人帮你抬帮你埋，但若打官司，你去找县太爷，我一外人，插不进腿，再者话往歹处说，若我做出头骡子，指不定风言风语说我老田图谋你这个寡妇，长长短短倒生出来了，你说，是不是此理！？

　　老田一番话将老丁女人噎个半死，蔫头耷脑从老田家出来，死的心都有。回过头来，再细细捋一回老田所言，听来伤心，实则绝望，无着无痕，但刀刀逼命，给人的全是内伤，想想也有道理，指靠谁都无望，自己事还得自己扛。想到这里，老丁女人再不绝望，狠下一条心，将一双儿女托付玉珠，让她照料孩子吃睡，又跑到养马场，一边哭诉，一边找人讨公道。

　　十几天下来，公道没讨着，她倒出事儿了。

　　养马场驯马的那些男子，大都游手好闲，不为挣几个驯马费，只为能与马日日厮混于一起。这些人本爱无事生非，无聊扯淡，闲诌乱侃，撩猫逗狗，今见老丁女人一身孝，每天坐在死人身边，哭会儿眯盹会儿，眯盹会儿哭会儿。俗话说，女要俏，一身孝。老丁女人憨睡状态惹得那些地痞流氓们眼馋肚饥，色胆涌动，不免过来打情骂俏，掀无限挑逗气焰。老丁女人起先羞头软面，后也就习惯。其间，在驯马者里有个年纪大者，姓侯名孙，生得膀大腰圆，不久前死了女人，见他的同行们挑逗欺负老丁女人，愤愤然看不惯，遂提醒她递状纸告养马场。老丁女人见老侯站出来，犹如觅得一根救命稻草，还讨得主意，甚是感激。告状得状纸，书状词，状词不发愁，满肚子都是，关键是得找人写啊！侯孙陪着老丁女人四处奔走请人写状纸，却没一人为其执笔代笔写诉状。何者？因此状无法写。告谁呢？头主是谁？养马场？要知道养马场背后是马百万。马百万是谁？哪个不知，哪个不晓！最后老侯做一回鸭子，赶自己上架，胡乱写几句。县太爷一番话将老侯写的状纸和老丁女人一腔冤愤打了个七零八落。

县太爷惊堂木一拍，厉声说，大胆民妇，你告养马场？知晓养马场何为？是朝廷蓄养战马之地，是为防止外夷入侵之养马备战之地，土木堡之战，噢，也叫土木堡之耻，你可否知晓一二？老丁女人瞅着县太爷，两眼空洞，她一妇道人家，何尝知晓朝廷大事！哪里知晓土木堡之变！县太爷不耐烦说，嗨，目不识丁，跟你一介无知民妇扯这个，犯得着么！告诉你，告养马场即告朝廷，你男人性命要紧，还是大明江山要紧？！朝廷即大人，大人即朝廷，朝廷和大人永不做无理之事！朝廷会有错吗？你告朝廷，是否活腻歪了？本县告你，若想活命，赶紧回去，悄悄将男人埋了，嫁个人家，好好过日子是正经，别在这里胡搅蛮缠。

县太爷的话犹如一颗硬钉子，既碰疼了老丁女人，却也碰醒了老丁女人。她感到四面漆黑，上天无门，入地无路，悄悄哭两回，神情恍惚，最后回到养马场，坐在老丁身边，眼泪汪汪哭老丁，大伏热天，老丁尸身已腐，更无人近前。女人哭依靠顿失，哭跟自己睡炕的人不明不白死去，哭自己后生无望，哭着哭着眼涩泪枯，哭

172

着哭着脑子渐渐清醒，哭着哭着峰回路转起来。自己为何要哭？哭有何用？能将死者哭转？死者已矣，生者尚得继续。如此一想，原先催其痛恸理由皆坍塌不堪烟消云散。最后老丁女人抹把泪，昂头立起，在老田等众邻居帮持下，草草埋葬老丁，变卖家财，其实家财亦薄，就四间破房，零七八星破烂东西一卷包，拖儿带女，老侯又眼馋，遂跟他一走了之。

9

老丁意外死亡女人跟人跑走一时成为街头巷尾热议，如投石问湖，没过多久，人皆投入各自生活，老丁一家死活渐被人遗忘。

可有一人未忘。谁？王文素。

世势如江湖，江湖是什么？是人心，是人情世故，是由人情世故派生出来的无数可能，而世上最难理清最易繁衍生息的就是人情世故。要说数学从生活中来，一点都不假。王文素长久思索，由此甚得启发，他发现了纵横图，亦叫璎珞图，或称幻方，由此又推而广之，诸如花王字图，古珞钱图，三同六变图等，均是前无古人之变。看着一张一张奇巧多变往返复杂的图，王文素又想到老丁的死，想到老丁死的前因后果，他感慨万端，唏嘘之间，不知是该为老丁悲哀，还是该为自己高兴；不知是该为人情世故惘伤，还是该为算学感到振奋。正好玉珠前来探望，他情不自禁对她说，其实，一个人，在这个社会中，已知关系和未知关系，其总和便有如此类图，它既寓变于静，又静内涵动，既复杂亦简单，既简单亦复杂，有增减却总和不变。玉珠一头雾水，犹如听着莫名其妙之语，却不敢打断他，只静静听他说下去。王文素说，如此跟你说吧，其实，人与人之关系特别简单，无非数字与性这两种，所谓道德、伦理、政治、人情、战争、婚姻，凡此种种皆派生，是以上诸等因素循环往复重繁叠加将人与人关系搞得复杂化，繁重化，以至次遮蔽主，小泡沫大，复杂化迷惑人的基本判断，阻塞事物的基本走向；繁重化导致人累困

天地
公心
TIAN
DI
GONG
XIN

173

顿生到不堪重负。人，如果能看得透彻，就会看淡，就会处理事情游刃有余，就不会徒增烦恼。不过，一切只为生存与生活，此其便为总和，似乎谁也逃脱不了。

王文素一番话，玉珠虽未能全部明白，但她与王文素这么多年一直磕磕绊绊不离不弃走来，他思路走至何处，她都知晓；他的烦恼生于何时，她也知；他的激烈与偏激生于何处，她也尽知；他越来越执着忠诚于算学，她更知晓。她已成为他的红尘中唯一知己，成了他孤寂生活中唯一忠实的倾听者。他需要她，她亦乐于此。就是在这样无尽的岁月中，平淡的生活中，王文素一点一点发现着算学，创造着算学，增加着算学新的内容，他与玉珠两个人的心也越走越近。

王文素有了新发现新成就，玉珠高兴，她的高兴无法用言语表达，又不能说与外人听，只好出来看玉兰种的月季，那些硕大无比层次分明的花朵，次第开放，既踏实又灵动，又有蜜蜂蝴蝶围着它们转啊转，此情此景最是玉珠的心情表达。于是，王家小院，玉珠一时一分都舍不得离开。小院一时成月季天下。花开十里香，有邻家或远道慕名而来讨花与种子之人，玉兰毫不保留，十分慷慨，尽情赠送。玉珠明着帮玉兰管理月季，实则是为留住自己一份心情，三分情致，五分幸福。玉珠庆幸自己的心思玉兰王林没发现。其实，征于色，发于声，而后喻，聪慧的玉兰什么都明白，只不过，她也很喜欢玉珠。玉珠也和他们一家人投缘，看着玉兰的月季花与王林之羊羔酒于饶川红极一时，玉珠心里比谁都高兴，因为一切都是因为王文素。

人无癖好不可交，盖无痴者无真情。玉珠之所以爱上王文素，喜欢王文素一家，也是因为这个缘故。说起种月季花，玉兰有个癖好，待月季花开正旺时，除送人外，余者剪之，置于阴凉处晾干，因其既不舍得眼睁睁看着这些花儿成残花败柳，又不舍得令剪者于太阳下曝晒，很快枯萎。玉兰常说，一朵花就像一个女人，任何一个女人皆乃天地精灵，每一朵花皆清白女人心，女人身，既然清白光鲜，便要好好呵护，不能令它们受丁点糟践蹂躏。几年下来，玉兰竟存

174

贮满满两大袋月季花。那些被她悉心呵护的花儿，虽已不再鲜艳，却是芬芳更弥久。

再说王林的酒坊，有单善人帮忙，很快妥当，起名叫作"王氏糟坊之酿酒作坊"。发酵池子，扬糟晾场，蒸滤锅具，加热灶炉，滤酒器皿，酵母瓮盆等等一应俱全，将老院占个满满当当，往日生机复现。单善人呵呵而笑，说，柴米油盐酱醋茶，人皆难逃此七样，尚要加一样，那便是酒！是男人都要喝酒，不喝酒的男人没血性，不喝酒的男人不可交！

饶川稷粮丰盛，水质甘冽，糟坊酿酒运作伊始，王林就近叫几名帮工，规模亦不敢十分铺开，每天用头等秤量出粮食三百六十斤，产一甑烧酒，约一百八十斤。此酒为小曲酒。当初，单善人力主酿大曲酒，王林主张酿小曲酒，大曲酒出酒量小，成本高自然市价也高，消费群体为少数富者，实属奢侈品；而小曲酒出酒量大，成本低自然市价也低，消费群体为布衣百姓，为大众生活调剂品。王林面向布衣百姓，欲让大多布衣皆饮得起酒。王林说得不无道理，单善人便不再坚持，一切由他。

傍晚时分，夕阳恋恋。单善人背手而立，王林与一工人将高粱包谷筛净倒入池子，将冷却酒蒸汽之"冰桶"里接近沸点之水导入池子来浸泡之；一工人立于灶头，两眼紧盯蒸锅，高粱包谷必经两次蒸制；两三工人从糟淹内将蒸熟后的粮食撒到晾堂上；一工人于晾堂上摊凉粮食，或手摸脚蹭，或用篾扇扇风，皆为尽快降温。晾堂用石板铺成，黑油油，泛着人间烟火之光。是呵，王林清楚，只有他如此食人间烟火才能养活全家，支持王文素一心科举考试，走得更远。

和谐劳动永远叫人心境静谧。

王林与单善人踱步至酒窖前，酒窖虽用碗大之塞密闭封存着，但酒之芳香还是阵阵袭来，犹如暗香浮动。单善人呵呵而笑，说，没眼爷爷天照顾，有地种自然好，无地种自当另谋他路，上帝给人的造化往往是此扇门关，彼户窗开，老天很公平，叫人人皆活下去。王林憨笑，点头称是，拉单善人回家，正好碰上老田、茶神仙、老金等人立于街头闲话，便邀他们一起小酌共饮。

单善人举起盛满酒之圆底素胎小酒杯，仰天叹曰：本朝自明太祖始，经一百多年休养生息，到此时，虽社会稳定，但天灾不断，近两年才年馑稍好，地方官府粮仓丰满，每年有税粮源源不断运至京城，如此，民间才有余粮酿酒。否则，咱们是望酒莫及呀。老田颇多感慨，说何尝不是，前几年，连我田记粮行都几欲关张，去年才气色稍缓。茶神仙说，诸位尚且如此，我小本经营，茶铺气若游丝，苟延残喘，今年稍好些。言毕，兀自一干而尽。老金叹曰：诸事皆由天定，我等只有尽人事以求待天命耳。老田一扫往日愁容，和玉兰要正记大碗，说，甭管世事好赖，我老田是要当爷爷了，老田家是后继有人了。原来，田螺临产。众皆喜皆贺。王林端起青瓷印花小口罐再为大家满上，说，等孩子出生请满月酒，我请大家喝上好的汾州王。遂命玉兰将泡有月季花瓣的汾酒打开，果然别有一番风味，众便皆换作大碗，大醉方休。

对于男人而言，烟酒不分家，隔三岔五就可聚在王林家海吹乱侃。每每此时，玉珠也在一边帮忙，这个家，已经成了她的温暖所在……

10

玉珠拗不过自己，第二日又来瞅王文素。其实，女爱男也好，男爱女也罢，不是放不下对方，而是放不下自己的那份付出。

单善人昨晚醉归，左脚穿王林的右鞋，右脚穿自己的左鞋，大清早来换鞋，见玉珠逡巡于王林街门口，神色羞儿啦哒，于是故意打趣她说，众人皆忙得几乎要睡到地里，你不下地，站在这里张望，所为何事？玉珠粉颈脸，垂眼皮，笼一肚言语却不吭气。单善人笑笑，却不言语。

正好王林出来，为玉珠解围，问她何事。玉珠自圆其说，棉花恣意汪洋，枝条疯长，打掐不过来。王林说，那好办，我们全家都帮你。单善人一听，趿鞋背手而去。王林冲其背影喊道，老单，你为何走？一块去帮玉珠姑娘，不好吗？单善人背着手，撂下一句话，说他一辈子不爱掐棉花顶子。

站在王林家院子里，玉珠心里惦着王文素，四下里瞅，不见人影，又踮起脚尖放了胆子朝他房内瞅。只见他坐于桌边，正噼里啪啦打算盘，有心叫他，又怕他耽误学业，说不叫他吧，心里所念所系皆是他。几多日子，玉珠心里像装着无数条毛毛虫，痒痒痛痛，痛痛痒痒，无着无落，平白无故就冲人笑，无端端就想和人生气。这段日子尤甚。近来夜间，一人翻来覆去睡不着，心中所思所谋，横七竖八，褴褴褛褛，杂七杂八，忽东忽西，自己都搂不住，反正是王文素影子于眼前晃来晃去，在心上跳来跳去，挨至后半夜，一只猫在屋顶叫春，其声之切，其情之烈，更叫她心有所感，拥衾而坐，直到天亮。站在玉珠一旁的王林哪里会不知晓玉珠心事，他对她说，说，叫上他，人多手快，出活儿。玉珠摆手，眼睛却挪不动。屋里王文素正打算盘，觉窗前有人影儿晃，走出来。玉珠一见王文素挑帘出来，脸"腾"地一红，转身便走。王文素紧走两步，追上她。

王林将一切看在眼里，玉兰正好从屋里走出，他拉上她悄然走出。

王文素叫住玉珠，朝她走近两步，玉珠情不自禁后退两步，头依然低着，脸却莫名其妙烧红了。王文素问她是不是有事。玉珠摇头说没事。王文素说有事进屋说。玉珠说真没事，真有事在哪说都一样。王文素笑，问她今天说话为何如此绕口。玉珠心说，心里所想皆是你，想见也是你，可偏偏见了，却连话都快说不出。嘴上却说，绕口了么，我怎么不觉得？王文素说绕得很。玉珠一指邻家树儿说，像它俩么？王文素抬头，只见两只鸟，叽叽喳喳，不知所言，却相互绕匝，一只落下，另只飞起；一只飞起，另只又落枝，两只鸟儿绕来绕去，呢呢喃喃，似在商量，又似在亲昵。玉珠羞红脸，说，莫非两只鸟儿在商量搭窝？王文素说，夏来万物葱茏勃发，好事啊。

玉珠欲引诱王文素，可心里又怨怼埋怨他。有一次，二人拌嘴，王文素自贬自嘲说他如此之无能如此之懦弱如此之热爱算学，不想背负家庭沉疴，唯有孤独算学永恒。其实，这些堂皇理由，在玉珠看来，不过皆为逃避现实威压之借口。当时玉珠恼羞成怒，声嘶力竭喊道：莫非你要跟算学过一辈子！？王文素依然无动于衷，好半天怅然长叹，对她说，找个好人嫁了吧。玉珠气呼呼说，姑奶奶自然要嫁，难不成一辈子赖你这棵歪脖儿树！王文素叹口气，说，其实，我是个悲观者，无能者，逃避者，跟牛二差不多，不想累家，也不想为家所累，自然不会给人带来幸福。

思及此处，玉珠心潮翻涌，莫名委屈愤懑上来，转身欲走。王文素追问：怪哉，话未说完，好好地如何就走？玉珠冷着脸说，功课要紧，算学要紧，免得耽搁功名，耽搁成名成家。若耽搁举人秀才，耽搁圣贤伟人，谁吃罪得起！王文素笑说，你看你，又绕。玉珠说，我就是想将自己绕住。王文素说，不，你是想将别人绕住，结果，你绕不住别人，反倒将自己绕住，何苦！玉珠说，我乐意。王文素说，好好，一辈子做乐意之事便是痛快。玉珠走，王文素也跟着走。玉珠斜眼看他，说我走你也走？我打掐棉花，你也帮我打掐棉花？王文素说，看半天书，打半天算盘，乏了，烦了，正好动动手脚，听你弯弯绕。玉珠想笑。二人厮跟着出门。

道旁两只狗并排厮跟着走，一只咬另一只耳朵，那只不但不生气，反而扭了脖子让它咬。

真是个明媚敞亮摇曳多情的夏天，柳枝柔软缱绻，随风起舞，一丝两缕残絮儿于眼前飘过，是柔情呼唤。柳虫儿噘着嫩黄黄嘴，争先恐后往外挣，好像在说，亲我一下，亲我一下。玉珠的心快活极了。她觉得自己从未如此快活过。继而她又伤感若戚，其实，真正的快活只存在于一瞬，一瞬的两情相悦，两情相悦不能天长地久，又何尝能一生拥有？

路过老丁家，已锈锁上门。王文素若有所思说，老丁临走前几日，他还凑过来问我，说他地里有个坟，那坟头算不算地亩面积。如今，物是人非，斯人已逝。你说，他女人为何说走就走，何其狠心！王文素所言，如转轴拨弦，如花落柔波，在玉珠听来像翻江倒海，她一下明白，此人并非无情，而是痴情种！他喜欢女人不离不弃之守候！此乃玉珠直感，但此直感给了她莫大惊喜，她原来一直忧虑前途渺茫，不想幸福瞬间便横逼过来，那个叫命运的东西一下便可望可攫，任己掌握，甚至击倒自己。因她爱得倾囊而尽，毫无还击能力，爱得全心竭力，才这样不断揣测对方，不断揣测对方又令自己不断失望，不断失望却又不甘心。王文素下意识所言绝不是给哪个人的承诺，可他潜意识中的渴望比他承诺百倍尚且重要得多！

一时间，玉珠心里愉悦起来。天下还有比这更令玉珠高兴之事！？

第十三章

1

玉珠家的棉田黑乌乌一片。

老田与两名衙役于地头戳戳点点。王林远远立着，并不靠近老田，也不主动搭话，神情有些木然，看着俯身而作的人们在田地里一点点移动。玉珠和王文素一前一后走进棉田。老田叫王文素过去，显然有话要说。王文素问他何事。两位公人一脸蛮横。老田语气倒和蔼许多，直呼王文素小名，说，尚彬，不必多问，公人让你如何，你便如何。王文素看看玉珠，看看父亲，玉珠朝他点点头，他父亲并没有看他。他慢慢走过去，立于一边，静等发命。

测量地亩的事，玉珠好歹经历过一回，此次她多少有些预感，心说，莫非今要动鱼鳞册？一道街上，她婆婆病故三年，老丁一家死的死，走的走；尚有两家老人刚刚故去，人或离或故，自然腾地出来。老洪孙子业已三岁尚未分得田地，王林一家至饶川好几年，也无田地。王文溥进田家门，恁大劳力，无地无粮。玉珠心说，分吧分吧，耕者有其田便好。王林有些恍然，只顾埋头打掐棉花。正

180

如玉珠所猜，果不其然，王文素已随老田与两个公差，一步一步开始丈量土地。那时无丈量工具，主要依赖步测。只听老田对王文素说，好生记着步子！千万别出差错。王文素点头。

王林和玉兰开始打掐棉枝，阳光打在棉叶上，光斑瞳瞳，反射至王林脸上，看上去铁一般冰冷。王文素明白父亲心里一定盛满无田无地的悲哀。他无法安慰父亲。玉珠急步赶来，压低声说，王叔别急，你们一家三口说不定很快便有地可种。有了地，叔你心里就不要再难活了。王林不抬头，躲闪玉珠目光，说，不难活，叔有糟坊呢。玉珠听出悲伤，是属于男人的那种悲伤。

正如玉珠所感，单善人所言，世事自然会否极泰来。这一年，饶川普查人口定籍，王林全家入黄册，黄册以户为主，详列旧管、新收、开除、实在之四柱式。王林全家自在新收之列。朝廷又核定田亩，对田土逐丘进行丈量，方圆，坐落，俱令绘成图册，各按字号次序排列。图册上写明田主姓名，田土丈尺，四至，编类为册，因所绘之地册图，形似鱼鳞，故名鱼鳞册。它以田亩为主，各类田土及各种田质，如平原、山地、低洼、新开田土、田地肥沃、沙荒地、盐碱地等地之差异，毕具其中。鱼鳞册为经，黄册为纬，可确认每户居民身份。民有田则有租，有身则有役，历代相承，皆循旧制。黄册、鱼鳞册，既要在普查人口的基础上建立户籍，又要在清丈土地的基础上建立田籍，可验丁粮多寡，产业厚薄，以均其力，为使民无怨。

不经意间，王林一家真分得了地，就是他们倒满雪的那块荒地。全家高兴得一塌糊涂。尽管赋税不轻，尽管心里尚惦念生意，毕竟土地乃定心丸，有了土地犹如吃了定心丸。当晚，王林夫妇翻来覆去无眠，脑海里先是闪烁故乡之往昔岁月，日出而作，日落而息，田里活儿做毕，再跑点小生意；至饶川，他们热热盼望，苦苦等待，撑起糟坊，盼分田地，如今，果真如愿以偿。这无论如何是天大喜事，文溥已落地生根，文素亦将一举高中，土地和酒坊将他们一家深深摁落居于此处。妻儿居此地，他还去往何处！迷迷糊糊，眯一会儿，天已蒙蒙亮，王林赶紧披衣起床。玉兰知其心性，糟坊事多，

天地
公心

TIAN
DI
GONG
XIN

田活更耽搁不得，故也窸窸窣窣起床。王林对玉兰说，节令不等人，咱为后来者，得将落了的步子赶回来。遂吩咐玉兰把早饭送到田头。玉兰点头，看男人扛锹提锄出门。

夏日早晨清爽得叫人感动，叫人欲跳欲叫欲跑。走在街上，王林大口大口呼吸着新鲜空气。东方一点点露出微熹，光芒耀人眼，于远方的地平线下蕴藏着，蕴藏着，慢慢地，它一点点照亮人家窗户格子，一点点将村子由沉睡中唤醒。鸡叫，狗吠，人欢，马嘶，锅碗瓢盆交响，一缕缕炊烟在人家屋顶扶风而起。王林禁不住想，一个人若热爱生活，何处栽柳柳自会成荫！他一转头，感觉眼前一片橘黄，醒人耳目，原来是东方一轮红日冲破雾霭，挣脱羁绊，渐渐升起，一点点高涨起来，这个过程很慢，正因慢，正因艰难，才将这个过程演绎得如此饱满，如此深刻。王林心里涌动着一种前所未有的激情，想想儿子，想想已开张的糟坊，想想他已瞭见垄垄的田地，——像母亲一样亲的土地，步子不由加快。简直是在跑了。对，确是跑起来了。风，迎面而来的风张开温暖怀抱温柔地拥抱着他引导着他。王林快步跑至自家田里，扔下铁锹锄头，两手扶着大腿，慢慢慢慢蹲下来，泪水已溢满双眼。他伸开两只大手，捂了脸，泪水像泛滥小河，从指缝间涌出，哭声呜咽声被压抑着，化作团团热气浸漫于脸。王林实在忍不住，他双膝一软，干脆跪倒在地，面向家乡方向，满身扑伏，放声大哭，哭声像脱缰马儿，奔腾着冲向老远。他想起他告别家乡的那天晚上，一个漆黑黑的晚上，残月不知流落何乡，那一刻，他也是这样跪在自家地里，如此放声大悲，如此与田地告别，那时是悲是愁，带着满腹莫名恐惧无奈决绝与悲壮；此时的放声是兴奋热烈宣泄与感动。那时，他不舍得离开故土却又不得已而为之，今日，他分得田亩，他也是诚心实意地感动，感念祖宗荫德，保佑全家平安落脚饶阳；感念饶阳父老，如此宽厚接纳他，接纳他全家！他一时想说的是，只要活着，好好活，何处皆得生活馈赠！

此前的每年清明，王林都会在此遥祭祖宗，其时，他一筹莫展，无根无基，无着无落，满眼迷茫，无限伤感说之不出。其时，他不能落泪，不能有丝毫松懈，无论再难，尚得咬紧牙关于暗夜里驰然前行，直至东方闪现一丝亮光。如今，有了田地，便有了根基，他便看到亮光，看到希望。此时，王林的哭声变成呵呵大笑，他感到一股股热流由丹田而起，慢慢上升，由腹腔到胸腔，由胸腔到喉咙，由喉咙到舌面，一涌一涌，逼迫着发出，激荡着整个田野，感染着田野每一丝每一缕和风！王林扑伏于地上，面庞紧贴地面，两手深深抠进地里，与其说他紧紧拥抱着大地，莫与说大地紧紧拥抱着他。他抓了满满两把土，使出浑身劲儿向头顶一扬，犹如天女散花。王林两手握成空拳，透过拇指与食指环结而成的指环圈，唪两口，这是一个农人正式开始劳动的前奏，他操起铁锹，深吸一口气，他听到铁锹插入泥土哧哧啦啦的悦耳之声！

不知何时，王文素也在身后翻地，开始劳作。

父子俩的眼神在草木多情摇曳万物勃勃孕育的原野里，交汇，碰撞，相融，倾诉，谁也未说话，却彼此心领神会，是心有灵犀，是父子连心，是对未来的全部展望！

立于地头不远处的王文溥，久久凝视着父亲与弟弟，他已很长时间没有如此好好看过他们了。他们时而陌生，时而亲切，他知道，从自己步入田家起，他已从那个家，那个曾熟悉的家，曾给过他无数欢乐的家中分离出来了，如泼出的一瓢水，再也收不回来了，是田螺所放一条叫爱情的细线线牵绊了他的一生。而那个曾经温暖的家又多么叫他留恋。一切皆时也，命也，运也，数也，皆归宿！

王林回头，看见文溥，四目相对，努力笑笑，却双目饱含泪水。王文素也看到兄长立于地头，兄弟二人也无语，只点点头。晨风扬掀文溥头上方巾，衣襟下摆飘飘摆摆。王林走过去，为他摆平方巾，掸掸他的衣襟下摆，尔后重重地拍拍儿子厚实的肩膀。

……

一咯腾腾蔓蔓呀一咯腾腾瓜
一嘟噜噜芽芽就是一个个娃
一个个娃娃总要催它都长大

不管付出多大代价
不管付出多大代价
……

王林朝天一声吼，唱出久久盘旋于心头的家乡地秧歌。
好一个嘹亮！

2

白天，王林带王文素田里劳动，农活儿做得精细漂亮；晚上收工回来，推石磨碾高粱，玉兰拣杂质，一家人没明没黑干。王林叫王文素计算三百六十斤高粱，配曲多少，配高粱壳多少，出酒率多少，酒之成本多少。王文素问清高粱、高粱壳与曲的分配比例，及各种主辅料价格，噼里啪啦在算盘上打。他帮父亲干活儿的时候，遂将自己研究的算学置于一边。此时，他的触角已伸延到九宫格这块领域。

一家人正忙着，单善人心急火燎进来，告诉王林本地人不爱喝高粱酒，爱喝米酒，即小米酒。单善人绕地三匝，跌足捶胸，说都怪我老糊涂矣。王林待细问，嗵嗵嗵，有人敲窗棂。单善人一步跨出，见是茶神仙、刀疤和老洪三个黑黢黢立于门外，王林让客进门，原来他们都来祝贺王林分得田地。玉兰一一沏茶给他们。

王文素明白无插嘴份儿，与众人见过礼，收拾妥九宫格，提起算盘欲回自己屋。茶神仙眼尖，指问九宫格为何物。王文素淡然一笑，不愿与他多说，可经不住他再三追问，他父亲王林也说，礼乐射御书数，此六艺，虽今为贵族所垄断，若干年后必向百姓布衣流动，说说亦无妨。王文素便向众人解释九宫就是将九个数字按某种规则填入九个方格而成。单善人问规则为何。王文素说，北周甄鸾认为，九宫者，即二四为肩，六八为足，左三右七，戴九履一，五居中央。众人一算，果真横平竖直各各相等。王文素说他又将河图、洛书与九宫结合起来，偶黑奇白，黑白相对，奇偶有别，均衡对称，既包含自然界中某种至高无上原则，又可容纳治国安民九类大法之模式。众皆目瞪口呆，如闻天书，高呼太深奥，凡人岂可参懂，遂又劝他多读四书五经，高中科举为妙。王文素淡然而去。单善人若有所思说，此子乃天才也。问王林意下如何。王林憨笑说，他也只不过是兴之所致罢了。

看着王文素踏出屋门，众人又将话题转到王林分得田亩一事上。茶神仙说，王掌柜来饶阳已有几年，到今天终于算是落稳脚，有房住，儿成家，有地种，开糟坊，来年尚彬再高中，岂非锦上添花，令我等羡慕不已！老洪说，王掌柜心善人好，我等也是特来致谢。王林笑说，皆邻里邻居，有何言谢！若说谢，我还要谢大家哩。刀疤曾因那块荒地，暗里憎恨过王林，如此看来都是自己心至狭窄处，讪讪满脸，他东瞅西瞧，只为掩饰尴尬与歉意。茶神仙说，田里一茬子紧活差点将人忙坏，棉桃未开，尚且能消停几日。刀疤说，盼着王掌柜生意红火，若缺人手，咱们也能过来帮忙。王林满脸笑，说，自然少不了请大伙出手相帮。茶神仙指着刀疤，说，此人嗜酒如命，可用他不得。刀疤推他一把，说那是以前，现如今滴酒不沾。老洪问为何，莫非戒酒了？刀疤揶揄而笑，说，先前一时贪杯，不料身受贼风，落下病根，再喝酒，风一吹，浑身上下起荨麻疹，一片一片，奇痒无比，难受致至，老婆边挠边骂，嘴贱，就喝不死。我龇牙咧嘴，如此受罪，还不如一头撞死！众人都笑。刀疤又说，你们不知那份痒劲，像无数针尖尖扎每一毛孔，扎又扎不透，轻轻一撩拨一撩拨，比死还难受。单善人说，就像蚊子叮咬，是吧？那叫痒死。即被无数蚊子叮咬致死。刀疤两膊搂肩，一副心有余悸模样，说，再不敢喝了。玉兰不失时机续茶，说，茶健脾，养胃，多喝有益。茶神仙骂，狗日的刀疤，一年到头，连二两茶叶都不舍得买，饶川若人人如此，岂非要我茶神仙全家老小喝西北风去。众人又笑。刀疤满面沮丧，说，唉，杀猪劳苦，毁我此生，喝酒身痒，喝茶尿急。那天本欲撒泡尿至自家地里，可路到一半，就死活憋不住。老洪急问，莫非撒他人地里了？刀疤叹口气，说，嗨，若撒他人地里亦不可惜，关键

天地
公心
TIAN
DI
GONG
XIN

是撒裤子里了。众人一听都开怀大笑，都说谁不是拿田地当命根子。一时又念及玉兰在场，茶毕而散。

3

人勤地不懒。王林分地误过一茬，别家收棉花，他种秋黄豆。没几日，小黄豆苗儿蓬楞楞，肥嘟嘟，齐整整，平踏踏，案板板似的，比别家都得劲儿得很。老田立于地头，看着王林家茂腾腾的庄稼，无端端就有些来气，想刨开他家田底看看，看是否埋有民间传说的聚宝盆。恰恰一块石子硌在脚心，犹如田螺成亲多年却难以怀孕一般，弄得老田心里难受。曾几何，田螺脾气变坏，逢人便闹。后老古女人出出进进给他出主意，说田螺若想开怀，需一物件儿。老田问为何物。老古女人说，取头胎男孩胞衣，拿酒洗，烧成灰，拌上符药，拣喜日子，神不知鬼不觉，空心头，以黄酒和服，保管顶用。老田信以为真，四处寻觅头胎男孩胞衣。正好老金女儿头胎生子，老田连吓带逼叫老金供献胞衣，如法炮制叫田螺服下。数月过去，田螺肚子依然不见动静。老田心里憋气，脸上有些挂不住，更加心里憎恨文溥，捎带着憎恨王林。没几日，闻得田螺果然座胎，他又由怒转喜，看王文溥喜眉吉眼，隐隐又感恩王林。如今站在王林地头，摸摸豆苗，一棵棵摸过来，一株株摸过去，棵棵株株犹如田螺腹中新生命。一想到新生命，老田的底气便一点点足起来。

王林糟坊开张已有时日，却没想到做一锅赔一锅，不赚反赔，尽管他精打细算，也难抵朝廷对白酒税征收过高，政策抑制，只好暂停。想至此处，老田多少替他有些惋惜。又一想王林茂腾腾两个儿子，老田的气便一涌一涌又上来，于肚里胸腔喉间翻腾。大儿子，王文溥，一入他家，规规矩矩，小心谨慎，服服帖帖，尤其对老田，简直是俯首贴耳，耳提面命；自从田螺坐胎，王文溥便硬气起来，敢跟田螺叫板，吵架，拿捏她，继而通过操控田螺威胁于他，掐其脖子。他老田是谁，岂是随便叫人骑到头上撒屎拉尿的人！老田心里狠狠骂道，王文溥，你个嫩子毛孙，你就是再能，也得捏于我老田之手，你乃猢狲，本事再大，亦飞不出如来手掌心。如此一想，老田对王文溥就有些从长计议信心在握。小儿子，王文素，平日寡言憨语，一副不食人间烟火样，可一到算演时候，就像换个人，伶牙俐齿不说，脑子出奇敏捷，前几日，帮他与两位公差测算土地面积，三下五除二，将所有土地面积算得清清楚楚不说，关键是还将几块无规无则极不成样子的地块也算得利利索索，叫两位公差大开眼界，当面直夸，说像如此术算手衙门里怕是从未有过，又夸老田有福，饶阳地面竟有如此神算手。夸得老田一阵儿高兴，一阵儿落寞。此事尚可，最令人恨气的是，王文素似乎不通人情世故，心如磐石，六亲不认，做起事来丁是丁，卯是卯，在他眼皮子底下，老田丁点手腕心眼都不能要，他眼窝里似乎揉不得半点沙子，一是一，二是二，一点五是另一回事。你说，如此一个愣货愣头青他就生机勃发苗壮成长在老田身边，他能不眼急心气！老田又恨单善人提点王林闹腾糟坊，心里抱怨单善人不但远离自己，反与王林联手，真正是成也萧何，败也萧何。那天去王林家喝酒，只不过佯醉打探虚实。总之，他总想摁王林一头，现在看来，不但摁不下去，反而他倒要高出一头。

人，多半庸人自扰，自缚手脚。想想王林家将日子过得风生水起，于自己有何弊处，思及此处，老田自己扑哧一声笑了。怪倒也是，于王林一家，他是既盼比别家兴旺，一见其有点响动，他又心里泛酸。再过时日，王文素又要参加科举，满川人皆盼其能高中，他老田呢？难道王文素高中，于他老田不是也有大大的好处吗？老田心里一时杂味纷呈。

4

想到老古女人有恩于田家，老田便步出王林家田地，撂脚至老古家。行至檐下，闻得老古与女人拌嘴，立住脚，进亦不是，退亦不是。

屋内，老古正把玩一块玉，女人在一边垂泪。老古说，你这又是掉的哪门子眼泪？女人抽抽答答说，你这辈子待见玉甚于待见我。老古说，那是，玉乃我命根子，女人乃墙上泥皮，剥一层粘一层，粘一层剥一层，赛如身上衣物，旧一件换一件。

闻此言，老田大惊，不想老古如此心硬，比自己尤甚，遂干咳一声，干脆大大咧咧进去，接老古音儿，说，男人若没了命根子，岂能再叫男人。女人见老田进来，脸上泪花闪烁，却绽出满脸笑，有点雨打梨花之意。老田无端端有些心疼，不免心里怜香惜玉起来。自家的孩子，他人的老婆，永远看着舒服，想想这话倒也没错。见老田进来，老古朝女人使眼神，要她回避，以免丢人现眼。偏偏老田怜香惜玉的神情鼓励了老古女人，她不但不走，反而突然放声大悲，说，命根子，命根子，你连命根子皆不要，我若但凡有些气性，像老丁女人一样，早远走高飞了。说完又哭。老古也来气，忘记老田在侧，说，老丁屁点家财都没有，女人拍拍屁股，跟人说走就走。老丁若活着，见女人不贞，不死也得活活气死。你要走，可以啊！舍得么？你看看，我是在盘玉，不是也在盘你，你比比一道街女人，比比全饶川女人，哪个有你皮肤白洁细腻温和柔嫩？哪个像你一样四季绫罗绸缎尊贵无比？即便老金女人尚能跟你一比，她不也一脸晦暗，一身铜臭，如何似你一身贵气，一身宝气，一身任何女人皆难得的玉气！这是谁给你的，是我老古！老古声带玉质，温和显脆。女人显然惧怕，哭声稍细，继而又高，哭中带悲，说，玉值几何！我欲想要个孩子。老古颇不耐烦，说你又来了，如此上好的玉莫非算不上你我孩子！女人声音又尖又利，说，玉再价高，岂可与血肉身躯相比！岂可与亲生骨肉相比！老古说，就说要个孩子，又能如何！女人反唇相讥：你每日就知道个盘玉，冷血无情，自欺欺人，又能如何？！老古放下手中玉，痴痴看着女人，又痴痴看着老田，说，是啊，我盘了一辈子玉，在你身上，在我身上，在那死去的女人身上，又能如何？可是，我若不盘玉，就像你老田，老田，我也不怕你笑话，像你挖空心思精打细算，像老丁钉尖子一样算计，像单善人东游西逛，像茶神仙喝茶卖嘴，像老洪打一辈铁，像老金厘厘毫毫抠金算银，那又有何意思！女人慢慢立起，满脸绝望冰霜，说，此刻我就要叫你玉人俱毁。老古说，什么什么？只觉眼前一晃，人影窜出，忽听一声灿烂，玉碎之声，继而稀里哗啦，是大堆东西摔碎的声音。老田愣住，他简直怀疑自己也被摔碎。等明白过来，已然晚矣。几块玉皆成碎片，满地晶亮。老古女人站在满地晶亮里，恍若尊神。

5

　　王氏糟坊时开时关，玉兰所栽月季花倒是风流得恣意汪洋，色、态、香、形俱佳，引得不少大姑娘小媳妇皆来摘花寻籽，玉兰高兴送她们，女人们称其月月红，月月开，长春花，四季蔷薇等，甚至有人背后偷偷叫玉兰月季皇后。有人好奇问及月季来历，玉兰摇头，只说她第一次见之，便喜之爱之，无任何理由。玉珠将自家院子皆栽满月季，学着玉兰，一批批花儿都裁剪下来，置于荫凉处，慢慢使其风干，装入布袋，花虽枯萎，但形状与香气得以保留。

　　待最后一批月季花风干之时，王文素又要上考场了。

　　前一天，玉珠将一件做工极细的布衫端端正正置于王文素面前。王文素看着这件做工精致的布衫，想起上次井陉换上鲜亮衣服时的神情，便不再推辞，在两个女人注视下，他默默穿上。

　　正好，一人提笼架罐，悠悠晃晃走来，哪是个谁？除刘促织还有哪个！刘促织笑嘻嘻上前，促织们长长短短的叫声撩拨得他满面红光，兴奋得很。他不问王文素来自哪里，去往何处，只管揭开笼盖，请他一睹促织王风采。王文素推辞不得，却心绪皆无。

　　此次，他俩将比肩入试。

　　大人要送，两个小后生说什么都不要。王文素更甚，他不想因自己考试再演小插曲，令父母失落伤心。

　　不让送就不送吧，反正已经是大小伙子了。两家大人想想也没什么不放心的。于是，在父母千叮咛万嘱咐下，王文素和刘促织说说笑笑，满身轻松奔府衙而去。一路上，刘促织偶闻路边蛐蛐叫，还要捉一两只，所捉蛐蛐叫王文素用衣襟捂着。王文素不解，说，捉如此多，上考场怎么办？回来的路上再捉，如何？刘促织朝其摆手，示意他勿多言，省得吓跑蛐蛐。王文素无奈，只好撩着衣襟，立于路边等他。看着这些蓄意逃跑的小生灵，王文素又惊又喜，他不讨厌蛐蛐，却心疼这身长衫，是玉珠一针一线，花好几天工夫赶制出来，万一被这些小东西弄脏，岂不可惜？也甚觉对不住玉珠。王文素问刘促织，你说蛐蛐拉屎撒尿不？刘促织只管趴到地里，快要成熟的庄稼将他覆盖，他凝神谛听，乍起耳朵辨别蛐蛐鸣叫的方向，根本无暇顾及王文素的担心。王文素又叫他，说咱快走吧，误了考点，岂不亏大。

噢，还要考试呢。刘促织如梦初醒，有些失望站起，拍膝袖泥土。突然，他猛然一纵，以极快速度跳起又趴下，原来，那只蛐蛐如精灵般又现身。他好半天的功夫都用在它身上，岂能错过。刘促织身子往前一窜，两手紧紧捂扣下去，他身手之敏捷，叫王文素佩服之至。刘促织两手笼扣，那只蛐蛐在里面翻天覆地挣扎，试图突围。刘促织一脸坏笑，如秋阳一般明媚，说，你若能逃出吾之掌心，我就不叫刘促织。

逮如此多蛐蛐，咱如何进考场啊！王文素不无担忧地说。

我自有办法，你放心。刘促织叫他抱几只，他也抱几只，两人提着褂子，迎风而跑。

到了考场门前，考生已蜂拥而至，大门口是挤不过去了，只能站在远溜处观望。刘促织气喘吁吁，说，都是我害了你。王文素说，都到什么时候了，还说这样的话！二人喘甫不定立于树荫底下。此次是刘促织浑身滚满泥土！

府衙大门沉重拉开。考生开始进考场了。挨到王文素和刘促织到了近前，两个衙役挥手便驱之，说，哪来的两个小儿？别处玩去。王文素想解释，可又说不出，他木呆呆站着，蛐蛐在他撩起的衣襟里没头没脑叫着，仿佛助长两位衙役气势，乘机控诉他俩全部罪行。没想到的是，刘促织撩着衣襟，兜抱着冲至衙役面前，说，哥哥，让我进去吧，送爷这些个儿大声儿高的促织，保准卖个好价钱。其中一衙役年轻好事，凑过来看。刘促织一把抓住几只蛐蛐就往他怀里塞，两只蛐蛐往上一窜，奔至他的额头，吓得这位衙役大叫一声，后退几步。另一个衙役一面手忙脚乱替他弹拂，一面又驱赶刘促织和王文素两个。刘促织脑子活络，往门缝里一钻，眨眼便溜进去了。王文素还木呆呆立着，他几乎未反应过来。

首先反应过来的是两位年轻衙役，他们这才明白刘促织是声东击西。他俩一定神，一个朝里跑，追刘促织，说，小子，快出来。刘促织边跑边喊，快来人呀，衙役打人了。经他这一喊，追他的那个衙役停住脚，回过头来，与推搡王文素的衙役一起对付王文素。刘促织在里面高喊，尚彬，快往进钻，快往进钻，别怕他们。

此时的王文素哪里还能再进得去！他早被两个衙役反扭着胳膊，遣送着推出老远。王文素踉跄倒地，尚大声辩解，可哪个听他！两个衙役将所有恶气皆撒于他一人身上，说，混场子的坏小子，滚！王文素站起来，返回身，赶着解释，说，我不是来混场子，我是来赶考的。门，咣当一声关上，两个衙役在里面骂骂咧咧，说，一看乃玩物丧志之徒，滚！

就这样，王文素再次与科举考试失之交臂！

6

此次，王文素并不急着回去，他想等刘促织出来，问问他到底答些什么，他是如何破题承题，又如何起讲立题，入的何题，起的何股，历何中股后股，最后如何束股。走了一路，又被两个衙役推来搡去半天，此时的王文素肚子咕咕叫，眼神虚浮，心意也百无聊赖起来。他低头闪过第一次吃记心火烧的老大娘摊子，像做错事的孩子，急步而过。不是人家记心火烧不好吃，他觉得有些对不起那份热心，自己白吃那两个火烧！走到一玉米糊加锅贴摊前，王文素胡乱吃两口，坐在凳子上发呆。太阳明晃晃照过来，光在眼前迷离。

摊主是位大爷，撅着山羊胡子，操本地口音，慢悠悠说，你吃一份饭，坐两份凳子钱，我岂不亏了！

　　王文素知趣立起，刚走两步，见一队军卒推车过来，吆三喝四，两旁行人急避，车上满满箭杆，大捆大捆垛于车上，王文素忽想起算学中关于箭垛的算法。如今有如此多箭杆，若用书上讲的方法来计算，是否准确？王文素自言自语道：圆六方八三角九。正想着，车擦身而过，几乎撞着他。一位军爷立时瞪眼，骂道：眼珠子长腔上了？不看这是嘛车，敢堵路！王文素赶紧上前作揖，军爷一挥手，两卒上来就反扭其胳膊，大声嚷嚷他误了军国大事。王文素呲牙咧嘴，只觉两个膀子被扭得生疼。一瘦小兵卒视之甚为机灵，他踮起脚尖，以手笼嘴，趴在军爷耳上如此这般，这般如此，说了几句。军爷迈着八字步走到王文素面前，凶眉凶眼，说，唉，如若你能将这些箭杆数算出，本大人可饶你不死。王文素左右看看架他的两人，军爷使个眼色，两人遂松开手。王文素揉着酸痛臂膀，挨个儿看车上箭杆。只见车上箭杆有的被捆成圆滚形，有的被捆成三角形，有的被捆成方形，甚至一辆车上有方形捆有圆形捆也有三角捆。那位军爷走过来，口气僵硬，问他：小子，说，到底能不能算得出来？可不能充大头，否则吃不了兜着走。王文素并没有立即说能与否，只说，请军爷叫人将所有箭垛分类，三角形捆、圆形捆、方形捆各置一边。军爷有些疑惑看着他，说，敢情如此分开，你就能算得出来？王文素满有把握说，那是自然。若算不出来，你就将我抓起来好了。军爷逼了一步，问，如若你算得不对呢？王文素坦然一笑，说，那就全部拆开，让士卒一根一根数来好了。军爷说，如此多箭杆，那还不数得黑发变白发！正因为大爷不待得数，才出来找能人，能人找不着，才愁得吃不下饭睡不着觉。王文素说，军爷放心，这事没那么麻烦，挺简单，请叫人动手吧。军爷蛮横而言说，今天不是你掉脑袋便是我掉脑袋。又半信半疑叫人清开场子，空出街道，卸下箭杆。几名士卒撅起屁股数捆子垛子，很快便将数字报向军爷。军爷让王文素看。王文素接过捆垛数，要他借副算盘，又要他指派小卒将每一捆每一垛的层数数出。瘦小士卒快步跑到粮油店，借了副油腻腻算盘出来。也罢，只要是算盘就行，管它油腻腻作甚。王文素噼里啪啦打了一顿，又思谋半天，复算半天，检验半天，将所算得数交予军爷。

军爷拿着麻纸单子问王文素，果真没问题？王文素说，如垛子数捆子数错，那就错；如垛子数捆子数对，那就对。军爷返身，大声问数箭捆垛士卒：你们敢打保票数得对么？瘦小士卒又挨个儿叮咛：到底有没有问题？数数的士卒皆傻哩叽叽摇头又点头。难怪，一到关键处，谁都禁不住质疑与追问。最后，瘦小士卒大声说，报告军爷，他们说没问题。军爷看着草纸上的数字，瞬间变脸，说，大胆贼民，竟敢糊弄本军爷，说什么他们没问题，你就没问题！我要他们有问题，你也得没问题。王文素平静而言，说，好吧。他一辆车一辆车排过，将捆数垛数皆核实一次，发现三角形捆数落一，其余都丝毫不差。他补上少算的一捆，重将箭数交予军爷。军爷依然怀疑，他不能相信王文素如此快便将箭总数算了出来，问他是用什么办法算出来的。王文素耐心解释说，圆者，必要六而围一，每层递加六个，此必为定数，万无一失；方者，每层必递加八个，三角者，每层必递加九个，也万无一失。层数与捆数有了，岂不就好算了么！军爷挠头，似懂非懂点头，说，看来，今天，你不用掉脑袋，我也不用掉脑袋了。又问他是哪里人氏，在此何干。王文素生性腼腆，又想自己连考两次皆狼狈不堪，不禁羞红脸颊。军爷一看他窘迫模样，拍其肩膀说，你若实在混不下一口饭，就到军爷我处作幕参，你恁好使的副脑子，如何也能叫你喂饱肚子。一面叫人装箭杆，扬长而去。

长阳当空，如只秋老虎，简直能将人烤出油。正当王文素迷迷糊糊，茫然不知所从之时，刘促织溜过来，拉起王文素就跑。王文素问他是否考完，难易如何。刘促织摇头，说，我死活憋不出半个字，还不如让你进去呢。

闻之，王文素登时傻眼。

7

　　眼看中秋节将至，放榜日子临近。刘促织跟王文素商议：反正咱俩谁都榜上无名，若有人问起，你就说没考上，千万别说没参考。王文素说那如何行。刘促织急眼，说你这人就是太过死板，不适交友，难怪人家井陉就能考上，你就考不上，就说井陉未提醒你换衣服，我可是给你捉了几只促织而来，你为何不能当作礼品塞给那两个守门衙役，然后让他们放你进去！王文素说他从未抱怨过井陉。刘促织不信，王文素说，怨由何出，人各有命。

　　不少邻人闻得王文素再次落榜，借安慰之便，一边说些言三语四，一边提着罐儿、陶盆来打酒。王林无言，笑着一一打好，有要付钱的，王林假辞，人皆喜之，要他记账。王林无奈，只好逐一记账。老田本想去看王林，说几句暖心话，可又放不下架子。田螺果然生子，正坐月子。王文溥更是忙里忙外，一刻都走不开。王林一家也不指望他如何如何，只要他能过好自己的小日子便好。玉珠愁肠百结，得知王文素没考中，不知是喜是悲。而王文素呢，则一副无所谓之态，依旧我行我素。真正是：中庭地白树栖鸦，冷露无声湿桂花。今夜月明人尽望，不知秋思落谁家。在他眼里一切都顺其自然。

　　如此，日推月，月推年，又一年过去。来年，王文素又去参考。此次，王林坚决要陪他前往，说要看看府衙坐落何处，难道上苍这颗文曲星真不照耀他王家方向！王文素无奈，只得与父亲结伴前行。走前，父子二人全身沐浴，洗手焚香，意为祖坟冒青烟。玉兰偷偷去庙里占卜，卦辞呈吉，全家欢喜。

　　拜过文昌神君，王林让王文素拜祭魁星，父子俩悄没声儿上路。他们压根儿就没想惊动谁，没想得到他人关注。或许，前两次失利，人们早将王文素淡忘或者差不多已对他失望。其实，被人淡忘亦并非坏事，起码自由，活得洒脱。

　　又是一年春好时！

父子俩走在春风里，多情的风撩其衣襟与头上方巾。王文素竟然有些老气横秋，王林则不然，精神十足。他看到平展展原野，有如家乡情形，颇为激动。人出门在外，所惦者永远皆为家乡，那根心弦随时都会拨响。掐指一算，至饶川已逾五年，如历五世五劫，其间沧桑难言。有苦难，有挫折，有坎坷，这些经历，于自己，于二子皆为好事，皆为财富。王林始终梦想王文素能高中，了却自己多年宿愿，光耀门楣，慰藉祖宗，回见家乡父老也颇多颜面。想到此处，王林不禁昂头，挺胸，神情一如明媚太阳放出些许光彩。王文素垂头蔫步跟于其后。王林说，古人云，征于声发于色而后喻，拿出些精神，小伙子，这是走向考场！王文素苦笑一下，稍作振作。

　　行至村口，路畔一人，衣袂飘逸，走来走去，似在等人。见他父子二人走来，停下，敏异视之。原来是玉珠。她走过来，步履轻捷，若驾风飘然而至，说在此已等候多时。王林释然，笑眯眯问她有何事。玉珠脸红，垂头不语。王文素明白她的心意，说，回去吧，风大，喏，你缝的衣服，我穿着呢。走上前，撩起衣襟让她看。玉珠嘴上答应，身子却不动，说，我要在这儿等你考完回来。王文素说，考一天呢，你在这儿站一天如何使的。玉珠猛然抬起头来，说，多一份等候多一份期待，多一份期待多一份祈祷。满眼期待与热盼，慢慢的，都化作泪花，噙满眼眶。王文素不敢再看她的眼睛。原来，由去年始，媒妁之言不断聒噪于耳边，媒婆不断踏玉珠门槛，她无处躲，无处藏，以心绪烦乱为借口一一婉拒来者。她早已心有所属，其人其影于心间已扑腾很久。随时光流逝，愈见深刻。那真叫个愈深愈探，愈探愈疑，愈疑愈痛，愈痛愈探。一念王文素三个字，她的心就痛，不知哪儿还疼，似乎有谁在用把小锤子上上下下敲她的心，一个声音总是在高唱：青青子衿，悠悠我心。她泪流满面骂自己：先前走了牛二，如今来了他，皆迷恋算学。不，他跟牛二不同，牛二于世绝望，如覆水难收，最后流浪他乡；他尚念及功名，被逼心猿意马，前途未卜。他若高中，必远走高飞，自己伤悲，却也无奈；他若落榜，布衣荆钗，生儿育女，粗茶淡饭，茅屋草舍，自己不也心甘情愿陪他！她责怪自己思虑太甚。世上路有千万条，自己唯选中此一条。既然选中，誓必会走下去。故，她此来便是表明心迹：王文素，我为你守候，便是为自己守候；我为你祈祷，便是为自己祈祷！

面对此情此景，王林再不能说什么，他不声不响走在前面一棵大树下等王文素。

听玉珠一番肺腑之言，王文素如何不明白！可是，他能说什么呢？前方到底有怎样的命运在等着他，他都不知道，他又能给这位善良美丽的姑娘以何承诺呢！？再说，若能高中，尚且好说，一切从头开始；若此次再落第，那他此生何为？像祖辈像世人一样，娶妻生子，面朝黄土背朝天，或走南闯北做生意，只为养家糊口，生活之心渐趋麻木？！看看身边人的日子吧，他眼前不止一次闪过老家王成夫妇打闹时的情景，少年亲历，记忆犹深；街坊老丁、老洪、刀疤、茶神仙、老古、老田千奇百态，包括父亲母亲，他感到身边有无数旋涡与陷阱，如无边黑洞，能吞噬人埋没一切的黑洞，不停向他招手，他恐惧，想逃避，想飞跃，将这一个个旋涡陷阱黑洞踩在脚下抛在身后。可是，能吗？他不知道。一切皆未知。反正，他不能让这些黑洞摁住，拖死，湮灭，以致万劫不复。不能！他走至玉珠面前，久久伫立，无言以对，只苦笑一声，然后大步走开。

身后，玉珠声嘶力竭喊，王文素，我爱你，我等你——

8

王文素头也不回走远，心内却翻涌不住，但即便翻涌，他也不能回头，不能给玉珠流露一丝空隙，让她想入非非。玉珠呢，呆呆望着王文素渐行渐远，望着他越来越模糊的背影，直到再也看不见为止，发现自己泪已成行。她身体一天天丰满，感情与心思也随之丰满。像她如此身世与处境，似乎不配享有爱情。她更不该贪婪，渴慕，挟带这份爱情进入婚姻，想什么红袖添香，两情缱绻，到永久，落得个圆满。她就像风雨飘零一株草，身世凄凉，任人诽谤，漫不说难成参天大树，即使成参天大树，也远不如山崖上一株草。人的出身与处境何其重要，几乎决定一个人一生的命运走向。对于一个女人来说，尤其如此，要么，听信媒妁之言，随便找个人家，两眼一闭，跳入火坑，生死有命，富贵在天；要么，爱己所爱，默默守候，离经叛道。想到这里，玉珠泪如泉涌，情不能已。真正是：

烟霏霏，雨霏霏。雪向梅花枝上堆，春从何处回？
醉眼开，睡眼开。疏影横斜安在哉？从教塞管催。

她承认，自遇到王文素，她便不顾一切，飞蛾扑火般走近他，如烈火喷油般引诱他，一次次失落，一次次期待地试探他，无数次想象事无巨细照顾他，爱抚他，与之比肩齐眉，双翼高飞。她如愿以偿，终于拥有他，得到他，叩响其心扉。之前，她自哀自怜，夏愁永昼，帘卷西风，人比黄花瘦，叹自作多情，爱情是一个人的爱情，是疼痛处所开的一朵小花。结果令她欣喜万分，好像他对她也颇多激情，颇多感觉，这真是何等叫人高兴之事。是他鼓舞了她，真正把酒豪饮，暗香盈袖。

自我蹂躏忧肠百结中，她才知道，是自己亲手将一粒种子——一粒爱情的种子植于心田，眼睁睁看着它生根发芽，点点上拱，于心壤上挺起，拱得她欣喜若狂而又难受之至，挺得她热血贲张而又羞涩难当。爱情，这种隐秘心事，神奇魔鬼，将玉珠折磨得时而眼泪涟涟时而步履轻盈时而生如云端时而坠如地狱。

她无处可诉而又无处可去。

唯密密针线，唯那座小庙，尚有轻风白云，田野细风，她不住向这些物什倾诉，像极了一个疯子，一只被爱情之火照耀燃烧得发红发热发亮的小白蛾，对着自凭阑久淡烟疏柳花开花落颇解风情的万物，窃窃描画一些无测无果的未来，说些脸红心跳的感觉与情话。真正是聚散无意，此恨年年有，皆王文素也。一个远在天边近在眼前真真切切却日日伏案推演视自己若有若无的男人！他悲痛，她也跟他悲痛。他喜怒哀乐，她也随他喜怒哀乐。她爱他，爱得忘记自己，忘记一切，忘记几劫几历天地人间，爱得周遭一切皆消散得无影无

197

踪。她整个失去自己，像失去方向失去自我体会的一抹沉浮或一芥微草。她唯有将自己放低到尘埃里，或比尘埃更低的地方，一任自己随之放纵，随之飘浮，她才好受些，在迷茫的爱情烟雾里觅得些许璀璨慰藉自己……

道旁杨柳依依，千丝万缕，抵不住，一分愁绪。已是傍晚时分，阳光轻俏转身，投下道道淡淡斜痛，吃吃笑玉珠多情，向她告别，该回去了。眼泪却下来了。

第十四章

1

挨到子时，王文素低声虚气走进考场，偌大贡院，挤满考生。立于王文素面前的两位，一胖一瘦，皆操本地口音。胖子神秘兮兮语与瘦子说，临出门，我叫隔壁二大爷看过一掌经，老人家掐指一算，说此次定能考中。瘦子嘿嘿一笑，不置可否。

也是合该出事。

王文素闻此二人说起"一掌经"三字，遂淡然视之，眼神略含轻视鄙夷之意。因他对一掌经再熟悉不过，一掌经是商人用来轻便简捷的算经，岂能视作打卦算命这等下三烂的护身符。胖瘦二人看到王文素脸上有风景，胖子首先言语挑衅说，看嘛看，一掌经，你懂吗？王文素微微一笑，说，一掌经乃商者经营运算必备之功，它连通周易，直达算术，如何不懂！瘦子闻之，侧目视之，见其衣袍宽松，颇不合体，斜眼问道，你是商家出身吧？尚未容王文素回答，胖子已读懂他眼神，一把拉住他的手，低声说，哎呀，小哥，幸亏碰上你，如此多考生里，最起码你我都出身商家，可引为知音哪。

王文素反问一声：出身商家又如何？胖子抖抖伸出左手小指，说，商家，这个，实实被人瞧不起。我连考三年，所为便是金榜题名，光耀祖宗，改换门楣。瘦子摇头晃脑，颇为轻狂，说，改换门楣？尔等可算了吧，想得倒美，老鼠儿子会打洞，臭骨头留了根，商人子孙就是贱！胖子推他一把，有些气愤，说，你这人如何说话？其声陡高，周围的人皆朝这边张望。王文素对胖子说，商家出身并不丢人，小弟我还尤其喜欢演算算学呢。

"算学"二字一出口，立马招致周围不少考生侧目鄙视，其眼神无不在说，羊圈里钻出你个骆驼来，出身商家也就罢了，你还提六艺之末之算学，还要在这等高雅之堂对算学大谈特谈，岂非卑贱，更是下流！也不知哪个喊一声：此等卑贱之徒，哪个与他同论什么算学！既无经纶济世之用，又辱咱儒子身份。此言一出，众皆侧目看着那人，尔后窃窃私语，指责笑话王文素。王文素不听则已，一听颇为气愤，说，谁敢说算学卑贱？谁敢说算学无用？又一个说，瞧瞧，他不仅恬不知耻，还要大谈算学之大用，算学之高贵，咱们岂能容他！王文素一听十停有九停人都轻慢商家，此等局面已叫他愤懑不已，如今，还抵侮自己一向尊崇的算学！如何了得！就是多寡悬殊，蛋碰卵石，也得拼上一拼，跟他们理论个长短高低。于是，众目睽睽下，王文素朗声说道：数虽被列"六艺"之末，可早于西周时便被列为学宫内容之一，《礼记·内则》篇记载，按周朝制度是"六岁教之数与方名，……九岁教之数目，十年出就外傅，居宿于外，学书计。"王文素话音未落，瘦子便轻狂大笑，说，瞧瞧，此人居然还为算学引经据典，可见中毒太甚，病入膏肓。众皆哄然。胖子见众人都讥讽算学及商家，便噤声不语，以免再引火烧身。瘦子满脸嘲笑，鄙夷而视王文素。人圈子越围越大，以至于满院考生皆引颈翘首朝这边张望。王文素一说算学便来劲，今见如此多的人声气同求侮辱算学，兴趣加上气愤，更加慷慨激昂，侃侃而谈。他说，《汉书·食货志》上也说，八岁入小学，学六甲、五方、书计之事。说明彼时朝廷便对数学教育相当重视。对官宦子弟——王文素抢一下胳膊，说，保氏专教九数以国子之道，九数乃周公制礼之九数，九数之源乃《九章》也。礼之所在，算学之所在，可谓无处不在，无所不用。它是大自然之密码，人类社会法则之一，它像一个强大气场，一极连接人类，一极连接浩渺宇宙，一头连接远古，一头连接未来，承地气，接宇宙，究天理，格物致，如何卑贱！如若尔等开启那道算学之门，定会发现一个神秘隐潜着的天地，何等深邃，何等迷人。

话尚未完，考生已风起云涌伺机推搡，有拳头夹山探海伸过来，有胳膊横七竖八抡过来，皆骂王文素这匹害群之马，几乎将王文素逐出考场，呼声最激烈的便是瘦子，胖子早不知溜钻何处。人群中不知哪个高喊：何来商贾贱竖之子，满嘴皆离经叛道胡言乱语，秽我大儒之业理学之庭，说，大伙儿要不要攥他出去！

哦——众轰然而动。

此等污口小儿，关门打狗揍他个半死才对，岂容他在此处狂放厥词。有人附和高叫。

君子动口不动手，此等鄙贱之人，你我等不理会便罢。也有人隔岸观火。

正吵闹着，院外脚步声杂沓，一衙役高喊：考生入场——众人闻此，有如圣旨下达，皆扔下王文素疾步赶往考场，尔后鱼贯而入。

虽是一群名利客，可王文素从未在如此多人面前谈起过算学，他不明白为何如此多人鄙视算学，他尊崇算学痴迷算学并欲推己及人，让普天下之人皆关心算学热衷算学推广算学。待主考官高喊训话，王文素才醒悟过来，他最后一个步入考场。

2

王文素早早走出考场。见他出来，王林很兴奋，说，小子，如何？爹一来，麻烦事都跑了，看来，还得老爹出马。走，咱庆贺一番。拉他至一小酒馆。店小二问要什么酒菜。王林说，只要好菜，酒自己带着呢。一盘豆腐与炒鸡蛋上来，王林自作多情跟店小二炫耀，说，庆祝我儿科举考试高中。店小二媚笑应酬，恭维连连。王林对王文素说，来，给爹说说，题答得如何？王文素说，没啥好庆祝的。王林吃一惊，问为何。王文素说，题，我根本就没答。王林更为吃惊。王文素拉父亲至僻静处，说出事情原委。原来，拿到考卷，题目是"君子何以修身齐家治国平天下"。王文素沉思默想道：此题是破不得承不得，而若真要破，那就是石破天惊万世难承。

为何？他父亲甚为惊诧。

王文素说，如果要答，那一大堆问题就来了。他对父亲侃侃而谈：就说爱情家庭和婚姻吧，两情若是久长时，在天愿作比翼鸟在地愿为连理枝。情欲太满，必难洒脱，何来修身，既无法修身，又何以齐家治国平天下！此其一。冷眼瞧来，凡世之夫妻，有钱为交颈的鸳鸯，无钱是厮闹的鬼判，日撺月，月撺年，年撺人，人撺人，岁岁年年，年年岁岁，如世人所言，两人结伴闹日子总比一人孤丝丝苦伶伶好，可殊不知热闹底下是荒凉，热烈背后是坟墓。一男子若被女人孩子逼迫着，日出而作，日落而息，苟延残喘，养家糊口，成日价像蒙眼之毛驴，围着一亩三分地和孩子老婆转，试想这个男子一生一世，有何作为！家，看似齐，实则仅仅为养，何谈治国平天下！再看两个人，原本生龙活虎，只因追索婚姻，沦陷于婚姻泥沼而不能自拔，久而麻木，久麻而僵，毫无感觉，索然无味，同床异梦，了无生趣，形同陌路，无聊之极。这样的日子这样的人生跟死了有何差别！尚不如死了痛快呢。看来世俗之言多为鄙薄！齐家治国平天下不是一介草民或一介布衣所能想所能为的。此其二。想我王文素无依无势生如飘蓬，曾静修道德文章，却做不得先贤君子，既如此，就不愿生如蚁，活如蝼，逐如蜂，整日岌岌奔波于养家糊口，毕生精力与时间皆花于养家而非齐家上，满脑皆父母妻儿家庭伦理，如此之人即便有很高智商很高情商天才之人也会被拉底被浪费，即便有治国平天下之雄心亦会被平庸日子湮灭，他如何能做自己喜欢做之事，治国平天下，岂非妄谈！看来圣人之言未必全对，奉其为圭臬更是荒诞！此其三。当时我看着空白卷子，再扫视一下两边考生一个个战战兢兢，如临深渊如履薄冰更有甚者脸上现出豪莽之气一副君临天下舍我其谁的神情，无疑于结束自我纵身跳入名利场之回光返照。此时，我后悔不迭，若知晓考题如此荒诞，就不该进来。既已进来，就坐着挨吧，等结考钟声一敲响，我便可解脱。结果，终未等到终考铃声响起，便第一个交卷，昂步走出。出来的时候，我在想的一个问题是如何向父亲大人交待。

讲到这里，王文素看着父亲的眼睛，说，父母亲自然好说，只要将自己想法老老实实和盘托出，你们会理解我的。可如何向众人交待呢？

你还想着如何向众人交待？父亲冷着脸压着声说道。

是啊，人总是活在社会上，总要面对世人，可我想这件事是无法开口的。既无法开口，那就缄默不言，谁爱如何想如何想去。王文素还在为自己辩解。

令王文素所惊，此次，父亲一反往日平和慈祥，顿生怒火，指着王文素鼻子，开口大骂：小杂种，你以为你是谁？为谁考试？是仅仅为你自己，为你一个人？不是，你是为整个家乡，整个家族，咱这个家……你为何如此任性！如何就修不了身齐不了家治不了国平不了天下！再说，为文是为文，做人是做人，考试是考试，生活是生活，是两码事！它无非是士子一番理想朝廷一番考评么！你还大言不惭说圣人之言未必全对，就你一个人对，是吧？！

王林自顾自骂，发他的大火，王文素依然平静而听，一副雷打不动的样子，心说，反正你有你的道理，我有我的主张。

孽子啊孽子，你将老父的天捅个大窟窿！你将为父一番苦心碾个稀巴烂！王林双手扶膝，慢慢蹴下，双手捂脸，呜呜哭将起来。哭声粗糙，散出老远；他的神情很委屈，父亲这个样子令王文素伤感透顶。他拉父亲站起，柔声细语安慰说，是做儿子的不对，我不该如此任性。我知晓爹是寄了希望在我身上的，我该挣个锦绣功名回来，光宗耀祖，光耀门楣。可是，儿子却如此不争气，令父母失望，儿子该死。

王文素如此一说，王林气消很多，止住哭声，说，活着便好，年轻轻的，开口闭口死呀活呀，不吉利。再说，你就是你，别想那

天地
公心

TIAN
DI
GONG
XIN

庞大家族，什么光耀祖宗光耀门楣，皆是拿了枷锁挽了扣儿自己往自己脖上套，拿了绳儿自己往自己身上捆。爹就是如此锁了自己大半生，捆了自己大半生，不得一丝乐趣。王文素接口说，年轻时，爹最喜给人画炕围画五扇屏，以此为乐。可为养家糊口维持日月养活我兄弟二人，不得不辗转南北腾挪迭宕，绞尽脑汁挖空心思做生意，先将日月过好再说。现如今又开起酒糟坊，酿起酒来，一谋心思想着将日子过得活色些。王林点头，说，为养家糊口，纯属无奈之举。那你今后如何想法？王文素扑通一声跪至王林面前，说，爹，儿子爱算学超过爱自己的生命，能否不逼儿子，让儿子按自己的兴趣喜爱一如前往？让儿子真真实实活一辈子自己？轻轻松松做一辈子自己？王林拉他，不起。王林问如何叫不逼迫你？王文素说，儿子三考三失利，看来功名无望；稼穑与生意之事皆不在心上，唯有算学。可人皆轻之，连赖之用它最频繁的商人亦瞧不上它，若迈进算学这一门道，不用说置办家业，娶妻生子，就连养活自己都叫人怀疑。一个男人，连自己都养活不了，何以娶妻生子，何以顶门立户！何谈光宗耀祖！故尚彬想一生清静，不置家舍，孤身一人，以算学为伴，如此想法必冒天下之大不韪，离经叛道之第一人！请父亲宽谅。王林急了，说，此话又从何说起？我真不知道你脑子里这些怪诞念头如此多！王文素说，婚姻，我不反对，可我拒绝进入。王林问他为何，说有人与你风雨同舟，一起闹日子，互相有个照应，不好么？王文素说，爹，您所言压根就不是婚姻，是爱情。嗨，一言两语跟您说不清，反正我不想将自己跟一人死死捆绑，将日子过得无形无状，像牛屎，竖不起来，摊不下去，日每除一日三餐日出而作日落而息啥皆无遐想的人。王林失声而笑，说，你还要想什么？你连一个正常男人应负的社会责任都不想负，你那是逃避。王文素一脸无辜一脸真诚，说，对，不瞒父亲，我就是逃避，我就是无能。你们说我逃避也行，说我无能也行。反正，人这辈子就活一次，给我点自由行不行？容我不随波逐流好不好？允许我做自己喜欢做的事，让我活成自己好不好？王林无可奈何，说，行行行，让你活成你自己，让你做你喜欢做的事。又压低声，说，那玉珠姑娘如何处置？

王文素一听脸红脖粗，没想到父亲当面提及此事，未免有些羞愧。既然此事绕不过去，那干脆就挑明，王文素说，那就看玉珠如何想了。若她想嫁人，就找她想嫁的人，若她要等我，我会用对算学之心待她一生，红颜知己，人生得一，足矣！

3

各有各的生活，谁会在乎谁多少呢。可是，王林一家落脚饶川，活得太展色太活泛太令人注目了，率众铲街雪，以娶亲之名攀附田家，不仅开办酒糟坊，还分得一块土地，大小子喜得贵子，二小子接二连三参加科举考试，考得上考不上，倒并不重要，关键是动静太大，一连串，势头太凶猛太热烈了。一外来小户，几年未到，根未扎稳，就想猛烈生长，风光占尽，风头抢尽，抢眼球，成角儿了，这就无端端让人生气，由不得让人气愤！甚至有的人想，白喝他一点酒算什么，喝！还想砸他的摊子好好揍他全家一顿呢。听说二小子没考上？好！活该！瞧他那副德性，不务正业，还能高中！门都没有！

因为王文素这件事，王林心里好长时间一片灰暗。日子退守到内心深处。好在天公不负，收成不错，一日三餐还有得吃。就是酒糟坊越开越艰难，曲价有所上涨，粮食价格倒是有所下降，关键是赊欠太多。东家赊了，西家不能不赊，今儿赊了，明儿就不能不赊。王林张不开口，他一面笑脸相迎上门打酒之人，一面又懊恼自己当初不该开赊账这个口子。人情洪流四面涌滥，这个口子想堵都无法堵。树欲静而风不止，一切皆已太晚。前来打酒之人，脸上挂笑，一口一个王老板王掌柜，打二酒烧酒，先赊账啊，尔后按个手印，走了。

单善人来时，见王林一家人愁眉苦脸，也闻得王文素再次落榜，笑曰：人各有命，顺其自然。玉兰赌气将一大沓赊账簿子递于单善人，王林递眼色给玉兰，玉兰装作没看见。单善人接过账簿子，翻腾着看，回身将账簿子摔到王林脸上，气冲冲骂一声，说，好端端一个酒糟坊，叫泛滥人情给砸了，面子多少钱一斤？人情多少钱一斤？好糊涂啊！人心皆私，不问自明。这叫明抬举暗贬损。原来以为你是个精明之人，不想糊涂如此。说到这里，狠狠瞪一眼王林，踢门就走。王林知道单善人是一片好意，想要拉住单善人，单善人一时健步如飞，气呼呼走远。回头王林夫妇相互埋怨，咬烂舌头往肚里吞，说赊账一事后悔当初没听王文素所言。王文素知道自己也无力挽回，晚饭未吃，默默回到自己屋里。

当晚，玉兰就发起热来，烧得迷迷糊糊，满口胡话，一会儿说要回老家，一会儿惦念王文溥，一会儿又念叨王文素，担忧他以后咋活。王林好言安慰，不过说些顺其自然，该咋办就咋办，该咋走就咋走，日子总要过下去的言语，半夜里起来给玉兰倒几回水，折腾几次，不觉天已大亮。

正是谷雨前后，人们忙着安瓜点豆，朝廷又要家家必种棉三分。王林早早起来，叫王文素去地里劳动，说，收收邪心，地里活儿紧，干活儿去。王文素既不答话，也不反驳，只管扛起锄前头走。王林安慰玉兰好好在家将养。玉兰看着他，满眼是泪，像有无数话要说，却如何说得出来！

这个勤劳善良自尊敏感又好强的女人！

她是多么爱她的男人，爱她的儿子们！

王林走后，玉兰动动，感觉浑身酸痛，喉咙发胀，爬起来自己倒口水，喝了，觉得好些，勉强支撑着下地，走两步，身体轻飘如絮，脚下像踩着两团棉花。可是，玉兰自己告诫自己，说不能再躺了，里外多少活儿等她去做，烧火做饭，给父子俩准备早饭吧，人活一口气，就得强撑着起来做事。如此一想，浑身轻松不少，自言自语说，节令不饶人，男人陪二子考试已误两日，田里活儿不等人，催逼得紧，还不如咬咬牙，上地做活，能做多少算多少，不添斤斤添两两，顺边发发汗，或许能快好些。玉兰咬着牙，准备好早饭罐，满院找锄头，想起一把钝锄头让老洪拿去修，就踮步走往老洪家，想要拿回来再上地。路过老王家，见门开着，拐进去，请老王给她号了脉，老王笑说，您来得及时，不然，我也下田干活去了。一番望闻问切，老王说，不妨事，有些脾虚肾弱肝火旺征兆，多喝稀汤，等忙完这两天，开两副中药调理调理自然就大好。玉兰对老王心存敬意，他是唯一一个没有向王林赊酒之人。

告别老王，来到老洪家。门虚掩着，一推，开了。上得正房，门开着一道缝。玉兰觑眼瞧去。这一瞧，叫玉兰魂飞魄散，从此，病情加重，直至命归黄泉。

4

玉兰到底瞧着了什么？

只见老洪横躺于炕，小孙孙在他身边疯玩。老洪呢，裤子褪至膝盖，于光天化日之下，私密处毫无顾忌裸露。这一瞧，令玉兰耳热心跳，脑袋嗡嗡直响，有如炸裂一般。可人呀，天生好奇作怪，玉兰定定神，醒醒劲，鬼使神差，还傻了般往里瞧。只闻得老洪满怀伤感自言自语道，反正爷爷这鸟已然无用，俺孙孙就当家雀耍吧。那个小儿，就是被烫伤脚的小孩，先是被吓得大哭，老洪哄了几哄，撩拨自己的老家伙逗弄一番，小孩便转涕而笑，笑声打着旋儿钻出门缝，几乎将玉兰撞倒。

到底是如何从老洪家回去的？玉兰自己也说不清楚，只记得一路呕吐，眼前阵阵发黑，阵阵金星，趔趔趄趄，好不容易到家，却碰翻饭罐，饭罐摔碎，面呀米呀泼洒一地，虫虫蛆蛆似的，这令玉兰愈加想呕，又空前绝后吐一回，可怜她昨晚到今早，粒米未进，所吐皆黄胆水。

正好有两个女人进门来打酒，明明瞧见她披头散发脚步踉跄由老洪家惶然跑出，老洪在后面提着裤子喊她。两个女人见玉兰双眼迷离，病躯恹恹，屋里饭洒一地，遂冷言冷语说，人不干净，恐怕酒也不干净，她家的酒再不能喝了。两个女人转身便走。

玉兰神情恍惚，心头乱跳，但此话却听得分明。她此时才清清楚楚想起，是有人在背后喊自己名字来。难道就是老洪？莫非他还提着裤子？如此不堪？！不禁埋怨老洪，青天白日，你到底干了个啥！

原来，老洪见农具走俏，搭明起早打铁做生意，火星子溅到手上，烫起一大片燎泡，遂搽獾油，一面搽一面打趣自己：老洪啊老洪，你这是怕王林这些个獾油剩下不成！又想起酒钱尚赊，心内甚觉愧对王林。手背烫伤，自然不能下地，只好在家照看小孙孙，可小家伙又特别烦人，又哭又闹，如何哄都哄不依，老洪愁得无法，遂躺于炕上出此下策。正是倒霉人偏逢倒霉事，正好被来要锄的玉兰瞅见。老洪心里那个怕那个悔呀，因自己不慎，倒将一个好端端女人给毁了！起初，动静全无，老洪窃喜，后闻得玉兰病重，老洪心慌，却无法对人言语。这事如何开得口！

却说玉兰回到家，躺在炕上，犹如油儿醋儿酱儿打翻在心，没个滋味，先是懊恼，尔后埋怨。不想此事便罢，一想便两腮发烧，心头急跳。又经两个女人平白无故添油加醋涮洗一通，心里更不是滋味，一时又羞又愤，又急又气，又气又恼，又恼又愧，不知道接下来如何面对家人，面对自己，面对世人！如果风言风语一旦传开，唾沫子也能淹死人，脊梁骨也会被人戳断，自己有何颜面再活下去？又如何叫家人在这儿展颜活下去？玉兰越想越怕，越想越悲伤不已。

偏偏那两个女人多事，她们走了两步，一个对另一个说，这个玉兰一向以月季女王自居，看来是哄骗世人，自许清高，看看她如今所作所为，哪里配上月季女王，一个外来小户的女人，来到咱们这里还想抢风头，她多少年，倒把咱们比下去了。这口恶气，咱如何能咽得下！走，回去损她一损。那一个说，算了吧，何必落井下石。这一个分明心窄要强，死活拽着同伴的手，返身回来挑帘问玉兰，音儿又尖又酸又刺又辣，说，嫂子，那老洪给你所吃是朝天紫金锤还是软鼻涕虫一堆？言毕，两人掩嘴哈哈大笑而去。玉兰此时身似千斤重，脚下却像踏在云端里，有心跟这两个搬弄是非之妇一番辩解，无奈心头像压块磐石，沉沉出不来一口气，突然一股又一股气力由体内冲出，迫使她重重咳喘两声，居然喷出两大口鲜血，身子猛然下坠，她想抓住什么，无奈却无限地沉了下去，软了下去。

两个女人本来就是想抢白一顿，煞煞多年对玉兰及其一家的嫉恨，不想惹了如此大祸，再看玉兰如此情形，两个女人真的被吓坏了，她们魂飞魄散，扔了酒罐赶紧跑，跑到街门口，与玉珠撞个满怀。二人疯了一般，推开玉珠，夺路而逃。玉珠来不及追问，下意识冲进屋，挑帘一看，玉兰浑身是血，坐靠门上，两眼紧闭，脸如白纸。

老天，这是怎么了？玉珠既害怕又惊讶，大声问玉兰。

玉兰躺在玉珠怀里，断断续续所言，令玉珠终身难忘。玉兰说，尚彬不愿为庸常日子所累，却……在乎爱情……在乎……你。

妯儿，你这是怎么了？这是唱得哪一出啊！玉珠急慌慌，不知说什么好。听了玉兰这句话，五内俱焚，一时间，来不及想自己与尚彬多年来走过的酸甜苦辣，倒是对玉兰的病势无能为力，被她的情势吓得要命，又想到人之将死其言也善这句话，心头如滚过两个闷雷，浑身打了个激灵。想想街门口遇到的两个女人，也不知到底发生了什么事，也没想到玉兰一见到自己，所言竟像托付。玉珠一时涕泪交流，手足无措，拖着长长哭腔使劲朝外大喊：快来人，救命啊！玉兰嘴唇乌紫，已在她怀里抖作一团。玉珠要去叫王林与王文素，玉兰微微示意阻止。

老王闻声赶来，大吃一惊，连呼不好，搭手号脉。玉珠在旁急问如何？老王脸色渐渐由黄变白，由白变黑，自言自语道：心机大乱，脉象紊乱，何以致此！玉珠眼泪直滚，颤声说，老王叔叔，赶紧叫人去唤王掌柜父子，也好叫他们夫妻母子见上一面，否则，一切皆晚。

经玉珠提醒，老王赶紧出门，偏偏多年久坐，身体肥胖，跑不快，一面叫人去地里叫王林父子，一面取来银针，对着玉兰的天池天宗曲垣虎口和人中等穴下了针。不一会儿，玉兰长吐一口气，像平常人生的一声叹息，疲惫非常，躺在玉珠怀里，昏睡过去。玉珠紧紧抱着玉兰，涕泪滂沱，坐等王林与王文素回来。

5

　　可怜的玉兰熬了两日，便疲惫不堪，再不愿醒来，她如愿躺在她亲手采摘、翻晾、抚弄过的月季花中睡着了，睡着了。这个干净明惠的女人生前被人唤作月季女王，死后面目慈祥，神情怡然，依然堪与月季媲美。玉珠与田螺两个往棺椁里摆放月季花时，一面慨叹一面悲伤，热泪潸然而下。又见老古女人进进出出，一改往日珠光宝气，甚是勤快热络，不是与这个搭讪两句，便是一人盯着月季花发呆。田螺悄悄语与玉珠说，此人好怪，怕要疯了。老古女人闻之，回头冲她俩笑。看着这个掩藏不住失落伤感的女人，玉珠心头一阵凄凉。

　　王林悲痛欲绝几近麻木，将诸事皆托付单善人与老田处理，自己躲在一边，暗抚巨伤，疑虑重重。单善人与老田两个自然不敢含糊。王林看似身闲，实则心乱至极。他心里忍不住翻腾，追问，自己走后家里到底发生何事，玉兰何以至此！前后不到半个时辰！最大知情人是玉珠和老王。老王实实在在，将所见之事原原本本前前后后皆告知王林，玉珠也将玉兰临终留言说出，玉兰临终之言是：我死后，……将月季花……皆铺上，让我……死……于花里……我……是清白……的。

　　论说，玉兰的临终之言，王林也是知晓的。可为什么玉兰偏偏强调清白二字？她原本就清清白白呀？她为何定要选择静躺于这些晾干的花朵中呢？是有意为之还是想证明什么？随后王林又闻得一些谣言，说什么生前不干净之人才会如此选择。王林本对玉兰之死就有疑惑，闻之，疑惑更大。可是，疑惑再大又有何用！斯人已逝，他忍悲含辱料理玉兰丧事。他亲自写下挽联：

　　　　天公无意妒夺我红颜
　　　　大地有情义埋尔忠骨

横批是：来生再聚

　　王文素自责颇深，愧悔自己太任性，太虚浮，一意孤行，视科举考试为儿戏，不仅误掉自己前途，而且陪上母亲性命。言毕，长时间静默，瞅着天空不说话，他突然又对父亲和玉珠说，其实，那天，我颇有预感，久而未解的一道算题突然就有了思路，是死亡催生了它。玉珠闻言色变，怒斥他说，你怎么这样，如此没心没肝，母亲尸骨未寒，你就又想你的算学！王文素摊开两手，向她解释说，你不要误解，这道题是这样的，其过程如此……王林气愤打断他，呵斥他事到如今还有心思想那些！

　　王文素落墨在纸，写上了"王氏开方法"……

　　出殡日，灵车起，王文溥与田螺牵抱着一岁多的儿子走在最前面，他们披麻戴孝，哀哀欲绝；王文素似呆似痴，无喜无悲，紧随其后。玉珠无名无分，不得入列，却也跟在旁侧，随着灵车缓缓而行。一道街上的邻人都来帮忙，独老洪不曾露面。老洪的家人要看热闹，他呵斥道：回去！有什么热闹好看。女人不解，老洪理屈词穷，只硬硬憋出一句：小心惹回鬼来。家人只笑他疑神疑鬼，也不理会。

　　没走多远，老古女人突然扑上来，抚棺而泣，说，老天爷啊，原来女人可如此干净去死！我还是头回见，嫂子真叫人大开眼界！老古立于人群中，见女人突然来如此一出，简直气晕，他跑前两步，紧紧抓住女人往回扯，怒沉低喝说，人家办丧事，你疯啥疯！女人一向柔顺，此时竟转头紧紧逼视着他，凌厉寒沉眼神令老古心头发毛。瞧热闹者本来就多，如今热闹加上热闹，瞧者更多。原来是瞧王林家热闹，如此一来，又来瞧老古家热闹。

　　在众人好奇惊愕眼神中，老古女人紧盯老古，步步近逼，老古竟不自觉后退。女人一字一顿问老古：你，娶女人只为盘玉，是吧？老古脸涨得通红，他心虚地看看众人，见众人都看着他，不知如何言语。女人仰头，突然呵呵大笑，说，老少爷们，你们听好了，老古左一个娶女人，右一个换女人，不为传宗接代，只为盘其玉，用女人柔软洁白的皮肤，用女人玲珑结实的乳房，用女人湿沤沤紧凑凑的下体，无所不用其极……只为盘玉……这是个实打实的玉狂玉痴……

老古急了，欲伸手捂其嘴，女人使劲推开他，突然泪流满面，回头盯着玉兰棺椁，说，就是这位姐姐的死提醒了我，女人的死原来可以如此干净，如此尊荣，老古呀，你用我青春年华盘了玉，你说你是成全了我，可你是毁了我，我不能要个孩子，至今还是处女之身，你说，你这是成全了我还是毁灭了我！不管你是成全我还是毁灭我，是否可让我死在玉里，像玉一样洁净无瑕般去死？

竟然还是处女之身！？女人的话像飓风，简直将老古由人群卷至云端，又由云端跌至人群，他有些气急败坏，说，我将你当玉一样盘，我将你像玉一样养，有何不好？女人面冷若霜，说，是，你需要女人，也喜欢女人，你是将女人当玉一样盘，可你会将女人一个个盘死，女人在你手上乃玩物一件，乃玉之陪件，附属，牺牲品！你娶的是玉而非女人；我嫁的是玉，宁与玉碎，不愿瓦全！老古尚未来得及反应过来，女人已摘下臂脖上之玉，狠命砸向墙，碎玉粒像雨珠子由空中落下。

你作死——闻得老古大叫一声。

一个影子飘忽般飞出，像玉一样碎了。老古欲伸手抓住，可一切已晚，是女人将自己撞到墙上……

瞬间，血染玉，玉染血。

6

女人血溅当街，老古并未像王林般事无巨细悉心周全操持女人丧事，只吩咐人草草将女人掩埋，尔后，失魂落魄，扔下所有杂务，躲进密室试图缝弥那些碎玉块。如何能行！老古丧心病狂，缝弥一会儿，哭诉一会儿，哭诉一会儿，缝弥一会儿。老古老泪纵横，看着一堆碎玉块，心疼得呜呜直哭，他哭他的玉，哭他被女人毁了的玉，哭过之后又恨女人，恨女人毁了他的玉。老古自言自语说，败家娘儿，早不死晚不死，偏偏往人家丧事上撞，你说死就死了吧，还捎上我一辈子心血！老古哭一阵笑一阵，说一阵骂一阵，骂一阵做一阵活儿，原来他惜玉成癖，任谁劝都无益，整日里心灰意冷，玉碎心碎，不久疯癫抽搐而死。一对儿玉人就这样烟消玉殒。一段时日，老古一家插曲，在四里八村，街头巷尾，游走漫散，为好事之人津津乐道。

老洪躲在家里，一直不敢露面，闻之庆幸，心甚侥幸，但毕竟惴惴然，慌慌然。他女人不无伤感地说，女人哪，没成色，嫁做玉者被玉样盘，嫁打铁者提锤锤，嫁皇帝做娘娘，嫁杀猪者洗肠肠，倒不知哪样是幸福，哪样是如意了。老洪啐之。

日子又恢复往日平静。

平静日子里有人却不平静。谁？王文素。他说服父亲，决心只身外出游学。他简衣素行，身背褡裢，将六册算学书皆藏背于身。父亲知道他我行我素惯了，也不阻拦，只将积蓄拿出来一些与他做盘缠，问他去哪里，走多远，何时归，王文素只是摇头。想想爱妻刚刚下葬，儿子又要远行，王林一时老泪纵横。王文素知道父亲心里焦苦，他劝父亲不必悲伤，凡事顺其自然便好。父亲说，自古大才皆非闭门造车，而是行走于天地间，深深扎根于民间。王文素倒并非这样认为，他只是深觉日子过久，腐气太重，浊气太深，他要放下一切，行走他乡，奔赴田野，追索算学先贤。最后，王林也只能叹一声，说人生苦短，做点自己喜欢做的事吧。身为父亲，他能说什么呢！

走之前，玉珠找他，说她要等他三年，以替他谨守母孝。王文素一言不发，好久，他说，此事无关紧要，念想一个人，只要心里有，为何要拘泥于某种形式，将自己死死套住，不过，你愿意如此，那我还是要感谢你一片诚心。他拉过算盘，拔一珠子，说，此叫盘中定位。玉珠不解，定之何位？为何定位？王文素说，此子位于空空然算盘之中，犹一人置于浩浩渺渺荒荒茫茫宇宙人海之中，此珠一出，谓之定位。定位有如袖中锦者，有悬空者焉，可谓"始立盘中定数真，皆从实首起身寻"。定位之重，重在实首。若定位不准，事理不明，定数不真，使人如入迷途。玉珠说，扯远了，为何跟我说这些？王文素叹曰：由算学及人，及己，及宇宙，再合适不过。人，何尝不过一粒小小珠子而已，此枚小小珠子有富贵者，有权势者，有良工，有布衣，有深藏心机者，有身残失心者，单指男人而言，女人若嫁，嫁人随人，嫁鸡随鸡，不一而足，然大都想嫁富贵者权势者有能耐者。想我王文素乃一介布衣，商贾不商贾，功名无功名，无资无财，无才无貌，更有算学这一癖好叫人无法忍受。弃日常琐事与自身不顾，埋头苦算，整个身心皆沉没于其中，集神推演，三次失考后愈加使然，照此下去，至死不能挣万贯家财，终生取不上世之功名，自然不能封妻荫子，让所娶女人耀富显贵；更何况，娶妻必然生子，生子必杂事多多，尚彬一生不愿陷家事杂务之中，如蝼如蚁，忙于生计，顾于妻室，囿于小情小爱，耗人耗己一生一世，于人于己皆误青春年华。玉珠颤声问道，那你此生愿孤孤戚戚一人度过？王文素正色道，一人前行，祸福自担，悟透红尘，心灰意冷，吾意已决，愿以有生之年毕生精力投算学之渊海，即使粉身碎骨，即便穷困潦倒，即使死无葬身之地，亦无怨无悔。闻之，玉珠顿时神情愤激起来，她说，你前有所言，我以为随便说说，玩笑而已，不想你所言是真！请问，你之所选是何道道！王文素容正声沉，说，世上之路有千千条万万条，可尚彬就选中这一条，情有千千心结于算学，意有万万心绪游学算海，已不可救药。吾心已明，吾志已决，明心见性，无可奈何也！玉珠满脸愤怒，由愤怒到失望，由失望到绝望，她步步后退，差点摔倒。真正是一个无情无义的冷面郎君！

7

　　正是这位冷面郎君王文素走出家门，看着千里浩野，他迈步向前，也不管大千世界，将往何处，只管往南，往南。

　　江南鱼米之乡，经济发达，多出算学名家，王文素早就听说过几位。其中，"以廉饬己，以儒饰吏，吐胸中之灵机，续前贤之奥旨"的南宋先贤钱塘学士杨辉，为自己一向最为推崇，推《九章》

为算经之首，继承刘徽精算思想，主张算无定法，唯理是用已矣，提倡一题多解，法将提问与随题用法二原则对王文素触动很大，其对垛积术、纵横图，改进筹算乘除捷算法等，王文素用功已非一日，他决计要到钱塘一带访踪探珠。

忽想起真定府栾城区有位宋元数学家李冶，其家乡为真定府获鹿地区，离饶川并不远。王文素便拐向获鹿方向。同居真定府，这位二百多年的先贤李冶，曾为进士，多才多艺，吟诗作画，性情温和，在当地颇有名气。漫步在李冶家乡，茶余饭后与乡人聊起他，人们大都知晓，李冶曾说积财千万，不如薄技在身，其诗作曾曰：金璧虽重宝，费用难贮蓄。学问藏之身，身在即有余。乡人张口即来，可见对这位算学家的感情何其深厚。王文素也非常敬服这位大算学家，对他《测圆海镜》中提出的"天元术"（即设未知数列方程）也特别感兴趣。正是这份功绩，使李冶与杨辉、秦九韶、朱世杰等并称为"宋元算学四大家"，算学史地位悍然无疑。可惜这位数学大师生于战乱时期，饥寒交迫不能自存，流浪三晋，幸与元好问成一生难兄难弟。虽艰辛异常，不得温饱，为衣食而奔波，却依然完成《测圆海镜》。遥想李冶生活情景，王文素颇为愧疚，心灵所受震颤巨大。他为纪念李冶这位算学大师，在真定府多待了两日，到他坟墓前祭拜一番，又顺势温习了一气"天元术"。

从真定府出来，王文素有如脱胎换骨，他深深感到游学实地远比在家闷着推演效果要好得多，似有神灵相扶，先贤相助。看来此行还是值得的。他日行夜宿，三更起床，半夜不眠，只要碰到算学著作，便慨然购之，一路上，省吃俭用，购得元代朱世杰所著《算学启蒙》三国魏朝刘徽所著《海岛算经》、唐王孝通所著《缉古算经》、李淳风所注十部算经之《九章算术》《张丘建算经》等一共二十余部，收获不可谓不丰。王文素心内喜之不禁，他将诸多著作细究，比较，加紧推演，真正是：

市粥诸家俗算篇，数差法拙字讹刊。
鲁鱼豕亥三为二，焉马平乎十作千。

天地
公心
TIAN
DI
GONG
XIN

滞处疏通繁处剪，乱时整理阙时添。

而今历历皆更正，莫与寻常一样看。

　　一路跋山涉水，一路考察推演，在向南方奔进的路上，王文素常与田间地头老农们勘步丈量，帮他们清算田亩地块，赋税钱粮。老农们呢，见他心地纯善，举止温和，又博学算才，精通推演，也把他视作远方好友，招呼他吃住，就这样，王文素轻而易举解决了食宿问题。以这种法子，无论他走到何处，人们都很欢迎他。

　　就这样走走停停，停停走走，走了将近大半年时间，王文素终于到达南京江宁。此时，已进隆冬时节，虽江南气候暖和，较之北方温润许多，可他毕竟多日旅途劳累，风餐露宿，困顿不堪，以至衣不蔽体，食不果腹，饥肠辘辘，冷得要命。因早闻江宁有本朝夏源泽这位算学家，便登门拜访。这位夏源泽后来与另外两名算学家结伴去会王文素，四人就算学播战于一个小旅馆，几番轮战后，此三人皆为王文素的求真才智所倾倒。不打不相识，从此，四人成为好友。此三位在王文素后来穷困潦倒时，还曾看望过他一两回，显示了难能可贵的算学情谊。此为后话。此时，王文素立于夏家门前，伸手打门，不料，时机不善，夏源泽出门在外，但夏家人听闻他是北方远道慕名而来，遂热情以礼相待，并拿出夏源泽所著《指明算法》给他看。王文素喜不自禁，怀一颗求真之心，埋头推演几日，发现夏著藏头露尾，露尾藏头，俱以逢巧之法算之，不通活变，以致难悟。

　　于是，王文素在自己的游学日记中写道：

莫言算学理难明，旦夕磋磨已证磨。

广聚细流成巨海，久封杯土积高陵。

肯加百倍功夫满，自晓千般法术精。

忆昔曾参传圣道，亦由勉进得其宗。

　　失望之余，告别江宁，王文素再次拾路而上，半月之久，他到达钱塘，此乃杨辉故乡。王文素深切缅怀敬仰这位算学先贤。曾几多日子，王文素蜷缩于一家小旅馆，他什么事都不做，只捧着杨辉的算著，一面不停演算，一面与杨辉神魂交流。白日里，王文素的眼前是杨辉，黑夜里，王文素的梦里是杨辉，彻彻底底将杨辉之《九章算术》从头至尾推演一遍。他发现，即使是杨辉这样的大算学家也会发生错误，也会有想当然之举。王文素将这些错误一一勘正出来。算学就是这样，来不得半点虚假。

　　立于钱塘江边，王文素见潮汐如旧，只不过略显瘦弱。好一派江南风光，软风微熏，士子云集，俊杰常聚。在这里，他与本朝数学家吴敬召集的一班人彻夜长谈，作词吟赋。吴敬虽擅长算学，却是幕僚出身，素喜钻营，久在官场，自然结识不少显达贵胄，再加上他又非常注重算学之实用性，对钱粮、租赋、田亩之计算尤为精通，所著《九章算法比类大全》，便深刻地反映出这一点，而为其作序的高官很多，流传甚广，他本人亦颇受礼遇与厚待。在相处其间，王文素发现他们表面轻拢慢捻，背后则通过各种途径获取政治上的功名，然后扩展经济实力，引领社会风潮。看着活得洒脱风流的吴敬等人，看看自己对算学的执念，王文素一时迷失自己，怀疑自己，他轻易放弃科举考试，毅然决然走上算学孤独之路，这一决定到底是对是错，是天意还是宿命？！

　　唯有天知道。

8

　　游学三年，令王文素大开眼界，大长见识。因经济政治文化等多种原因，北方算学氛围远不如南方浓厚，当时，吴敬很想让他留在钱浙一带，说他身带一把算盘便可混迹天下，远比在饶川那个狭窄地方好得多。王文素深不以为然，毅然告别吴敬等人，踏上回家的路，他还有好多事要做，他朦胧觉得自己要实现一个理想。至于什么理想，他一时还不是十分清晰。

　　又是一年春好时。井陉殿试高中进士回来了，看起来，他确实

天地公心
TIAN
DI
GONG
XIN

217

威武英俊许多。此次回来，虽是便服，只带一稚童一老仆，可怀藏县令大印，父母喜得如捧活龙，无意惊动饶川县令，饶川县令微服拜谒，老田老金等亦俱表重礼。井家一时门庭生辉，贵客如鲫鱼过江。井陉不忘旧情，请王文素与刘促织二人赴家宴。

踏进井家门槛，井陉之父老井首先出来迎接。从老井口中得知，井陉已在家待有数日，次日便要动身上任。老井客气道，不是我家井陉轻慢你们二位，而是他太忙。除官场世俗应酬外，他还随父母上坟叩祖访亲戚。王文素看得出来，老井言语之间颇多炫耀，功成名就之后，祭祖访亲自然会收获满满几筐恭维顺言与溢美之词。

行至院中，又有井陉亲自出迎，见二人，满脸堆笑，一手一个拉住二人，呵呵大笑，先对刘促织说，看来促织兄小日子过得颇为滋润，如此红光满面。刘促织连忙摇头，说他家遭变故，由祸得福。原来，有天深夜，刘家所有促织好像提前密谋好了似的，皆炸笼而出，四处乱窜，直袭人脖子、鼻孔、腋下、裤裆等处。家人惊慌不已。刘促织又叫又跳又喝又叱，概不见效，那些平时温驯有加乖巧听话的促织们有如丧失心病狂，或服吃疯药一般，皆斗如勇士，猛如疯狗，窜如惶蛇，毒如蝥蝎，逮谁咬谁。忙乱之中，刘促织父亲绝气身亡。其母抚尸大恸，要刘促织从此改邪归正，放生这些小生灵，一心一意过生计。刘促织含泪点头答应。自此，他还所有促织自由，促织也还他以自由，刘促织在母亲督促下，很快娶妻生子，过起丰盈日子。王文素听罢，唏嘘不已。井陉也频频点头，转头对王文素说，嗨，看来，老弟依然是老弟，一看老弟二目无光，面色晦暗，二看老弟官星皆合，便知老弟近来无喜事相访，皆悲催之事。王文素点头，说，家母病逝三年，父亲有病在身，尚彬远游才刚回来，业无所成，心内自然彷徨，难免枉自感伤。

井陉拉二人坐下，书童捧茶，三人闲话人情世故。见井陉志得意满，刘促织故意曲意奉迎，说，井大人愈发俊朗，如星耀探。井陉本就生得面如朗月，天庭饱满，如今，经友人直夸，视之愈加意丰志满。只见他微微一笑，说本朝取士——双手抬起，向北高拱，说，沿袭前朝旧例，所考不仅是文章，尚要察看相貌，所谓牧民者必有官相，无官相则无官威，无官威则无官命。因此，取进士时，有一附加条件，就是面试，看你是否国字脸，甲字脸，次等者亦要田字脸，由字脸。井陉如此一说，王文素心下明白许多。偏偏刘促织紧追不放，问何以如此？井陉正色道：你想啊，这几种脸型面型，他官帽如此一戴，便相当有官相。倘若鄙人也如尚彬小弟一般，生就一副数字脸、苦瓜脸，文章再如何锦绣，才思再如何敏捷，落榜命运必然注定！王文素自嘲道：那我这倒霉蛋落榜是自然不过之事了。三人以茶代酒，作诗取乐。

告别井陉，王文素久久立于院中，面对一轮冷月，苦吟道：

> 春归何处？寂寞无行路。
> 若有人知春去处，唤取归来同住。
> 春无踪迹谁知？除非问取黄鹂。
> 百啭无人能解，因风飞过蔷薇。

9

只有当遗憾彻底取代梦想，人才算承认自己失败。王文素始终觉得自己梦想尚存，虽说未取得令人瞩目成就，但并非就能由此断定自己是个失败者。

与井陉会面之后，好多日子，王文素半夜像翻面饼一样睡不着。嫉妒？不，一点也不。是羡慕，是祝贺，毕竟井陉一帆风顺修成正果，随之封妻荫子，光耀门庭，是再自然不过之事。普天之下莫非王土，一朝高中，鸡犬升天，许多人生梦想一请自拥。自己有什么呢？四大皆空。谁愿将命运一辈子拴于困境中！隐隐感觉似乎还拥有玉珠一份感情，可又朦胧如迷雾，轻渺如浣纱，于初衷无丝毫帮助。唉，到底是何者不仁，置自己于此种地步！性格即命运，是自己一步步走成此样。王文素叹息一阵，自我折磨一阵，自我宽慰一阵，命运也好，天意也罢，好多东西都无解，模棱两可，缠绕不清，错综复杂，谜一样的结局。算学真切，抑或无解，但大多有解，一解两解，甚至多解。这也是他尤喜算学之故。一日，王文素半夜爬将起来，他积习难改，摊开算经，心说，倒霉蛋就倒霉蛋吧，去他娘官相官威官运吧，看似做官威风，终归小小一粒算珠，何尝不为权利驱使，为奴为仆，不得自由，得失相随，利弊相跟。如此一想，他思维开阔，心魔皆除，遂将心思用于题海之中，聚精会神演算习题，追根溯源，探究算理。他如此写道：

> 算学本质为公正。其已挈入吾之灵魂。抑或已成信仰，犹如一盏明灯，提在手里，燃于心间，与生命之光同源。抱身些许温暖，填充心魂能量。幸遇先贤仁厚之人，相伴一程，扶掖拔亮萤灯，尔后如启明星般隐于天际。一些伟大天才所著作品连同自己，经时间验证已成耀眼恒星，组成浩瀚星汉，璀璨夺目。每个人皆行进于黑暗中。吾惟低头看路，抬头望星，不问前程凶吉，但求落幕无悔，如此走完自己生命旅程。

已然多年，犹如上瘾一般，不推演论证，浑身紧致难受。此时，他轻轻翻开《九章算学》《周髀算经》，将算盘移至右手下，五指轻触算珠，冰凉感觉丝丝传来。瞬间，心静如初。

接下来，王文素提醒自己要集中思考演算的问题是土地面积之测量与计算问题。有规则形状土地面积固然易得，但若不规则形状田块比如弧田、橄榄田、牛角田等呢？此于历朝历代算学家眼里皆较棘手。《九章算术》给出一近似公式，刘徽老先生于《九章算术注》中，则给出较为科学精密的计算方法。但令人遗憾并奇怪的是：自刘徽以后，经南、北朝直至宋元明，数学家们并不用刘徽算法，此之为何？王文素久久思索。在未见刘徽《九章算术注》情况下，他早就提出"弧田求积术用并弦矢，以半矢乘之，是合用田周三径一之数。"意即要弹性看待弧田之弧。若不结合弧田弧度，一味盲用刘徽公式，显然很是僵硬，所算而得出的弧田面积与实际面积出入相当大。那么，是否可用一个相对变化之值来解决周湾陡慢、弦矢短长给弧田带来面积变化这一类问题呢？这一变化之值到底是否存在？如何推演而出？

王文素心里不断思索，脑海里不断闪过他游历时与田间地头老农丈量测算田地时所遇种种不规则形状的田块，循着记忆将其形状一一画于麻纸上，诸如橄榄田、牛角田、柳眉田、锭田、丘田等，这诸多田块形状面积变化的可能性在古代算学书上只字未提。现实世界中，规则其实有限，整齐划一几乎不存在，大多为不规则。此由事物的丰富性复杂性多变性所决定。极细极微之处常为人所忽略。几年前，老田曾命他随两位公差测量田块，当时，老田与二位公差一致主张要他索性砍掉一些边角，使田块大致规则，然后粗略测算以当之。当时，他年纪尚小，心下甚觉不妥，可又无多少理论根据提出更为精确的算法。此类疑惑如团团迷雾多年纠结困扰于他。始至今日，他也未能想得彻，算得清，吃得透，弄得通，演算几次，结果并不理想。实践出真知，事物真相还得到实际中去发现去揭秘。想到这里，王文素抬头看看窗外，他真盼天快快亮起来。

一大早，他走出家门，来到荒野，来来回回查找验看不规则形状田块，找到一块，以步测量，将数据一一记下；找到一块，以步测量，将数据一一记下，如此辛劳，共约找到十几种。回来便加以演算，论证，按比例缩小画出形状。他又四处走访农人，要他们回忆还有哪些特殊弧形形状地块，要他们带他去看，测量，补充，删减，增加，甄别。四村八里的农人渐渐接受并喜欢上了王文素。他也由原来独闷家里演算到田间地头实际测绘，由原来偷偷摸摸喜欢算学变为光明正大为农人讲解道理，推广算学，农人们也敢与他说心里话。王文素一扫往日孤傲清高，真正成为百姓好友。如此一来，王文素实际知识丰富许多，民间智慧如阳光雨露滋养了他，丰富了他，启发了他，更有利于他更开阔思考算学问题，挖掘，思辨，旁征博引。他渐渐发现杨辉老先生《详解九章算术》与吴敬《九章算术比类大全》中所用之出入相补法确有道理，但此法补得不够灵活，补得不够多维，补得有些呆板僵硬。那么，足够灵活足够多维的方法在何处？

天地
公心
TIAN
DI
GONG
XIN

其算学公式又当如何？王文素又苦思冥想，无数次演算，又多方论证，大胆引进曲线图形之出入相补法，比刘徽《九章算术》中仅看作是两圆之出入相补要客观得多，公正得多，丰富得多，也实用得多，这样得出的数字与方法就更精确，更能解决实际问题。

在王文素无数次的精确演算中，几多日子的苦思冥想中，产生了一个非常重要的算学概念，那就是弧田系数。

何谓弧田系数？

这么说吧，弧田系数切中古人解决不规则弧田田块面积冷寂之要害！如一粒光束穿透田块算法丛林，光芒耀眼，千古不朽！

在诸多不规则弧形田种类中，有一种叫榄核田形状甚为特殊。王文素又进一步尝试用弧田系数解决榄核田面积计算问题。他总是想找出最捷径最实用的那一种方法。

有人见王文素如此执拗如此认真地测，演，算，绘，证实，皆笑他太迂，说何必呢，不是所有可能性皆能遇上。王文素则不以为然，他说，今日遇不上，明日可能遇上；今朝遇不上，后人可能遇得上。他有他的想法、认识、追求与理想。他要在算学上超越自己。怎么说呢，榄核田即是弧田两段而弦相连，牛角田实际是半弧田或当腰截断之榄核田；眉田也如此。较为复杂的当属丘田，反复比画丘田，王文素自言自语说，丘田比附宛田，用周径相乘四而一之法，田围凸外者可用，或围步凹里者，须分段求之。形如覆釜之丘田，自非平地，凹田形如仰釜，即涸泽之地，自然得用弧田系数分段求之。如此一来，显出弧田系数之优越性，它甚为适用，亦颇为精细。

榄核田面积用弧田系数解之，锭田有肥瘦自然也可迎刃而解。王文素一阵高兴。此时，已是夏天，屋里闷热如蒸笼，蚊子爬满其脊背，纵情享受其并不鲜肥的血肉，他不是没有感觉，而是又痒又疼！以前，总是玉珠为它清理这些小东西，该打的打，该撵的撵，趁他出去时，屋里熏上艾叶草。待他回来坐在桌前再演算时，一切早已收拾停妥。玉珠真是个细心稳妥的女人！原来自己一直享受她的深情关爱，可是，自己却一直不能给她一个满意答复。此刻的王文素根本顾不得一一除逐这些令人讨厌的小东西，他想了个办法，站起身，以背靠墙，蹭之磨之，不得舒服，打起一桶凉水，冲头浇下，又见屋顶爬满蚊蝇，他操起枕头便横杀之……玉珠呢，这几天，玉珠咋没来呢？玉珠这个名字一下在王文素脑海间闪了一下，便再顾不得多想，此时算意正浓，抬头看看天色尚早，继而由弧田系数想到圆周率……

略略懂算学之人皆知，与弧圆紧密相关者必为圆周率。而圆周率也是中国数学研究中最古老课题之一。《九章算术》《周髀算经》等古典数学名著中所用皆是周三径一，亦叫古率。蔡邕认为"玉衡径八寸，周二尺五寸强"，后人称之为"璇玑"；刘徽于《九章算术注》中，用割圆术之科学方法，求出"徽率"；何承天于公元443年在《主嘉历》中用"π等于七分之二十二"；李淳风在注《九章算术》中，称此率为"密率"；祖冲之第一次将圆周率精确到小数点后第七位数字，称之为"约率"。宋、金、元数学著作中应用最多的是周三径一、徽率和何承天七分之二十二之π，祖冲之的约率则用之很少。王文素则认为"四字圆径莫轻谈"，他首次使用四种圆周率求圆面积和各六个公式，称谓"四率二十四法"。"四率二十四法"又运用在了弧田面积求积求径四个公式计算中。王文素命其为"环田二周求径求积四法"。

想集大成吗？

想。王文素胸中涌起的是对算学的雄心！

算学的生命就是严密严谨，就是要滴水不漏！

切勿太兴奋，切勿太高兴，既要进得去，尚要出得来。此时此刻，王文素的思维已进入通天彻地旁征博引之境，对所有法则，他不仅反复演证，以保证所得方法是最准确最捷径的那一种，更要编成朗朗口诀，以便今人与后人方便使用诵记。真正是：

> 暖衣饱食际雍熙，算数林中论是非。
> 半间陋室寻妙理，灵台一点悟玄机。
> 犹如月到天心处，活似风来水面时。
> 料此一般清意味，民间能有几人知？

10

初夏阳光为北方原野提供了长足能量。这是个勃勃生机的季节，是万物都可着劲儿疯长的黄金时节。野外一片苍翠，满眼葳蕤，艳丽多姿，上千种野花，知名者，不知名者，尽情怒放，尽情展示生命的春意，尽情挥洒生命的能量，此乃自然之天性，更是生命之职责，如若不如此，如何对得起曾摇曳它们的春风，如何对得起给予它们哺育之恩的地气暖阳，如何对得起自己虽卑微却独一无二的有生之躯！随处是阳光，是生命，目之所及，心溢感动，心房亮堂。

可是，玉珠的太阳在何处？明明渴望爱情之花能绽放于这醉人的暖风里，可它却迟迟不能给她光明和温暖！此是为何？

玉珠信步来到养马场。

自打邻居老丁身亡于此，他女人闹腾多日后，有几年时间未踏入此地了。

马群徜徉于阳光下，漫步于草丛中。偶尔几匹如疾风般奔跑，马嘶声，飞蹄声，风掠过之声，有如弹响大地这把琴弦，经久不息，雄性十足。

公马腰身腿脚已十分健壮，鬃毛十分漂亮，喷鼻打得十分响亮，显得霸气十足。那些母马们出落得亭亭玉立，骄傲地矜持着。它们早就意识到冥冥之中将会有神秘东西降临，抛蹄趵脚，显得既兴奋又焦躁，既羞涩又渴望。那神秘东西是什么？谁也不知道，可谁也隐隐渴望。风儿诡秘吹着，送出些马儿们发情的气息，抖露出些青春的骚动。直到有一日，母马身后跟上一头漂亮小马驹，人们才知道，这些马儿们已完成生命物种的衍续，神秘冲动已然实现。

看着这些马儿，玉珠猛然想到王文素，心里甚是气愤，恨不能将他拉来，再目睹此情此景。它是何等诱人！马儿们尚且如此，他比马儿们聪明多少倍的脑袋如何就不开窍呢！气愤过后是伤心。与其说冲动与气愤背后隐藏的是暴发与拯救，那么，伤心与平静背后隐伏的便是绝望与哀号了。

边上一群马儿们懒洋洋地晒着太阳，慢腾腾吃着青草，好像什么都不放在心上，哪怕是未来不可测的命运，要知道它们是要被送到疆场任人驱使的！可是，那又如何！在它们看来，似乎那是很遥远的事，眼下所急所务便是要好好享受生命，享受速度与激情过后的平静安逸。激情意味着年轻，年轻意味着希望，意味着征服，征服一切，甚至它们眼睛里还闪现着年轻生命特有的幼稚和无知，缺乏必要的沉稳，但，这又有何妨！

王文素——我恨你！

我恨你——王文素！

猛然间，玉珠把自己放倒在原野里，一面来回打滚，一面涕泪滂沱，她不停地叫着王文素的名字，不停地说我恨你，伤心得一塌糊涂。可说着说着，变成了我爱你，变成了幸福与痛苦纠结在一起的大声啼哭。玉珠想让王文素听到她的心声，听到她的哭声，听到她说她爱他。可是，他哪里能听得到！他只有他的算学！

玉珠的痛苦也不无道理，此刻的王文素静默而坐，突然想起母亲。母亲走了。父亲每日忙里忙外。他自己日日迷迷糊糊，时空好像一直混沌，从未清醒。母亲在时，饭菜香甜，一切安心，世上，没有一种感情比母爱更牢靠，任何时候都不会转移，都不会冷却……

现在，唯有算学了。于是，王文素诵道：

吾爱算学，若盘璞玉。琢之，磨之，亦自琢自磨；滋之，润之，亦自滋自润；雕之，斫之，亦自雕自斫。自始至终，如品茶酌酒，品之，赏之，亦自品自赏。洪荒渺渺之不弃，人世荣辱之不离。

除了算学，还有什么能如此让他愉悦心绪，开阔心智！王文素再次埋头演算起来。

瞬间，上档珠挑逗着下档珠，每个珠子皆动如脱兔，这些珠子又合伙儿吸引着王文素，使其心聚神凝，不敢有丝毫懈怠。这是一种无形力量，是碰撞、摩擦与吸引所产生的巨大力量。这种力量始

天地公心
TIAN DI GONG XIN

于一个问题最初发难之时，完结于它最终被解决之时。问题无穷无尽，那么此力量便无始无终。它们还要伴随催促王文素无休无止演算下去，与王文素柔情缱绻纠结下去，以至于他的演算激情不断，折腾不断，奇迹不断。这些珠子乃是王文素征战沙场驰骋算学的座骑，兵马，武器，它们一任他调遣、布置和指挥。这副算盘便是王文素的情人，是他一生不离不弃的伴侣。

算着，算着，王文素简直要大声高呼：算盘呵算盘，天地间算珠之集结地，乃我王文素彻底享受自由之地，是我心我魂完全放松自由呼吸的方寸之地，是无拘无束不用装逼不用戴假面具的人间天堂，在这里，我真正找到了属于我的自由，这些珠子完完全全听命于我，我又彻彻底底赋予它们应有的价值与地位，我是一颗心十个手指给它们，它们是三十六个合成一颗心给我。在它们面前，我乃王，帝，驭手，最高指挥者，是最高神明之主宰！我从未怠慢过它们，我把它们当知己当情人当爱人，当我的五脏六腑，当我的身家性命！珠子啊，在你们面前，我是纯粹的，是完整的，是坦诚的，是暴露无遗的，是无一丝一毫私心杂念的，是对得起人间良知与天地公心的！

瓣里啪啦，算珠声戛然而止，王文素突然想起玉珠，不知她现在何处？不知为何，一想到她，阵阵疼痛，飓风一般，打着旋儿吹着哨儿擦着心尖儿抖抖就过去了。

真正爱情是彻底自由的天地，什么都可说，什么都可做，是彻底给予与彻底接受，不要任何掩饰，不要任何束缚，是真实的自我袒露！

玉珠，我这颗心，你可明白？

11

饶川西关有座鼓楼，几根柱子执拗挺立于墙壁间，虽柱身油漆已斑驳，但看起来依然雄伟，步入里面却简单至极，就像王文素的人生，大脑，外在视之甚为简单，想法更为简洁，每日只要有算学相伴即为幸福，余者概不过问，一日三餐好歹皆行，婚姻大事根本不上其心，生老病死更无暇顾及。你说玉珠遇上爱上这么一个男人，岂能不痛苦之极！可玉珠也简单，就是想爱他，亲近他，照顾他，一门心事想与他厮守日月，朝夕共处，生儿育女，陪他生生死死，地老天荒，共度今生。她要求不高，只想要他娶她，给她一个名分即可。即使如此小小低微要求，他都不能给她。

玉珠满腹惆怅却无人可说无处可诉。

养马场，鼓楼。鼓楼，养马场，她在这两个地方徘徊。

养马场有难忘记忆；鼓楼里可问禅问佛。

鼓楼的鞍背型檐脊上经常落满鸽子，鸽声咕咕；飞檐上悬挂几个风铃，一有风来，清脆鸽音与风铃声布满饶川。有时，两种声音交叠融合，甚于清音，有如天籁，能将点点忧愁和烦恼撬起赶走，能将庸常日子一遍遍过滤。

玉珠经常来此，来此不为别的，只为听此清音，以清心静心。

前几日，眼看王林年老体衰，她和王文素一起照顾王林。玉珠小心翼翼又提她与他的婚配之事，不想王文素不但大发雷霆，说她始终不理解他，且发誓再不见她。玉珠所感不只伤心，更多是委屈。她明白他，一心钻研算学，余者皆置于旁。可是，她呢，在他眼里算什么？谁能理解她，明白她的一颗心呢？

失落之际，玉珠偶遇一人。此人五旬上下，长着一张圆饼似的胖脸，一身灰衣，和尚装束。他笑嘻嘻打量玉珠一番，半天，这和尚说她是不是深深喜欢一人，可这人像木头或浑然不知或踯躅不前，其态度令她伤心不已，而她又欲罢不能。玉珠被他说中心思，却不露声色。只见和尚正色道：请问姑娘，老衲是否言中？玉珠心下佩服，嘴上却骂其胡嗳。和尚说，你佩服我也罢，骂我胡嗳也好，且听我细细道来。和尚说，像姑娘此等痴情之人，世上说多也多，说少也少。女人常为情所困，所困者自然多为男子。而世上男子又多为寡情薄义之人，寡情对多情，薄情对痴情，自然凄凉者多为女人。玉珠低头不语。和尚说，我撞钟时辰已到，请施主随我前来。玉珠不明就里，随他至一口大钟底下。和尚操起一根粗木棍，对钟撞了两下。大钟发出嗡嗡之声。

玉珠问他，你每天就撞钟？

和尚说，是啊，晨钟暮鼓，职责所在。

玉珠问他，撞钟如此多年，难道就不做些他事？

和尚想了半天，说，还吃饭，自己做，自己吃。

玉珠不禁失笑。五十多岁，竟然撞了四十多年钟，也太没出息了。

不想，和尚却说，施主以为撞钟简单吗？撞钟是简单，但每天撞即不简单，每天按时撞钟就更不简单。简单的事每天做，还要坚持做好，就不简单了。

玉珠不敢再笑，她很为自己先前浅薄无知而惭愧。

和尚不理会玉珠情绪，幽幽说，你若真爱一人，那就爱下去吧，不管他对你如何，婚姻不婚姻有何要紧？其实，嫁一人简单，爱一人不简单，每日爱他不简单，一辈子爱他更不简单，喜怒哀乐爱他不简单，穷通富贵爱他不简单，生老病死爱他不简单，简简单单的背后就是不简单，不简单就是一连串一连串的简单组成的。姑娘若真爱此人，就莫问他意，莫逼他愿，莫自寻烦恼，只简单做好你爱他一事，足矣！

几句话砸得玉珠愣在那里，简单二字一直盘萦在玉珠心里。是啊，想想也是，十几年了，自己爱王文素何其简单，又何其不简单，既然爱就爱了，为何在一纸婚姻上纠结不已，岂不是自己对自己不自信，怕有朝一日失去他，要一辈子把他捆绑在自己身边！而王文素爱算学，无人知晓，无人理解，可他依然日复一日伏案演算，尤其是在他落榜痛苦之时，母逝失亲之时，他依然没有改变对算学的热爱与痴迷，算学几乎成了他的性命，茶余饭后日间行路之时，他满脑尽是算学；夜间辗转反侧无法入眠之时，他满脑所想皆是算学；他游学三年历尽苦难，对算学依然激情满怀；他无暇悲喜旁人，无暇顾及自己，无意虑及婚配，无心人情冷暖，他爱算学完全忘记了自己，忘记了整个世界，忘记了一切，这才是真正的热爱和大爱。如若不如此，那他就不是他，不是自己所爱的王文素。她不就

228

是爱他这一个么！她不就爱他那份执着与痴情，爱他那份不随波逐流特立独行么，爱他那种混沌如一初洗如婴纯朴之心么！为何自己非要他顾及自己一点小感受，为何非要他许给自己一纸婚约似乎才放心？自己每每如此，何尝不是自寻烦恼，何尝不是抛却初心的愚钝之举！兄长王文溥所言没错：得其所爱易；要其一纸婚约，不可能！

沉思之间，和尚拂去古筝上的微尘，玉珠疾步奔过去，坐而弹起古筝《上邪之长相知》：

上邪！
我欲与君相知，
长命无绝衰。
山无棱，江水为竭；冬雷震震，夏雨雪；天地合，
乃敢与君绝！

一曲终了，玉珠站起，双手合十，告别和尚师傅。她已经了悟。
世之般若，就在一念之间。

第十五章

1

都说父子连心，倒也不假。王文溥见父亲一人挑着生活重担，泥泥泞泞踉踉跄跄走在谋生路上，弟弟前途未卜，立身无着，自己虽屈身田家，衣食无忧，心中未免渐生愧意，想帮却无法相帮，歉意连连，愧歉之心如火球，时刻灼之，使其坐卧不安。本与田螺共商，又怕她不乐意，心生龃龉，不仅不助力，反倒添忧。可王文溥毕竟人到中年，不再是毛头小子，在老田手下田螺身边磨砺多年，心中成算谋划早已不比当年。他一直寻找机会讨好接近老田，晨昏定省必不可少，比以前眼色更多手脚更勤，他爹娘不离口嘴甜舌蜜，叫得老田夫妇心花怒放，吃饭之时他早早为全家盛饭，恭恭敬敬端至老田手上，上地前要用家具一人扛，下地回来洗脸水早打好，擦脸巾不失时机呈面前，老田往太师椅上一坐，他就像小丫头一样给老田捶背揉肩。老田明明知晓王文溥定有求于他，可他也不开口，只管享受这般曲意奉迎，只管张罗铺网耐心等他投怀入抱。

一日，老田问王文溥，你弟日每都忙些什么呢？王文溥一听老田主动提起，自己梳理一样心思顿时焕发光明，整个人来了精神，他说文素探游算海，乐此不彼。老田说，你这个弟弟看起来似乎很精明。王文溥连忙摇头，说，并非老于世故的精滑，七窍他只开一窍，名落孙山，便是算学作怪。老田沉思半晌，要王文溥说说王文素是如何酷爱算学的。王文溥说，清晨两件事，一读古书，二拨弄算盘，此乃日课，日日课，日日课之，六岁起便如此，从未间断，据儿子看，不让他鼓弄算学，不让他拨打算盘，能将他逼疯，情痴意憨之人于世俗生活中必傻得可爱。老田一听，颇来兴趣，身子微微前探，说，噢，如何痴憨傻爱，愿闻其详。王文溥顿来神采，说，大热天，他一人闷于屋里，趴在那儿算呀演呀，蚊子叮他的头脸后脖颈，他都不觉，有时实在奇痒特痛，他伸手挠之，说，"呀，一只皆无，皆吃饱回家去了。"听到这儿，老田脸上微微露出笑意。王文溥又说，他见屋顶落满蚊蝇，操起枕头就攥，结果蚊蝇没砸着，枕头落下来倒将他砸倒。老田说，好像你父亲对他甚是宠爱？王文溥脸上现出得意，说，别看父亲挺宠他，其实是怕他脑子有毛病，时时刻刻事事处处迁就他而已。老田正襟危坐说，一个脑子里有毛病的人，岂能给衙门做事！王文溥闻言，方知言过有失，急了，说，其实，文素脑子里也无毛病，就是个一性性人，一根筋。老田摆手，说，那也算了吧。王文溥一听此言，知道老田心里所想，不想自己言多必失，正当他失望懊恼之际，老田告诉他，因县衙术算手养病在家，他已为王文素谋得临时顶这个缺。

身为兄长，王文溥欣喜若狂，他赶紧跑回家，将此事说与父亲与弟弟。王林以为王文素会断然拒绝这个差事，不想他欣然应允。原来，王文素自有他想法，一来为接近全饶川土地税赋情况，他想起吴敬所为，也颇多益处，更主要是为躲避玉珠的情感纠缠，反正他心意已决。与其不愿面对，则不如避之远些，眼不见心不烦，情感这东西，一旦丢手，一方撤离，让一方冷却凝固，就算翻篇，过去了。他心里默默祝愿玉珠能找个好人家。

于是，决绝地，王文素踏进县衙，做起了术算手。

刚开始，做得甚为顺手，每天他只管打算盘就行，按县丞吩咐，将一大串一大串数字加起来再除开，乘起来再加上，加上再减掉，减掉再乘起来。王文素两眼紧盯算盘一侧的账册，左手毫不停歇飞快拨弄算珠，右手同时挥毫记录账目，一手漂亮的珠算捷法，一手漂亮的行楷，令同行啧啧称赞。县令、主簿、典史等对他都很满意，加上王文素做事认真本分，县衙每有丈量地亩之事便派他出去。王文素也乐意担当。这一时期的历练，令他在四里八方的名声更为大噪。

2

　　古者庖羲氏之王天下，仰则观象于天，俯则观法于地，观鸟兽之文与地之宜，近取诸身，远取诸物，于是始作八卦，以通神明之德，以类万物之情。观象授时，以绝天物。算学由来已久，可历朝历代对算学的发展都各有取舍。比如本朝北方就有大小亩之分，这种大小亩之异对田籍的破坏，终归只是局部问题，尤为严重的是导致全国各地田制发生混乱，影响由局部濡染全国。当初，明太祖治乱世，刑用重典，执法严猛，人多不敢以身试法。明中叶以后，由于法制日趋松废，土地兼并之风盛行，鱼鳞图册名存实亡，田土多被欺隐，见籍纳税者日为减少，朝廷查核田亩，各地衙门未送者比比皆是。土地失额近半，或欺隐于猾民，或册之文讹误，赋税无从出，国存严重不足。皆赖天下有司，受猾民赃利，为之欺隐额田，蠹国害民，弊无纪极。

　　王文素虽一介临时术算手，与一些有识之士怀抱忧患意识，纷纷上书请求核实田亩，丈地之议由此兴起。真定府等处地方官，首先身体力行，履亩丈量，均平赋役。但因法未详具，人多疑惮，一些豪民大户乘势而起，攻击他们是变乱祖宗成法，结果虽有均田之名，殊无平赋之实，最后不了了之。

　　有人赏识，自然就有人嫉恨。一位侯姓师爷左右横竖都看不顺眼王文素。这位姓侯师爷并非饶川人，恰与前任术算手是同乡，他见王文素来县衙做事颇为得势，就偷偷捎信给他同乡，说王文素如何刁滑乖巧，算法又如何了得，你要是不赶紧回来，大有他取代你之意云云。那位术算手好不容易谋得这份差事，自然十分上心，便不顾身体尚未痊愈便跑至县衙，对县令主簿等人说他已大安，说话之余焦急之情满脸，生怕王文素久占其位，赖住不走，夺他饭碗。术算手一职本属县衙临时聘任，县令等人有意让王文素取代他。无奈侯师爷从中作梗游说，说他同乡如何老练，如何精明，家里又十分需要这一石俸禄，左添油右抹粉，又添油加醋捕风捉影说王文素如何口风不稳，经常打问赋税之事，背后煽风点火，添不少黑话，县令等人碍于情面，一时难以举措。小小饶川县衙风云密布谣言充斥，叫人甚感压抑。

正于此时，王文素接到一封信函，内容颇具几分风雷：

尚彬兄台：

久闻大名，自许不凡，自幼颖悟，涉猎甚广，尤长于算法，留心通证，据说颇有心得与建树，且独尊杨辉，多褒《九章》。

然，算学幽深，自结绳政远，后代契书，周公问答遂有《周髀算经》，《九章算术》起于先秦，九章框定，功不可没。刘徽作注，析理以辞，解体用图，率作纲纪，其功自然可纪。然，祖氏代算辈起，能究其深奥，思而证理，乃有《缀术》。《孙子算经》，丘建百鸡，孝通《缉古》，算经十书盛传于隋唐。北宋贾宪撰《黄帝九章算经细草》，进推《九章》；秦九韶演大衍，南宋杨辉详解九章，不过尔尔。金元李冶，《测圆海经》《益古演段》，集勾股容圆之大成，完备天元之术。朱世杰之《算学启蒙》《四元玉鉴》提出多元。众拾柴，焰自高，一进再进，一推再推，徽再鼎立，不过一滴水汇入算学大海耳。

北方战乱频仍，饿殍满地，探算学宝瑰者能有几人？南方润泽，群贤毕至，学术成风，远有吴敬，近有应祥，尚有杜文高、夏源泽、金来朋等苦心演证，研著颇丰。如若有意研讨切磋，请于三日后会于清河风驿会馆，不见不散。

江宁夏源泽，金陵杜文高，金台金来朋具上

正德五年（1495年）初春

3

哦，此信函既为一封约会书，言词灼灼；又是一封挑战书，咄咄逼人！再看落款之人，打头者为夏源泽，其他两位不认识。王文素一拍大腿，夏老兄，不陌生啊，我南下游历之时，虽未谋面，却曾得到你算著，如今前来一会，岂非老友重逢！

此时，王文素正好在县衙待得郁闷，闲得无聊，决定面见县令大人，具详此事，前往赴约。县令大人乃一风趣之人，一听说有人挑战本地算学高手，恨盼不能亲自前往助战，又省却他与前任术算手狭路相逢，怒目相向，自然满口应允。

初春早上，王文素与县衙同僚依依惜别，手牵一匹马，慢慢走往清河县。为何走往清河县？因为信函里所约地点便选择在冀州清河县。

饶川到清河几百里路程。刚踏上路，王文素并不急着快马加鞭，他牵着马，慢慢走着，东张西望，只见路两旁，褐色树干成群默立，枝条徒然高举，寥寥疏疏，老麻雀出没其间，冻僵的土路，于林间蜿蜒，挂满灰白尘屑，冷寂钟声，隐约传来。

随后是一阵排山倒海的马蹄声。马蹄声越来越雄壮，踏碎一片宁静。原来是马队要成群结队北上，它们要开始一年的放春了。所谓放春即马要跟牧马人北上，选择一块卓越草地，这块草地要足够阔大，足够肥沃，一年或大半年所长之草要足够这群健壮马群来吃，借以养肥养壮它们。半路上，它们要涉过一条冰河。东方，刚才尚努力出头的太阳，忽地挣脱羁绊，像个孩子，身量猛然窜高，叫人眼前一亮。马儿们也很惊异，它们感到太阳突然宠爱它们，世界一下变得崭新，变得开阔，变得透亮。马儿们有的回头瞪大眼睛看，有的兴奋得摇头甩鬃。它们的眼睛大而美丽，睫毛很长，似乎笼着浓郁忧伤。滹沱河水已经解冻，巨大而透明的冰层在灰色激流中漂浮旋转，翻滚，撞击，然后急速而下。

嘶嘶嘶——

哗哗哗——

野性的呼喊震撼旷野，沿着荒莽地平线此起彼伏，粗犷庞大，一直涌荡到更广阔的那边，回声贴着地面打转，最后逶迤消失。

一位农夫坐在一截残断不堪的田垄上，庄稼不知被运送到何处去了，说不定已化为肥料或尘土的一部分。可是，他还是想它们，想他的孩子们，想长出庄稼的这块土地。老人伸出两手，身子慢慢匍匐了下去，将整个身体紧贴地面，他能听到大地颤动的心跳，带着惊悚，他也将他的心跳，他的体温，他的整个气息全部输送予大地，他想温暖这块曾经辛勤耕耘的土地，他视这块土地为兄弟、父母、孩子甚而至于是他的老命根子。突然，只见他脸一歪，俯在地上，呜呜咽咽哭起来，干瘦的双肩随着苍老身躯起伏，像一个委屈极了的孩子，走丢母亲的一个孩子。王文素一下想到父亲，他真以为父亲来到此处，抑制不住跑前两步，伸手扶起老人。老人抬脸看他，泪水溢满皱纹，于皱纹里蜿蜒穿行。王文素不知如何安慰他。到底发生了什么，令这位老农如此悲伤！王文素不敢启齿，他怕听到任何农人失去土地事情就发生在眼前。

一群麻雀大胆而好奇，落于不远处，转动着小小脑袋，警惕地看着四周，它们不知道发生了什么事，而且更不可知的是，这儿到底曾经发生过什么，令这位饱经沧桑的老人伏地哀恸，它们有时断食，有时断饮，被人猎杀，也不至于此啊。

太阳驾着帆船一点点从东方升起，光芒将一切都染成金黄，使一切皆显安静，坦荡，包括老人的哭泣，变得哀痛凄绝。

河水似乎再次翻涌起来，马儿们被这种美丽的景象惊呆了，或许是吓坏了，它们再次嘶鸣起来，马尾微微摇动，划出美丽弧线，马身显得更加修长，更为曼妙。它们一头接一头跳进水里，其游泳姿态健美而雄壮，甚至颇具性感与风情。有母马悄悄靠近公马，在它颈上蹭蹭，公马们甩动长长鬃毛与尾巴，更加撩拨起母马春情。它们太留恋这尚且冰凉的河水了，有的甚至故意摔倒，在水里打几个滚，撒几个欢儿，然后倏地站起，使劲一抖，洁白的水珠被散溅开来，它们以全新姿态走向对岸那个美丽梦想，那个属于它们的梦想。

瞬间，王文素被这壮阔而豪迈景象所迷乱。他掏出碎银安顿好老人，开始狂奔，一手撩着棉袍，枯枝断叶在他脚下飞快后奔，湿冷而清新的空气大块大块钻进他口里、喉咙、胸腔和腹腔。他禁不住放声大叫，大嗷，大哭，大笑，满脸泪水，不知是哭是笑，只感到一种从未有过的力量正从他体内汹涌澎湃宣泄而出。

跑了一气，才忘记牵马，王文素喘着粗气，返身而回，跨上马背，打马而飞，他奔跑在一切的虚无里。

4

清河县风驿会馆很快找到，清冷，老旧，略略带些破败。这三个远道而来的算友为何将会面地点选在这样一个会馆？鬼才知道。自负气盛的王文素立于会馆门口，淡然一笑，牵马走进。

偌大敞口客厅里已经坐着三位先生。正中一位已近暮年，湖白绸巾包头，一袭牙竹长棉袍，腰间四指宽明黄滚带，束住棉袍的宽大与肥硕，挤出一脸骄横与傲慢，他两眼紧盯着王文素，说，夏源泽，江宁人，曾与你失之交臂，久仰久仰。王文素当胸一抱拳，躬身作礼。左边一位麻杆细瘦，藏青包头，一身青布棉袍，两只手笼于袖中，嗞嗞声不断由唇间发出，轻跺两脚，初来乍到，南方人显然不适应北方干冷天气。他伸出细长消瘦十指，弯腰端了身侧小几上一盅热茶，操着浓浓南方口音，说，侬喝茶。王文素摆手。他乘势说，那侬就不客气了。将茶送至自己唇边，轻轻吸溜一口。夏源泽介绍说，他叫杜文高，金陵人。右手一位必是金来朋，其身材矮胖，脸色白净，两只眼睛上上下下来来回回打量着王文素，然后一抱拳，冲其笑，说，吾乃本地易县人，此两位皆好友，大老远跑来，只为与王兄见识见识切磋切磋。来，咱坐下，有话慢慢商讨。

金来朋话未完，三人都齐齐打量王文素，只见他身材高大，消瘦，似麻杆，袍刚过膝，衣衫褴褛，发散须乱，面色呈褐，一双说大不大说小不小的毛毛眼细长细长，要么笼着，不看人，一看人便抖过两束光线，颇为晶亮；眼皮微微发青发肿，显然长期睡眠不足，似抬不抬，似合未合，有些臃肿地护卫着两只豆豆眼。鼻梁高隆，鼻蛾宽阔，使鼻看起来甚为雄伟，他的双唇叫人看着有趣，肉感十足，却肃然紧抿，男子汉气陡然而生。三人心说，如此一位貌不惊人者，何以算学才具名冠南北？别是徒有虚名吧。王文素看三位神态举止，知道他们心里在想什么，也不分辨，撩袍慢慢坐下。

　　一盏热茶过后，夏源泽和金来朋都奉上自己的大作，分别为《指明算法》与《启蒙算法》。夏源泽大作是早见识过的。王文素拿在手上，简略翻阅金来朋的《启蒙算法》，半天又抬眼看着杜文高，说，杜兄之大作呢？杜文高摆手，说尚在校刻中。话音刚落，三位眼光齐刷刷射向王文素，差点将他推倒在地，都拿疑问的眼光看着他，那意思是，把你的绝活亮出来吧。王文素笑笑，一手托着两册算学著作，一手在上面轻轻摩挲，似笑非笑，似言非言。夏源泽面色沉沉看着他。因为他曾听家人说过，王文素对他的著作颇不以为然，这一点差点激怒夏源泽，所以，他年岁已大，却不辞千里与友人相伴一起来会王文素，所为就是想出口气，看看王文素身上到底有没有真本事。金来朋提醒说，夏兄不妨与其说说"桃、李、梨、栗"问题，那可是老兄的拿手绝活。夏源泽摇头晃脑说，对，咱就闲话少叙，切入正题，来点真格的。

　　夏源泽此言一出，一场东方奥林匹克数学竞赛大幕正式拉开。看来三人早有预设，由夏源泽打头阵，金来朋助阵，杜文高暂观望。

　　王文素立于一边，洗耳恭听。

　　只听夏源泽朗声说，今有银一百一十两五钱六分五厘，买到桃、李、梨、栗四色果子共九万六千三百五十个。只云四色果个相仿，每桃一百二十五个价银一钱，每李一百个价银一钱，每梨八十个价银一钱，每栗六十五个价银一钱。问：四色果子及价若干？

　　夏源泽说完，三人皆面带得意之色，看着王文素。

　　就在夏源泽试才论题之时，王文素暗自思索：真正是人怕出名猪怕壮，自己名声何时不胫而走？竟引人来过招？不过，也是好事，当今，算学如此沉寂，能结识诸友，掀一番算学讨论，廓清诸多流弊，于算学有益，何乐不为。于是，他低头沉吟，略想片刻，说，夏兄所言桃、李、梨、栗问题与杨辉《续古摘奇算法》《张丘建算经》中著名之"百鸡问题"、《辩古通源》中之"百桔问题"皆属一类。此特术耳，非细草也。此类问题答数尤多，不可枚举。

夏源泽说，此题最关率，所答唯一，岂不可枚举？

金来朋说，大哥，将答数统统说与他。

夏源泽才要开口说答案，王文素摆手接口说，我来替夏兄说吧。桃二万三千九百五十，银十九两一钱六分；李二万四千一百三十，银二十四两一钱三分；梨二万四千二百二十，银三十两二钱七分五厘；栗子二万四千五十，银三十七两。此与《张丘建算经》中所曰：今有鸡翁一值五文，鸡母一值三文，鸡雏三值一文。凡一百文买鸡百只。问翁、母、雏各几何？鸡翁八只，值四十文；鸡母十一只，值三十三文；鸡雏八十一只，值二十七文，大同小异。

待王文素如此一说，三人目瞪口呆，皆问其如何简化算之。

王文素说，列位兄台切莫以为尚彬在此卖弄，尚彬以四证来简此类率题，以所问各样银、物分列两行，物列一边，价列一边，本物与价比肩而列。务令贵物居首，中者、贱者列于下，不拘次第。倒之也成，只是万不可以中物居于首也。如此便可得上数。他一边说，一边于麻纸上记数。杜文高眼捷手快，早由掌柜处取来纸笔，铺于王文素面前。

夏源泽、金来朋与杜文高都围上来，看王文素推演。王文素犹如打开话闸，他将百鸡与桃李各置一边，说，方程一术，实为深远。若要简之，必清总统。先以居首之物先乘其银价，次以居首之价遍乘其物，令本物、本银对减，余诸价为法，余总价为实。我称之为"总率分身"。

王文素正要说口诀，夏源泽不服气，由袖中掏出一袖珍算盘，只见此算盘小巧玲珑，铜为框架，金黄色；玉为算珠，湛绿色；听众人称它为如意算盘，视之甚为精妙。夏源泽用他的如意小算盘按王文素所说的总率分身算将起来。金来朋立于一侧帮腔，说，就是，大哥，得算算，为何此法算得如此之快，咱从未见过。杜文高则来回倒茶，腿脚甚勤。

算了半天，夏源泽犹有不甚清楚者问王文素。王文素耐心解释桃、李、梨和栗的解法，所证果然不差。夏源泽久久盘算王文素的算法，坐在一边，不再言语。

忽然，有一人跳将起来，说，大哥，岂能如此偃旗息鼓，你我弟兄再与他再一试耳。

5

原来是金来朋，他如厕回来，见夏源泽低头不语，有些败阵之意，便甚为不服，遂高声叫道。杜文高不失时机递茶。金来朋阻挡，说，不喝了，再喝老是尿尿。他拿起自己著作，翻也不翻，说：

长亭台一所，上长二丈，广八尺，下长三丈，广一丈八尺，高一丈八尺，问：积几何？

夏源泽一听金来朋打气，所提属商功问题，便又兴奋起来，他心直口快，金来朋话音刚落，他便答道：六百尺。金来朋本欲煞煞王文素威风，也想卖弄一下自己学识，不想夏源泽又抢先，他此次是有备而出，一听夏源泽冒失如此，不禁哈哈大笑，说，大哥，长亭台如此之广，你如何才算下六百尺？真正叫人笑掉大牙。夏源泽抬眼问他：那你说几何？金来朋弯一下腰，身体似于空中划个弧线，又似陀螺当地旋一下，摇摇脑袋，站定身子，满脸先是不屑尔后是得意，说是六千三百尺。

瞬间，夏源泽脸胀通红，说，贤弟，此题咱二人以前未曾讨论过，正好在此一证。他两手比画，似乎长亭台就立于眼前，说，如此亭台，以上长二丈倍四丈，加下长三丈，共七丈，以上广八尺乘之，得五十六丈。他用算盘算出得数，记于麻纸上。另以下长三丈倍得六丈，加上长二丈，共八丈，以下广一丈八尺乘之，得一百四十四丈。又将此数记于麻纸上。二数并共二百丈，却以高一丈八尺乘之，得三千六百丈为实，以六归之，得六百尺。啊……

如何？自己就算错，还要人家替你证之？金来朋呵呵而笑，说，大哥，你真是老糊涂了，丈尺之差，差之千里，岂能共乘！立方一尺积千寸，立方一丈积千尺，立百丈则六十万尺矣！金来朋回头看着王文素，说，对吧，尚彬老弟？

王文素点头，颔首而笑。

杜文高倒掉残茶，又沏一壶热茶过来，夏源泽有些不耐烦，说，杜老弟，你为何就知道沏茶呀？也不将你的绝活拿出来，此时不拿，更待何时！杜文高急了，说，此……此事总得有人去做吧。遂自倒一杯，坐一边作壁上观。

金来朋将夏源泽驳得无言以对，见他拿杜文高撒气，心里颇得意，遂摇头晃脑说道：以上广八尺乘上长二十尺，得一百六十尺，又乘高一十八尺，得二千八百八十尺为中宫之积。另以上广减下广，余一十尺，以上长乘之，得二百尺，又以半高乘之，得一千八百尺，为震、兑二宫之积。另以上长减下长，余一十尺，乘上广八尺，得八十尺，又以半高乘之，得七百二十尺，为坎、离二宫之积。另以上广减下广，余一十尺，以上长减下长，亦余一十尺，相乘，得一百尺，以半高乘之，得九百尺。为艮、巽、坤、乾四宫之积。并四数，共得六千三百尺。如何？

夏源泽毕竟年长金、杜、王三位，已然花甲有余，神意反应自然迟缓，他又拿起他的如意小算盘，拨动珠子，慢慢算着。杜文高于一边轻声问：大哥，金兄所算对否？夏源泽不吭气，依然边思边算。

王文素双手一拱，二目慢慢扫过三人，每扫视一人便与其久久对视，然后，看定金来朋，说：

长台求积古传方，倍上长来并下长。

上广乘之权寄位，另倍下长加上长。

下广相乘求见数，与前寄位并为良。

才乘高数为其实，以六归来积最详。

金来朋大为不屑，说，这是尚彬兄自创的口诀吧？想不到尚彬兄也推崇这种下里巴人的算学口诀！王文素微笑点头，说，算诀历史悠长，早在战国时期便有，歌诀既易记易传易用，又优美典雅，身为后人，我们为何不延续这一传统？夏源泽立起，慢慢至王文素面前，冲其一抱拳，说，花拳绣腿暂置一边，请兄台详解之。王文素本来想解释算学口诀并非花拳绣腿，来不及开口，金朋来见夏源泽妥协靠拢王文素，甚为不悦，说，大哥何故长他人志气，灭自己威风！他慢慢蹀至杜文高身侧，坐下来，说，兄台，金大哥为你倒杯茶，如何？杜文高一下子明白金来朋小意，故作惊讶状，连忙起身，说，岂敢岂敢！只听夏源泽长叹一声说，我等敏而好学，不耻下问，可好？

王文素冲夏源泽深深一躬，说，实不相瞒，金兄演算之数不敢苟同，尚彬可用两法证之得六千尺。

金来朋一听此言，说，愿闻尚彬兄指教。

王文素款款一笑，说，历来算家，以诚以真为之，既不趋炎附势，也不虚言苟同。今尚彬实言相陈，并不为强分高下，确为实心求证，互相切磋，如若有异，还请坦言具之。夏源泽点头。王文素说，窃以为，如有长亭等台，层数多者，上下长倍之，加入邻长，以所倍之广乘之。另四因中长，加入上下二邻长，以四因之，广乘之，总以高乘之，每一段如六而一。如分段证之，再加成整段亦对。请三位不妨试之。本来，王文素还欲再详细而算，但看到三人皆有不服之心不平之意，便简而述之，就此打住。

夏源泽频频点头，说，老朽算明白了，兄台所言极是。金来朋取过夏源泽如意算盘，细细微微打起来。

一厢旁观之杜文高站起，说，小可算是看明，尚彬兄测深探远，细论研推，一定在算学上有独到之见。我等醯鸡井蛙，愚故鄙陋，实实佩服。

王文素连连摆手，说，诸公算法，固谓善矣，但藏头露尾，露尾藏头，俱以逢巧之法而算之，不通活变，以至难悟后学。

夏源泽拉王文素坐于身侧，说，兄台以为历代算学之著如何？

此时，金来朋亦证演一回，甚觉王文素所言不差，见此人不仅算学严谨，且为人坦荡，不由得坐立起身，听其所言。

王文素慨然而言，说，实言之，愚留心算学，手不释卷久矣，颇谙乘除之路，尝取诸家算书读之，其间辞失旨者有之，问答不合者有之，歌诀包束不尽、定数不明、舍本逐末、弃源攻流、乘机就巧、法理不通者，比比皆是。金来朋问他有何打算。王文素淡然一笑，说，我一落泊之人，愿以一生求证算学，细论研推，探远证深，其所当者述之，误者改之，繁者删之，阙者补之，乱者理之，断者续之，尽一生而攻之。

夏源泽甚为激动，两手紧紧抓住肩，说，好气魄！我等不虚此行，日后还要三顾屋舍，望不吝赐教！

第十六章

1

　　远赴清河试题论才，王文素可谓要尽风光，显尽文才，一时为好事者传为佳话，于饶川清河诸邑争相传颂，妇孺皆知。可，等其回至饶川县衙，方知，先任术算手早已就位，将其所用之物一并搬至屋檐下，算是赶其出位。好在王文素什么也没有，只一副心爱算盘。他了解原委后，亦不申辩，亦不埋怨，留下一副对联：

　　　　在地为河岳
　　　　在天为日星
　　　　横批是：天地公心

　　将笔一扔，洒脱而去。
　　人情成逾不过去之障碍。王林为少点赊账，日每早晚或推车或挑担出去卖酒。林已至暮年，身体渐衰，加之岁月煎熬，风尘侵袭，已然垂垂老矣，念及王文素，难免失落，莫非真正是命里一尺，难求一丈，一路一风险，一途一机遇，一人一活法，见其整日钻研算学，虽不知将来命运如何，却视之精神有寄托，不招事，不惹人，迷途不知返，乐此不疲，心甚慰，干吗非得掘地三尺，做出个天高地厚做出个山高水长来！又每每睹物思人，念及爱妻。男人，一辈子遇个好女人不容易，自己还未来得及好好珍惜，她便舍他而去，一半温暖随之减少，唉，斯人已去，奈者何为！

这日，他卖酒回来，路过老田门口，正遇田螺出来倒水，死活扯他进屋，说，爹，您就当歇身子，进来坐会儿，看看两个孙子。王林见田螺真切，亦牵念二孙，略一踌躇，便跟田螺进来。

老田米粮店依旧日日开门张罗，可内屋墙皮老旧，橡檐甚低，暗淡陈旧，往日威风难寻。两个孩子，大者十二，小者三岁，见他进来，挡不住骨血亲情，皆扑过来，憨叫爷爷。大者为老田顶门立户，随田姓，叫田晨，小者随王姓，叫王阳。王林喜极而泣，紧紧抱住二孙，有如幼时二子，不禁老泪纵横。有血有肉生机勃发的孩子是老人最大安慰，怪不得老田夫妇颇为自乐。

王林问田晨：你爹呢？田晨操着浓浓饶川口音，说，爹下地去了。此时，老田走来，拉王林坐下，颇有些惺惺相惜，解释说，天旱，黑圪节虫漫延，文溥洒药去了。王林点头。老田满面和蔼，倒比先前亲和许多。田螺奉茶。王林有些受宠若惊。倒是孩子吵着要喝，田螺拉过，一人倒一盅茶，两孩嬉闹着吃了，一蹦一跳出去玩耍。视孩子童稚身影，王林憨然而笑，低头吃茶。老田像无端端抢人家宝贝，愧疚一迭一迭生涌，说，两个孩子，一随娘姓，一随爹姓，双玉合璧，自然再好不过，你说是吧，亲家？

正好单善人拄拐进来，二人起身相迎，老田请其坐上首，田螺奉新茶。单善人嘴豁齿落，抖抖吃茶，细小茶珠于银须上滚动。此年，已七十有二。单善人指着门外推车，说，酒篓里还有酒吧，香气蛮冲。王林起身，翻倒酒篓，足有半斤酒。单善人颤颤巍巍立起，说，走，前面带路，酒作引子，送我回家。王林不知就里，高提酒笭走在前面，老田搀扶着走在后面。单善人家住不远。

王林叫二人先回，他跑回家打满一罐酒，又顺路到刀疤家割了刀肉，至单善人家。一番烹烧煎炒，两大盘肉上来。

三人对饮。

单善人夹一口油汪汪的肉，置于嘴里说，多年未吃到王林兄弟这份好手艺了，文溥与田螺成亲，已然十几年过去。王林老田亦一阵感慨，一番唏嘘，皆说岁月不饶人。单善人说，世上最不饶人者是自己。当晚，单善人无疾而终于其简陋土炕上。

2

三个老男人喝酒，老田没喝多少，执意先走。他要回家去看孙子。自打这两小儿出生，老田性情大变。孩子成其莫大安慰。每晚若不见之，他竟睡不着。老田临出单善人家门，说，人拼打一辈子，图嘛？不等二人作答，他嘿嘿一笑，模糊在夜色里。单善人说，狗日的老田，颇有后福呢！人活一辈子不就图个安享天伦么！此话像说给自个儿，又像追着老田，音儿很高，穿梭于月光下，哗哗作响。

王林本欲回家，单善人死活拉住，说再唠两句。王林知单善人光棍多年，甚是孤寂，便脱鞋上炕，并肩而卧。

那晚，单善人所言，多年后，王林皆记忆犹新。

单善人说，吾乃一好赖人。王林问何谓好人。单善人说，凭良知做人做事便算好人吧。王林问其意。单善人端着无齿牙床，无声而笑，笑容划开一些月色，有些柔媚，说，吾认为好人乃舍己从人。王林骤然闻之，心下奇然，侧头视之，似有轻微鼾声。

王林奔波一天，浑身疲乏，很久无如此痛快畅饮。酒精像一妖娆美妇，先是纠缠诱惑，尔后与其共赴销魂帐，待与其厮混至兴致巅峰，便悄然而退。王林浑身神经松弛，疲惫与睡意阵阵袭来，使其溃不成军。

月光扑洒而进，像为二人盖层银被。

次日早上，林坐起，欲推醒单善人告知一声。手一触之，僵硬冰冷。大叫不好，试其鼻息，闭气已久。王林左右为难，想当初，落脚饶川，为其立足出谋划策，说合田家婚姻，帮其筹备酒坊，文素三考失利，帮其寻觅出路，玉兰病故，料理丧事，一言以蔽之，单善人乃其大贵人，可如今，却做下糊涂事，自己懒怠一时，留宿他家，瓜田李下，授人以柄，己身清白，百口莫辩，跳进黄河亦难洗清。林左思右想，只好叫上老田咬牙料理单善人后事。

王林硬着头皮来叫老田，老田一闻其情，说，嗨，昨晚喝酒，吾便觉其不对劲，有些交待后事之意。王林惊悚不已，问其为何不拉他一块走，还是亲家。老田嘿嘿一笑，说，其实，单善人心里不待见我，甚至隐含怨恨；他待见你，你忠厚老实，想跟你说话，我哪好意思插一棍子！当时我有心拽你走，想想又不忍，我老田一辈子狠毒，一辈子心短，不是算计人，即是算计钱，自打文溥进门，二孙出生，我甚觉我老田不是东西，尽做了一辈子损人利己之事，包括你全家，你说我老田算什么东西！怪不得人皆骂我断子，可我没绝孙呀，两个，我这就得感谢上苍，感谢你，送我一好女婿。我得改呀，我得延年益寿好好活呀，我得积善积德为子孙呀。于是，每日里喝茶面壁，戒酒戒荤思过。王林想昨晚，老田果真是举杯多，酒喝少。不禁又佩服其精明来。老田问，你是否挺佩服吾之精明？王林心下又佩服老田能一眼将人看透之本事，遂点头。老田说，田螺与文溥婚事，我掐你脖子，还于人前要足了好。你说我老田是不是好东西？王林不假思索道：真不是好东西！话一出口，觉着不对，又改口道：是好东西！又说，我没说你是东西！咳，你就是个东西！唉，你就不是个东西！几句话，逗笑老田，说，彼时，你初来乍到敢怒不敢言，你本亦非善茬，可栽我老田手里，是有心眼子使不出来，是不是？王林眼泪几乎下来。在人屋檐下，不得不低头，出门三辈小，见了狗亦得叫大嫂呀！若在我地盘上，你老田未必是我王林对手呢！老田知道王林一时五内俱沸，便不再扯此事，只管拉他走往单善人家，边走边说，人在做，天在看，头上三尺有神灵，好人一辈子吃不了亏。走吧，咱好歹将单善人后事办妥为是。

3

无人时，老田女人问田螺，说，你公公开办酒糟坊已有多年，想必颇具家业。田螺说，谁说不是，遇尚彬不成器，整日抱个算盘拨刺来拨刺去，他就是不算算自己日子如何过！玉珠撺得紧，可他死活不吐口，皆老大不小，婚不言订，人不说娶，胡搅一起，名不正言不顺。众街坊亦对其颇多微词。老田女人点头，说，冷眼瞧去，还真不假，除会打个算盘，余者一概不会。有次，我去给你爹打酒，大热天，他捂着夹衫子，邋里邋遢，问他热不？他说不热。我看他无非一出气儿棒槌。文溥进得门来，娘儿俩遂掩嘴，住口，长一声短一声要其净手吃饭。

晚间，田螺将自己欲促玉珠与王文素成亲之胸心壮志添油加醋说与文溥听。文溥信以为真。他对弟弟颇多不满亦颇不耐烦，说，眼看父亲年事已高，他对那狗屁算学鬼迷心窍，你看看，父亲忙里忙外，顾不上，他汉手汉脚，饥一顿饱一顿，将日子过得稀稀松松，不成体统。他紧搂田螺，此事若成，感激她为王家了结一大烦事。

家毕竟属女人阵地，王文溥久居田家，在田家人面前，隐忍一多，渐成习惯，气势已矮。此前，他与田螺就二子姓田姓王纷争歧见不少，明里暗里，见高见下，自打二子出生，田螺地位日渐受宠，霸气十足，欲二子皆姓田。王文溥如法炮制，又使出以往手段，软硬兼旋，床第之间冷落田螺。结果此招再不灵验。年轻时，田螺一来待见王文溥，二来想求子心切，一逢其冷落，便恬脸下情求和。后，王文溥手段渐渐失灵，尤其两个儿子出生后。田螺心想，你不理我，更好，我一边抱一个，搂两儿子酣然入睡，独留王文溥索然而坐，或暗生闷气或长吁短叹。显然，两儿出生已悍然奠定田螺的家庭地位，不能说固若金汤，亦可说牢不可破，又有老田夫妇背后坐阵，掌管全家财权，王文溥少不得识分从时，再不提田螺不喜听之言，再不做田螺不喜看之事。就玉珠与王文素之事，田螺一贯反对阻挠，王文溥便再不靠前。不想今日，田螺主动撮合二人之事，王文溥不由得高兴加讨好，连投田螺美意，一时，二人假戏真做，真戏真做，倒将久违了的鱼水之欢演绎得淋漓尽致。

无意中，文溥风闻田螺为王阳改姓是为继承老父一点薄业，心甚愤之，月黑风高之时，想想不成器的王文素，摸摸愈来愈丰盈的女人与渐渐长大的二子，气愤化作一声长长叹息消弭于黑暗中，慢慢觉得田螺觊觎老父一份家业亦有道理或顺理成章。前两天，他给王文素送信过去，见其尚伏案苦算。一时间，对其既疼且怜，既愧且恨，既恨铁不成钢，又庆幸其如此不成器，至家后百般情结缠绕竟夜不成寐。

一封已拆书信摆于桌上。是井陉来信。井陉无限荣耀连升三级，一莅新任，便来信王文素，叙说如何尊贵如何忙碌，做官何等畅愉，洞房花烛夜做官上任时，苦口婆心劝王文素别一根筋钻于算学，前途何在，放下屠刀立地成佛，悬崖勒马改邪归正，汲汲于功名乃上上策乃正正途。言辞之间其诚可见，优越感立生。

以前，有人歧视，王文素在乎，愤之恨之；尔今，他不在乎，无所谓。为何要在乎别人瞧得起瞧不起！瞧得起如何！瞧不起又如何！关键是自己如何过完此生，是否做自己所爱。井陉如此自信，舒畅，一定梦想成真，他拥有权势，行使权力便为其快乐，那便祝贺他。哥哥一定是觅得自己所爱之人，一生归宿，那便祝福他。人人皆自得其乐，岂非人间乐事！他人是他人，自己是自己，干吗非要强迫自己顺从他人之意赶生活呢！

人各有志！

王文素，带着算学梦想，算学这枚灯盏亦指引照耀其远离兄长朋友，走得越来越远。其实，每个人又何尝不是，带着自己的梦想走向自己的未来，至于结果如何，乃时也，命也，运也，是祸也，福耶，造化也，谁又能说得清！

4

人活着，受日子煎熬，好歹皆能挺过，一生中，唯生死乃大事，未知生，焉知死，可真正未知死，焉知生，生已错过，死欲几次！

单善人多年丧妻，一直鳏居，饶川哪个不识之！帮忙者很多。当然，这种红白事宴王文素肯定在场。

此时，王文素已年近不惑，于四里八乡颇有名气，谁家地亩间有纠纷，买卖间有歧义，皆来找王文素，人皆信赖他，知其公道，他有一颗天地公心，不欺贫，不媚富，不哄童，不瞒叟。

闻得单善人离世，玉珠早做完裁缝活，将自己收拾一番，颇为可人，此时玉珠已四十有四，要搁平常女人，早人老珠黄，体态变形，臃肿毕现，可玉珠依然风姿绰约，光彩照人。有人惊诧她是否服不老仙丹，亦有人憎恨其为"狐狸精转世"，玉珠不等眼馋肚饥的男人们吐何风流骚情之语，便袅袅而去，身后留一片心痒之声。就这样，玉珠成饶川汉子们眼中一道风景，女人嫉恨她，可男人宽谅她。她与王文素多年爱而不婚，有违世俗，伤及风化，如若不是王文素于布衣百姓中享有极高公正名望，多少抵消其之离经叛道，早被人赶出饶川。有如此温暖宽谅，这对老鸳鸯才得以在世人面前存活下来。

纸里包不住火，远近之人皆知晓王文素爱玉珠，玉珠亦爱他，可二人就那么隔山相望，隔海相守，玉珠无数次提出要完成迎嫁仪式，皆被王文素婉言拒绝。玉珠亦曾生不如死，四处追问，一度有心思远嫁他乡，远离王文素，眼不见，心不烦，可她就是做不到，做不到者不是她不能远嫁，而是忘不了王文素，忘不了就是放不下，放不下心里便再装不下他人，装不下他人就只能守着，守着这份简单幸福。

单善人生前不止一次在她与王文素之间来回说合，不止一次劝她，嫁了吧，反正婚姻就是火坑就是深海，闭上眼，纵身一跳，这辈子就算交待。她试图稀里糊涂闭上眼将自己交待个男人，可是，

天地
公心

TIAN
DI
GONG
XIN

249

不行，她做不到。单善人不止一次问她，那个骨瘦如柴其貌不扬整日迷迷痴痴的王文素到底如何叫你着魔？玉珠想了又想，实在想不出他有何特别之处令其鬼迷心窍情迷其中，叫其离不得，又近不得，她曾为爱不止一次痛哭流涕，稀里糊涂为爱折磨至无人可想地步！单善人像父亲一样为她操了不少心，费了不少意，如今他老人家去了，岂能不送一程！

踏入单善人院，白布黑幔遮天蔽日，帮忙之人往来穿梭。老田在内，王林在外，分派众人活计。单善人棺椁停于正房西侧，面食果品稀疏摆着几样，既无女眷哀哀哭灵，又无孝子贤孙拄杖肃立。玉珠一阵伤感。物伤其类。自己与尚彬终老又岂非如此！怨谁？怪谁？路，皆自己所选。无人逼迫自己定要为一个怕为家庭所累一心于算学中攀爬的男人终守其生，是自己心甘情愿为其守候；一个男人漠视婚姻家庭，心内唯有在算学中漫步之洒脱与遨游之惬意，谁又能奈何之！他不是不爱你，他就是惧怕庸常生活如洪如流淹没才志，惧怕平凡生活琐屑与繁复，惧怕日子过得了无滋味，只靠惯性往前挪动脚步，被日子推着往前走。其实，他所怕不无道理，只是太过异类，叫世人无法接受。周遭皆黑暗，皆世俗力量，谁能抗得几时！他能拒得一生抗得一世，她亦能拒得一生抗得一世。此便是爱情之无穷力量。

玉珠正胡思乱想着，只见王文素对老田说，田叔，单善人生前清冷孤寂，走时，亦孤单伶仃，让我来做其孝子吧。老田甚为吃惊，抬头看他。王文素点头，实乃肺腑之言。玉珠亦有此心，只是不敢大胆表达。老天爷，情人间莫非真是心有灵犀！

王林无语。此子心思总令其捉摸不定，谁知道他硕大脑袋里会冒出什么主意，明明第三次科举考试完全能高中，偏偏他交白卷放弃了，将他娘活活气死；生意根本做不好，遇极贫极苦之人总是白送，遇斤斤计较之富户，他反倒一拒了之。终身大事更不消而说，眼看自己风烛残年，他哥大小子近二十岁，都快娶妻生子了，他尚孤身一人，跟这位玉珠姑娘说不清道不明，亦不知拖拍到何时，算何档子事，有时将其折磨得人不像人鬼不像鬼，可冷眼瞧去，一个愿打一个愿挨，言顺意合得很。他这个做爹的是无话可说。如今，他要为单善人充当孝子，他岂能阻挡得了！再说单善人确于王家有恩，自己除感恩戴德，尚愧疚不已。文素今做出此举，王林夫复何言！

于是，老田叫王文素穿孝衣，王文素摇头，淡然一笑，说，人与人真正交往在心在意在神在魂魄，何来在乎这些！他跪于单善人灵前，朗声说，苍天在上，恭祝单善人魂魄一路走好。我王尚彬感激他老人家曾提点我一言，此言已深铭五内，无需说出。奠酒三盅，权当遥送。

5

《算学宝鉴》初稿终于完成。

此段时间，王文素如行至一荒凉之地，前无古人，后无来者，寂寂然，无声无息，几无半点生命气息，抑或死亡之地。怀疑、寒冷、隐隐恐惧一直伴随着他。他走啊走啊，先是穿过一片巨大空地，浩瀚而空阔，前面一条河流，他提袍携履，踉踉跄跄趟了过去。面前黑乌乌一片，似森林，又像玉米地，他跌跌撞撞前行，明明累得气喘吁吁，可脚不停歇，似有神灵于前方召唤他，有鬼魅诱惑他，使他不顾身倦体惫，依然脚不点地，前行，前行。走着走着，居然还跑起来。不好，前面壁立千仞，两旁悬崖峭壁，万丈深渊，探头下望，深不见底，模糊一片。峭壁上云雾缭绕，那云雾似烟如霞，时浓时淡，或流或淌，于峭壁间来回漫涣，徘徊不散，有如人间仙境。王文素心内一喜，抬臂掩袖擦额头冷汗，只当欣赏眼前美景。谁料，那峭壁瞬间逼迫过来，带有千钧万顶之势，随时都会倒向他，压倒他，塌扁他一副瘦弱之躯。王文素尚未弄明是怎么回事，已有千钧之力压向头顶，他来不及发出一声，更来不及抱头逃窜，已被重压压倒……眼前什么亦看不见，黑乎乎一片。王文素知晓自己死定，逃无可逃，跑无可跑，救无可救，是心甘情愿认命了的。他吁口气，几无挣扎，慢慢倒下之际，却见一线明亮耀眼之光线射来，刺透无边无际无法无天之黑暗。光线来自一洞口，洞口大如翻扣之锅盖。王文素抬起衣袖遮住刺眼光芒，辨清出口，爬将起来，一心疯跑……

哦，他看见一派明丽景色——

阡陌交错，炊烟袅袅，房舍错落，鸡犬之声相闻，车水马龙井然，所见之人皆四方乡邻。众见其走来，有抬头看其一眼，似乎不识，继而埋头劳作；有干脆视而不见，兀自忙着。王文素心里悲哀陡涌，这些人，皆是他或多或少帮过之人。平时何等可亲可爱，现在为何如此无情？噢，算了，愿其各得其所，活得安然舒泰便好，自己平生所愿所望岂非如此！思及此处，王文素心内渐渐欣喜。他想呵呵大笑，然无论如何笑不出声，笑意滞留嘴边，成僵硬状。猛想起算学之事尚未完结，正欲转身，不想那一群人皆呼啦啦围拢过来，拉之，扯之，抱之，呼其小名，称之先生……

醒醒，你醒醒——玉珠立于炕边，使劲推他，手拿封信。

王文素睁开双眼，视之，神情疲惫。

又做梦了？玉珠问。

王文素摇头。

玉珠将信交给他。王文素坐起，靠于窗边细细阅来。

是井陉来的。信里说他很累，于官场混得很累，做着芝麻大点官，首先得学会黑，尔后得学会装。所谓黑就是得学会贪，当官图什么？无非名利二字。图名就得学会说谎说假，欺上瞒下，张口胡说，闭言媚态，有时不惜踢倒同僚，踩其肩膀或尸躯往上爬，心如铁，练如钢，站对队，找个大靠山，让主子喜欢，讨上峰欢心。名既有，就要伸手捞利，大利大捞，小利小捞，大官大捞，小官小捞，没本事自然靠边站。小贪小捞何来成就，何谈快感快乐与快意！若不贪何来称心如意，如何于人前显贵！要贪要捞就要不择手段，就得欺诈造假，就得瞒天过海，就得隔岸观火，就得踢倒油瓶不但不扶还得贼喊捉贼，还得学会找替罪羊，找顶杠者，还得心狠心黑学会落井下石，成王败寇，永像只绿头苍蝇，紧盯权势，盯更高更大权势，揣摩主子心思，讨其高兴与好感。学会黑便学会装，有时，你得装满腹经纶，不动声色；有时，你得装虚怀若谷，豁达大度；有时，你得装战战兢兢如丧考妣如履薄冰忠诚无限；有时还得装傻子疯子顾左右而言他；有时还得装成条狗，随时朝主子所指方向吠，吠日，吠月，吠好人，吠那些替罪羊顶杠者，随时吃屎喝尿。光装尚不行，还要装得像没装，装得根本不像装，装成你最讨厌的那个人，装成一个假小人真君子，一个欺世盗名之大善人！假如有一天，将这些假面具俱扯下来，你就会看到血淋淋而丑陋不堪之真面孔！说其是人，已非人，说其是鬼，连鬼皆不如。

为何要装？

名利二字。

皇权毁人。

王文素写下这几个字。

他苦笑一声，尔后长吐口气，心说，吾之算学乃枯躁荒野，荒凉沙漠，是令人寂寞的地狱，却亦是叫人快乐无限的天堂！

此时，正值申时，王文素托着算盘，却未拨动一珠，他呆然视之，猛然抬头，见一蜘蛛正爬于窗棂上，这个小东西像一全副武装之卫士，趴在那里一动不动，静静等待时机，等待机会。王文素弹一下窗户纸，蜘蛛滑下去，不见了。一条丝线从它肚里扯出，细若游丝，根本撑不住其重。王文素叹口气，背手踱出，满院春光顷刻间灿烂袭来！

6

牛二说回就回来了。

携妻带子，一副历尽沧桑却又光宗耀祖荣归故里模样。乡人皆为惊讶。

牛二一家立于街门口，春光满身。王文素眼前一亮，所见皆黑黢黢之人。还是牛二赶上来叫：尚彬老弟。王文素老眼昏花，双手被握，半天恍惚。此时之牛二，两鬓斑白，却一身富态，亦难怪王文素认不出，模样与前时大变，唯一双眼睛透满精光。

天地
公心
TIAN
DI
GONG
XIN

是牛二兄？王文素颤声问道，这么多年，你藏身何处？

唉，一言难尽。牛二反客为主，拉王文素进屋。

说话间，玉珠已回，安顿牛二家眷到另屋，女人话多，拉些家常。

牛二与王文素面对面而坐，王文素静闻其讲述三十年来所经所历。原来，自王文素随父外出后，牛二万般寂寥，孤独难耐，曾于养马场做工几日，只为接近蒙古贩马商，意欲寻机随其远行。没几日，恰遇一队蒙旅来到，牛二死缠活倒，硬随其而去。至蒙俄边境，牛二流浪一段时日，遇一蒙古女人，身材眉眼酷似玉珠，牛二旧情难忘，紧追不放，终于到手。成家后，很快有了孩子，牛二做男人之责任与雄性被唤醒，告诉自己再不能浪荡不羁一人吃饱全家不饿。于是乎，牛二立地成佛，他发现蒙俄一带巨商颇多，但缺乏管家兼牵扯生意之牙客，此角色要人脑子活络，嘴尖语利，往来穿梭，死人说成活人，活人说成神仙，神仙说成疯魔。牛二有此天赋，遂做起牙客，空手套白狼。没几年，发迹，于蒙俄边境置地买房。从此，活成人上人，人称牛佬。眼看年岁已大，俗话说落叶归根，牛二贪恋故土，遂携妻带子，千里迢迢回到饶川，寻根访祖。他未想到王文素一家尚居饶川，且王文素依然痴心不改追求算学不止。牛二翻着桌上王文素《算学宝鉴》书稿，说：

误人误己，全在一念之际。想不到你还真吊死于此棵歪脖树下。

王文素笑，人各有志之语始终无法出口。

闻知单善人已故，牛二说，憾事一桩，若不然，让他老人家亦看看，凭算学亦能成家立业活成个人。又劝王文素：尚且顾不得眼前，还顾何留名青史！说实话，凭老弟满腹才学，兼做几家术算手，荣华富贵不敢保证，但妻儿受用活得滋润权作举手之劳。

王文素晓得此牛二已非当年之牛二，二人话题越来越窄。王文素当下表示，不日将腾房让院，租往他处。

牛二一听，哈哈大笑，说，莫非你以为我牛二回来所为就这几间破房子？老弟，你亦太小瞧牛二了。

254

原来，牛二只是回来看看，他要借此告知乡亲，告慰祖宗先人，他牛二再非孬种，再非窝囊废，他活成了个人！

说话间，就有村人来拜望牛二，言语神态之间充满羡慕，既怪当时走了眼水，又恨不能跟牛二出去厮混，亦混出个模样回来。牛二掏出蒙俄一带大头纸烟分发于众，又叫玉珠煮砖茶请乡邻喝。抽旱烟，喝浓茶，牛二自然收获不少恭维。

内心最剧烈最激涌者莫过玉珠。当年牛二不是未向其发动进攻，亦未少动过感情，是己屡屡狠绝，伤牛二一颗热扑扑之心，如今，看着绫罗绸缎皮草裹身的牛太太，玉珠还有何言语！不说牛二如何风光，如何出息，单说王文素如何寒酸，如何穷困，玉珠眼泪哗哗流往心里，她不止一次对自己说，命，皆宿命啊！

好在牛二排场几日，逢清明时节给父母上坟过后，便匆匆上路，他还要回到蒙俄边境，那里才是他大展鸿图的广阔天地，饶川的乡邻曾经如何嘲笑他，如何瞧他不起，已成老皇历，关键是他现在及以后皆活得滋润，此便足矣。

第十七章

1

谁来谁走，日子去留无意，照样往前撵。

闻得要轮换土地，乡人纷纷主动结清王林酒账，瓜田李下，王文素自然明白，无非是要其手下留情，从中作弊。王林不明其中原委，甚喜收账，说，投桃报李，省我一一催账。王文素怏然说，朝廷核查田亩，众皆不敢与我直说，在你与玉珠之间迂回，从而向我讨情。王林叹口气，说，其实，人心皆向私，人人皆有私，那你该如何？王文素说，尺守其长，寸守其短，便是公道。豪强兼并土地之风甚重，贫苦百姓若能保住自己那份土地不为其所夺便是天意，岂能讨着半分便宜！王林说，我看人人皆先守本分，进而得寸进尺。王文素不置可否，说，爹放心，儿自有主张。

土地丈量与轮换，嚷嚷一阵子，却始终不见风卷残云，人便渐生疏懒，淡忘于脑后。倒是那些处心积虑之人，曾于王林父子身上所下功夫之人，心里便愤愤不平起来，疼惜放出血本，后悔陈年旧账痛快结清。心存恣意，便易变本加厉。人们于是又开始赊欠酒钱，原先好言好语好脸色，媚言媚语媚脸色，不久便换作冷言冷语冷脸色，讥言讥语讥脸色。王林被逼无奈每日走村串巷去卖酒，辛苦百倍，心里慨叹世道人情，世态炎凉，却无法言语。王文素则无所谓，他劝慰父亲说此状再正常不过，不必置于心上。他之所以感念已故之单善人，是因之曾提醒他定要将算学从头至尾捋摸一遍，表达出自己看法与算法。可谓点金之言，结束他多年盲无目的之演算，为其指明演证方向。经苦战苦熬，初稿虽完，但毕竟甚为粗略，尚需精心打磨，悉心演证。

　　于王文素而言，每个黑夜皆会发出声声悲叹，被太阳炙烤一天之土地于此时尽情舒展。人与天地、田地、自然又有何异！天地间悠然缥绕而起之雾霭似愁绪裹绕于人心间。这愁绪与悲叹混合一处，成一气氛与情结，常整体向其袭来。黑夜之光线、气息、形状、姿态乃至温度、心跳和脉息，皆化作有体量之回应，成为身体的一部分。这部分东西又时而从感觉里分离而出，在身体里出出进进，凝结而成感应之力量，意念之力量。此力量像大气层包围地球一样包围着他。此感觉说不清道不明，但他无时无刻都能感觉其深刻存在。黑暗里，就他独自一人那么坐着，周遭幽黑弥漫，月光亦似冷暗。自己生性愚钝，后来走得孤单，想必上苍安排他来人世间之全部缘由皆为钻探算学这一王国，跋涉那片丛林，穿越那个孤独之境！

　　仰头望天，浩渺无边，月亮一抹儿一抹儿地在走，云儿轻轻为其让路，两厢皆是魅惑人的样子。王文素拿出一沓麻纸，搬来算盘，他又要走进那个天地，走进那个世界了。轻轻呼口气，一切变得虚拟，辽阔，宽敞，似乎真实的物质的现实世界被推至身后，渐离其而去。个个数字，道道算题，条条法则，皆变得眉目清朗，朝其颔首盈笑，像多情妩媚女人，步履轻捷翩翩向他走来，亲切与之打招呼。他又要沉醉于其中了。

　　王文素知道自己来自哪里，却不知将往何处，但他明白，于算学这条路上，他所要走之路还很长很长。

天地
公心
TIAN
DI
GONG
XIN

2

　　始立盘中定数真。盘中定位最为重要。众九相乘，用子甚多，算盘上二下五，就如此几个算珠，乘则不便，视之久矣，忽得"截位实乘"和"悬空定位法"，此法对数位冗繁者相当有效。

　　地上正好有堆石子，他将石子摆成算盘形状，石子在其手中如珠玉，飞快挪动其位，演算不息。至晚间，尚不尽兴，王文素躺于院中父亲铺就的石板上，遥望天上星汉，星星荧荧闪烁，瞬间排列为一架奇妙算盘。其实，在王文素心里，脑里，算盘无处不在，而此时此刻，星星便化作那滚动之玉珠，浩渺宇宙化作算盘。位数冗繁相乘法，已苦思冥想多日，比如众九相乘，若采用"截位实乘"和"悬空定位法"进行推演，又当如何？"加减身中定最玄"，就看如何定位。那么，若用于开方，用于立方，又当如何？王文素推而广之，悟到秦九韶《算术九章》中"大衍求一术"之精髓，由此想到一元高次方程之解法，是否可设计出一种算表，编制一套程序，将繁杂的一元高次方程数值解法简便化，规范化，标准化？王文素回到麻纸上推演，于是，"王氏表算法"诞生。由此及彼，由彼及此，又由此再及彼，又由彼再及此，如此往复，思路如棋路，盘根错节，是好事亦非好事，遇题则势如破竹，思路亦易拐岔道。

　　此刻的王文素，双眼迷离，天上星汉嚯嚯于眼中闪烁，跳跃，翻飞，手中的笔随着天上星星于其心间扑扑乱跳，眼睛都看花了。他赶紧闭眼，只剩手在弹拨，有清凉如玉之感。丝丝凉意通过指尖手臂沁入心中，仿佛跟前立一美侍，脸若银盘，眼如点漆，或定定瞅其拨珠，或暖暖幽幽而视之，脸腮处微微一抹艳红。王文素先是神态自若拔打算珠，后来，手下一带，一枚珠子温凉如玉被握于手中，倏尔，此枚珠子像流星一样，温婉扑入其心。

　　睁眼一瞧，以为玉珠立于身侧。可，夜色沉沉，玉人何在？

　　王文素立起身，洗把脸，思路又回至众九相乘上来。于是，王文素面前所滚动者皆为精美如玉之珠，它们静如处子，动如脱兔，粒粒待命，颗颗重负。陋室半间寻妙理，灵台一动得玄机。王文素边拨动珠子，口中边念念有词。

一时间，这些珠子有如持弩操弓之万千军士，满面杀气，腾然而来，将长安附近之地围得水泄不通。故乡汾阳籍名将郭子仪率各部御之，赴泾阳，回纥吐蕃敌虏已合。郭将亲率两千铠甲军现于阵前。回纥军首甚为奇之，惊问唐兵：“现于阵前主帅者为何人？”唐军报曰：“郭令公也。”回纥大惊：“郭令公焉在世？仆固怀恩讲天可汗（唐代宗）已崩，郭令公亦痰疾而终，中原无主，故纠众大扑中原。莫非郭令公在世，天可汗也在世乎？”唐军答曰：“天子安然面北。郭令公亦安然无恙。”顿时，回纥首领大慌，面面相觑诧然道：“莫非固怀恩欺骗吾等！”回纥将领将信将疑，与手下诸将商议如何是好。手下有人提议道：“兵不厌诈，吾等已受固怀恩欺诈，岂能再轻信唐军信口之言矣！若郭令公在，请他必到吾营帐，吾等亲视之，方信。”消息传至唐营，郭子仪思忖再三，决定亲赴回纥营，消弭其疑，破其围攻，解长安之围。众将惊慌，皆言回纥蛮横无度，信誉安在！令公此去，怕凶多吉少。吾等岂能坐视令公单骑入敌，图遭不测。请令公三思。郭子仪说：“敌虏数十位之众，今力不敌，奈何？本帅以一人之诚，能感其神，何况虏乎？虏亦为人也。”诸将请选五百铁骑为从。郭子仪曰：“此恰恰为敌虏所不齿也。吾只带十余骑，自有办法安之，令之心服。”及至回纥大帐，有人高喊：“郭令公来矣！”众皆大疑，瞪目视之。郭子仪带十余骑徐徐至于帐前，他们免盔卸甲，将手中兵器掷于地上。郭令公高言：“诸位一向可好？唐纥往来睦久，彼此信任，为何怒止相向，流血失所至此也！”回纥兵皆掷兵器，振臂高喊：“此乃真正郭令公也！”

单骑见虏，郭令公乃真英雄也！

王文素打小就敬重感佩这位同乡义将，遂悟道：不管是几个九与几个九相乘，皆如两军对阵，严实以待，短兵相接，必有一番恶战，那场面，何止流血千里！而郭令公以一人之力退敌虏，犹如盘中此一珠也。从此出骑，必立于彼，成乎其威，神乎其神，此珠何人也？

必郭子仪郭令公也。此单骑乃一人之诚，终感其神。王文素茅塞顿开，故名众九相乘为"单骑见虏"。

此刻，王文素兴奋异常，他一边收拾胸中残局，手中算盘已见众九相乘之结果，口中轻轻吟出众九相乘之口诀：

> 单骑见虏法新传，代九繁乘极妙玄。
> 法实位同那实尾，实多对法起那堪。
> 法多法内忙那减，对位那来对位安。
> 算者若能知其意，科场出众敢争先。

3

算学者，题不离法，法不离题，若形与影，其难分离。有时，亦有演算非常顺利之时，比如说，这日，题再难亦算出来了。

王文素停下手中算盘，一缕阳光斜射进来，他就那么静默而坐，任阳光肆意抚摸之，围拥之，分明能听到自己怦然心跳，血液在血管里奔腾。一声，两声，钟声——那种久违之钟声在阳光里飘扬，何其清朗，悠远，沉稳，仿佛来自天上。自己很久未闻，真的很久了，此音到底来自何处？不知道。若得清闲，定要去寻觅，噢，带上玉珠，若母在世，尚要一手牵其。心脏有力跳动与血液往返奔流表明自己尚未老去，或说生命尚健。生命源自母亲，其力却源自算学。

哦，母亲！

若母健在，她定会坐于这阳光下，两手叠放于膝，双眼微闭，脸呈静慈，神态必显安详，心情亦会安静，此时的她定是劳作许久，趁歇息空隙守着其老儿子，既为其往后生计之担忧，亦为其选择安宁生活心生慰藉，爱花如命的她一定想象着鲜花包围着她，花香拥绕着她，花里除大量月季之外，尚有一种指甲花，每年皆要种一两株。母亲爱翘其手指，将指甲花丹蔻涂满指甲，还将那些美丽花瓣用片大叶托送与邻居。

母亲，九泉之下，您一定知道儿子有多想您！

可您为何不捎个信给儿子！莫非玉珠是您来世之精魂再生？上帝派其来照管呵护儿子？玉珠，和您一样善待花之女人，她又何尝不是深爱着儿子，给儿子情感滋养，生活照顾，可儿子能给其什么呢？什么都不能给她，连正常名分皆不曾给她，家庭，孩子，这些又如何遑而论之！记得一次，她泪流满面，说她是母亲之来世托生，花是你们两个女人于尘世中的相会与相托，是你们两个女人一心一意守护和疼爱了我，庇佑了我，使吾之灵魂有可诉之处，使无数黑夜与艰险顿生皈依。

4

王文素一连几日闭门谢客，演算兴趣正浓，感觉正好，街面上测量土地之声重又嚷起，闻得王文素为丈量手，于是，街坊邻居纷纷来找王文素，或心急火燎，或愁眉苦脸，或言不达意，或伶牙俐口，但意思唯一，即测量土地时，请王文素尽量偏向之。王文素朝大伙拱拱手，说，在下只会秉公办事。何为公？他举起酒提子，说，算学家只认这个，公器，一即一，二即二，不管任何权，认不得什么私。众皆灰心，却又欢欣，说，那就好。王文素说，尚彬既不会阳奉阴违，更不会敷衍阿谀，惟出于公心，对谁皆一样，不论亲疏，不论远近，不论权势。

正好王文溥走来，王文素以为他事，想不到他亦来说此事，他嚅嗫着说，你嫂子非让我来不可。视大哥焦急神色，王文素真不知该说什么。

晚间，王文素被老田扯着，说有要紧人请见，遂至县衙。立于大堂，里面一前一后阔步走出二人，几名衙役紧随而出，为首一人将手一挥，衙役们止步，知道县太爷奉陪熟人，不用其招呼，转身鱼贯而入两边班房，再不见出来。为首两人走上来，前后立定，细细打量一番王文素，王文素亦怔怔视之。老田拉王文素倒身便拜。

原来，为首者乃新任葛海天县太爷，另一位为武邑庠生宝朝珍，此位素喜接交各路人才。县太爷正值而立之年血气方刚，说不上俊朗，却亦面庞白皙，甚为儒雅。闻王文素广有贤名，于饶川一带颇得口碑，便令老田招之。葛县令爽朗一笑，拉王文素起来，高声说，是真名士自风流，果见王兄清瘦如节，一派道骨仙风。久仰久仰！又冲老田拱手。老田受宠若惊，退后一步，再次打躬作揖。王文素说，今日不明就里跟田叔冒昧打扰，不知作何赐教？葛县令说，不敢不敢，不是冒昧打扰，是不才唐突盛请，有心派衙役们前去相请，一怕扰民，二怕王兄心生忌惮，老田乃自家人，故叫其陪王兄前来。王文素见其恭敬谦益，亦就不好再推辞，只得随他进得上房。

县令不由分说，请王文素坐上首。王文素十分推辞。葛县令说，本朝以来，只重科举，不重算术，连商人亦视之为末技，此实属荒唐之举。不才却要尊算学家为座上客，更何况尔曾与南来北往算术家才论试题，名冠冀鲁晋，俗话说，大隐隐于朝，小隐隐于市，那是说仕途。其实，要说术算，真正术算高手藏于民间，民间才真正卧虎藏龙呀！宝朝珍附言说，葛县令甚重人才。见二人神情，又闻此言，王文素甚为惊讶，他多年行走民间，于田野测算丈量，一来少见官场之人，二来对为官者三分敬畏七分厌烦，屡屡与井陉书信往来，对其处境平添三分宽谅，渐渐知晓身在官场身不由己，正如身在江湖身不由己之理如出一辙。今见葛县令与宝朝珍如此挚诚，便不再推辞，半推半就坐了上首，兀自冷看瞧去，看看此位县令手中有几多干货。其实，最惊讶者当属老田。他里正多年，接触县太爷如走马观花，真正是铁打百姓军营流水县官之兵，欺上瞒下之衙役嘴脸亦见过不少，自己亦曾学得三脚猫在身以混世，不想此位年轻县太爷竟如此礼贤下士，他不得不感慨良多，人老多情，眼泪快要下来。二者所惊是王文素这个不起眼草民，竟受县太爷如此厚待，何等尊荣，看来，自己早年便视之为天才可谓先见之明，街坊邻居便谓有眼不识金镶玉有眼不识泰山有眼无珠买椟还珠。此次回去，他要周知众人，切勿小觑之半分。

四人分宾主坐定。葛县令提起锡制酒壶，亲为王文素斟酒，说，不才与宝大人皆为性情中人，今日难得一聚，不醉不归，不醉不归！王文素亦不客气，端起酒盅一饮而尽，好久未如此痛饮了！宝朝珍又满上，说，真名士，痛快！老田推说年事已高，杯盏渐次落后，席间偷窥王文素，见其举止豪放不失风度，言词礼让却无半份媚态。老田不由得倒吸气。葛县令何等精细之人，他早已窥出老田并非不胜酒力，而愿作壁上观，便命人沏壶上好铁观音，请其坐于一边床榻，靠着软引垫，慢慢啜饮。老田何乐不为！一边品茗一边观三人饮酒。三人推杯交盏，好不痛快。

席间，宝朝珍举杯频敬王文素，还说他同乡有位姓杜名瑾字良玉者亦长于算学，得机定引见于王文素。

王文素显然喝高，拉其手，高兴得老泪纵横。多年孑然一身，算学之路又太辛苦太寂寞太孤独，今放饮，简直不能自持。

按说，王文素原并不能饮酒，自打父亲开起糟酒坊，酒香时时沁人心脾，终耐不住日日三杯下肚训练，久而久之，酒量大增。有时适雪雨大风，天气阻隔，王林不便外出，父子二人炒得一两小菜，一荤一素，玉珠细心，或饺子，或包子，或干脆两碗面，浇辣汁味很重的打卤汤或炸酱羹，变着花样侍奉父子，吃得二人水稀汗流，甚得家乡余味。想想这份家常滋润，几十年不变，温暖如初，自己死不足兮，此世间唯一对不住便是玉珠这份情了。酒唤真情，王文素眼圈儿发红，酒劲微微上涌。葛县令与宝朝珍视之，俱以为是算学之路艰辛异常，酒逢知己，难免感于五内，遂问其初稿整理得如何。何曾料到，王文素正想他与玉珠之事，如鱼鲠在喉，直刺心肺，一反平时温文尔雅模样，将酒盅推至一边，说，红尘知己，得一足矣！说完，竟呜呜咽咽闷哭起来，起初哭声尚小，后渐放大，竟至流涕痛恸。

王文素此状，令三人慌了手脚，不知如何是好。王文素大醉伤怀，葛县令命宝朝珍扶其躺下，私下打问老田其家事情事，老田添油加醋，细说一番。二人皆叹服不已。葛县令悄悄语与老田：本县令对此仁兄有一事相求，不知可否办妥。老田猛然抬头，说，县令大人有事尽管吩咐便是，其乃一介山野匹夫，岂有不尊不从之理。

宝朝珍立于一边轻问：大人莫非所言清丈土地之事？葛县令点头，看一眼王文素，成竹在胸。宝朝珍则拈须无语。葛县令踌躇满志，说，难道本县以令命之，他亦不办乎？老田作出一副凛然之色，道：那是他小子福分！

5

　　一面是四方百姓之耽耽苦心，一面是地方权势之重重威压，四方百姓自然是在保证官府不侵吞自己私田之前提下，能多占一点是一点；而官府则是尽量不露出强取豪夺之嘴脸，能多强占一分是一分。

　　不论于谁，土地皆命根子！

　　王文素不装聋作哑不行，可再装聋作哑亦逃不过去。

　　宝朝珍与王文素一见如故，他暗暗找到王文素，将县令之意说与之，王文素感念其一片情义，说，天地运行，去盈补朒，河图洛书，伏羲文王，大禹箕子，八卦九畴，阴阳五行，外方内圆，外者阳也，内者阴也，方者土也，圆者星也。世间万物，莫不仿于此也。人之立也，度圆取方，皆取法天地人之公心。为百姓谋福利，释天象法规，度长短者不失毫厘，量多少者不失圭臬，权轻重者不失铢累，是谓三公三平之法，是谓天地公心，是谓法则无象也。王某只能依法度行事。别无其他。

　　话虽如此，每一份求情皆会增其负疚感与罪恶感。

　　风在原野里摸爬滚打。王文素徒步于野外，每寸土地皆由王文素亲自丈量，测算，每种地势地形地貌皆由其细细研探过，他再熟悉不过。可以这样说，他对各种地块面积的测量与计算已做到精确无误。每量一户人家的土地，这家主人会小心翼翼跑来，悄悄对他说，能否手下留情，哪怕多出一毫一厘。而葛县令曾多次对他明示，要他从每家地亩里克扣出分分毫毫来，扩大养马场。王文素知道，他看是在测量土地，可实际上亦在测量人心。人心乃一个个黑洞，或深或浅。是啊，无人不私，否则，其人何存于世！哪怕是一口饭一箪食皆要送于自己口中提回自己家中，借以维持自身生命存在维护家庭生活得以延续。人性皆然，自可理解。可是，任何一人求一份情，王文素心里就如刀割一次，针扎一次，他都视之为罪孽，对算学之亵渎，对算学家之考验。而算学如此公正，如寒光闪闪锋刃，切向哪边，那边便伤，得之者大伤，伤公正；失之者小伤，伤实物，最终两边俱伤。

求情归求情，王文素依然丁是丁，卯是卯，一即一，二即二。百姓土地自不用说，不会平白增多，更不会无故减少。令王文素惊奇者，两三次皆嚷嚷扩大养马场，而事实上，养马场并未扩大丝毫。多年前，他曾暗暗步测养马场，他以前所做记号依然完好，就是那两块大石头，栅栏还是那些破旧栅栏。那么，每次从百姓手里收缴之地亩去往何处？此次重新划分调整地亩之原则是：死者撤删，生者不加。朝廷不顾百姓载道怨言，打着增扩养马场之旗号，大肆搜刮土地，既然养马场并未增加，那些节垒克扣而出之土地难道能飞天上去！？

百思不得其解，账面上地亩面积明明增加不少，可实际地块并不见增，账实不符，到底何谓？他先是找宝朝珍。宝朝珍黑着脸，只言不语，默默请他喝茶。王文素知其有话不敢说，耐着性子问他到底是怎么回事。良久，宝朝珍只说一句：别多问了，朝廷之事，知道的越多，对你越无好处。王文素摊开两手说，不是我要知晓，是尔等要我知晓，我乃人，非驴非马非尔等手里之刀之具之衡器！宝朝珍抬起头，说，尔便是人家手里之刀之具之衡器！王文素气极，去找葛县令，想问明此事。谁知，他一开口，葛县令便岔其话头，说，算学者只管测量，余者别管别问。有些事，管多了不好。再说，明明要尔从百姓手里分分毫毫扣减土地，你却我行我素，不听本县指令。此是为何？你以为你是谁？你以为你存心至公，本县就不敢治尔之罪！大胆刁民，本县正要找你，你倒找上门来了。来人，将此刁民押入大牢——

王文素哪里知晓，远在几十里外，节余、克扣土地早被归笼，

天地
公心
TIAN
DI
GONG
XIN

已围作一很大庄园，方圆几百里，大批战俘与无地游民在此没日没夜劳作，据说是一个叫贾贵妃的皇亲国戚之领地。

葛县令对王文素不满意，莫非百姓对王文素就满意了？

不。他们一样对王文素充满怨怼。

此日清晨，王林依然推车去卖酒，刚出街门，就见老金、茶神仙、老洪等人立于巷口，见其出来，皆横眉立眼视之。日每抬头不见低头见，王林朝几人笑笑，问早。茶神仙说，是啊，早，我们早等你父子二人了。王林问何事。茶神仙连讥带讽，说，吾等欲看你家尚彬是何等香饽饽，不就求之手下留情，多量几分地么，平时说什么邻里乡亲，如何那么铁面无私，如何那么六情不认，如何那么人情皆无！王林待要分辩，老金直直上来，劈手夺住车辕，说，放明白点，尔等可是外来小户！外来小户岂有不听话之理！王林问：听何人话？老金说，县太爷所言就听得，难道吾等小老百姓之言就听不得，吾等死活就顾不得！王林紫胀了脸，明白其所做为何，平时见惯和气之脸，未曾想到关键时刻竟是如此一副副面孔。王林虽无惊慌，毕竟势单力薄。茶神仙又问：尚彬可在家？王林说，昨晚未回。茶神仙对其他人说，指不定县太爷请其喝酒，做座上客。我说，老少爷们，他们喝大酒，咱们喝小酒！喝！不知谁嚷混一句。茶神仙更来劲，大声喊道：反正他父子吃里扒外谁都不认，惧官欺民有失公心，咱不喝这铁公鸡之酒喝何人之酒！几人一哄而上，不由分说就混抬推车上酒篓。王林松开车把，抬臂阻止，不想，连人带车摔倒在地。茶神仙等将酒篓抬至地上，打开酒塞，用酒提子舀起酒，狂妄大笑，说，咱喝其酒是瞧得起他父子，你们说，狗喝过酒没有？鸡喝过酒没有？蚂蚁喝过酒没有？众皆哄然，说，来，让其喝个痛快……顷刻之间，王林一篓子酒皆泼洒于地。

此时，闻得一人高喊：青天白日，犯了抢啦——

266

6

原来是老田。后面跟着玉珠、田螺与王文溥。

老田立定，冷冷看着老金茶神仙几人，说，有本事跟县太爷抢地去，干吗指靠尚彬给尔等增地添亩？茶神仙老洪露出几份怯。老金冷笑两声，说，嫩子毛孙，与官家沆瀣一气，说是邻舍乡居，吾等何曾沾过他一丝便宜？老田哼一声，说，谁沾过你多少便宜？谁的便宜就白让人浑沾？老金说，少装蒜，你老田算是占尽便宜。老田噤声。

玉珠上前扶起王林。王文溥拾起酒篓酒提子。

微风吹拂，阵阵酒气飘来。

玉珠与田螺，一左一右搀住王林。

玉珠说，尔等如此欺负王家亦该满意了吧？实言相告，尚彬已被县令大人拘至县衙，理由是他不听县令之命，将老百姓田地一点点抠出，就因他恪守公道，不屈从权势，八方百姓每家每户田亩是几何便是几何，养马场是多大就是多大，他一厘一毫皆未松动。到头来，朝廷责罚他，你们怨怼他，一心所想即自己那点私心，谁都想占便宜，朝廷想占百姓便宜，百姓想占朝廷便宜，世上恁多便宜从何而来？从天上来？从地下来？

众人无语，黑着脸偷觑王林。王林一时老泪纵横，说，若要公道，打转颠倒。我能理解乡亲们。我王林本亦是要强之人，可为何一而再再而三低三下四让着众位，亦是有所图，亦存有私心哪，即为着宽以待人，以期人宽以待我。文溥落栖贵地，饶川百姓能宽宥接纳于他，林感念众位厚德。文素是个死脑筋，他是拿步曲公尺之人，可他不会跟人耍心眼，不会心里藏奸，一是一，二是二，望老少爷们能理解宽谅之。话至此，王林双膝一软，就要下跪。王文溥一把扶住，说，爹，咱父子没做亏心事，对得住皇天后土，对得住做人良心，干吗予人下跪。王林摆手，无奈而说，唉，儿啊，人情大于天，

天地
公心

TIAN
DI
GONG
XIN

267

人情大于天哪！林被扶回家。

众皆以为王文素是拣着高枝儿攀附之人，不想，竟然如此，一时无语。

远处传来玉珠悲怆之音：

轻抬素指慢拂弦。曲飘然，夜含烟。

郁金堂浅，暗影画帏帘。望断天涯无去处。

风不解，雨绵绵。小楼残梦锁经年。

楚河寒，冷茶轩。空了胭脂，倦怠了布衣衫。

阡陌红尘谁看透，一个字，寒寒寒。

人情冷暖世沧桑，秉公执正哪个最堪怜？最堪怜？

众皆面露愧色。

7

果不其然，王文素被拘押于一座小小牢房里。地铺蒲草，他就那么呆然而坐，既不想从前，也不思日后，既不想他为何落至此种境地，更不虑下步该如何办，视其神色，无丝毫怨天尤人，无丝毫悲伤愤激。

那么，他到底在想什么呢？

王文素在想其算学新解。

他两眼紧紧瞅着天花板，好像脑子里所有东西全写于天花板上。王文素想：算学者，题不离法，法不离题，若形影实不离。题从法出，法将题验。凡欲见一法，必设一题，且练多题，方能精熟于心，从中揣摩简便之法以更进其法。他本着对杨辉、史仲荣之乘除各三百问，于脑中逐一演证算题，细加研究，不仅发现其不足之处，且多有发挥创新。他反复过滤初稿，多数术文、例题在保留杨辉、史仲荣等之古术、本法外，还设辟有新证新术。譬如"古术化繁"、"杨辉虽合答数而繁"、"杨辉术不如本法，甚繁，可否简化之？"、"杨辉算籍未截捷术"、"恐遇拙积有碍"、"恐遇拙积不尽"、"古术如此亦繁"等语，时不时浓云般翻卷在其脑海里。只要一语出现，他便紧闭双目，将几个字紧紧锁定于黑漆漆眼前，他要想出属于自己的新集算法。此地，留他一日，他想一日；留他一载，他想一载。其新集算术如拨云见日，熠熠生辉。两厢对照，他又指出其繁之所在，何故之繁，此之谓知其然且知其所以然。其实，真正杨辉立代乘捷变术，何止三百！王文素只是拘其三百，以引导开示后人。他无数次告诉自己：对前人所留遗著，切勿盲目信之，亦勿囫囵吞枣，必要不揣卑陋，令申引用，张目审之。

亦不知几日过去，反正是昼思夜想，渴则饮破罐里之脏水，饥则吞咽两口所送之馊饭。难道这些能挡住其筹谋算学之思维脚步？非也。非也。

不知不觉，王文素沉睡过去，整个人像沉到地底下，脑袋里像装盆糨糊，呼呼一摇，就又昏睡过去。梦中一切何其真实，皆日里所思之延伸与变续。可是，再一细究，一切又变得面目全非，明明是熟悉的算题，却三分相似七分生疏。莫非就是这些生疏之题将其梦境搅得模棱两可？还是他清晰而模糊之梦境将这些题搞得面目全非？阳光直射进来，灰尘在阳光下尽情舞蹈。是阳光刺穿其梦境？还是梦境吸纳了阳光？

吭啷一声，牢狱门被打开。王文素连眼皮都懒待得张。是宝朝珍。他急趋两步上前，单膝跪地，紧紧抓住王文素双手，可劲儿摇，声急音促叫道：尚彬兄，没事儿吧你？慢慢地，一丝笑容于王文素唇边荡漾开来，说，无事，好得很。宝朝珍双眉紧蹙，说，你没事，可上头对你有事，要治一个大大的目无纲纪……王文素猛然坐起身子，直直盯着宝朝珍，说，什么纲纪？吃人纲纪！杀人不见血之纲纪！宝朝珍警觉而视四周，压低声音说，你我奈之若何！他……他狗日的权力大于天呀！

第十八章

1

　　明明是土地测量和清丈，为何像刮过一阵飓风，多数百姓变得一无所有？这阵飓风将他们赖以生存的土地卷到何处去了？一开始是农民交不起税，纳不起粮，供不起赋，无奈之下，割出一小块一小块土地以求抵积年税赋。老洪老金是这样，茶神仙玉珠和刀疤等人也是如此。种了多年的土地像被蚕食一样年年都在减少。连一向再精心土地的王林也只剩下指肚般大小一块地。老洪最先失地，全家都成佃农，忙死忙活累一年，做梦都想赎回自己那块地。谈何容易！连一向家底殷实的老田，前年也被割掉了一大块土地。冷眼瞧去，全饶川无一个横行川上的大地主，那么，百姓的土地何处去了？

　　原来，从百姓那里割来的一小块一小块土地都充填了养马场！

　　养马场，到底为何人所有？

　　早饭不外乎就是呼噜呼噜喝一大碗玉米糊糊，一道街哥几个聚在老田家琢磨开了。茶神仙说，咱所做所为对不起王林父子。老金黑着脸，半天沉吟着说，论说，尚彬无非就是丈量丈量土地，他压根没想吞咱土地，对不？茶神仙一拍大腿，说，谁说不是！咱冲人家煞恶气，没道理么！老田摆摆手说，这茬咱先不提，谁是谁非，一会儿便清。咱先说说这养马场到底是何来头，几十年前就养上了，如今养得再肥不能了，动不动就要扩大，动不动就要充填。它这是血盆大口啊！正说着，刀疤进来，不声不响，坐于角落里。老金自言自语说，到底是哪个王八羔子的？茶神仙无师自通不无嘲讽，说，谁的？秃子头上的虱子，明摆着么，不是王公贵族，就是达官勋戚的，他们在皇上面前，像哈巴狗一样，摇摇尾巴，乞请乞请，喏，一大块肥肉到口了。刀疤接口说，我糊脑子，搞不懂，他吃他的肥肉，为啥成了吸血虫，吞咱的保命土地！老金冲他投去鄙夷一瞥，说，呲，莫非肥肉能自天而降？土地能生儿子？还不得从天下百姓土地上挤。他们强取豪夺，提高税赋，交不起就割你一块地，交不起就割你一块地，久而久之，地都被人割走了。老田重重叹口气，说，多年前，养马场还名副其实养着成千上万匹马说为防边固边，为朝廷打仗，眼下倒好，养马场无匹马，倒成绿茵茵的麦田棉田了。茶神仙说，打下的麦子哪里去了？采下的棉花哪里去了？老洪哭丧着脸，说，我如何觉得这日子越来越难挨，已经过不下去了呢！

　　是啊，为何觉得日子越来越难挨，已经过不下去了呢！？

　　那个阔大的养马场就代表着皇权笼罩下的皇室成员，王公贵族，勋戚成员，宦官达贵。在皇帝那里，他们以投献、请乞方式请求得到庄田；在百姓这里，他们以强取豪夺掠夺土地，先是温情脉脉，后来干脆赤裸裸，一点一点将农民从土地上挤出去，挤出去并不等于就逃脱了沉重的捐税与田赋，公田里的活儿越来越多，干活时间越来越长，捆、绑、勒在农民身上颈上的绳索越来越紧，叫你求生不能，求死不得，反正你就得受，当牛作马，这就叫农民，这就叫农民过日子！

　　始作俑者，便是养马场，便是皇权，便是特权，便是专制！

　　既然找着了对头，那总得跟他理论一番。如何理论？刀疤是个急性子，站起来闷头就找东西。老田问他找啥。茶神仙说找杀猪刀。众皆黯然。

天地公心
TIAN
DI
GONG
XIN

271

正说着，王文溥放声大嚎：我弟弟死定了。

2

待知晓事情来龙去脉，王文素一时万念俱灰。人心向下，人心皆私，亘古不变。算学乃天下最公正最无私者，既然公正无私战不胜有私黑洞，那要它何用！若不是身处牢狱，他一气之下，真能将那多年心血付之一炬或撕得粉碎。王文素抓起把稻草，双手拧撕。失望，无望，绝望，是看穿一切的了无了空，是一切皆空的空洞，是一切皆虚无的虚无。

前天夜里，葛县令陪同一位钦差模样的人提审他，险些动了大刑。审问再三，王文素真一概不知，只说自己秉公心而测量。稀里糊涂，他又被送回牢里。

牢狱。薄薄的稻草秸。王文素躺在上面，什么都不愿想，什么都不想做，瞬间，只觉他半世心血化作一缕清风，随意念的涣散而缓缓消逝，身子也空空洞洞，像一叶残荷，轻轻飘浮起来。何异于死！多少次，这种死的感觉便缠绕其身。确言之，连死都不如！死，最起码还能让人感到痛苦与决裂，而这种巨大虚无的擒拿与统治让人生不如死！

咣当一声，沉重牢门被打开。

死又何惧！爱咋咋！王文素连眼皮都懒得张。

两个狱卒过来，蛮横架起他往外走，连拖带拽，将他扔到一片阳光下。

这是为何？莫非要杀头？杀就杀吧。王文素像一片叶子被扔在地上，声息全无。

二狱卒怪异探头而瞧，粗暴踢他一脚，说，怪哉，莫非此人已死？哎，不对，人死尸沉，而他轻如草芥，连点分量都没有，莫非早被鬼怪摄走魂魄！啊，他竟然已是鬼！二人吓得一路高叫跑远。

一辆马车辚辚驶来，车上跳下两人，将王文素连扶带抱，掇弄上车，马车掉过头，落落疾驰而去。

　　来接王文素的是王文溥和宝朝珍。他们苦口婆心请求葛县令放他一条性命。宝朝珍甚至进而游说，大人，您看，像王文素如此算学人才甚是难得，饶川方圆几百里可有几个？满朝全野可有几个？进一步说，他不就是大人您手中一把尺子，一把刀，一件衡器，只要留他性命，您呼之即来，拿之即用；您若杀之，多么容易，比摁死只蚂蚁还容易，可如此做有何价值有何意义！葛县令想了许久，请示过钦差，这位神秘钦差沉吟良久，说，一介布衣，朝廷本也未想杀他，只想煞他的傲气，布衣奴才怎么敢有傲气！是奴才就得听话，听主子的话，不听话的奴才不是好奴才，不是好奴才就不能好好用，不能好好用的奴才就得去死，死几个奴才算什么。既然此奴才几百年才出一个，是难得一奴才，那就不妨先留留，反正取之性命如探囊取物一般。

　　如此，王文素得以保全性命。

3

　　回到家，玉珠与田螺早已收拾得干干净净，熨熨帖帖，一碗汤清味香的荷包蛋扣在锅里。这个家，好在有玉珠照料！否则，父子俩所过日子是怎样日子！一老一小两个汉子所过日子那还叫个日子！倘尚可叫日子，可勉强叫男人日子！虽说王林相当勤谨，可毕竟汉手汉脚，又整日操持生意，如何顾得上！王文素根本无心于日常琐事，整日埋首算学，一日三餐，有人端他手上，他就吃些，若王林一日不回，或玉珠有事出去，他连吃饭都忘在脑后。没女人照顾的家哪里还像个家！两个女人一边收拾一边直掉眼泪。

　　也是多年清苦劳累之过，自王文素被无缘无故拘押，乡邻不明真相，不是赊账就是闹腾，还当面侮辱，三气两病，王林躺倒在床，几日汤米不进，生命垂危。

　　外来小户。

天地
公心

TIAN
DI
GONG
XIN

不近情理。

不通人情。

这三个词深深刺痛了他。

更要命的是，王文素，他最亲的小儿子，那么喜爱算学，却被人当作不学无术，被人当作一柄利器用来用去，有用时，尚且挣得一笑脸；弃之不用时，竟欲被除之而后快。更令王林揪心不已的是，王文素无家无舍，无门无业，自己如此清苦辛劳都是为养活他，支撑他走算学之路，做他喜欢之事，可是，自己迟早要离他而去，留他孤身一人，又该如何！

可怜天下父母心！

知子莫如父！

与其说王文素的伤悲是虚无，莫如说王林的伤悲是痛心。王文素所走之路所为之事，到底是福报还是祸劫？若为祸劫，作为父亲还支持他一条道走至黑，岂不是害苦了他！若为福报，是光明大事，眼前的事为何如此无望如此黑暗？照彻人心的光明究竟何在？我等为何看不到？究竟何时才能看到光明？

王林一时陷入迷惘。

王文素不顾身劳神疲，一气呵成，将书稿集中整理，三十余年来，他以饱学的素养，借经商的体验，涉足算海，历将古今诸籍所载题术，通证纠误，删繁理乱，去伪存真，补缺续断；又集新题新法，编歌注解，捷径成术，正本清源，终成四十二卷近五十万字的数学巨著《算学宝鉴》。

《算学宝鉴》循九章古制，承宋元先河，选精集萃，卓有创见。其绘图，珠算，幻方，表算，高次方程，开方演段，通玄活变，精深浩瀚，均创算史之最，堪夺数学之冠。书载绫罗，粮米，药材，牲畜，脚银，船费，军需，课税，应有尽有，不胜枚举，其高度写实性弥足珍贵，实为鸟瞰明朝的史料，也是应用数学的典籍。

完毕，王文素掷笔昏迷，沉睡数日。

4

夜半时分，王文溥与田螺才从父亲这边回到自己家中。一路上，二人谁都不说话。推开家门，一豆灯光跳至脚前。老田枯坐灯下，显得苍老不堪，威风不在，唯一欣慰的便是两个孙子已悄然长大，女人病故多年，这个家已完完全全交付王文溥与田螺夫妇二人打理。田螺看着父亲风烛残年，痛楚隐隐袭心。王文溥看着老田，心里疼惜的是父亲。进田家近三十年，虽说羊皮贴不到猪身上，情碍，理碍，情理碍，事事碍，可日子一久，皆成亲人，你中有我，我中有你，谁也离不得谁，成一种依赖。闻得王林病重，王文素刚出牢，老田诸事在心头翻涌，不由得禅坐不动，任往事纷纭。真正是风雨如晦，鸡鸣不已。靡不有初，鲜克有终。

几个月前，老田得知县衙派王文素丈量察测土地。邻人大喜，自己也大喜，以为他能私之于众。眼看田家添丁，增粮何如减口，多一分是一分，再者，王文素乃文溥亲弟弟，胳膊肘儿岂能外拐，亲戚情分岂能不顾。岂料，王文素不但没理会田家曲里拐弯心思，而且测察土地时丁是丁卯是卯。这种态度令老田愤怒加心寒，一蹦三尺高，说，好啊，亲戚亲戚，连丁点儿亲情都不讲，遑论亲戚！你王文素铁石心肠，可不要磨着擦着我田家！田螺咬牙切齿从此更恨王文素，甚至连玉珠也恨之入骨，疑忌之际，竟怀疑玉珠从中作梗。王文溥更甚，别人之恨是小利未得，他之恨是情面都失。如此一来，他不仅在田家抬头不起，更丢脸于整个饶川，就兄弟二人还抱不成团！别人对王文素的愤恨随着岁月点点过去会烟消云散，王文溥的恨是血里掺水亲情渐冷，来得更绵延更持久。

君试想，亲戚兄弟尚且如此，那些势利眼的街坊邻居该是何等怨恨王文素！他们截王林酒车，当街侮辱还算轻的，真正心里恨不得吃了他父子二人。当时老田冷眼远瞧着热闹，看到众人泄私愤，他心里何其痛快！心说，对，收拾他，再叫他铁面无私，再叫他不讲情理，再叫他不通人情。辱骂算什么，更应拳脚相加，方才解恨。待事态发展到没边没沿时，他才出面收拾残局，贼喊捉贼，扮演一回好人。随之，闻得王文素被县衙拘押，老田一家方将事情前后左右细细盘算一回，冷静思索，他们发现王文素并无过错，老田尤其阅尽人间世事，深觉王文素的公正是对得起天地的公正，对得起任何人的公正，因他未偏私，县太爷才拘他；因他不畏官，百姓的土地才得以保全。

真正是误解他一颗天地公心！

老田的愧意由此及彼，由王文素到王林到王文溥，由眼下到平时的点点滴滴到他与田螺成亲到一开始王林全家落脚饶川，方方面面，全须全尾，大事小情，甚觉愧疚王林全家太多。总不能将遗憾带到地底下去吧。为弥补愧意，令自己心安，老田三番五次去看王林，见他不久于人世，遂安顿王文溥。

老田说，人之将死，其言也善。爹也是将死之人，不是我诅咒老亲家，是看着实实不能好的了。爹定要多挣扎他三五日，将你父的后事办得妥妥帖帖再走。田螺埋怨他出言不吉。老田微微一笑，笑容里满含苦意，说，无论如何，你们要照顾好尚彬，照顾好他即是你二人功德。尚彬无过更无罪，全在世人私心太重。田螺抹眼泪。老田一时也老泪纵横，说，文溥，是爹对不住你，没有把你视作亲生儿子，老田家委屈你了。闻言，文溥跪前两步，紧紧抱住老田，放声大恸，连日来气愤恨愧倾泻而出。一家人相对落泪。许久，昏黄光烛里传来田螺一句话，有如跳跃在半空。田螺说，对不住他人，也即对不住自己初心！

5

醒是醒过来了，可顷刻之间，王文素一下苍老许多，诸多疾症病候皆争先恐后侵袭而来。多年行走于田野，风湿雨淋，衰老，腿疼；多年伏案演证，腰痛，心悸，头晕，眼花，目眩，齿摇，手抖，关节肿胀。最要命的是双腿，膝盖处，说不来是疼，说不来是痛，反正生不如死。时令刚过立秋，秋风微起，王文素感到两腿疼痛较以往更甚，几乎不能下地行走。父命垂垂，心急火燎，腿疼腰痛加上心煎心熬，一时心绪如灰。

好在还有玉珠。一日三餐自不用说。不知她从何处探得一偏方，急急跑至野外挑半箩刺剑野草，回来洗净，置臼中捣成烂泥，凉敷于王文素腿膝关节处。发凉发绿发青的汁液透过皮肤渗至皮下，沁凉之意顿生，稍稍舒服后，火烧火燎顿然生起，犹如青绿汁液瞬间变作滚烫汤汁，浇泼燃烧于皮肤表面。王文素伸着两腿，平坐于炕，咬牙忍着剧烈灼痛之感。稍后，这种剧烈灼痛慢慢平复，他的心也归于平静，遥想自己年少血气方刚之时，如何演算，如何经商，如何岌岌求于功名，世事人心的丰富复杂远超于目测体量。俱往矣，一如这燃烧的疼痛感，由繁盛到轻薄，由密集到稀疏，由浓烈到平淡，人的一生，何尝不是如此！

有玉珠悉心照料，王文素渐渐好转，更加繁杂细密的验算被他暂搁一边，他得先照料父亲。父亲被他这一气，急火攻心，气火穿经，加上老迈，走路时摔了一跤，浑身奇胀，全身不能动不说，连说话都含混不清，躺在炕上成了废人。王文素忆及母亲，愧疚连连；惟精心照料父亲，内心稍安。此时的玉珠也再不畏人讥笑，毅然决然与王文素走到一起，与他一道，侍奉王林，早起问安，晨昏定省，汤来面往，细心有加。闲时，围侍在侧，陪他说话，承膝下之欢。

王林看着二人，口中嚅嗫无语，眼内泪垂不止。玉珠避之屋外。王文素知父心中所忧，说，爹，俗话说，不孝有三，无后为大。这，便是儿子最对不住您老人家的地方，还有我娘。好在还有我哥，他给您老人家生二孙，替我在祖宗面前全了孝心。闻此言，王林面露戚容。王文素声音哽咽，可神色淡然。

门外的玉珠，立于月季花前，泪眼问花花不语，乱红飞过秋千去。抹把泪，挑帘进来，端一盆水，不温不热，水面上泡着她悉心采摘的月季花瓣。原来，王林病后，睡梦中不时呼喊爱妻乳名，絮絮叨叨说些愧疚之语。玉珠看在眼里，记在心上。想念一人，最好是承继其生前嗜好。玉珠每年皆种植月季，剪枝精育成苗，如玉兰在世时，栽满整个院子。花开时，她日日采几枝插于父子二人床前，令他们倍感温馨。剩余的花采摘晾干以备后用。玉珠冰雪聪明，她何尝不明王林思妻爱子之心，便如法炮制，洗脸泡之，睡觉闻之，果然奏效。日日浸淫于花香中，王林有如爱妻陪伴，卧床经年，并无半点褥疮，未生半只虱子跳蚤；王文素感如母爱尚在，精神日渐健朗。有时，玉珠陪王文素到野外测量，散步，也不忘采摘一种紫穗串串花，回来，一半置于王林枕边，一半浸泡于水中，奇异之香，四季绕梁，经年不散。玉珠的善良与温爱之情常使王林热泪洗面。难怪王文素每每背父亲到老王处针灸，老王常嗅嗅鼻子，啧啧称赞道：王掌柜这是几世几代所修的福德，生病之躯不仅无半丝恶臭之气，病老之味，倒是一身敏异之香，花香绕伴，实乃幸福之至！每逢此时，王文素都以感激的眼神投向玉珠，玉珠埋首羞涩而笑。

无人时，王文素悄然追问她何以如此执念不息。玉珠被逼不过，说，死生契阔，与子成悦，只愿执子之手，与子偕老而已。王文素低头不语。玉珠问，你不在时，玲珑骰子安红豆，入骨相思知不知？有些东西，时空有隔时，我方想明白，我知道我爱的人是超凡脱俗的男人，我倾己所有爱了一位千百年来至真至纯至朴至伟的男人，大丈夫，他给予我的是惊天地泣鬼神超凡脱俗的爱，是山无棱，江水为竭，冬雷震震，夏雨雪，天地合，乃敢与君绝的爱！凡妇俗女岂可求之。王文素淡然而笑，问她，他果真如此之好？玉珠将他环腰紧抱，温情十足，说，往昔愚蠢，一再索要你的一纸婚约，以为有一纸婚约做保，方能缚你永世在我身边。其实，错了！婚约一束，爱情便无，惟剩日常繁杂涌推你我二人随波逐流。如此甚好，人生如若初相见，便无秋风悲画扇，只要你能平平安安就好。

王文素怔怔注视眼前人，此世间少有的婉约女子。玉珠说，便如君最初所言，我们所要是真正自由，是彻底的给予和接受，是肉体与灵魂的真正交融。人的一生，怀抱婚姻又如何，不走进婚姻又如何，关键是红尘中逢得一知己，珍视如爱人，不离不弃，随伴左右，走过岁岁年年，而又不为岁年日月所埋汰，所麻木，所糟践，你扶我携，活出三分浪漫，七分体贴，十二分真情！王文素返转身，以生平之力紧紧抱住她，激情于胸间燃烧。

山有木兮木有枝，心悦君兮君有知，此生足矣！

6

阳光有些困倦。碾子热情高涨。困倦的阳光被碾在碾子下，发出轰隆隆声响。碾子下，阳光碎成一片。碎片般的阳光哗哗啦啦迸溅到老墙上。响声越过千年，钝了。碾子停下来，驴也停下来。驴被蒙了眼罩，叫几声，像喊冤叫屈，头茫然冲着前方。驴不知这困顿岁月何时是个头。

眼罩被摘，驴抖抖头，甩甩耳朵，东瞅瞅，西看看，像要找补回先前所落的物什与时光。这是哪家？噢，是老洪家。老洪早已作古，他的打铁炉子早被废弃。一个男人由磨房走出，驴也跟了出来，显得有些轻快，如蒙大赦，讨好似地要说些什么，走在主人身后灰儿灰儿叫起来，叫声在古树上盘旋，于坑洼不平的街上飘来荡去。一丝凉风吹过让人清爽，夕阳西沉给人以惆怅凄惶。

玉珠陪王文素出去走，看到这一场景，心里一阵悲哀。

驴终究不能与马相提并论。

一匹公马围着一匹母马不停转悠，随时寻找空隙，也在积蓄力量，时不时向母马背上冲跨。而母马并不急于满足它的欲望，而想先使它安静下来，听听落叶中的长音，领悟一下自然智慧与天地诰命。性急傲慢的公马显出些焦虑和惭愧。此时，多情智慧的母马才赋予其权利。公马真正跨上母马后背，将天赐精华全部奉献给母马，奉献给后世子孙，瞬间，两匹马皆浑身战栗，不知是为新生命的孕育而兴奋还是为感恩造物所赐而激动。公马引颈长嘶，它分明体会到了雄性的辉煌征服与彻底给予的极度快乐，母马则体会到了完全接受之趣。它们唯引颈嘶嘶长吟短唱才足以表达心情，捍卫生命最强音！

人与此物何其相似！开辟洪荒，天上人间，阴阳交合，无规无矩，为所欲为，方合生灵之命定，方符天地之公心。

每次看马群，王文素都会热血沸腾，都会智开顿悟，是这种生命激起另一种生命的激情，是一种高贵生灵唤醒另一种高贵生灵的智慧之门。

玉珠呢？怎么不见了？

原来，她正为此情此景震荡得背身而立，掩面而泣。

为何而泣？这是年轻人的权利与游戏。谁没走过青春年少！青春年少何尝未如此激情澎湃过！只是怯于现实懦于世俗，不曾让顽强种子在爱人体内生根发芽。

夜色渐铺。暗夜在身边展开，又前仆后继涌向二人，星星在天幕上舞蹈，就那么几点儿，晃着人眼。远处，传来几声和尚作法的木鱼声，缥缥缈缈，隐隐约约，听着听着有如游丝，若断若离，忽又高了些，强了些，粗了些，是黑夜肥壮了一切的胆儿。

王文素拉了玉珠，慢慢往回走。人终究是要回去的，正如终究会老一样。他问玉珠：你说，人承受孤独与寂寞的力量到底有多大？

玉珠摇头。

王文素说反正是他在算学丛林中越走越远，隔些日子烦之厌之甚至会恨之，是因为爱之太深太刻骨铭心之过，就像爱一个人，深爱之极才会恨入骨髓。

7

老田带老金刀疤等百姓去养马场，找老冯，老冯早回原籍多年；找老段，老段已神秘失踪多日。问大总管何在，众皆一问三摇头。面对此情此景，老田仰面长叹：唯有找皇帝佬儿了。佃农停下活儿，围过来。老金急了，冲他们喊：你们为谁劳作？佃农们哭丧着脸，说，给人劳动，人给饭吃，余者一概不知。老金喊道：你们就心甘情愿一辈子当牛作马，无地，无自由，你们到底是死人还是活人？唉？！

老金的态度瞬间激怒一年轻佃农，他一挺脖子，说，这位老兄，我们倒要看看你如何个扬眉吐气！这偌大养马场里头不是也有你家田地么，那你收回去自己种呀，种呀！老金也被激怒，他发疯似地跑起来，边跑边说，告诉你们吧，告诉你们吧，我老金所跑之处便是我的土地，我的土地就由我来种，看谁再敢抢我的土地，抢我全家的命根子。看着老金，老田甚惊，说，老金有种，霸气十足，有种！他回过身，冲傻呆呆而立的一群人，说，乡亲们，咱怎么办？这养马场是吸地王，将咱命根子土地全吸里头了。咱砸烂这鸡巴玩意儿！百姓顿时群情激愤，都嚷嚷着要自己土地。

怎么要？问谁要？要就得抢呀，像老金一样。

刹时，人群四散开去，像炸开了锅。人们挥锹挖的挖，挥锄砍的砍，扛镢刨的刨，划圈子的划圈子；有的解下腰带像老金那样绕圈子，有的干脆躺下打滚，狼藉之处便为他的土地。众人一时乱糟糟忙碌碌。

喔嗬嗬，哇哈哈——

谁这么笑！没边没沿。

众人注目，细瞧，原来是那个年轻佃户，接着，一大群佃农都随之大笑。他们笑得前俯后仰，像一群怪物。

佃农们的笑声拽住老金双腿。他磕磕绊绊跑至老田跟前，指着众佃户，问这些人为何如此？莫非失心疯？老田瞅着佃户们的狂悖之态，后背汗毛乍起，感觉事情不妙，是否背后有不可告人的秘密或黑咕隆洞的可怕陷阱正等着他们！如此一想，老田抬脚就走。老金一把抓住他，问他要打退堂鼓。老田猛然挣脱其手，说，这地你带不走，背不动，有何用！再看众人，忙忙乱乱，如何停得下来！有的打了起来。老田不管三七二十一，领头便回。惟老金与刀疤二人不死心，他俩跑了又跑，转了又转，最后，两手叉腰，站在自己抢得的土地上，心满意足说，差不多了，若真能种如此多的地，所获粮食三年五载都吃不完。年轻佃户带领下的怪唳笑声高起来又矮下去，矮下去又高起来，既像助威，又像欢送。

8

就在随后没几日，老金与刀疤莫名其妙而死。老金死得很惨，坐在他家厨房里，背靠灶台，手握菜刀，自己将双腿砍得血糊花淋，两只眼珠像要蹦出来，面目狰狞，显然是惊恐而死。老田问老金女人，何以自残如此。老金女人抹眼泪，摇头，说她一点动静都没曾听到。刀疤死得尤为蹊跷，他手脚皆缚，被吊于猪钩子上，像一头即将被宰的猪。刀疤女人搂着孙子，说，俺家男人半夜说要起来解手，谁知他解到此处来了。可怜的刀疤，杀了一辈子猪，死的竟然像头猪。

亲验过老金与刀疤死状的老田，顿时明了那佃户们的爆笑里所预示着的一切危险皆已应验，他未卜先知，感到危险正一步步向他逼近，死亡魔爪正一点点向他伸来，他甚至可听到长袖舞动时带起的风声，呼呼呼，呼呼呼，阴冷，残忍，叫人毛骨悚然。自己将会如何去死？可是，他真不甘心，他真想知道这到底是怎么回事？是什么人的爪牙？朗朗晴空下，二人如此蹊跷而死。

未知死，焉知生之难！

可未知生，焉知死之难！

此时老田已无所惧，三世同堂，最后所想之事有三，一是去看王林，鸟之将死，其鸣也哀；人之将死，其言也善，其意也诚。仅几个月时光，王林瘦如骨柴，想往昔他何等精悍强壮。二人相视，傻笑半天。老田说他此生最对不住的便是王林。王林浊泪双流，拉住老田，说，我故意让你愧欠我，只有这样，你才会善待文溥。老田拍拍王林，说，你赢了。王林惨然一笑，说，输赢参半。他抖抖伸出二指，老田明白他是说王文素。王林说，至死都放不下呀。老田摇头，说，恐怕我老田要先你一步而去了。王林欲再问，老田叹惜一声，一步三摇，走了。

县衙里，老田跟葛县令举杯对饮。老田的舌头打着结子，说，县令大人，老夫请你喝顿好酒，只为请教一事。葛县令呵呵而笑，说，老哥所言，我也能猜中几分。只是，莫非老哥还有心思知道这些？老田心下一惊，问葛县令，莫非大人知道老夫所言何事？葛放下酒杯说，刀疤与老金之死么！老田叹言：葛大人所言正是，生死终归是大事，唯知生，才知死啊。葛笑而不语。老田眯着两只混浊的眼睛问：大人何意？葛县令立身，意欲离去。老田直戳戳跪下来，说，能否明示草民，朝廷为何饶王文素一死？葛县令返转身，右手捏起两支筷子，左手叉开五指，罩住一碗，紧盯着老田，说，人人吃饭，用筷使碗便是，何苦要摔碗折筷！吃了这顿，下顿还得用它不是！老田点头，又问养马场到底何人所为。葛县令慢慢抬起头，老田见他满脸肌肉都在抽搐，眸子里闪烁着捉摸不定的恐惧之光，他牙关紧咬，由齿缝蹦出四字：再提杀头！

第十九章

1

不明不白，老田就疯癫起来，满口胡诌，赤脚蓬发，路见行人，舀面就送，掬米就给。田螺夫妇惊慌不已，拉胳膊扯腿，哭鼻子抹泪，可哪里能缚得住。老田昼夜不分，或满街乱跑，或立于街头，肩上背一褡裢，逢人便掬米掬面，甚至引残弱到家中，指着米囤子，任他们舀拿。众人见状，都叹惜。独茶神仙窥得一线天机，悄悄语与众人，说，老田一生精明，他要将取之于人者皆还于人。一天，老田身附玉珠婆婆的魂魄，说要屋后几分地基。老田时而清醒，时而糊涂，连连说给，要田螺再修屋时，让地三分给蔡家。蔡氏魂魄才离老田而去。众人都惶恐不已，对茶神仙的话深信不疑。

田螺等无奈，日夜侍之。

这一天，玉珠给王文素收拾麻纸，一摞一摞又一摞，见他所画的都是圈圈道道，曲里拐弯，问他是什么东西，可否有用，要不要扔掉。王文素急忙说，千万不要扔，这是河图，那是洛书。玉珠细问。王文素解释说，河图是伏羲氏继天而生，后王天下，龙马出河，其

284

文五十有五，受河图而画之，是谓八卦；洛书是大禹治水时，神龟负文而刻背，禹遂因而第之，治洪水赐洛书，法而陈之，以成九类，是谓九畴。天下之事，阴阳五行交替运行，相为经纬，互为表里，至于万事万物，此二者概为数之名始著，做述之于卷首。玉珠听了，似懂非懂，轻轻答应一声，又去料理王林。

这一天夜里，宝朝珍来访，相随的便是他同乡杜良玉。杜良玉真不愧也喜欢算学，一见王文素多年伏案验算的成果，喜不自禁，当即表示如王文素需要，他将车马劳顿，不惜日日到此与王文素考证全卷。王文素不仅激动，更有些兴奋，他这是拣尽寒枝不肯栖，寂寞沙洲冷呵，终觅得一知音啊！看着这个肤色稍黝两眼熠熠生光的汉子，王文素禁不住泪如泉涌。自己这是怎么了？竟闻不得半句暖心话！莫非是孤独太久？沉寂太久？玉珠见王文素喜极而泣，俗话说，山有木兮木有枝，心悦君兮君不知，她是从未见他如此高兴过，禁不住侧身揩泪避过。王文素抹把泪，说，尚彬不敢烦劳尊兄如此关爱，我等能推心置腹侃侃而谈算学，已是三生有幸。来，打酒去。王文素话音刚落，玉珠已挑帘出门，急急置办酒菜去了。宝杜二人看着玉珠出门时依然身影窈窕步履轻快，相视一笑，对王文素说，老兄一生不仅对算学登堂入室，采精撷英，身畔尚有如此一位红尘知己彻夜陪伴，岂不是一生一世一件事一双人，争教两处销魂。二人大笑。王文素脸微微涨红，他略带羞涩摆手，吟道：还君明珠双泪垂，恨不相逢未嫁时。长叹一声说，玉珠随我吃苦不少，现在算是病树千头万木春了。言语推辞间，却是一脸历尽沧桑之后的温情与幸福。

很快，玉珠早张罗来一桌丰盛酒菜，宝朝珍虽是庠生，年龄却小于杜良玉。二人皆为客，王文素年长他二人，再加上他二人皆仰慕王文素才德人品，一致推王文素坐了上首。宝朝珍坐了对面，杜良玉打了横。宝朝珍提议让玉珠也来就席。杜良玉早就闻得玉珠灵慧禅心，弹艺超群，有心见识，只是首次见面，不敢造次，又见玉珠极力推辞，王文素也连说老父亲还需有人去照顾。玉珠安顿三人妥当，就过来照顾王林，为他熬下小米稀饭，一口一口喂完，照护他睡好，便又过来料理三人酒菜。

一顿饭，三人吃了近两个时辰，皆喝得酩酊大醉。王文素呵呵哈哈仰天大笑，杜良玉紧紧拉住他的手，说，兄有什么困难尽管开口。将胸脯拍得震天价响。宝朝珍在一边帮腔，红着两眼，说杜良玉如何仗义如何侠骨如何慧眼识才。王文素干脆抓起盅壶，说，来，今晚，与尔同销万古愁！随后又哼哼唧唧唱起来：若有知音见采，不辞遍唱阳春。玉珠上前劝其少喝，他蛮横而言：不要你管，我不要你管，我不要任何人管我！说到得意处，一首诗已被他占出：

> 暖衣饱食际雍熙，算数林中论是非。
> 陋室半间寻妙理，灵台一点悟玄机。
> 犹如月到天心处，活似风来水面时。
> 料此一般清意味，世间能有几人知。

杜良玉闻之，说，莫非兄有难言之隐？宝朝珍握嘴附其耳际，如此这般，这般如此一说，杜良玉如梦初醒，说，原来兄是雾失楼台，月迷津渡，桃源望断无寻处；勿惧，小弟我是夜月一帘幽梦，春风十里柔情。我懂我懂。此事好办，全包小弟身上。原来，杜良玉家资雄厚，他素喜算学，更爱交友，闻宝朝珍说王文素辛苦一辈子，却发愁自己心血不能刊出。王文素慨然叹道：

> 诸家算籍甚差讹，暮玩朝参已证磨。
> 有意刊传财力寡，无人成就恨嗟多。
> 鲁麟直得逢尼父，楚璧须还遇卞和。
> 良马若非遭伯乐，盐车困死告谁何？

杜良玉满口答应，慷慨资助。听到这句话最高兴的是玉珠。她是心有千千结，王文素的心事便是她的心事，只不过，她的心事比王文素更密更细更愁更加一等。如今听到杜良玉的承诺，禁不住为王文素也为自己卸下心头重负。她高兴抱来琵琶，调弦拔捻，轻拢慢弹，将王文素刚才所占一绝顺手谱成曲子，唱了出来。

宝杜二人只闻玉珠婉转流嘀，素手轻拈，哪里还顾得喝醒酒汤，已于微醺之间，双眼微闭，轻声和调，唱了起来。

此时，王文素近乎疯癫，他先是半寐于炕，闻玉珠弹唱，久不曾闻声色犬马，久不曾如此豪情宣泄，便迷迷糊糊起身，手舞足蹈，朗声吟道：

> 身似飘蓬近六旬，留心算学已年深。
> 苦思善致精神败，久视能令眼目昏。
> 铁砚磨穿三两个，毛锥乏尽几千根。
> 如风扫退天边露，显出中秋月一轮。

玉珠一曲才刚弹完，又闻王文素吟出一首，来不及歇缓，随口附唱，二人你唱我吟，我弹你和，令宝杜二人目瞪口呆，如痴如傻，久久惊愕无语。

2

晚间，灯昏黄，月朦胧，星疏朗。王林叫二子立于床头。王林侧目，见文溥身后有田螺及二子，子又生子，可谓三世同堂，圆满幸福。文素孤孑一身。文溥问父亲有什么要交待。王林看他半天，说，父不久于人世，有一言半语知晓你兄弟二人。王文溥掩面涕泣。王文素神色黯然。田螺暗思之：莫非公公真有家财要分配于二人？田螺乃灵性之人，适才途中，便揣测不已。想王林落脚饶川已四十多年，全家勤俭，一生劳作不已，想必家财定然不菲。如若真为此事立嘱，定要争执一番，理由便是：文素四肢不勤，五谷不分，虽不好吃，却也懒惰异常，不事稼穑，人已耳顺，无家无室，无立无业，一心只知闷头演算，将来所托何人？还不是他兄嫂及二侄子。添粮不如减口，无端增加一人衣嚼，天长日久，必是累赘负担。思及此处，田螺脸沉似水。田晨王阳皆号啕大泣。王林安抚二孙，说，不哭，不哭，生老病死，概莫能免。田螺不耐烦，急切切说，爹有什么话，赶紧吩咐便是，我爹还在家不得死活哩。王林听了，心内戚然。王林命王文素叫来玉珠。众皆愕然。王文素不动。王林叱他。王文素迟疑着退出。田螺见王文素退出，扯王文溥衣角。王文溥怕父亲伤心，不理睬田螺。田螺终于忍耐不住，高声喊道：和玉珠什么人哪！非妻非妾，无婚无姻，有什么资格与我一样跪在这里！王林不说话。王文溥悄悄对妻子说，少安毋躁，父亲自有道理。田螺愤然而起，说道理何在？是天下丑闻。父亲行将就木，独留耻辱给后世子孙。谁的过错谁担当，谁的耻辱谁领受。我儿不认这样的叔，我也不认这样的小叔，我夫也不认有这样的手足。起身拉起二子就走。王林听了，闭上眼睛，浊泪双流。王文溥看着心疼，低声呵斥田螺。田螺久被他纵宠，不能忍受，气郁于胸，怒目看着他。

不一会儿，王文素进屋，玉珠尾随于后。玉珠良善，见王林气息奄奄躺在炕上，气氛骤紧，心内甚感惊惧，想到炕前问候一声，怎奈田螺侧目看着她，眼神鄙薄，如锥如刺，如倒春寒，如暑寒流，玉珠甚是尴尬，怯怯惴惴立在墙角暗处。田螺讽刺地说，为什么立于墙角暗处，你该与我等同跪在这里，光明正大，只等来日明媒正娶。玉珠的脸发烧发青，若地裂有缝，恨不能钻进去溜走，幸而身处暗中，无人察觉。王林面如纸金，闭目养神，以蓄最后精力，故不理会田螺。王文溥拿眼瞪田螺。田螺不睬，将愤懑都朝玉珠一人发泄，奚落一番，满脸得意。王文素一时无语，不知从何说起，心里直为玉珠叫屈，愧疚满怀，甚觉欠玉珠太多。

良久，王林抖抖索索摸枕头下，摸出一个包袱与几册账簿，将包袱递给王文溥，说，这包袱里是白银千两，是我与你娘一生的积蓄，现留给长子长媳长孙长重孙。老父年迈病危，无力立纸嘱，口说也为凭。王林将包袱推向文溥。王文溥泪流满面，急忙推却，凄怆叫道：父亲——便噎哽无语，诸多往事涌向心间，一时五内如焚。田螺见夫推却，恨不能将他推向一边，自己亲手收了包袱。好在王林又说，收了吧，父意已决。田螺一时对王林好感顿生，一手搂过一子，轻声嘱咐他们叫爷爷——二子拉他们的儿子跪立炕前，抱着王林大哭。王林无力安抚，又拿起账簿，对王文素道：这是三百一十七户赊酒记账的，合计酒量共一百九十七斤四两，折银两六十九两五钱四厘。老父无能，唯有簿账留给你。众皆惊然。王文素跪趴上前，双手捧过。王林久久看着他，说，同为二子，留银给你哥哥，留陈年老账给你，你可有不满？王文素神色泰然，说，尚彬不事稼穑，不尚理财，不懂经务，不谙世故，无家无业，无妻无子，无牵无挂，无羁无绊，能存活于今，全赖父亲一人劳作供养，儿为不能替父分忧解困而愧疚，独为添增烦恼重负给父亲而懊恼，如今父留给儿子这个，儿无怨无悔，真心领受。

王林闭目颔首。

身为兄长，王文溥于心不忍，急急打开包袱，掏出几锭银子硬塞到文素怀中。田螺在后拉扯他。王文素推辞，坚决不受。王文溥满面愧色。田螺心内暗喜。王文素四顾，玉珠起身，端来一盆，将账簿置于盆内，一把火焚烧了它们。众皆哑然，看着它们燃为灰烬。王林对王文溥和田螺说，愿你们能念手足情深，待尚彬穷困潦倒时，能给他一碗面吃，一口水喝，为父九泉之下，定当感激你们。王文溥大恸。王文素手拉玉珠的手，伏地而泣：感谢父亲能承认玉珠身份，尚彬一生一无所有，唯《算学宝鉴》手稿一份与玉珠这个红颜知己。

此时，王林大限已至，面甚慈祥安静。

3

是夜，料理王林停尸完毕，于无人处，玉珠乘势放声大悲，一时五内悲摧。所喜者，青春已逝，痴情犹在。所悲者，四十年风雨陪伴，未曾半点分离，终究未成秦晋之好，无合理合法的名分。所慰者，几十年的等待终被王家认可，与所爱之人虽无婚姻家庭之名，却也朝夕相伴，有夫妻之实。曾几何时，她与文素被世人嘲讽、挤压、诋毁甚至谩骂，想想都死无葬身之处。玉珠乃弱女子，内心苦楚尤甚。可她与王文素初心不改，相爱、相知、相守，约定白头，他二人无家庭琐屑繁杂之扰，却深拥激越爱情之美。玉珠抬起泪眼问王文素，如今父亲已认你我之事，给定我的身份，届时扶灵回汾进王家祠堂，是否我也可相随？文素点头，说，那是自然。玉珠哭声更悲。王林生前曾嘱咐二子，待他死后，择吉日将他与玉兰的骨殖迁葬故乡，入王家祠堂，生同屋，死同穴，生不敬奉先祖，死则安魂于先祖膝下，心甚大安。

这天夜里，老田终夜未归。家人焦急，四处打探寻找，未果。几日后，在北关寺庙前，老田蜷缩墙角，已气息全无。只见他两眼暴突，口眼歪斜，坦腹赤脚，蓬头垢面，满嘴生米生面，奇丑无比，叫人不忍卒睹。二狗逡巡徘徊，却不敢近前。田螺抚尸大哭。真正是女欲孝，而亲不待。田螺为老田独女，娇宠成习，如今，双亲已失，田螺才明白，一夜之间，自己恍然长大。

王林与老田先后下葬。两家元气大伤。王氏糟坊本就俯拾而来，自然再度荒废。王文素悲伤过度，神情似有恍惚，一度曾不能久坐演算。好在有玉珠日日陪伴，寂寥难耐时，便要玉珠弹曲唱词，以慰情怀。

此间，金来朋、杜文高二人赴饶川来看望他，说夏源泽已作古。三人不免感叹人生苦短，生老病死乃人之宿命，任谁都难逃此劫。嘘吁叹惜之余，三人义结金兰，昼夜论题，结伴出游，友情日深。因窄房浅舍，三人无法同炕栖身，王文素便将二人安顿到西关庙宇内，人称西馆。西馆岁月，为王文素灰暗心情带来一丝明亮。

文溥文素兄弟二人商议，欲将父母骨殖移回故乡，无奈文溥的两个孙子先后染疾天花，田螺丧父，也一病不起，遂一拖再拖。几年后，家中稍有起色，田家生意，由文溥田螺苦心经营，渐渐好起来。此时，田晨已近不惑，王阳也而立之年，二人添子添福，文溥田螺不忍丢下生意，送父母返乡之事，一推再推。

4

　　几年时光，诸事沉浮，王文素所有依赖便是算学，唯沉浸其中，他才会物我两忘，身心俱静。

　　算学之地，既为方寸之所，也为浩瀚之地，实为王文素一个人的天地，也是他一个人的战场，古之兵者，国之大事，死生之地，存亡之道，不可不察。于王文素而言，也是如此，他每日进行的无疑就是数字战争。这里或阵容整齐，鼓声雷鸣，杀声震天，旌旗飘忽；或丢盔弃甲，哀号呼叫，死伤遍野，溃退千里。这里也有和平与宁静，或空气清新，阳光明媚，草木葱茏，野草疯长；或虬枝败叶，残垣断壁，枯藤老树，倦鸟栖息；或暮鸦吵闹，紫燕翻飞，蜻蜓盘桓，促织吟唱；或风过檐铃，雨落密林，蜂飞蝶舞，草动虫鸣……

　　这里痴心汉子爱晴柔，此处无声胜有声，这里野花铺展，这里风声鼎沸。

　　这里演绎着草木一秋与人生四季，或春光浩荡，或烈日炎炎，或秋风劲吹，或冰凌严寒；这里时而春雨霏霏，时而大雨滂沱，时而秋雨连绵，时而鹅毛飞雪；这里忽而阴云密布雷霆万钧，忽而满天星斗威光乍现，忽而堆银砌玉春风粉妆含羞。那些个精灵们有时如曼妙少女，皓齿明眸，含情脉脉，低声絮语，手抚裙裾，那一颦一笑，不胜娇羞，如春日胜水豆蔻年华；有时如健壮少年，雄心勃勃，豪气干云，腰脚利落，洒脱如虎；有时如六旬老翁，软磨硬泡，虬劲难缠，愚顽不堪，令人生厌；如时如粗鄙农妇，死拉硬拽，刁蛮无礼，软硬不吃，令人无奈；有时如勾栏春娘，放荡不羁，骚情浪笑，却又风情万种，叫人欲罢不能。

　　凡其种种，王文素有若会当凌绝顶，一览众山小，皆收眼底，他周旋，磨合，闪展，腾挪，理智含蓄，冷静圆融，指挥若定。他的笔下，有温柔的呢喃，有铿锵的音符，亦有赴死的绝音，更有悲壮的绝唱，唯独无放弃的哀音。王文素与算学这一迷人世界不离不

天地
公心
TIAN
DI
GONG
XIN

291

弃。他将自己置于这场前无古人后无来者的荒旷战争中，回归到生命起点，享受了恒久而辽阔的安静，沐浴了天地精灵如轻魂一缕的慈悲安抚，既不求闻达，又不求名利，只慰心安，只为心中所爱，每走一步，既是终极探求，也是最初眺望。算学，是他精神与魂灵的唯一出口，是他最后的归宿与终极救赎。

历尽时世沧桑的王文素，这段时间的求证，飞跃至又一境界！

5

良才总有慧眼识，楚璧偏能逢卞和。宝杜二人惜乎王文素久矣。他们不仅在物质上周济他，且在精神上也时常鼓励他。

饶川的冬日平缓而漫长，好不容易盼来春天。可于文素而言，腰疾、腿疾与眼疾在春天更折磨他。时已仲春，其腰间依然裹着厚厚棉围子，膝盖处勒着护膝，虽然如此，疼痛依然隐隐霍霍，眼睛不能久视，久视则昏，泪流不止。头发花白，骨瘦如柴。真正是迷人的算学严重损坏了他的身体健康。

每到春夏，玉珠都要奔伏野外，细心挑来刺剑，捣成烂泥，为王文素敷于膝盖处，治风湿病痛。虽未能根治，却也稍稍见效。即使不见效，也解玉珠的心焦。否则，她又能怎么样呢！这不，她又挎篮去了野外。

只留王文素一人在家。

他搬把藤椅坐在院中。仲春阳光可谓娇媚。他侧转脸，让阳光泼洒满身，不一会儿，疲惫慵懒袭卷了他，整个人都沉下来，眼皮发重，神志也迷离恍惚。他忽想起父母，母亲一生洁净纯善，父亲一生勤劳厚道。双亲去世，他犹失半世温暖。父亲一番苦心，留给他的，不是银钱，而是人情。他信奉算学，秉承算学，算学的本质便为公正，一即一，二即二，丁是丁，卯是卯，不像世情，或左或右或高或低或多或少都行，它说不清道不明抹不净拎不起放不下摊不开。算学非然。王文素总想将什么都算得清楚，一切以算学眼光视察，自然是要与世情对抗！人皆有私，世情之私，编织成网，无形之极，如何对抗！岂非蚍蜉撼树螳臂挡车！父亲留账簿给他，因父亲太了解他了。父亲自己曾是何等精明之人，可自来饶川后，越来越看到王文素所选是条孤独荆棘之路，他不得不未雨绸缪，精三分，傻三分，留下三分给子孙，他暗示王文素争无争，为无为，我无我，方能于世情缝隙中苟延残喘，得以保全自己。记得父亲在病榻上，神情严肃问他，何为算学？那时，他支吾难答。父亲伸一根手指，直直指天，再不吐一字。

起初，王文素并不是很明白，可是，忽然有一天，他顿悟：

算学者，分为小算，大算，大大算或者叫无算。小算者，算斤算两算分算亩算吃算喝日子；大算者，算命算运算数算份算天地算良知；大大算或无算者，则遵规律，顺自然，秉天命，承民心，观宇宙，算不过天，算不过命，算不过上帝，混沌如初，吾心愚沌如一。

父亲之爱，为大爱，非小爱也。

他知道自己已离不得算学，它是一盏萤灯，提在手里，燃于心间，与生命之光同源。抱身些许温暖，填充心魂能量。幸遇先贤同道仁厚之人，相伴一程，他们帮他掖拔亮萤灯，便如启明星般隐没于天际。一些伟大的算学天才，呕心沥血著书成说，他们的作品连同自己，经时间的验证成为耀眼的恒星，组成浩瀚星汉，闪烁于天幕，璀璨夺目。王文素想自己乃一凡夫俗子，卑微布衣，只不过一头扎入算学密林，勤于通证，偶尔抬头望星，面对黑漆漆的未来，不问前程凶吉，但求落幕无悔，走完自己的生命旅程而已。

可，执着之爱，何尝不是劫！

王文素长叹一声，忽又想到牛二，这个初来饶川认识的朋友，不知他身处何方。正胡思乱想间，只听到一声：尚彬兄好雅致！

原来是宝朝珍亲自送来一帧文字。王文素打开来瞧：

天地
公心
TIAN
DI
GONG
XIN

293

《算学宝鉴》序

自结绳之政远，而后代之书契立，自书契立而后总之以数算，是数学为用于世大矣。盖肇自黄帝命隶首分为《九章》始传于世。上自天文，下及地理，中于人事。大而国家之兴衰，小而人事之得失，于凡万物之幽深玄远，出入潜没，罔不有数存焉。但穷其本、测其原而知其要者，世之不多见也。饶川王君讳文素尚彬，其先山西汾州人。成化间，从父林商于真定之饶阳，遂定居焉。其自幼颖悟，涉猎书史，诸子百家，无不知者。尤长于算法，留心通证，盖有年矣。吾矣杜君讳瑾字良玉者，亦长于是。因公出会于清河旅邸之间，各伸所长，独尚彬公超出人表。良玉喜曰："诚吾辈之弗如也，所谓数算中之纯粹而精者乎。"先生又出平日所改正数书十帙，分为三十余卷，名曰《通证古今算学宝鉴》。良玉检之，深加赏叹，乃曰："窃觐宋杨辉及我朝金陵杜文高、江宁夏源泽、金台金来朋等诸公算法，固谓善矣。但藏头露尾，露尾藏头，俱以逢巧之法而算之，不通活变，以致后学者难悟。今公以通玄活变之术，断成诗歌讲义，诚可变而通之，使民宜之者乎。良玉愿捐资绣梓，以广其传。"谒余以序事。余谓世人之有寸长者，惟独善而恐人知，既知而恐人得，若王公善用心而不吝其有，杜公善于知人而不没其善，二公长于数算而媲美者，鲜其人乎。余故不揣鄙陋，遂简诸首，以纪岁月云尔。

正德八年（1513）岁次癸酉仲春之吉
武邑庠生宝朝珍序

6

王文素再三读之，惊喜异常，至泪花翻涌，禁不住连问几声：是真的么？是真的么？宝朝珍也很激动，他紧拉王文素双手，说，事关重大，岂能儿戏！君有所不知，良玉家资雄厚，为人侠义，久闻你秉直公正，痴迷算学，埋头伏案，近五十载春秋，得此大作，是心血所凝，岂有袖手旁观之理！

在一旁弄敷药的玉珠，听二人所言，扔下棒槌，抽身回屋，掩面大泣。宝朝珍进屋安抚道，嫂夫人何至于此！玉珠哽咽说，宝大人有所不知，先生一生贫困交加，埋头算学，无家无业，视算学如命，好不容易成此大作，脱稿之日便是他愁苦之日，甭说刊刻之费，就连过日子也捉襟见肘，即使再如何省吃俭用再节衣缩食再从牙缝里抠，如何能省出刊到之费！未曾想到杜先生诺重千斤，一言九鼎，岂不叫人大喜！宝朝珍说，良骥必遇伯乐，良工必遇贤士，真可喜可贺！王文素灵机一动，拍手大叫：我何不设馆蒙训，既普及算学，又可得些许资费补养家用。宝朝珍与玉珠也甚为赞成。

次日，玉珠打扫西关庙宇，权作授馆。王文素则奔走呼告，邀左邻右舍七八岁的顽童前来就学。所遇之事令人费解。十停有九停大人不让他们的孩子习学算学，有人说，仕农工商，商人末流，算学末技，学之何用！有人说，医者医道，百家百用，算学不成一术，何以立业！倒不如专攻四书五经，将来考取功名，可成大器，方为大途。有人说他是生活无继，想挣两个米面钱。有人讥讽更甚：先生考取功名不成，专攻算学，无家无业，无妻无室，自古上有所好，下必甚焉，人又说上梁不正，下梁歪，莫非让我们的孩子也随你独专算学，半痴半癫，呆傻无用，以致家不成，口不养，业不立，子不生，走这种非僧非道不孝不仁自命不凡的路！几句抢白，令王文素缄默不语，无地自容，想他多年奔走野外，测地量亩，排解纠纷，解困民难，无丝毫私心，惟一片公正之心，可，这些并不能遮蔽他在现实中的痴弊，可谓瑕全掩瑜，无人能识。

唉，自己尚且不能为世所容，何况算学观点！

奔忙一天，竟没招到一个孩子。尽管王文素一再申明：招学徒，不收半分学资，只要有兴趣，他宁愿送纸送笔，加买算盘。即便如此下情，也应者寥寥。

晚间归来，王文素一脸悲戚。玉珠好言安慰：当世天才，必为当世所不容，能忍受大孤独的人，必能成大器有大成功，想来先生必要等杜兄刊印出《算学宝鉴》，流远盛行，人才信服。

天地
公心
TIAN
DI
GONG
XIN

又过一日，王文素手牵田晨儿子，再次挨家逐户呼告：算学是古六术之一，既能经世致用，又能培养逻辑，对孩童开阔思维大有裨益！长说短说，好说歹说，终于招到五名顽童来西馆习演算学。

九月十日开学。这天，时值仲秋，王文素穿袍换履，甚为郑重。顽童见他一本正经，都窃窃而笑。挨到开讲，文素将许多算学理论纳入诗词形式，既通俗易懂，又上口好记，诸如：

心灵者蒙童最晓，意闭者皓首难闻。

殷勤学全书可解，不留心徒老其身。

人生也不能学算，如空中日月昏昏。

既知干不知其算，将精神减去一半。

如此，既生动风趣，又入情入理，几个小儿听得津津有味。再加他双手拨打算盘，甚为有趣，堪为手舞，于是纷纷告诉他们的父母再不去读什么干巴巴的四书五经，干脆专攻算学。几家父母甚为着急，怕将来真正沾惹文素疯魔之症，便纷纷领他们退学。无奈，西馆才开半年之久，便闭馆休学。

王文素无奈之至！

7

冬去春来，眼看又一年已逝。杜良玉所言迟迟不见动静，莫非突生变卦？王文素不好揣摩，只好听之任之。兄长生病，王文素蹒跚看过，腰疾损伤，并无大碍，回来坐于陋室，手中扒拉几十年所用的算盘，珠子被磨得发黑发亮。春光洒满屋。此时，王文素想，他不太喜欢这太艳亮太刺眼的白天，而喜欢沉重如水的夜色。无数个夜晚，一豆孤灯陪伴，他伏案演题，思考之际，便会闻得灵魂嘭一声挣开躯壳羁绊，蹦到无边无际的天穹里。它是那么轻灵，脱离开一切有形东西，于寂静遥远的世界里游荡，闻算学领域里那些先贤与哲人高人传经布道，与他们对话、辩论、各抒己见，观赏远离尘嚣的别一个世界。这个世界是王文素最后的温暖所在，也是他最后的归宿；在这里，无任何世俗偏见，无任何繁杂琐屑，只有那种纯净的快乐。有时他想，真不想再回到那个污浊肮脏的现世，只想在这个世界里一直待着，一直待着。或许有一天，他肉身死了，这个愿望也便随之实现了。想到此处，王文素无声而笑。

踏出家门，王文素走在春光里，穿过小街，近几年，此地已成饶川最繁华之地。世界在这里展开生机，铺开底色。太阳从对面爬出，背后像有无数双手托举，挥舞，叫人兴奋不已。一天的生活和繁忙就这样开始了。小街东端与另一条街相连，那条街上兴起各种铺子，干果，瓜子，粮油，杂货，布庄，吃摊与骡马店。百姓生计与各种勃勃欲望在其间流淌，写满人间烟火。以前，文素甚厌此等繁闹，即使身处其间，也极力闭目塞听，将它推至心外。此时此刻，他突然就喜欢上它，觉得身处其间是如此踏实，如此轻松，如此惬意，如此自然。自己原本就是一凡夫俗子，食五谷杂粮，食人间烟火，只不过想将算学演习到极致通九霄彻天地罢了。在算学里，耗己一生，误己一生，与现实世界几乎擦肩而过。想想真是懊恼。鱼与熊掌终不可兼得。

正想着，玉珠提条鱼走来，见他就近溜达，赶紧拉至路旁，责怪他：你来此地干什么，这里人声嘈杂，气味熏天，俗而又俗，不是你来的地方。

王文素笑笑，说，如何不是我来的地方？

玉珠正色道，你不是喜欢静么？

王文素说，你不是常来这里买柴米油盐酱醋茶？

玉珠点头，说，是啊，怎么了？

王文素迷离双眼，显出无限留恋的神情，说，这个世界也如此美丽，我如何轻而易举就错过了？！

玉珠不解问，先生到底说什么？

王文素怔怔，将目光收回，满脸愧疚说，耽误你一生，我真是有愧。

玉珠脸红，说，大庭广众，如何又说这些。走吧。

二人索性来到野外，他们曾在此处多次测量。不安分的小草已探头探脑，偷窥人间。天空一片湛蓝，白云任性，在天空上随意涂抹。几个孩童大呼小叫在放纸鸢。

知道我为何想西馆训蒙？王文素幽幽地说。玉珠摇头。

其实，我喜欢小孩子。自己也想再做一回小孩，重走一回人生路。王文素说。

两个小儿因纸鸢纠缠一处，发生口角，争得面红耳赤。二人走过去，帮他解开绳结。两小儿又欢呼着跑远。

此时，玉珠早已泪流满面。王文素问她为何。玉珠咬紧双唇，只字不吐，疾步走开。一个女人爱一男人到极致，真想为他孕女生子以续香火。可玉珠终究未抗住世俗，错失岁月。

王文素慢慢尾随而来，他如何会解得玉珠心结！

第二十章

1

　　一切显得无奈非常！一段时间里，王文素最焦急之事便是杜良玉能尽快刊印《算学宝鉴》。可是，等来等去，不但无望，连人亦好像由人间蒸发掉似的。他着急上火，牙床肿胀，腹胀便秘，睡卧不宁。玉珠劝他顺其自然，放下一切，心里便轻松，相信夜明珠不会永埋土里。王文素点头称是却依然惆怅满怀。说话容易，做到却难。就在王文素遭受百般煎熬，几近绝望时，杜良玉和宝朝珍出现了。

　　哈哈，王兄，等急了吧！一进门，二位喜眉笑眼，拱手作揖。

　　也无妨。王文素笑容僵硬，勉强遮掩。

　　哦，情形如此，鄙人么，衙门杂务缠身，处理处理；杜兄呢，家里生意繁忙，自然也须打理打理。王兄见谅，见谅！宝朝珍圆场。

　　玉珠上茶，尔后轻轻出去。爷们谈正事，她既不愿插话，更不会在旁。多年所养习惯。

　　杜良玉望玉珠背影，感慨而言：宝兄，你我受家庭儿女琐屑杂务功名利禄所累，心疲身惫，久缚樊笼，连茶之甘酒之纯几欲体味不出。王兄何等逍遥，抛却世尘，得红尘一知己，相依相守，爱算学一生，出此大作，将来名垂千古，足矣！

王文素苦笑，说，尘俗如围城，你欲冲出来，我欲杀进去，城里城外皆为诱惑。其实，城里城外一样活，关键看你如何活，跟谁活。

宝朝珍探头附掌耳语杜良玉，大意是说玉珠童养媳和勾栏唱妓身世。杜良玉脸色顿沉，闷头喝茶，不语。

王文素心知肚明，却不理会，端然而坐，觑门外玉珠。

玉珠于门外做女红，闻三人言，脸微泛红，五味百陈，齐涌心头。心神一走，针扎手指，十指连心，那种疼痛，有如飓风，立立的，打着旋儿，呼着哨儿，擦着心尖儿就过去了。

屋内一时静寂。

宝朝珍为破僵局，摇头晃脑，故意说，欲一天忙，不妨招客待朋；欲一年忙，辄起房盖屋；欲一辈子忙，则娶妾纳小。如此看来，王兄是要忙一日，杜兄是要忙一辈子喽！说完，兀自大笑。

王文素不解，笑问何意。门外的玉珠心内着急，暗自埋怨王文素，为何不谈手稿，说此等无用事有什么意思！

杜良玉则向宝朝珍挤眼睛，示意休要张扬，出卖私密。

宝朝珍会意，笑而无语，只管悠闲举杯吹茶。原来，杜良玉新近纳一美妾，新婚燕尔，自然无暇顾及他事。

王文素识趣，对方不愿提及之事，便不再追问，也不愿知晓，只图心静。他知道玉珠在外默听屋内谈话，便朗声向外说道，备桌茶肴，取二斤汾酒来。玉珠虽无答应，却放下手工，心领神会而去。

不想，杜良玉说，男女两个，以夫妻名义，困守几十年婚姻，犹坐枯井，毫无新鲜，更无能量，连些许灵感皆迸射不出，还有何意思！他摇头晃脑道，问君哪得清如许，为有源头活水来。

宝朝珍放下茶杯，抚掌笑说，翻得好，好个源头活水！实言之，日推月，月推年，岁岁年年，细微成巨流，任谁亦挡不住那浩荡声势无情洪流，想要将日子过得风流如昔，感觉如初，有如蜀道之难，难于上青天，每日两张老脸，司空见惯，不生厌便是美差一桩，何来新意，何来灵感！尔后一脸羡慕，说，瞧瞧二位，杜兄娇妻美妾，儿女绕膝；王兄知己守候，心有灵犀不点自通。何等美哉！独我守糠糟之妻，浑浑然熬日子亦被日子所煎耳！

三人皆笑。

不一会儿，玉珠治酒菜上来。虽为家常，但烧煮炖卤，火候到位，手艺纯熟，又色香味俱佳，荤素搭配清新雅致。三人边吃边喝，渐渐扯到手稿刊印上来。

杜良玉喝了一大口汾酒，说，宝兄，依你所算，刊印王兄书稿耗资几何？

宝朝珍放下筷子，掐掌扳指算半天，说，粗略估计，按三百册算起，约三百两。

玉珠闻之，心内大喜，说，阿弥陀佛，终于谈及正事。余光瞟王文素，见其一副慵懒神态，漫不经心看着二人。因王文素事先没核计过，不便言语，只管听他二人说话。

杜良玉说，若刊印，自然数册越多，单册成本越低。可是恁多册数，售往何处？谁认可？谁愿掏银买它？若卖不动形成积压，岂非白白投资！若刊印数册极少，只在很小范围流传，又有何价值！

宝朝珍侧头问王文素，王兄之意欲刊印几何？

王文素闻杜良玉之言，便沉沉叹口气，利弊得失，自然各自衡量。于杜良玉而言，此事确实无多大价值。于自己而言，只为刊印成册，流传于世，毫无名利可言。正沉思间，忽听宝朝珍问他，他便摇头。

杜良玉说，投资颇大，不为名利，所为何来！难道真做赔钱贴工买卖？

王文素有些喏嚅着说，文素布衣一枚，只能一生铭感五内，别无他谢。

杜良玉斜眼瞟着玉珠，说，久闻嫂夫人才艺俱佳，何不演示一曲，让我等一饱耳福。言毕，一脸不屑，端起一盅酒，仰脖灌下。

王文素见杜良玉财大气粗，前恭后倨，本已隐忍，今见他要玉珠作妓弹，怒火直窜。玉珠见状，虽知杜良玉满怀轻薄之意，可她为能促成王文素之事，便毅然取下琵琶，翻唱一曲《诉衷情》：

天地
公心

TIAN
DI
GONG
XIN

当年屡屡觅封侯，放马演题求。

关河梦断何处，尘暗旧怀愁。

为算学，鬓先秋，泪空流。

此生谁料，心在汾州，身老饶州。

玉珠手边弹泪边流。三位男子喈叹。王文素低头不语。杜良玉面露愧色。

宝朝珍擅调剂气氛，遂出来打圆场，说，人生一世，难逃名利二字，依愚兄之意，二位皆喜算学，热衷于此，何不珠联璧合，联袂署名，他出资，你出稿，玉成美事！出资者心甘情愿，出稿者借帆出海，如若传于后世，也必成美谈！杜兄，王兄，二位意下如何？

杜良玉紧接说，如若如此，杜某尚可考虑。届时我等小名可随王兄大作千古不朽，留传后世。

王文素接连喝下两盅，脸涨得通红，半天说出一句：王某不才，见识浅陋，著书立说，皆为冒险之事，凶险万千，祸福难料，或千古留名，或遭人唾弃，千古留名自然事好，可如若你我绑定于此成一条绳索蚂蚱，日后被人挖祖坟，骂祖宗，千刀万剐，遗臭万年，杜兄可否愿意？可否有此担当？

杜良玉与定朝珍面面相觑，沉吟良久，不敢妄言。

宝朝珍故作轻松笑说，何以至此，王兄危言耸听！

王文素正色道，凡事皆有可能，由不得你我往坏处着眼，好处努力。如若杜兄果敢坚决，你我不妨君子协定，由宝兄担保，周旋左右，肱股之意，玉成此事，文素自然感激不尽！事到此时，王文素反守为攻，步步紧逼杜良玉。而杜良玉只发出重重一声叹息，好半天自圆其说家务缠身，先行一步，兀自离席而去。宝朝珍随后借机亦走。看着二人仓促离去的背影，王文素呵呵而笑。

2

待二人走后，王文素对玉珠大发雷霆，摔琵琶于地，将所有怒气皆发于她一人身上。起先，玉珠不辩一言，默默忍耐，因平时，王文素心情烦躁时，也难免发火。王文素不无自嘲说，还为算学鬓先秋泪空流，还心在汾州身老饶州。让他们知道这些，又有何用！你看看他们是想知道这些的人！玉珠不吭声，自责不已。王文素又说，你明明知道他欺歧于你，为何还唱！唱，唱，唱！莫非怕人不知你曾为唱妓！玉珠反问，莫非你怕？王文素长叹一声，说，我怕什么！若怕，你我早抽刀断水，恩断义绝了。我只是怕你再勾起伤心事！今忽闻此言，玉珠不由得放声大悲，说，如若杜某真能出资刊印，我玉珠粉身碎骨也甘心情愿。王文素一时温声细语劝慰道，唉，你心我知，我心你知。夫复何言！

可是，一切皆令人颓废！

忧愤难平，王文素只身来到破庙。这里，曾朋友聚会，设馆训蒙，尚有情趣。几年过去，一切皆坍塌不堪，和自己一样，是随着时光一点点破败下来的。他推开几块破土碎砖，踏足而入，满院荒草枯叶，凄凄惶惶，踩上去沙沙作响。麻雀们在地上蹦蹦跳跳，费然觅食。风细细碎碎吹来，将不知何方之铃铛声送进人耳朵里。小庙和王文素犹如两个风烛残年的老人，齿落唇裂，喃喃然，呓语般互诉着往昔岁月流年风尘。曾于此偏殿，年轻不知狂妄为何物的自己曾与金来朋、杜文高义气奋发，热血澎湃，亦茶亦酒，高谈阔论，赤耳争辩，为一算题，为一法则，为一解法。那时的他们，虽意见相左，意气却相投，辩论一阵，喝酒一阵，歇息一阵，然后接着辩论，接着喝酒，往往是文素才思敏捷，准备充分，思虑周全，将诸人辩驳得哑口无言，相顾而笑，有时难免夹杂羞愧，隐隐动怒，可一罐酒下肚，便天清气朗。

此时，文素不禁想，彼时自己何等愚傻，何等狂妄，何等自负，

天地
公心

TIAN
DI
GONG
XIN

锋芒毕露，有朋自远方来，为何必争个你高我低，谁上谁下！可返言之，不争不行啊，不争理不明，道不清。诸友愈争愈亲，愈论愈近，常为他的精彩论断与精密推演喝彩鼓掌。每逢此时，文素才思愈加敏锐，心智大受启发，新法迭出，论断也更为大胆超越。他们无名利之心，无掩诿之意，纯粹只为爱好，就那么沉沉然爱算学。他们亦师亦友亦兄亦弟，颇为难得。如今，夏兄已作古多年，金兄也刚刚去世，只留杜兄病卧在家。一切物是人非，叫人感慨良多。

设馆训蒙，本想推广算学，顺带养家糊口，不想应者寥寥，即便贴资动员，也收效甚微，短短半年，便惨淡告终。那时，文素身着粗布衣裓，一手扬于空中辅助讲解，一手拨动珠子演示计算。他不需任何讲义，张口即来，他给稚儿讲宇宙天地，讲方寸细微，讲算学无处不在，讲算学的至真至公大善大美！

那段时光虽然短暂，却生动有趣，充实幸福。下课后，孩子们满院跑动，嬉戏，捉迷藏，寻鸟雀，掏鸟蛋，童稚声声。一大片阳光穿透树枝斜射下来，洒于院里，光影人影飞动，沙沙沙，阳光与孩子一起奔跑，整个庙殿也年轻起来。孩子们有时也唱歌，是那种很短的歌谣，像自己童年时所唱乡谣一般，大多宁静欢欣，使那一大束光影人影迅速活泼泼起来，使整个饶川都活泼泼起来，与远方故乡的晴空、天地，轻柔相连，明亮地托起他们。

俱远矣！

阳光已一跳一跳远离小庙。一切有形与无形皆渐渐隐没。风吹过，一切声音皆笼上暮色。鸟儿们争相栖息，含混不清的咕咕声由喉间发出，带着一日觅食的辛劳疲倦，要安睡了。久违的钟声自远处飘来，悠扬，沉稳，于夜色里飘飘荡荡，隐隐伏伏，像波浪曲线一拱一拱，一头拽扯着人们，一头牵念着月儿，铺展弥漫，慢慢扩展至天地尽头和人心深处，最后缠绻在这温柔敦厚的夜色里……

就在王文素百无聊赖之际，哥哥文溥身体恢复如初，弟兄二人商议，决定扶父母骨殖回乡，了却平生一大心愿。

请阴阳看风水，择准日期，莲花大供，四色干果，四色水果，供献祭奠。开锹动土，打开父棺，肉身早已腐烂，拾得几块骨殖；

打开母棺，骨殖皆无，竟只留得一线尘土，颜色略深于泥土，早已化作尘埃。王文素亲眼看见，亲手侍奉，更加透悟人生，万世敷华，虚空一场，再无放不下之事。

兄弟二人哀哀恸哭，将父母骨殖轻置于一小木盒中，扶好牌位，套车起身。田螺和二子未曾回过故乡，此次扶牌位回家，显然不是小事，故一同前往；玉珠已被王家承认身份和地位，也同往随行。文素体弱，与田螺玉珠坐在车里。王文溥与他的两个儿子骑马，随行车旁。

故乡，字眼何等甜蜜，何时说起，皆内心激动，心潮狂涌。如今，一家人真要回乡安父葬母，祭祖拜宗，如何能不激动不兴奋！街坊乡邻等老弱妇孺皆来相送。有人想起尚欠几文酒钱，说等你们回来，一定奉还。看着这一切，文素心酸不已，说，一切皆忘了吧。

3

一家人时快时慢，晓行夜宿，回往故乡。几十年未回故乡，少时记忆依然清晰如昨，只是世事已变。记忆翻滚在来时的路上。

两日之后，他们踏进汾州府域。

气息唤醒记忆，娴熟地扑面而来。

故乡是一个实实在在的地方，城墙残断，钟鼓二楼双峙，宋代文峰塔耸立，笔架山清幽，所见人烟辐辏，满街阳光、人流、尘土与叫卖声，充斥而来。

于文溥而言，一切变得虚幻，更多是一种情结，一种怀旧情绪，甚或是一种气息，一种玉米榛子面味道，一种应尽之责，因他还要走，他已于饶川生根发芽。

两个儿子田晨和王阳倒是瞅着什么都蛮新鲜，品过一两种小吃，故乡便成为所品咂的味道。田螺很兴奋，毕竟汾州府远比饶川富足繁华。她催促文溥赶紧办正事，而后上街看看有无回捎之物，好做些买卖。她望着高大的王府门楼，啧叹不已。玉珠则兴奋里隐藏着不安，不安里潜伏着忧伤，她一点都高兴不起来，惆怅像秋风一样裹挟攫紧了她。

穿过府城街区，走过安静蜿蜒的小街，碧蓝的天空高远着，温暖而清澈的阳光拥抱着他们。老屋就在眼前。王文素缓慢而滞重的脚步一点一点走在一个叫故乡的腹地或屋脊上，一个遥远而古老的声音始终呼唤着他，要他认真地谛听什么，一根细细丝线不住扯他心尖，要他回到童年与少年时代。一个梦魂牵绕的地方，一个心魂俱安的地方，一个不忘初心方得始终的地方。此时此刻，于王文素而言，在外漂泊浪荡五十多年，这五十多年不是在饶川度过的，是在算学里度过的，是在漂浮里度过的。人生有几个五十年！五十年间，他将所有全给予算学，人生所有印记全留在那本浩浩几十万字的《算学宝鉴》里。也许，此便是命，宿命，是命中注定。在饶川，他一无所有，在故乡，他至少还有亲情，有脉系，有牵念。饶川不接纳他，故乡该不会不接纳他吧。他忽然对故乡有一全新定义：它不再受地域限制，不再受血脉亲情羁绊，而是一次次辽阔无比的心灵回放，是一次次精神与心魂被唤起的愉悦和甜蜜，一种呼唤，一种发自心底归去来分辞的呼唤！

一家人浩浩荡荡停在家门前，老屋已低矮许多，像瘦弱老人，佝偻身子，有气无力瑟缩于面前。父亲走时上的铜锁尚在，只是锁心锈死，无法打开。田晨找块砖头，叮当一声，连门扇都震了下来，原来，户枢已朽。院内杂草凄荒，墙倒屋塌。

族人闻讯王家有后人返祖，皆来探望。王氏兄弟所遇皆新鲜面孔，好歹王成尚在，时已七旬。王成拉住文素的手，说，记得，记得，你父临走时，中秋设宴，款待族人，修缮祠堂，立返祖心愿。你们起身的那天清晨，你父嗷嗷恸哭，我亦铭记于心。你们母子挨家逐户送赠窝头，以解旱饥，族人们都记着哩。他回头，对身后年轻人喊道，你们当然不记得，那时，你们尚在爹妈肚里无形无样哩。

众皆哄笑。

文溥问族长是哪位。

王成见田晨王阳手捧王林夫妇牌位，便知晓他兄弟二人此次回乡所为何事。再看看他们身后家养，便吩咐众人将他们安顿妥当，悄声说，本来，我辈分最大，可年岁大了，故推王士拳为族长，是五老奶奶的最小孙子，比你爹辈分还大哩。那时他还小，不知事。又将宗族规矩俱告他们，最后说，放心，族长面慈心软，啥事皆好办，不会为难你们。

二人会意，略备薄礼，正欲前往族长王士拳家去拜访。不想汾州府东西王府之东王府派人请王文素前往，听说他精通算学，有要事相烦。王文素一愣，自己一介布衣，何以名声至此，惊动王府来请！犹豫之间，文溥使眼色于他，让他早去早回，安顿父母要紧。

花开两枝，单表一枝。话说王文溥带领二子战战兢兢拜访王士拳。只见他身形高大，面庞清瘦，三绺胡须飘于胸前，颇有些仙风道骨模样。王亲切随和接待他父子三人，问长讯短，嘘寒问暖。文溥谨慎回答。当被问及文溥于饶川是正娶田家姑娘还是招赘田家做女婿时，文溥赶紧说是明媒正娶田螺，只不过为保田家香火，生长子后改姓田氏，以慰田家世代单传之憾。士拳闻之，点头沉吟。又问及文素情况，文溥支支吾吾，四顾言他。士拳再三追问，功名如何，婚姻如何，子嗣如何等。文溥不便作答，只说他被东王府叫去。士拳不管这些，只拿宗规族法探问。王文溥无奈，只好等文素回来，自己作答。

4

洪武年间，朱元璋分封子孙，庆成王与永和王皆选中汾州府，无奈，朱便听任二王并居汾州府，遂成兄东弟西二王府。到此时，王府繁衍几世几代，已无从考起。今朱王要文素测量地块后召见他。

自己就是一粒尘埃，卑微，低贱，低到尘埃里去，甚至比尘埃还低。有前车之鉴，文素小心翼翼随管家奔走于地亩间，辛苦为王府测量地块。

进王府。且不说王府如何富丽堂皇，只说文素带度具、量器，头晕目眩至阔大屋宇，尚惊魂未定时，一人昂然于壁间走出，俨然朱王，訇然命人搬出古度器具，古量器具，古衡器具，原来，此王爷雅好甚众，尤好收藏这些量度器具，有事无事拿出来示人玩弄。此时，他命文素当众演示度具量衡器具的用法。

王文素先有些不知所措，后猛然悟道这是一场无耻游戏，与其拒绝无益，莫如假戏真做，便如木偶般演示起来。朱王蛮横，悍然阻止他，将度具、量器置弃一旁，不用，目光紧视，一脸不屑，说，这些器具再公再允，我弃之一旁，不用，你又怎样！王文素不急不缓，声量平和说，器具，物也，裁示公心罢了。公心斗不过权，斗不过势，斗不过人情，斗不过私念，但它不离不弃，始终充斥于天地间，是民心所向。朱王面色先白，后红，目瞪口嗫，急饮一口酒遮掩声色，说不出一句话。原来，这位朱王无视规矩，无视王法，借量衡度器的规整有形和公允，亵玩王文素。

朱王饮酒三杯，声色俱厉，说，本王能叫你血流五步。王文素缓缓立起，慨然道，术，算数之术，非权用之术，用心而非用智。若用权术抑之，则以权为经，见本知末，执一应万，握要治详，是恃勇欺世，不是以算示公。若恃权治术，朱王必胜，因朱王手握重权，权倾朝野；可尚彬无私，因无私而无惧，因无惧而为算学，因算学而只有公心，顷刻之间，尚彬愿为算学肝脑涂地，血流如河，以证明算学斗不过生杀予夺的权势和心术。权乃绳索，缚自然之心；势乃粪土，埋赤子之心；术乃末技，不智不慧以昭天下。朱王果真如此，教天下算学之人再不从事算学，叫算学绝迹！朱王思之再三，愤然放过王文素。

由王府出来，秋雨渐渐沥沥，且无边无际。王文素站立街口，一时迷茫，不知何去何从。明明听到脚步声，孤独，苍凉，挨到住步，脚步声又停，再行，又起。他忽然想起，这是自己的脚步声。权势像条污浊河流，流到哪里都泛着丑陋。想到这些，王文素顿感悲伤。可悲伤之后，他又呵呵大笑，仰头面天，任风吹雨打。他长久在雨中徘徊。可过了一会儿，他又再也记不起自己从何而来，来此何干，像个孩子一样，边走边喊，自嬉又戏雨，且歌且舞，手之足之，舞之蹈之，一路上，行人都侧目睨之，心说，哪里来的一个疯老头！

5

且说王文素走后，王文溥怕他有闪失，便亲自来王府门前接应，况且族长王士拳催得紧，要文素速往宗族祠堂面见长辈。此时，文溥见他亦疯亦癫，亦痴亦狂，不知究竟发生了什么事，问他缘由。文素竟不吐一字。当哥的便呵斥他无规无矩，无教无养，有伤风化。王文素不辩不论，却泪流不止。

文溥一时心内绞痛，毕竟手足情深，拉他到王族宗祠正堂，只见祠堂内气氛森严，牌位林立。原来，自王林率家人远赴他乡，五十多年间，王族后人繁盛葳蕤，亦昌亦炽，居官者甚多，故王士拳率族人重修祠堂，光耀宗族，加屋扩地，终成规模。兄弟二人踏进正堂，见族长正襟危坐，七八位族叔分座两侧，皆面沉目定，直视他兄弟二人。田螺、田晨、王阳、玉珠早已候立旁侧。

士拳轻咳一声，端然起立，燃香四炷，转身虔诚跪拜，以示敬天示祖，其他人也就地跪倒，伏地而稽。礼毕，士拳高声宣示：今有王文溥王文素兄弟二人为他的父亲王林母亲张氏安魂落灵，请众共议。

文溥赶紧率家人整肃衣冠，垂首而立。

士拳朗声念道：王林者，系先祖王安一族五世孙，自幼勤谨，精算过人，在家务农之余曾率族人外出经商，因心地纯正，示人以公，口碑颇良。后，本乡连遭旱灾，饿殍满地，民不聊生，王林率家人远赴饶川谋生求存。走时，曾率先垂范，修缮宗祠，现有王成等人作证。

王成等颔首示意。

王士拳说，请问众位，王林可否入本族宗祠？

众高声说，可。

士拳又高声说，张氏玉兰，心性高洁，敏慧聪静，相夫教子，堪为众妇楷模。可否入祠？

众高声说，然也。

听到父母顺利入祠，王文溥暗舒一口气。世间诸事虽大，但哪里能比得上让父母按遗愿入土为安这件事重要！想父母一生操持，在饶川吃苦受罪一生，病重多日，自己未能尽孝尽心，埋首一己小家，繁杂事务缠身，想来愧悔交加，泪如雨下，哀哀欲绝，倒地而泣。田螺见夫君伤痛，遂率二子跪于其后。众人见状，莫不以其见孝见仁，交口称赞。

文素则哀而不伤，木然而立。

士拳又宣：王文溥者，乃王林的长子，自幼随父经商，不辞辛苦，后至饶阳，安心立业，娶妻田氏，立家立室，育有二子，有孝至大。不等士拳念完，众皆高呼：应入宗祠。文溥一家大喜，夫妇二人四目相对，泪眼婆娑。

士拳又宣：王文素者，乃王林的次子，此人心性敏异，性情乖张，三次试考，皆未名中，可谓无功无名，又视家庭婚姻为累赘，以无能养家为由，拒绝娶妻生子，一生埋首算学，逍遥乎算学天地，虽有所成，却无视宗族之规，抛世俗理念之约，可谓不忠不孝不仁不智。此人欲入宗族祠堂，请诸位共商定夺。

众皆愤然，以目斥之。

士拳又宣：和玉珠此女，幼失双怙，遂入勾栏，卖唱维生，后被卖入蔡氏作媳。但此女命硬克夫，夫死婆绝。不思正途，与王文素勾搭成奸。不明不白无名无分厮混至今。诸位，不贤子孙王文素与此等妖女贱妇，岂能入王族宗祠？！

闻得众皆咆哮：此等悖逆之徒，如何进得宗祠！

文素与玉珠面面相觑，不知如何是好。文素先是满脸紫胀，后渐面色灰沉，从始至终，不曾辩解只字片词。玉珠听到勾搭成奸字眼，跪至族辈面前，想辩解他们是真心相爱，红尘知己。可那些人呵斥：这是王族庞大神祠，哪里容她此等无耻贱妇游说！文溥未曾想到宗族们如此决断二人，欲上前求情，被士拳喝住。

只见一人巍然站起，一看，是王成。他慨然疾呼，说，自古天生异才，必禀赋超人，行为异众，为世俗不容不纳。尚彬自幼敏异非常，抛却世俗杂念，一心缀于算学妙想，你们为何这样对待他！人们都看着文素及玉珠。没一会儿，众皆高呼：宗族祠规，怎能因这二人而废！断断不可。如若以王族后裔对待王文素，那这女子又如何处置？如此伤风败俗的妇人，怎么能容她玷污我王族百年圣洁之地，还不如早早赶出宗祠，永不续伦！不知谁喊一声，眨眼间外面进来几个年轻后生，将文素与玉珠连拖带拽，推出祠堂。

王文溥欲辩解什么，哪里有一人肯听他说！众声喧哗咆哮声如狂风骤雨。面对此情此景，田螺则慌然低头，戚然无语。

6

王文素只身来到西河边上。细雨入河，润荷无声。那一池荷田，花开过，莲蓬采过，昔日遮天蔽日的青荷，都折戟沉沙，栽到泥水中，再不能立身。只剩几茎残荷立于秋风秋雨中坚守，不胜褴褛。雨水还是泪水？满头满脸湿淋淋。王文素不管不顾，自言自语说，荷老了，真的老了，自己也老了，真的老了。幼童时代，小荷才露尖尖角时，自己来过；接天莲叶无穷碧，映日荷花别样红时，自己错过。那么，这婷婷荷花何时委顿，何时凋损，真不知道。那几茎残荷如此坚挺，是等着自己吗？想要向他传递怎样的信息呢？残荷无言，而王文素却满腹惆怅和忧伤。残荷不再青春勃发，不再妩媚姿娇，也不再有那一晕又一晕粉红的花，可它依然美丽。因它依然嶙峋坚挺，在砭人的秋风中抗争，抗争什么呢？抗争岁月刀刀逼人老，抗争世俗滚滚袭人心。不肯摧眉折腰，不肯跪倒于地，直至有一天，人由残荷根部掘出一弧又一弧白藕，可能会惊叹片刻：残荷原本是最富有的。可是，可是，那又怎么样呢？那又怎么样呢！不惊叹也无所谓，人的一生一世就如此走过去了。结局竟竟是这样！

玉珠慢慢走来。秋雨淅淅沥沥，越下越大。

玉珠扶着文素，轻轻吟道。王文素老泪纵横，说，玉珠，是我害了你。玉珠惨然一笑，说，事已至此，何言谁害谁，谁福谁，关键是，你我将何去何从。王文素神情坚决，说，此地不留你我，我们走！玉珠惊悚说，该走的人是我！你走，岂不是背宗离祖！王文素摇头说，这样的宗祖，不尊人性，不尊人格，不尊人愿，不认也罢。你陪我一生，我伴你一世，天负你我，我岂能再负你！

二人紧握对方的手，玉珠热泪双流，轻声说，执子之手，与之偕老，生死与共。

雨下得更大了。

王家老院。王文溥正对田螺大发雷霆，说，你如何能将这些全盘托出？你岂不是要借族人之手置尚彬与玉珠于死地么！田螺脸红，大声辩解说，即使我不说，此事也会为全族人知道，他们也会被逼得走投无路！王文溥愤然说，乘人之危，落井下石，卑鄙无耻。田螺一时语塞。王文溥仰面流泪道，我弟不经事务，不合世流，确是事实。可他爱己所爱，恨己所恨，为己所为，有何过错！即便有错，终不致为宗族所弃，为你蓄意陷谤，饶川再美，终为寓居之所，家乡虽破，却为宗族所不留，你让他们置身何处！你这样做，岂不是要将他们赶尽杀绝！

等到文溥找到二人时，只见秋风秋雨中，两位苍老之人，正一步一挨相扶相搀走回家来！

刚才，他们踏着飘摇风雨，爬上笔架山，极目远眺，一片苍茫。时已至午饭时分，有人家炊烟升起，炊烟无力，被秋风秋雨打散湮灭。站在山上，王文素回首往事，一时悲从心来，绝望丛生，抢过玉珠怀里的书稿，疯狂便撕。此次回乡，他将书稿带回，本欲抽空再作演证。如今，不见则已，一见悲愤满怀。玉珠眼疾手快，夺过，抱于怀中。王文素放声大悲，捶胸顿足，撕心裂肺，呜呜嗷嗷，嘶嘶唏唏，像只受伤公狼，又像失怙雄马，霎时，天地晦暗，风雨骤急。玉珠将书稿置于衣襟下，不料浑身湿透，无奈之余，身体弯蹲护之，紧紧抱在怀中。王文素身疲力竭，喃喃自语道，得之算学，失之算学。为了算学，我将一生风景都耽搁殆尽；为此一程，误彼一程；真正为此失彼。你护它何用！快快扔掉，扔掉这劳什子，扔掉这花我一生时间，毁我青春年华，耗我婚姻家庭的罪魁祸首！玉珠久思，说，算学公正无私，无过无罪，是你我有过，世人有罪。雨歇。二人相互扶搀，一步一挨下得山来。王文素连连回首，望汾州老城，痛彻肺腑。真是：

　　天外飞寒雨，鬓上染银霜。临乡默默缄语，触目满凄凉。远远苍山影瘦，瑟瑟残荷泪淌，滴滴惹情伤。阵阵西风起，冷冷破云裳。
　　叶憔悴，花凋谢，去何方？寻觅无迹断人肠。扼腕清词难赋，叹首箫音伯解，寂寞问苍茫。幽梦空中坠，何处葬心香？何处葬心香？

7

　　此次回乡，王文素万念俱灰。他多年劳累，体质孱弱，经此一击，便卧病在床，高烧不止，滴水不饮，粒米不进，怪话连篇，所言都是算学演算的法则口诀。

　　起先，王文溥夫妇心有所愧，整日与玉珠轮流照顾他，请医诊治。三五日过后，王文素高烧减退，但依然羸弱不堪，乃积年劳疾。田螺偷偷对王文溥说，父母大事都已办妥，饶川尚有生意要顾，两个儿子的家事也难久离，如何耽搁得起。王文溥两厢为难，一面心疼弟弟，一面遥顾饶川，决定让他母子三人先行。田螺不依，怕王文溥受王文素牵连，无法脱身，非要他同回饶川。王文溥流着泪说，尚彬如何是好？田螺坚定地说，依然回饶川罢了，百年之后，葬身饶川有何不可！青山处处，何愁埋骨！更何况，依我看，尚彬早已看透看彻，无视此等区区小事。与王文素一说，果然如此。王文溥无奈，遂与玉珠商量，要她留下照顾王文素，他一家四口先行赴饶。玉珠内心凄楚，无片言只语。王文素自然怕哥嫂嫌弃，劝他一家早日返饶。王文素气息微弱，对王文溥说，兄弟之情，手足之义，尚彬难忘。今我卧病老家，怎么能因此耽搁兄嫂回家料理。王文溥纵然心内愧惜，无奈诸事繁杂，母子又相催左右，只好忍痛上路，留马车给他二人。临走时，偷偷塞五十两白银给玉珠，要她好好照看王文素，请医抓药，切勿中断。玉珠盈盈万福，感念不尽。

打自王文素弟兄回到汾州，便秋雨不断。近日，雨越下越缠绵。老屋年久失修，不吃雨水连日浸泡，当晚，屋漏不止。玉珠以盆、碗接水，破被尽湿。玉珠服侍王文素吃饭喝药，一切停妥。黑暗中，二人相拥相围，坐待天明。真正是一声梧桐一声秋，一点芭蕉一点愁，一枝残荷一贞留，三更归梦三更后。王文素感慨万千，说，我如有来生，定带你远走高飞，醒食日月精华，梦寝风露流光，自由自在生活，任儿女绕膝，倍享天伦，年华荏苒，你我共逍遥。玉珠点头，任雨敲窗，泪流满面。

我们不日也离开此地。王文素轻轻对玉珠说。

故乡，再不是亲亲之所，再不是甜蜜字眼，再不是温暖怀抱，它已成铁窗牢笼，冷酷无情。王文素记得在科举考试前，茶神仙说，尚彬，你如若考中，荣归故里，光宗耀祖啊！王文素笑而不答。三次考试失利，茶神仙说，你无功无名，无家无业，无妻无子，你就是不忠不孝不仁不义之徒，有伤风化，怕是难进宗族祠堂。虽是玩笑话，却如锥子般扎王文素的心。如今果真应验，真正是一语道破天机。

第二日，玉珠正为王文素煎药做饭，王士拳忽然带人闯入，要他们赶紧起身离开，说王家乃文昌武盛宗族，向来讲究人伦天理，全族上下商议，不能任由你们苟狗不肖之徒蜷居在这里。王士拳带人刚走，女人们又冲进来，指着玉珠怒骂，说，勾栏肆笑，人皆可夫，克夫气婆，扫帚星一把。私通男子，不守妇道，此等妖孽，天地何容！

玉珠气噎无语。若论身世，已无法更改，她确实无婚无姻无名无分相随守候了王文素一生。可他二人心心相印，诚心相待，冒天下之大不韪，只论爱情，不谈婚姻，只谈感情，不缠琐务，床笫交欢，野外交合，恣意妄为，尽享做人的欢乐。这不假。可要说她在勾栏处失身卖笑，是断断能要了她的命。

玉珠欲哭无泪，瘫软无力，对王文素说，玉珠交给你以女儿身，只有你和天地知晓。

文素不知如何劝慰她，只管紧紧拉她的手，颤抖不已，口中喃喃着说，玉珠啊，你爱得义无反顾，故败得体无完肤，负你的人，不只有我尚彬一人，还有天，地，世间的公心！

见心爱之人如此伤感，玉珠又心疼不已，便克制自己悲痛，劝慰王文素保重身体，昂起头说，我爱我所爱，你为你所为，你我都无遗无憾！他言为赘，无需挂怀。

我们立马动身！

故乡也容不得他们半刻。王文素只好咬牙吩咐玉珠收拾行装，准备迁往饶川。

正忙活间，信差送来一封急笺。玉珠不敢怠慢，赶紧转递给王文素。王文素拆开来看，原来是宝朝珍催要书稿，说杜良玉左思右想，内心愧悔，放弃前念，无条件答应刊印《算学宝鉴》，要他立即送达，玉成美事。王文素手捧薄信，颤抖不已，呻吟着说，苍天哪，你真要开眼了！

为保证不误行期，王文素要玉珠带书稿先行。玉珠死活不答应，她怎么能扔下病中的王文素而不顾！王文素苦口婆心，说，此书稿，犹如我的命。甚至比命还重，所凝心血几何，你亲眼所见。如若宝杜二兄能顺利刊印此书，我便死也瞑目。玉珠泪如雨下，仍不能答应先行一步留他于后。王文素再三劝慰，要她权衡事大事小。玉珠只好含泪答应。

8

临行前，王文素递给玉珠麻纸两张。玉珠打开来看，乃王文素为书稿写的自序，他早在回汾前夕已写就。全文如下：

天地
公心
TIAN
DI
GONG
XIN

《通证古今算学宝鉴》自序

汾 阳 王文素

　　窃闻曩古,黄帝命隶首作算数,其目有九,曰:方田、粟米、衰分、少广、商功、均输、盈朒、方程、勾股。又立度、量、权、衡之名,九九乘除之法。是乃普天之下,公私之间,不可一日而阙者也。故《内则》载之而训稚,《周礼》用之而教民,宜矣。夫上古圣贤犹且重之,况今之常人岂可以为六艺之天而忽之乎!愚是以留心算学,手不释卷三十余年,颇谙乘除之路。尝取诸家算书读之,其间辞失旨者有之,问答不合者有之,歌诀包束不尽、定数不明、舍本逐末、弃源攻流、乘机就巧、法理不通,学者莫不适从,正犹迷人而指迷人也。又兼版简模糊,誊书舛误。吁!愚者不能分别,智者弗与办理,理者不肯尽心,以致算学废弛,所以世人罕得精通,良可叹也。

　　我朝景泰年间,金台金来朋有志改正,才论数题,即有二病,不足称也。愚故不揣鄙陋,敢以醯鸡井蛙之见,历将诸籍所载题术逐一测深探远,细论研推,其所当者述之,误者改之,繁者删之,阙者补之,乱者理之,断者续之。复增乘除图草、定位式样,开方演段、捷径成术,编为拙歌,注以俗解,凡二百条,三百十七诀,千二百六十七问,分为四十二卷,号《通证古今算学宝鉴》。于嘉靖改元,训蒙西城。暇中又韵诗词三百余问,分十二卷,以续于后。固得僭罪如丘山,庶补算学有毫末。既成,憾其闻见之不广,采辑之不多,而双愧词句之不工,音韵之不叶,浅见薄识,不无欠当。待明算者改正,幸甚。欲刻于版,奈乏工赀,不获遂愿。倘有贤公仗义捐财,刻木广传。而与尚算君子共之,愚泯九泉之下,亦不忘也。不尔,徒为腐尘而已矣。噫!

　　　　　嘉靖三年岁次甲申秋八月癸巳朔
　　　　　汾阳王文素述于饶川西城之馆

玉珠读罢，掩卷，未及长思，便与手稿一起包妥装好，用绳绑缚在胸前，贴身于内。

　　二人四目相对，在玉珠眼中，王文素病容憔悴，白发苍苍，老态龙钟，玉珠抬手抚之；在王文素眼中，玉珠焦恐满面，青丝已然灰白。二人时笑时啼。王文素潸泪。男儿有泪，从不轻弹，如今分别，犹如生离死别，顿感五内悲摧。玉珠掏出一便笺，塞于王文素手中，轻嘱他保重，要他在她走后再看。王文素点头。玉珠挥泪上马。

　　王文素迫不及待打开便笺，只见写道：

　　　　此次绝别，相思作雪，飞舞于马蹄离别之夜；
　　　　此次上邪，落墨成蝶，吟咏于三行情书如血；
　　　　此三行情书赠君，来日再见，愿君珍重，吾且珍重！

　　王文素一手扶墙，一手伸出，如有所嘱，忽一口鲜血喷涌而出，眼前顿感天旋地转，看白云依然舒卷无意，一丝风儿掠过，微微惊愕，复旋而去。王文素几近无声冷笑一下，枯瘦身躯晃了晃，一头栽倒，便什么也不知晓了……

2014 年 12 月 15 日—2015 年 7 月 28 日初稿

2015 年 8 月 10 日—2015 年 10 月 4 日二稿

2015 年 10 月 11 日—2015 年 11 月 4 日三稿

2015 年 11 月 5 日—2015 年 11 月 8 日四稿

2017 年 2 月 10 日—2017 年 2 月 25 日定稿

天地
公心

TIAN
DI
GONG
XIN

微芒终将穿透历史尘埃

（代后记）

我与我的文字血肉相连。

从《大清镖师》到王文素系列（长篇小说《天地公心》、传记《算神王文素》、长篇纪实《帝国的忧伤》），每个题材，都做得毫不犹豫，要花好几年功夫在矿带里摸摸索索，寻寻觅觅，人愚笨，因而行得缓，做得痴。痴，磁，慈也。从宇宙磁场到四季更替到万物有序到人类执执善念，说的都是个痴，无非是要坚持并证明当初的选择是对的。人一辈子，痴点什么总比不痴点什么好。明代中期布衣算学天才王文素更是难逃一个痴。他的算学王国，阳光纯净，空气流通，似乎就是天堂的样子。在这里，人与社会的本质被他窥豹一斑，他本人也在尘世的喧嚣中获得安宁，悲苦中觅得泰然，由亿万民众中坚定地走成这一个。

科学家也好，作家也好，"只要有真性情真道德真信仰真学问，都有可能大成；任何一部伟大的作品绝不是庸人为名利的产物，而是人类智慧与探索的结晶"，任何领域，古今中外，概莫能外。它时常警醒着我。

感谢周宗琦、陈为人、杨占平、张发、赵瑜、卫平、毛守仁、乔忠延、王西兰、郝东黎、王振川、李云峰等各位老师看稿、提意见，定稿；感谢郭书春、刘五然、李明伦、王希良、马鸿宾、郭伟、张立新、高春平、索建平、冀龙飞、王令九、郭启庶等三十多位先生接受我的采访；感谢孟庆耀、鲁顺民、韩思中、赵建雄、悦芳等师友作先期推发；感谢吴言、德平、海燕、翁心诚等发声评论；感谢杜学文先生拨冗作序；感谢贾樟柯、邱华栋、赵瑜、王祥夫、白描等联袂推荐；感谢郝履安、郭瑞贞等辛苦细致校对；感谢出版社耐心而细致的劳动，令王文素走到更广阔的读者当中；因鄙人非算学专才，关注的又是王文素命运，故算学方面存在错误、纰漏在所难免，恳请专家批评、指正、海涵。感谢一路陪伴我走过来的良师益友与无数读者。感谢你们！

相信一切善良与真诚汇集成芒，终将穿透历史尘埃！

再次感谢！

作者

2017 年 6 月 28 日

天地
公心

TIAN
DI
GONG
XIN